U0682764

陕北人家

由陕西文学基金会资助荣誉出品

莫艾 著

陕西新华出版传媒集团

图书在版编目（CIP）数据

陕北人家 / 莫艾著. -- 2版. -- 西安：太白文艺
出版社，2017.9（2022.1重印）
ISBN 978-7-5513-1207-3

Ⅰ.①陕… Ⅱ.①莫… Ⅲ.①中篇小说－小说集－中
国－当代②短篇小说－小说集－中国－当代 Ⅳ.
①I247.7

中国版本图书馆CIP数据核字(2017)第177006号

陕北人家
SHANBEI RENJIA

作 者	莫 艾
责任编辑	李 玫
整体设计	前 程
出版发行	陕西新华出版传媒集团
	太 白 文 艺 出 版 社
经 销	新华书店
印 刷	三河市华东印刷有限公司
开 本	787mm×1092mm 1/16
字 数	270千字
印 张	18.5
版 次	2017年9月第2版
印 次	2022年1月第2次印刷
书 号	ISBN 978-7-5513-1207-3
定 价	46.50元

MULU 目 录

短篇小说

中篇小说

后记

我的朋友方强强

　　文化局的老白局长从岗位上退了下来,要去加拿大的蒙特利尔瞧女儿。平时都结交的一帮子忘年交,这次却要和一个领头的分别,而且是要远涉重洋去那么远的地方,所以,能划在一个圈里的都被通知到大众照相馆里照相。在黑黢黢的照相馆里坐下了黑黢黢的几排人,灯光师开了灯对光调整位置。就在这时,摄影室的门突然被人打开,一团刺眼的光亮就把一个黑影子送了进来。我便定睛一瞧,走近光灿灿的众人面前的竟然是一个体弱矮小其貌不扬的家伙。这小子仿佛是见到久别的老熟人似的,与各位又是握手又是打招呼,还频频抱拳向大家致歉,最后还非要挤到老白局长身边抢着往下坐,好像这次离开再也没有机会见面似的还强拉起老白局长的一只手握着,似乎想用这种亲密的方式,来充分表示他和老白局长的关系的确与众不同。闪光灯闪了一下,定格在照片上的他,就是笑得比别人灿烂开心。这就是我对这个方强强的最早记忆。

　　说来也是的,老白局长去了那头不到一年,就因车祸死在了那里。在给发唁电的名单上,又是这小子头一个把自己的名字潦草地写在了前头,好像不论欢喜还是悲哀,他总是显得最当紧最厉害。其实,对于像老白局长这样被县里人公认的老文人,一般人不敢妄自尊大在其面前舞文弄墨咬文嚼字胡张狂,唯独他敢。他敢在老白局长的大办公室里扯着嗓子口若悬河地谈文学,他敢平起平坐与老白局长吆五喝六地划着拳喝酒,而且两人一喝就是一瓶。酒当然不是什么上好的酒,当然上好的酒,他也不一定能买得起。这酒谁都晓得是他揣在怀里拿进去的一般烧酒。老白局长不可能把自己藏在柜子里的好酒拿出来给他喝,舍不得。老白局长这些年创作出版的那几本在省内外颇有影响的大作，奠定了他在文学方面的地位和威望。老白局长这么大的学问，别人见他都是敬畏，绝不敢有什么造次。而老白局长却对敢在他老人家面前造次的他，居然褒奖有加，很是欣赏。老白局长说他人小志大，必有出息！不管在什么场合听到这话，别人才敢放下对老白局长的尊敬和敬畏，说再有本事的人，也有看走眼的时候。老白局长走了，可那话还留在人们的记忆里，不过，如果谁再嗤之以鼻计较这些话，说走了的人没意思，那么，活着的人就更没意思了。

那年初次见到方强强，还以为他就是个在县城里到处混饭吃的家伙，看那打扮，常常是土里土气不修边幅；瞧那穿戴，衣服皱皱巴巴，有时领子和袖子颜色还做得不一样。特别是该用白线缝在别的什么深颜色上的假领子，却用成了黑线或蓝线，叫人一瞧，就能够瞧得出就是自个儿坐在灯泡下吹着口哨粗胳膊硬手缝的大针脚。后来，我才晓得他没有妈，父亲只顾在一个基层粮站上当大师傅，忙得常不回来。这个家就靠他来打理照料，想必弟妹便也在他掌管的这个小圈子里受着同样的磨难和煎熬。

就这样一身行头，还有事没事直往一些单位里跑，也不是什么单位都穿着缝补了别样颜色的皮子的大头皮鞋往里蹿。还是主要的有选择地去一些跟文化沾点儿边的单位，经常拿上一两篇用圆珠笔写在纸上的什么文章，去跟人交流探讨。去了也翻阅一些书报杂志，有时也跟人伸手要一两沓稿纸或信封。如碰到也有前来办公做事或串门的熟人，便也人模狗样地与他人交谈甚至是争辩，理性很稠，别人不服气，彼此就会红脸。他不怕，人家有身份，当然就怕别人笑话。争吵到最后，他本来是赢家，也会立马软下来，说几句软话还捎带着幽默诙谐，意思是别把事往心里去，其实就是几句话不是？说过了，也就随风散了去，以后谁也再不计较。这不说白了不是？唯他不吃着公家这碗饭，人家红过了脸，照样还该干吗干吗，他却怕就此得罪了人，以后再不好来往。

后来，不知是从哪儿得了一些关于我的风传或谣言，说我在某某有影响的杂志上发表过小说，而且说是几万字的中篇小说；还说我在外头有门道，认识的名人多。于是,他就来找我借书。那天早上,正好是下课后的课间活动,谁知在到处都密匝匝的人群中,竟然蒙混进来一个他而没被门卫发现。等他一直藏在学生中间走到我的近旁叫我"大哥",听着声音比我的亲兄弟叫得都甜,就是在人群中只闻声,瞧不见其人。终于找到了,才发现唤我大哥的人竟然是他。

进到我的办公室,见他一脸的热情,把我按在椅子上,绘声绘色地给我讲述他是如何蒙混过关的惊险过程。说得眉飞色舞,唾沫星子四溅,完全是反客为主的神气样儿,我却好像成了个客人,瞪着眼睛被动无奈地听他讲述。当他知道我叫来几个学生有事要忙,他便拿起那本杂志要走。我这本发表在省级一个刊物上的小说,也好像着实让他羡慕不已。他主动拉起我的手,握了握,然后就又同来时,小小的个子仍然藏夹在学生中间走了出去。当然,这是我们单独会见的第一次。从此以后,无数这样的情形,我真的无法一一记清。可这一次却给我留下了永远难以磨灭的印象。他眼角上残留着眼屎,说话时,嘴唇上那几根稀疏的胡须随着两片嘴唇或张或合地闪动,一股或许是还没有完全消散尽的昨天什么时候喝过的残存在口腔或食道里的酒气,从根本没有刷过的大黄牙的缝隙中喷射出来,看似不雅,闻之难闻,声音里总有激情,总有味道。

此后,方强强便常来往我在县城教书的这个学校,多是神出鬼没的偷袭,没准确的时间,也没有明确的目的。有时一天来几趟,有时一两个月也不来一次。有时白天来,有时又是晚上来。往来的方式,我从不过问,既然来了就有来的道理和办法。一般是他自己不打自招自己往清楚里说。有时也不免夹杂着从别的武侠小说里学来的几个招数,多半是夸大其词添油加醋地说着让我信服。

后来才知道方强强也写诗,有时也写散文,有时还写一些新闻通讯,送到广播站,晚上站在桥头的电线杆子下等着听。得了稿费就买烟抽。至于买什么档次的烟,那就要看得稿费的多少。诗歌是他的主打写作对象,一般都短,写不长,就那么几行,最长的也就十几行。没有什么哲理,多是些歌功颂德表扬好人好事的句子;也没有什么格式,注重的是押韵,像打油诗或顺口溜。让我看过几首,请我提意见,我说还不错,拿红笔给他改了几个错别字。明知是违心,却不敢挑出来伤害他。他明知真错了,还要与我强词夺理地瞎争论上半天,最后肯定是要服服帖帖地说软话认输的。不过,他最善于瞧人的眼色行事,见你真的露出不悦之色,他必转怒为喜破涕而笑,顺应到你的这种情绪当中。硬得快,软起来更快。但真正黏糊到了你身上,绝对不像假冒伪劣的狗皮膏药,叫你欲甩无法,欲罢更不能。

我那时候正在读高等师范的函授班,每个假期常要到地区学习考试。这事情,我也是无意中说给方强强听的。他见我的办公桌上堆了好多的书在忙着读,便随口说,到时候他也去。说过这话,很长时间就再没有来找过我。知道他不来找我的理由,却不是感激他,反倒埋怨起他的不是。有时看书觉得乏苦,也会想起他的诡秘和好多好多的洋相,不觉要笑,因为笑了他,就肯定是在想他。难道出没无常的他来往也像女人那样有周期吗?

这个暑假到了,终于要去地区参加考试了。那个早上,我起得很早到车站,却与早已等候的方强强碰在了一起,自然都是欢喜,便问他去地区干吗。他说了一个字:"逛。"当然细节再不能问及,就说些其他的话,如文学,甚至具体到诗歌。他突然从怀里摸出一本杂志,光看封面花花绿绿的是俊女人相,其内容却是本文学刊物。

车开了以后,方强强一直低头就着车窗外微弱的光线瞧。没有了往日的喋喋不休和滔滔不绝,我还真有点儿不习惯。便问:"为什么不说话?"他答:"必须到石湾镇时读完它。"说话时仍然没抬头。我没问为什么,却在心里老想着这是为什么。

汽车一路上就是这样颠簸摇晃,到了中午,车内闷热难耐,旅客们都默默无语,似乎都在昏昏欲睡。终于熬到了晌午,老掉牙的解放牌汽车才驶进石湾车站,要停留半个小时,这里有林场有煤矿,上下的人还真不少。车门打开,有人嚷嚷着:"汽车要加水,咱们去放水!"我便也随着人群走下车,这时却不见了方强强。又去车上瞧过一次,还站在不大的土院子里四下张望,想喊,却紧闭着嘴怕喊出来叫人笑话。

　　过了一会儿,见这小子领着一辆吱吱扭扭的架子车进来,推车的是个跛着脚的老汉,车上载着两大筐子盖着盖子的什么东西朝车屁股那儿走来。我好奇地凑到跟前,他则叫我帮着往车顶子上装,我便和老汉抬着往上递,他却矫健地倒趴在汽车尾部的梯子上拼命地往上拉。两个又大又重的筐子终于给装上车了,汽车也发动起来,司机扯着嗓子喊人上车。瞧着他给跛脚老汉的那卷钱,和两人四只手数来数去的神情,感觉应该是个不小的买卖。但是,一直在纳闷:这小子买这么多的东西干吗?汽车终于又摇摇晃晃上路了,我终于憋不住了便问道:"筐子里装的是啥?"他还扳着手指头算着账,随口说:"桃子。"我不解地又问:"买这么多的桃子送礼?"他停住算账,仰望着我反问道:"送礼? 我还等着别人给我送呢! 我这是拿到地区卖了做盘缠的。"我又问:"那你怎么卖呀?"他似乎是很有把握地说:"在车站那儿朝卖瓜子的老太太借杆秤,三两下就给卖啦!"说得很是轻松,很是轻描淡写,只有从这神出鬼没的小子嘴里说出来,我才不得不相信。

　　到了地区车站,已是下午,我忙着要赶去招待所报到,就先坐上公共汽车走了,至于方强强怎么去借秤,怎么去卖他的两大筐桃子,就任凭他使足吃奶的本事瞎鼓捣胡折腾了。

　　直到晚上,方强强才一手提着两瓶啤酒,一手提着一袋子桃子找到了我住的房间。见我光着膀子看书正在劲头上,便一个人坐在沙发上,咬开啤酒盖子咕咕地独自喝了起来。等我把该准备的东西抄写停当,他已经把一瓶子啤酒灌下了肚。接下来的戏就好像该由他来唱主角了。他先是眉飞色舞地给我讲述了他在车站卖桃子的运气和收获,就连两个小时所赚的分分毛毛,都给我坦白了个仔细。然后才说到运气,说是卖桃子时认识了一个在这个招待所当服务员的姑娘,两人一路相跟着来到招待所,刚才那个姑娘还请他在餐厅吃了一碗羊杂碎呢。我好奇地张大口说:"你这叫运动战加阵地战。"他说:"虽然没学过什么兵法,可真正有了情况,光机智勇敢大大地不行,还要出奇制胜。哈哈,今晚上就只好在这里跟你挤一个单间凑合一晚上了，明天，她答应给我找个住处。"说着就脱去身上的脏衣服脏袜子，而且是脱得一丝不挂赤条条像只被褪去了毛的猪，然后就麻利地光着身子钻进被窝。他做这一连串动作，丝毫没有顾及我的存在和我是否在意，好像是第一次来我学校时喧宾夺主并且反客为主那样的情景，在这里在这个时候又重现了，似乎这一切应该就是这么顺理成章。他没再说多少关于那个姑娘的话，只告诉我，那个姑娘叫云雀，说话很好听，模样美极了！还没有等我弄清楚美极了是个怎么样的美法，他就呼噜噜起了鼾声。整整一个晚上，在身边一个脱得精光的身子和那如雷贯耳的鼾声肆无忌惮的干扰下，我几乎一夜没睡，睁着两眼熬到了天亮。到我起床时，还瞧见他露着屁股睡得很沉。我真不晓得，他一晚上连着出去尿过几次，如果碰见什么人该有多尴尬，反正不知他是不是尴尬，我倒觉得着实是一种尴尬。

好几天，我都在忙着听课记笔记背那些大段大段的古人写的文章。每天不厌其烦地在一个大会议室临时改成的大教室里重复，枯燥乏味无聊的重复，使我把那些本来素不相识的外地同事也都结交成了朋友。他们居然给我占听课的位子，居然从包里摸出一把才红了盖盖的大枣给我吃，居然还拿出与家人合影的照片让我瞧，以此来表明彼此的关系和信赖程度。几天后，那个居然叫我瞧过她和爱人合影照片的女教师，再次拿出那张照片，小声对我说："他不如你，你长得真帅！"她分明是指着照片上的他说不如我。那时候，我并不知道不如我是对我的夸奖还是贬低，只明白，她还穿着刚结婚时穿的红皮鞋，就在一个外人面前这么露骨地指责和控诉起了她的男人。这当然不是我的错，即使我在某些方面长得比她男人英俊潇洒，那也不是我的错呀！

连着几天的胡思乱想，总是抵御抗拒不了这个红颜知己对我的诱惑和挑逗。讲台上，老教授把个历史事件和人物情节讲得绘声绘色天花乱坠，一黑板板书也写得龙飞凤舞行云流水，好像几千年的历史发展进程，他都站在一旁才看得这么清清楚楚明明白白。考试重点也一遍遍说得苦口婆心。可我只在心里把罗敷和李清照与她做着对比，对比的结果肯定是她要占绝对的优势,似乎在这个俊眉靓女的面前,罗敷李清照都要逊色了她,似乎所有的女人都不如她。情感发展到了这个地步,我才感到爱神来敲门,竟然是这么急促和不容分说。

这小子终于来了,带着那个云雀的芳香和微笑,来跟我借钱。我当然不想在诸如钱物方面与他缠搅在一起,便用迟疑的目光瞧着他的目光。方强强似乎早已预料到我的这种态度和表情,于是,急忙改口笑着说:"看大哥你还真的当真了不是?我这是跟你开个玩笑,哈哈哈!"我便也立马变了脸色,忙说:"不是不是,我是担心会不会被那个叫云雀的姑娘把你给骗了。现在什么人都有,什么事还要多提防一些好,免得上当受骗。"他见我终于是为着他好才这样说的,并没有完全表示出拒绝。于是,又哈哈哈地笑了几声,在笑的同时,还不住地观察和审视着我此刻变来变去的表情。见我的表情和神态已完全恢复到正常状态,才绷住笑脸一本正经地说:"其实我是这样想,听说地区广播电台刚成立,要招收几个播音员,我想……"他尽管绷着脸,把话也说得吞吞吐吐曲里拐弯,可我还是明白了他的意思。我若有所思地说:"啊哦,原来是这样!这可是个找工作的绝佳机会呀,可是……"他见我的态度似乎明显有了转变,特别在他想参加招工考试这事上显得出乎意料地热情和支持,于是,终于将紧绷的神经松弛下来,那条本来恭恭敬敬放在地板上的右腿,又跷在左腿上,紧靠在沙发上就那样摇晃着说:"我想,我这次很有可能被招上。因为,这第一,那些文化圈里的头头脑脑谁不认识我?第二,我普通话真的讲得也不错。这第一条很重要,也很必要,起码是个优点嘛。这第二条就是个长处。如果再加上第三,这第三嘛,咱再请人家吃吃饭,送上点儿烟酒什么的礼物,这事情不就成了?哈哈,哈哈哈,想不到,跟着你老兄没白来这一趟,那两筐子桃子也没有白卖呀!"我听他说得眉飞色舞,不无忧虑地反问道:"你说你普通话说得不错,我咋听不出来?"他说:"咱平时谁说普通话,都说的是家乡话嘛!你好像不相信?不相信,我现在就给你表演表演。"他说着就忽地站起来,整了整衣领,清了清嗓子,然后扭头对我说:"就给你朗诵一首臧克家的《有的人》吧!"然后就学着演员那样扯着嗓子朗诵道："有的人活着,他已经死了;有的人死了,他还活着!……"对于他这样蹩脚的所谓朗诵,我早已按捺不住笑得前仰后合,我几乎是笑得流出眼泪才不得不阻止了他醋熘味很浓的朗诵,说:"快点儿打住,别出这号洋相了,人家招的是播音员,不是招演员。你那样费劲巴列的样子,不把人吓死才怪哩!不要动不动就朗诵臧克家徐志摩戴望舒这些诗人的大作,平心静气读几篇报纸上的什么文章或新闻报道,才能说明你的能力和水平,别人听着也感觉舒服实在。"我见他好像已经听得很不耐烦了,于是就立马打住我的这番滔滔不绝的空洞说教。问他:"需要多少钱?"他听到这话,脸色蓦地就堆起了笑,两只小眼睛骤然挤成了两条细缝。急忙说:"多少都行,多多益善!"我为了显得慷慨大方,故意当着他的面,翻遍了身上所有的口袋和提包里所有大小的明兜暗兜,只留了这几天我必须的几个房费和饭钱,几乎全部都倾囊相助。他拿了我的钱给我赌咒发誓地做了许多承诺,然后,撂下这些一文不值的空头支票,几乎是跳跃着离去。

没想到,我对方强强的慷慨解囊,却使自己陷入走投无路的困境。那天上形式逻辑课,本来就对这东西不怎么感冒,可偏偏又遇上一个不怎么会讲课的女教授,坐在讲台上几乎一字不差地照本宣科,这下,本来就很燥热的大会议室里可就乱了套了。有窃窃私语说笑的,有进进出出走动的,有趴在桌子上睡觉的。我却拿起文件夹给穿红皮鞋的那娘们儿画起了画。起初,那娘们儿没在意,还以为我在一眼一眼小心翼翼地偷瞧她欣赏她,后来瞧见架势不对,便跑过来抢去了画着她的几张画。准备拿在手里撕,似乎又发现还画得不错,好像觉得模样画得还挺像。于是,故意做了做要撕毁的假象,却把几张画十分小心地藏在了她的文件夹里。然后,把凳子拉到我的跟前,说:"没想到,画得还挺在行!有章法,也在门道。"我惊奇地问:"你也会画画?"她鼻子哼了哼,说:"在师范时音乐美术都学过一点儿,但没有你画得好!"我阴阳怪气地说:"那怎么感谢我?"她爽快答应道:"随便,就我这个人。"

我从来没见过这样拿自己当作慷慨大方的承诺以此来感谢别人的。然而,她的这种无拘无束无私无畏的牺牲精神却使我望而却步,我不得不理智地想起经常教育学生所惯用的"悬崖勒马""回头是岸"这些老词来告诫我,必须赶快打住! 于是,我借故出去抽烟,就离开了这个吵吵闹闹让人头痛的场所。

当我在外头树下的沙地里坐着静了一会儿心,把烟盒子里的几根烟抽得一根都不剩了,才懒散地走回来。那个戴着老花镜的女教授,已经布置完作业,正在收拾着讲桌上的几本讲义。我也慌忙收拾起了书包,跟在一哄而散的人流后面往外走。走出了教室,却与这位女教授走在了一起,我很有礼貌地向她打招呼,并且没话找话地与她寒暄着走出学校大门。老远就瞧见那娘们儿正站在石狮子旁,好像在等着我。于是,我又礼貌地辞别了女教授,便向她靠拢过去。

她见我走近了,便理直气壮地对我说:"不想请我吃顿饭吗?"我知道自己囊中羞涩,却还故意说了句硬话:"怕你不敢去哩!"她说:"吃国宴都敢去哩!"我说:"那好,走吧!"当我主动而又好像被动地说了这话,就真想抽自己几个响亮的嘴巴,看以后再敢这样付出代价说那号硬话? 但是,事到如今,即使是心里充满懊悔,却也要打肿脸充胖子强装欢喜,因为咱们是个爷们儿啊! 我几乎是故意高高地昂着头,与她走出这段平时走起来并不算长的巷子,脑袋里却总纠结着一个字:钱! 是的,钱从哪儿来? 这个问题就成了当下最紧迫的一个问题。

站在街道树荫下的她却无心去理会我的这种心思,而是好像被一种从没有过的情绪刚刚调动了起来,眉宇间充满着热望,翘首朝车来的方向期盼了好久,终于手疾眼快地拦住一辆别人正准备靠近的出租车,她拉开后门,把我让了进去,自己却坐进了副驾驶的位子,冲着司机清亮地说:"去蓝城。"

我听到"蓝城"这两个字,脑子里嗡的一下就想休克。那时的蓝城,就像我们现在说香港澳门一样遥远新奇。一个台湾同胞在这里挑选了一块地,盖起了几栋蔚蓝色的楼房,创办了这个度假村,还不是瞄准这里的油田煤矿上的那些先富起来的少数人? 一般人对此望尘莫及望而却步,根本不敢有什么非分之想。当然,那时候能去蓝城消费,那绝对是一种荣耀和有钱的象征。可今天却要空着口袋陪着这位天不怕地不怕的家伙去蓝城,去倒是好去,不晓得到时候还能不能出来。

出租车在笔直的高速路上疾驶而去,道旁的楼房村舍一排排向后快速退去,车内只听得呼呼的声响似狂风呼啸。趾高气扬的娘们儿这时却歪着脑袋似乎在假装小寐,没了声音。我却在搜肠刮肚苦思冥想着逃脱或摆脱的良方妙策。瞧见车窗外不远处的一丛丛灌木林,真想再编一个草圈戴在头上藏入其中,像儿时淘气的我那样,嘴里含着一颗毛杏或酸枣桑葚煮玉米棒子什么的,看着公路上的风景。唉,现在,我却成了一个移动着的风景,别人却在等着看我。出租车开始减速,她就有感应似的醒了,却把个乱蓬蓬的爆炸头扭向我,突然说:"这个女教授课虽然讲得不怎么样,可那模样还颇有几分姿色吧,看你似乎对这个徐娘半老的老女人还挺欣赏啊!"我没有在意她阴阳怪气的调侃和奚落,从包里拿出仅有的那几个钱准备付车费。没想到她唰地拉开皮包的拉链,快速地从她的皮包里掏出一大把钱,照着计程表上的数字,抽出几张,丢在了司机早已伸过来的手里,然后下了车,嘭的一声关上车门。见她抢着付车钱,我没有跟她抢。我慢腾腾地从车的左边出来,故意绕过了车的后面,正好与从右边出来的她碰在了一起,等着她发话。因为,现在她已经似乎反客为主想做地主。她站在那里,只是随随便便整理了一下头发和衣裙,便说:"走吧!"她的轻松却换来了我的沉重,我故意晚她一两步走在她的后面,我不想与她并驾齐驱甚至是超越她走在一起,显得亲密无间卿卿我我,我觉得像个奴仆跟随在一个如花似玉的美人后面,依然是一种荣光。当然,今天如此。当然,现在也如此。

经过一排排停得满满当当的大车小车的停车场,我们终于曲里拐弯深入到一个颇有异国风情味道的偌大的露天餐厅。这时正逢周末的下午,外面倒是车水马龙的样子,这里却是个环境幽静的所在。听不到人声鼎沸喧哗嘈杂,却闻得几只不知名的鸟儿在宛如热带阔叶的林间鸣叫,脚下贴了瓷砖的人造水池曲折悠长,数不清的大小鱼儿穿梭游荡其间,凉风习习,枝叶婆娑,水榭亭台,曲径通幽。看着这如此逼真的亚热带壮美图景,仿佛置身于一个不知名的异域他乡,我和她都彳亍着不知去向何方。恰在这时,一位身着绛紫色短旗袍的姑娘,从林间小径上款款走来,婀娜多姿亭亭玉立像仙境梦幻中下凡的仙女,笑容可掬彬彬有礼地把我们请到不远处的一张餐桌前,又是敬茶,又是给我们的胸前围餐巾,俨然就是奴仆见到上帝的虔诚和毕恭毕敬。事到如今,我便也放下所有的恐慌和怯懦,做出了一种豁出去的样子,拿起菜单就翻动了几页,却不知菜单上的这些从没有吃过的洋菜该怎么个点法。于是,快速地把花花绿绿的菜单像转嫁什么灾祸似的,信手转给了正在目不转睛地盯着我瞧的她。她居然没有接受我传递给她的这种友好善意的信赖。她几乎连那菜单看都没看一眼,就拿染着紫红色指甲的手指着我说:"给我们俩把你们这里最好的什么螃蟹鲍鱼龙虾香螺和鲨鱼肚做的那个什么丸子汤都点上一份两份的,外加两瓶香槟、四听德国啤酒,都要冰镇的,不要常温的。最后,再上两份酥饼。好了,就这些。"

女招待拿着她一口气非常流利报出的菜单,走得欢欢地做活去了。

她一口气点了这么多的洋玩意儿,惊得我目瞪口呆,我不由得对她产生了好奇和崇拜,尽管她在点菜时用的是我们俩,而不是我俩,亲近疏密在措辞上似乎有了讲究,可这一勺子挖得真狠啊!虽说是从没吃过这些洋东西,但总还是听过的,听着也是一些吓人的稀罕物,还能少得了钱花!我借着余光瞄了她一眼。她此刻正在心安理得地扭头撑着一条大鲤鱼瞧。大鲤鱼追逐着几条叫不上名儿的鱼儿,游着游着游到拐角处不见了,只留下池中一个空空荡荡的蓝天白云。

时间不长,所点的东西被一些形状各异的不同器皿一一端上,女招待便端着双手静静地立在一旁。看来,我们就成了这儿的主角,瞧戏的已经站在那儿翘首期盼地在等待,我却不知道这从没排练的戏该咋样开场。

像个老吃家的她,先撬动的是酒水,不像是个生手,起手落脚都有些章法。她端起啤酒杯子等着与我碰杯,虽然没说话,却用眼睛做着提醒。等我的杯子慢腾腾端起来,两个杯子终于当啷一声碰出了脆响,四只眼睛里就像着了火。连着干了两杯啤酒，她才终于开了腔。她说："老早以前的五百次回头，才换来咱们今天这样的缘分，不珍惜，一切都将是枉然。"我总是没大听懂这话的含义，也不便再问，于是就嘻嘻哈哈打起了马虎眼，学着她的样儿便装模作样吃了起来。哇，说句不好听的话，这些洋玩意儿，简直难吃死了，根本不如咥上一老碗羊肉泡馍过瘾。再难吃，咱也要装着大喜过望乐不可支的样儿，强往喉咙眼儿里塞，绝对不能说一个歹字出来。等第三杯啤酒下了肚，她的话才终于多了起来。她借着一些酒劲，断断续续给我讲述了她的阴差阳错的婚姻。作为听者，我基本上是听，不插话，不追问。可如果作为一个对手，我是说，如果我就是她男人的对手，我听着听着便炉火中烧，真想举着拳头揍他个遍体鳞伤生活不能自理。

她原本是个乡下姑娘，师范毕业后，就在县城里教上了书。不久，便与学校的一个男教师产生了爱情。正当他们一步步步入爱河准备订下终身时，另一个叫王伟的后生闯入了她的生活。这个王伟是一个煤矿老板的独生子，从小娇生惯养，不学无术。他爸花了不少钱，给他在交警队买了个工作，便为虎作伥，吃喝嫖赌，无所不能。这些都是在他们结婚后，她才慢慢发现的。因为他们家在县里是数一数二的富有，光那煤矿就有几个，钱就多得数也数不过来。可是嫁到这样有钱的富人家，钱多了，感情冷漠没有温暖，有再多的钱，还有什么意思？

这些都还是可以忍耐的。最关键的是这个王伟，晓得了她与学校那个男教师的情况后，便想方设法报复他，也变本加厉开始折磨她，天天没事找事地跟她吵，动不动就大打出手，不让去上班，不许接电话，甚至不许她去娘家或跟娘家人来往……

她说到这里，眼泪汪汪，泣不成声。在这个时候，本该给她一些安慰和说几句宽心窝子的话，可是，这时候的我，除过紧紧攥着拳头想揍那个狗日的冲动外，却嘴笨得什么也说不出来，只会不停地重复着一句话："没事，以后会好的，以后会好的！"

这顿饭，一直持续到太阳快要偏西了才收了场。到了埋单的时候，我便装模作样与她争着抢着在包里掏钱,却好像怎么也掏不出来的假象。她说:"要你掏钱我还会带你来这里?"忽然,又像故意要我难堪似的,便停住手说:"那你掏,你掏吧!"她这一手还真狠,直戳戳刺向我那软不拉唧的软肋,确叫我难堪得无地自容。我好像被她这话突然搞蒙似的,也停了手在包里,怎么也不好意思将空手从包里拿出来。她瞧着我的窘相,便扑哧一声笑了,在咯咯咯的笑声里,她随手抓了一把钱出来,从中抽了几张,然后对那个笑容可掬的女招待说:"零钱不找了,给你买瓶饮料喝吧!"

我终于和她并肩走出了这个泛着浓浓酒香也泛着浓浓铜臭味儿的所在,却与正挎着一个高个子姑娘的方强强碰了个正面。他瞧见了我,就像老鼠瞧见了猫一样,敏捷地一把放开那个打扮得近似妖艳的姑娘,神情有些紧张有些尴尬地说:"我们刚从小沙湖那儿游泳回来,我倒不想来这里,可她偏偏非要叫我来这里玩玩!哈哈,你们也来这里,再不进去坐坐?"

知道是虚情假意的谎言,可也没有什么理由阻止他或迎合他。于是,我们便相互道了别,各自走向各自要去的地方……

几天后,方强强就先搭了县里来送领导开会的小车,突然返回了县里。不晓得是广播电台那儿出了啥问题,还是跟那个女服务员出了啥问题,才这样火急火燎地赶了回去。从此,在好长好长的时间里,就再没有了他的消息。倒是那个在学习班上遇到的外地女教师,常给我写信来。内容多是一些在地区学习时邂逅我的感受和分别以后的思念,家里的情况说得不多,可能是不想说,也可能是不能说,才没有多说。我也很认真地回过几次信,也只能写一些冠冕堂皇的道理和空洞乏味的说教。但是,若是设身处地地为她和她的家庭去想或去做什么,那明媒正娶的婚姻,难道还不如所谓的五百次回头换来的一顿饭一段情的缘分更重要?

却是在一个寒冷的星期天,我才在新华书店的大门外碰见正叫喊着沿街收购槐米的方强强,他穿着厚囊囊的棉大衣,头上戴着一顶火车头棉帽子,臂弯里搭着一条大麻袋。

我好奇地问他这是在干吗?他哈着白气对我说,收购槐米。我问什么是槐米？他说，就是槐树的籽，是药材。他说，有时也收些绿豆红豆或者其他药材，只要是能挣到钱的活他都做，他准备挣上一些钱，想出一本诗集。他没有说考播音员的事，也没有再提那个叫云雀的招待所的女服务员，也没有再提借我钱和给我许愿承诺的那些事。见有背着口袋赶集的乡下人向他打问收购的事，我便借故与他道了别，一头钻进了新华书店。

转眼就到了年跟前，却下起了入冬以来的第一场雪。这场大雪整整下了一天，到了晚上雪还没停，只好钻进被窝早早睡去。谁知，就是在这个下着大雪的夜晚，方强强头上顶着白生生的雪花，手里提着一捆子刚刚印好的书，一身寒气闯进我的宿舍，从怀里掏出一瓶子烧酒和一包结着冰碴的羊杂碎，咚地撂在桌子上，然后又气喘吁吁地不知从哪儿摸出一本新崭崭的杂志，用一双冻得冰冷的手举在睡眼蒙眬的我面前。见我疑惑不解地望着他瞧，他撂下书，一把将我从暖乎乎的热被窝里拉起来，说："来来来，咱们喝酒吧！"

等我窸窸窣窣穿好衣服，他已把一瓶酒倒在了两个茶缸里，还没等我完全清醒过来，他就先咕咕地喝了几口，然后抹了下嘴巴，喷着酒气感慨地说："嘿嘿，大哥，这就是生活啊！"

我等着他再铿锵有力地对我说："大哥，这就是对你的承诺呀！"可他没有说，却把那本杂志用双手递给我。我诧异地翻开那本散发着油墨味的杂志，他急忙指着目录上的头一行文字，念道："中篇小说《承诺》，方强强。"这时，我才如梦初醒，便惊呼道："嘿，你小子还真有今天啊！"我就那样惊叫着，情不自禁就给了他一拳。看来，还真是叫老白局长给说准了，这小子终于在这白茫茫的世界里，放出了奇光异彩。

能在北京如此重要的刊物上发表这样的头版头条，说别人我倒还信，要说是他，打死我也不敢相信。但是，这却成了事实，铁打的事实，我怎么能不信呢！

他似乎是瞧出了我的诧异和疑惑，又咕咕往嘴里灌了两口烧酒，依然喷着酒气说："这里写的就是那两筐子桃子和那个姑娘的故事。你也许不知道,那个叫云雀的姑娘,为了治疗丈夫因车祸造成的下肢瘫痪,十年来勒紧裤带省吃俭用含辛茹苦,甚至不惜牺牲自己的青春和肉体,白天在招待所当服务员,晚上,则是偷偷地在歌厅里当坐台小姐。关于这个凄惨悲凉的故事,一直没敢讲给你听,却是偷偷躲在家里,差不多用了两三个月的时间,含着眼泪一字一句才把它写出来的……我曾经答应过她,等我想办法挣了钱,一定要出一本书,用卖书的钱为她爱人治病……"

这本书放在我的床头,很长很长的时间,无数次爱不释手地打开它,却还不敢相信那上面的文章是方强强写的,而偏偏不是我。对他的妒意,就从这时候开始。他却好长时间不来,我无法当着他的面表示我对他的质疑和宣泄这种妒火中烧的忌妒。不用费什么脑子猜,知道他现在正拿着杂志社寄给他的另外一本和给我的这一本一模一样的杂志,挨着个给他的那些狐朋狗友做着炫耀和宣传呢。

2013 年 11 月 21 日

赶　　集

　　每逢城里集日,外公定要去赶集的。去时大多是步行着去,偶尔也赶着毛驴前往。走时驮着若干个簸箕笸箩,集散时,却驮了沉重东西回来。多是些卖了钱换来的几捆子柳条子和一家人所用的针头线脑油盐酱醋,当然也少不了外公每集必买的几瓶子高粱烧酒,有时还要载着几块百十斤的石炭回来。若是步行去,十几里的川道,与同行的乡邻说笑着前往。身上背着的那一摞子簸箕笸箩招摇在路上,瞧得道旁劁猪的骗羊的钉马掌的黑脸汉子好生羡慕,皆不知当初没学这柳活,咋就干了这档子肮脏营生!

　　外公听了必要笑答:"尔格,瞧是手稠。不过,谁的就是谁的,手艺人各有各的活路。"笑谈间到了城南桥头那儿才收住脚。那些随着人流拥进城门的乡客,大多是要买洋火食盐煤油诸类东西,如要买花布头绳擦脸油,则多是些牵了大人手的小女子和几个叽叽喳喳相跟在一起的大辫子姑娘。她们都身着平素不穿的好衣裳,头发梳得光眉亮眼,左右还定要别了几个大红大紫的卡子,一脸的兴奋和怯懦,不像那些提了满是污垢的煤油瓶子、肩膀上搭着褡裢的后生土气,也不像来了就不进城去瞧景致的卖客老成。这些土里土气的汉子,被街道旁支锅摆案的香气所吸引,况且还有脆脆的女人们的吆喝声亮抓抓地挂在她们充满诱惑的笑脸上。于是,赶集的汉子便不再挪动脚步了,扯下肩上的褡裢,一屁股就瘫坐在那些长条凳上,等着吆喝的女人从冒着热气的大锅里舀来吃喝,然后就瞅着女人的眉眼,等着碰眼光。胆小的只是用眼睛怯生生地瞅,不说话;胆子稍大一点儿的张了嘴边吃边说,红筷子在粗瓷老黑碗里胡乱翻搅着,却用眼神和话语粗鲁地做着挑逗。那些不去进城的乡下人,或多或少都牵着拉着背着扛着一些什么东西来这里卖，等他们或多或少卖掉手里的物件，才赶在集头快散的当儿，忙收拾起剩在手里的东西，揣好得来的那几个钱在怀里，急忙赶进城去，分跑几个商铺去买几样东西，好拿回去给窑里的婆姨娃娃瞧。

外公则是要在众人还没有完全占满的道旁，挑选一块亮眼又朝阳的地方，左顾右盼时，却与旁边不远处的另一个同样背簸箕笸箩的小个子年轻后生碰了个眼光。于是，两个背簸箕笸箩的一老一少就凑到一搭里，谁也不说甚话，只是相互不出声地笑了笑，便不声不响凑到一起找了个地方，然后把一摞子簸箕笸箩十分熟练地都滑落放到地上，就分别坐在褡裢上摸出旱烟锅子，在烟袋里一下一下剜着装烟末子。外公的烟锅总是先装好划着火点上，一股白烟就从他那黄胡子覆盖的嘴里吐出来，这时，小个子后生才慢腾腾装好烟，就往外公那边凑，两个烟锅子终于一上一下扣在了一起，上面是黄色的铜锅子，下面却是白色的铝锅子，外公就鼓了腮帮子吹，小个子后生只是缩着腮帮子吸，只几下，两人便分开，各自只顾靠在那一堆簸箕笸箩上默默地抽着烟，谁也不说话，任凭周围是个嘈杂呐喊着的世界，而他们这里却是一个安静的所在。

小个子后生原是外公的徒弟，后来就成了外公一个远房的侄女婿。外公瞧着这个徒弟老实本分，手艺着实也学得不赖，就将他的一个远房的侄女说给了他。外公的这个远房侄女穿了她母亲新做的粉红色花衫子，在集头上会过几次面，话是看上去倒没说过几句，两个年轻人笑容里好像都有了那个意思，于是，这桩子婚事就在那年的腊月订了，亲戚关系也就这样拉拉扯扯给确定下来，都心平气和维持到目下。尔格，生养的几个娃娃都胖猪似的长大，起早贪黑忙碌，光景也一向过得紧巴。瞧着小个子一脸的熬煎，不吭一声，光顾着抽闷烟，外公擎着铜烟锅子，思来想去也没有想出合适的话对他讲。

集圆的时候，人就嚷嚷的多了起来。外公和小个子后生就将簸箕笸箩摆开在面前，一个个摞在一起，分不开你的我的，一般的大小，一样的颜色，针线路数也都密匝匝疏密均匀，好像就出自一人之手做成。两人则是在秋日的阳光下，露着喜色瞧来人。若是上心要买的客，一眼就瞧得出来人的专注，便殷勤地给来人堆笑，说："要买就在里头挑，正用得上，管保顺手。"话语和善，没有一丝做作。当来人挑选好了，便要讨价，块儿八毛让了去，来人爽快掏了钱，端起或簸箕或笸箩便欢喜着走去。

这是在初秋，地里黄了的谷子糜子将要收，马上玉米高粱和那些豆豆颗颗也就要收上场，庄稼人还顾上来赶集置买这些用得着的物件，到了深秋，场院里就忙得脱不开身来买。所以，外公他们卖这些簸箕笸箩，也就像店铺里卖四季衣裳一样，件件都是谋划着按时令做出。开春后，先要种豌豆，而后要种玉米高粱和谷子糜子豆子，卖耕地点籽的篮子、拿粪的粪斗子。这些大小的篮子粪斗子，都是在年后就忙着赶做成的。接着便是做收夏和收秋的这些大小簸箕笸箩。到了冬寒腊月，不是在热炕上编织席子，就是窝在窑掌子里编出小小的放旱烟的斗子、放针线的笸箩，还要编出盛粮食的囤子和做碾子挡风用的席围子这些闲活。有时也揃些麻线，然后搓成麻绳，只为来年做着预备。要结成上好的簸箕笸箩，柳条和麻绳最当紧。柳条子倒好说，上下川道上常有不会做这些柳活的乡里人，从山峁疙瘩上砍来卖，而且是刮净绿皮的纯白条子，长短粗细都匀称，结出的家什也好瞧耐用。麻绳就有讲究了，自己在地里种的麻抽不出好麻线。虽说是从地里砍回来，麻籽掼打下来，在锅里熬得出了油，所剩下的麻柴秆子扛到河里压上石头片子沤着，等数天把沤好的麻柴拿回家晒干，一根一根折断揃下的麻线又黑又短，做活时常常要断。这就比不了从城里的铺子里买来的宁夏白麻好瞧又好用。这些柳匠们谙熟的门道，自然不必在集头上对来买东西的人细讲，只要识货人一瞧，就能从那些做工细致的物什上完全可以瞧得出来的。

这时，有一个穿了黑夹袄围了蓝布腰带的光头汉子，骂骂咧咧从旁的柳条家什摊位上走过来，一眼便认得外公，便说："倒寻了一阵，想必上个集头上都来过，这集怎么会不来！"说着就立在几个正挑簸箕的人一旁。

外公见是个回头的主儿，便顺手从徒弟的面前拉起一张簸箕递给来人。来人两只胳膊使劲一夹，便撂在一旁，然后自己拉起外公面前的一张簸箕就做扇动状,末了还拔撅箕的前沿和后帮,继而又高举在光头之上,对着太阳照密度,等一切手法都用毕,才抄起双臂在胸前,开始讨价。见原来的那几个还在犹豫放不下心,便用蔑视的眼光扫了他们一眼,舌尖顶了牙床子那样说:"不要不识货瞎鼓捣,这老柳匠的家什还用挑半天? 我家祖孙几辈都使唤他家的货。"哼! 汉子话是说得干脆硬棒,可付钱时,就是要少给一块半块的,死活将少给的攥在手里不松开。

其他人听了光头汉子的那话,目送在汉子走远的傲慢背影里,便纷纷按那汉子的规矩掏钱买了。

外公这时见摊前走空了人,便站立起来,解下头上箍着的羊肚子手巾,拍打着身上的土,然后又麻利地重新箍在霜白的头上,并没说什么,就径直朝不远处的一个饭馆铺子走去。不大工夫,握了一个油腻腻夹满了肉的油旋出来,依然罗圈着腿走回来,把那夹满肉的油旋强塞到小个子后生的手里,便又坐下扭头瞧来往的看客,不说话,也不吆喝,也不再管坐在旁边的小个子徒弟。

小个子后生拿着热腾腾的油旋,嘴就更笨得无话了,却是不吃,但也不再推让,只是轮流不停地瞅瞅手里的东西,又瞧瞧抽起旱烟锅子的外公。半晌,才嘟囔了一句:"啊,你也吃一个!"

外公也随着烟雾就那么撂出一句:"来时吃得饱饱的,你只管吃!"

太阳偏了西,瓦蓝的天就似乎变了些颜色,有了风,有了凉意。外公瞧着剩下的几个簸箕和街上稀稀拉拉的行人,就对已经吃完油旋正在舔手上油渣的徒弟说:"你剩下的这几个,我给瞧着卖,你赶紧去城里买些紧要的东西!"

小个子后生瞧了眼剩在地上用麻绳做的记号,明白师傅的怜爱呵护,但在这心里猫抓猫挖的时刻,好像早就等的就是这句话,站起身子没说个什么黄黑,两条小腿就迈得欢欢地朝城门洞子走去。

直到日头跌落到西山那头,摊子上摆摊设点的都快走光了,小个子后生才抱着一大堆花花绿绿的东西回来,也不会说句歉意的话,却直呼呼地喘着粗气胆怯地瞅师傅，见摊子早已空了，东西都没有了，才疑惑地望着师傅不说话。

外公并没有什么急躁和恼怒表现在那张与树皮相似的脸上，依然稳稳地坐在褂褛上抽旱烟锅子，只稍稍往那堆花花绿绿的东西上瞄了一眼，就晓得徒弟过日子的细心和对媳妇的那种好。

小个子后生见师傅对这些花花绿绿的东西似乎有了介意，便才有些夯口似的红着脸说："都是娃娃们念书的书本子和小儿子爱耍的花皮球，啊哦，再就是几件婆姨爱穿的花衫子，都是在水门洞那儿的旧衣裳摊上的便宜货。"

外公终于将最后一口白茫茫的烟从黄胡子那儿旺旺地吐出来，然后，在地上磕掉了烟灰，又使劲地甩了甩烟嘴子里的黄辣水子，有些艰难地站立起来，把烟袋别在腰带上，才从衣襟里掏出早已卷好的一卷钱递给徒弟，然后，又麻利地从怀里掏出一张大的票子，朝正在猫着腰专心数钱的徒弟手里递去，说道："给娃娃买些好吃的东西，晓得小儿子快要过生日的，走时，家里的老婆子还专门吩咐过的！"

外公把这些事情都安顿毕，才重新解下头上的白毛巾，仔细拍打过身上，等小个子徒弟终于犹豫着把物件收拾好走远了，他才捎上褂褛，蹒跚着两腿，朝桥下的猪市走去。这是他答应要在集上给儿子瞧着捉一头小猪的，可等到了这时候，乱糟糟的河滩上，只有乱糟糟的柴草树枝，却没有了人影。

外公从桥下的坡道费着劲慢慢爬上来，又走到桥那头拐巷子里的粮市，他原本想瞧瞧目下米市的行情，可这个时候的粮市上，早已变得空空荡荡。他有些疑惑地望着远处城里路灯的一片辉煌，这才想起给老婆子的拔头的罐子和女儿绣花用的五色水线还没买，至于自个儿逢集要买的那一两瓶子高粱烧酒，忘是不会忘的，可就是等到了这个时候才想起，似乎觉得有点儿亏。

2013 年 12 月 7 日于西安

瓜棚下的红山丹

到了晌午,整个大地就变得像个大蒸笼,烧烤得人简直无处躲藏。整座山上就像死光了人似的寂静无声,没有一点儿生气。偶尔有几只苍蝇或蜜蜂,突然从一个未知的地方嗡嗡嗡地飞过来,直冲冲在你的耳旁或头顶盘旋、俯冲或匆匆掠过,犹如电影里的轰炸机突如其来地飞临你的上空,使你猝不及防胆战心惊。山上没有一丝风,只有一个大太阳就像钉在当空一样纹丝不动,烧烤得整个大地都在焦灼发烫。

突然,从前边的山崖下传来一阵隐隐约约时断时续的说话声,声音小得就像蚊子叫那样细小。我好奇地爬上瓜棚,向山崖下的小树林那儿张望,才见得小树林的土塄那儿的一棵槐树底下坐着一个姑娘,不是与人说话,而是独自一个人在咿咿呀呀背诵着什么,一本书反扣在旁边的书包上,两只手还在不停地玩弄着几根毛毛草,嘴里却在不停地念念有词。

我梗着脖子静静地瞧了半天,就是好奇,这么热的大晌午,竟然有人爬到山上来读什么那书,这不是真的见了活鬼才怪哩!

过了好一阵,我才从瓜棚上下来。瓜棚下的那点儿阴影,正好移到上一条梯田的土塄上,斜印在土塄上的整个瓜棚一览无余,就酷似一个大大的A字。

要是在平时,每到这个时候,我就会一边扯着嗓子吼着一些缺胳膊少腿的那些老歌,一边顺着梯田一条一条挨着往过巡查,既为自己壮壮胆,也为这寂静的山上增添点儿热闹的氛围。那红鼻子的老队长要的就是随时能在不同的地方,瞧见我来来回回走动的身影,而不是让我白拿着工分,躺在瓜棚上睡大觉,让那些不规矩的什么鸟呀鼠呀和不规矩的什么歹人,旁若无人肆无忌惮地糟践着我们的这片瓜园。可今天我没有唱，什么歌都没有唱，我生怕我那拦羊嗓子回牛声，惊扰了小树林那儿的清静。我几次想找个机会下去，想跟那姑娘说上几句话，哪怕是一两句简短的问候或什么，也能减轻我此时此刻内心孤寂无聊的空虚和恐惧。但是，我真的不敢，也许，由于我真的是不敢这样去做，才对那片小树林充满了疑惑和渴望。如果是那个红鼻子罗圈腿的老队长，不管从哪个山尖尖上发现了我跑下小树林那儿闲逛荡，那还不要了我的这个小命！我不得不按照红鼻子老队长给我的吩咐和指示，顶着一天里最毒的大太阳，绕着漫山遍野的十多亩香瓜跑上跑下。

此刻的我，根本无法顾及灼热的太阳的暴晒和土地的灼烧，两只赤脚不停地挪动着从这一条梯田转到那一条，从老东头转到老西头。这个时候，周围山上给生产队干活的农民早早就收了工，而且又都钻到自家的自留地里手脚麻利地伺候一阵子那些长势茁壮的庄稼，这时候也都早早地跑下了山。村子里的石磨上和碾盘上早已卸下了驴，有早吃的院落里已经歪歪斜斜升腾起了一股股白色的炊烟，大多院子还在太阳的暴晒下懒散地敞着大门死死地沉睡。可这个时候也正是那些狗日的山鸡、乌鸦、田鼠和花尾巴小山鼠出没无常的时候。队长就这一问题，早就提着我的耳朵不知说了多少遍，可总有拳头大的香瓜被那些狗日的东西咬得遍体鳞伤。如果是我瞧见被咬烂的香瓜还吊在瓜蔓上或随意丢弃在瓜地的什么地方，我就会把它一脚踢到山崖下摔得粉碎，或干脆挖个坑埋葬地下，不是死无葬身之地，而是叫它死无对证，叫他红鼻子罗圈腿的老队长在我的面前再不要指指点点信口雌黄。但是，万一叫那老队长发现了，那罪大恶极的就肯定成了我，而不是什么田鼠或花尾巴小山鼠。

连着几天，每到这个时候，小树林那儿就会响起咿咿呀呀的读书声。一天里，我不知有意无意地要朝小树林那儿张望上多少遍。生产队的瓜园即将开园，漫山遍野拳头大的香瓜铺了一地，闻着这些花皮的白皮的甚至还有黑皮的成熟的香瓜散发着阵阵幽香，我悬着的心就不敢有一丝半会儿的消停和松懈。幸亏在山顶子上，我用父亲的老夹袄和烂草帽做了一个稻草人，像个威风凛凛的高大威武的将军镇守着整个山梁。瓜园周围的崖畔上，这几天红鼻子老队长背上来好几块石板，支起了许多专门捕杀田鼠的机关。红鼻子老队长还在野物频频出没的地段，摆放了许多的鼠药，专门对付那些贪得无厌的飞鸟和田鼠。每当瞧见屹立在山圪尖尖上的稻草人，听到小树林那儿的琅琅读书声，就感到还有人也和我在一起，这无人的山上就不再显得那么寂寞和可怕，而是充满了安详和温柔。

当那日头把瓜棚的影子又移动了几步远，我的晚饭就被送上来了，提着罐子爬上山来的是沟对面雪生家的小儿子。我瞧着他一头的汗水和上气不接下气的样儿，站在我的跟前等着我说话。我没说话，就在瓜棚的周围给他摘了一个已经熟了的香瓜，用手擦了擦上面的泥土，笑了笑递给他。这小子欢天喜地地接过香瓜就转身朝山下跑去。这是我自从看见那个读书的姑娘后，连着几天，把地里的香瓜摘给来送饭的娃娃吃。这种显然违反红鼻子老队长的做法，就是为了不至于用更多的话语来惊扰小树林那儿的清静，才这样铤而走险求得彼此的安宁。

山上吃饭总是一种很惬意的事情，我故意慢条斯理爬上瓜棚俯视着小树林那儿，吃得斯文而从容。一碗捞面，我差不多吃了两袋烟的工夫，吃完后，还似乎饶有兴趣地躺在瓜棚上用筷子轻轻敲着碗，嘴里却在轻轻哼唱着什么山曲。突然，只听当啷一声，那碗就从瓜棚上滑落下去，顺着崖壁一直滚落到小树林那儿的草丛里。

我急忙跳下瓜棚，一溜烟顺着一条小路就跑下崖壁。到了小树林那儿，那个读书的姑娘，早已从草丛里拾起那只被磕碰得满是泥土的搪瓷碗，老远就怯生生地望着我。

我走到离那姑娘不远的草地上站住，快速地审视着面前这个长得文文静静的小姑娘。她个头不高却长得很结实，一双会说话的大眼睛扑闪着就像在无言地说着话，叫人一瞧就晓得是个很有智慧很有主见很聪明的女孩，那被太阳晒得黑黢黢的脸膛和两只裸露在外的胳膊，穿着一身很旧的短袖长裤，叫人感到朴素大方。

"天这么热,你还跑上山来读书?"我很纳闷地问她。

"热是热,但比教室里凉快安静多了。"姑娘平静地说。

我望着山下那个完全暴晒在日头下的学校,说:"我瞧见你们学校好像在砍树,这咋能不热呢?"

那姑娘说:"听说砍树是准备做桌凳。现在,高考恢复了,来这里读书和复读的学生逐年在增加,就那么大的教室里快容不下了。"

我若有所思地嗯了一声,拿过那只搪瓷碗准备上去,走了几步,又转身问道:"那你是读高中的?"

那姑娘笑答:"不是,我是来复读的往届生,再用不了多少天就要高考了。"

我听了这话,什么也没有再说,就转身默默地朝山上走去。我不想在这里打搅她的清静她的安宁。如果我也能像她这样坐在小树林的阴凉处看书学习,我也会讨厌别人这样无端的纠缠和干扰,但是,我晓得我根本没有这种机会。不过,我终于看见了这个上山来读书的姑娘是个什么样子了,揣了许多天的一桩心事终于放下来了,就心满意足地往山上走。突然,小树林后面崖壁上的一个背洼洼土塄上长着的一棵红艳艳的山丹丹花映入我的眼帘,我情不自禁地喊了一声:"啊,山丹丹!"

山下那姑娘突然高声朝我喊道:"咦,你怎么晓得我的名儿?"

我扭转身,愣愣地瞅了她半天,惊讶地问:"你的名字叫山丹丹?"

那姑娘笑答:"我叫山丹。"说着见我爬上土塄用两只手用力地把那棵山丹丹花挖出来,小心翼翼地跳下土塄,然后又小心翼翼地把整个挖出来的土包放入到那个搪瓷碗里,然后像捧着一个异常珍贵的宝物那样准备走。

那个姑娘伸长脖子凑到搪瓷碗前认真地瞅着,那神情犹如在观瞧一件非常稀罕的物件一样。她看了一会儿,小心翼翼地似乎想用手摸那红得耀眼的花瓣。

我急忙挪转身子阻挡住她伸过来的那只娇小的手,忙说:"摸不得呀,这东西非常娇嫩,一摸它就会死掉的。"

那姑娘不好意思地缩回手,似乎遗憾地说:"呀,真好看,长这么大,还从没见过真正的山丹丹花,这还是头一回瞧见这么鲜艳的花啊!母亲给我起这名儿,可能就是为了好看好听才这么起的,真是白叫了十几年。"那姑娘目不转睛地看着我捧着搪瓷碗登上崖到了瓜地里。

第二天早上,我就提了一桶水上了山,我瞧着那搪瓷碗里的山丹丹花片和叶子都已蔫了,像沉睡了一夜无精打采。我忙给搪瓷碗里浇满了水,然后,把搪瓷碗又小心翼翼地放到瓜棚下的阴凉处,瞧着它似乎比刚才有了些精神,才放下心来。

红鼻子老队长率领着几个婆姨来瓜地里给香瓜锄最后一遍草。老队长则是转悠着把有的香瓜上新长出的拐头子掐掉。老队长嘴里噙着黑乎乎的弯把子烟锅,一边打掐着香瓜拐头子,一边还向我打问着这些天瓜地里的情况。我像个规规矩矩的小学生,老老实实向他如实汇报了我本该知晓的事情,并且步步紧跟在他的后面,也学着打掐着拐头子,给长大的香瓜挨着翻个儿,这样是为香瓜朝土的那一面也能照到阳光。

突然,红鼻子老队长把黑乎乎的弯把子烟锅叮叮当当在瓜棚的柱子上磕灭,大声嚷嚷道:"咋,你这小子还弄了这山丹丹花?像个婆姨娃娃的,不好好照看瓜园,还有这份闲心!"

原来是老队长发现了我在瓜棚下挪来挪去的山丹丹花,就高喉咙大嗓门地喊叫起来。经他这么一喊叫,原本静悄悄的山圪梁梁上立马就激起了轩然大波。那一群锄草的婆姨们一听说山丹丹花,都蜂拥着跑来瞧稀罕。有的拥挤在瓜棚底下叽叽喳喳地瞎叫喊;有的还凑到跟前想用手摸那细长的花片。一见到这般情景,我赶忙用两只手护住搪瓷碗,不让她们瞎胡闹。大伙干活累得口干舌燥,却没人敢当着队长的面摘着吃那满地躺着的香瓜。忽然瞧见我放在瓜棚下的水桶,都争先恐后地趴在水桶沿上咕咕嘟嘟地喝了起来。

红鼻子老队长见婆姨们喝足了水,又一个个走去开始干活了,自己也蹲下捧着水桶喝了个饱。他站起身,摸了把半个湿漉漉的脸,高声朝那些婆姨们叫喊道："好好干呀,我说娘们儿家啊,再坚持一会儿,我让大家吃香瓜。"老队长说完这话,就低声对我说:"把那些昨晚上田鼠咬坏的香瓜用刀子削一削,过会儿给她们吃。"

到了饭时,太阳升得老高老高了,送饭的婆姨才担上来几个黑瓷罐子,大家伙都跑来接过自己盛饭的罐子和包干粮的笼布包,就坐在瓜棚下的阴凉处吃开了。

我见大家伙一个个吃得饱心压肚,横七竖八倒卧在瓜地里说开了淡话,有的年龄稍大的还拿出揣在怀里的什么鞋帮鞋底子,做起了针线活,就从崖边上提来了半筐子被田鼠咬过又削好的香瓜让大家吃。众人一见是绿皮皮红瓤瓤的香瓜,都争先恐后地抢着吃。吃着吃着,还要忙着说上句:"今年的天气蹬劲,香瓜就是比往年的好吃,真是又香又甜啊!"大家乱糟糟地把半筐子烂香瓜吃得一干二净,这时,才发现老队长一个人躺在离瓜棚不远的土塄上扯起了鼾声,大家这才挤眉弄眼地放低了说话的声音。一个婆姨悄悄说:"老队长的后老婆对他不好,有一点儿甚好吃的都给后老婆带来的那几个猴娃娃吃了,轮到他老汉嘴边还有啥呀!不然,一遇到山上送饭,他常常是一个人躲到一边,一个人偷偷吃他的黑馍哩。唉,其实,老队长也是个苦命的人啊!"

这些婆姨们议论完老队长,又开始说今年的年景,从高粱玉米谷子糜子红薯洋芋,又说到这十几亩长势喜人的香瓜。从谁家的那老母猪下了几个猪儿子羊下了几个小羊羔,到谁家的老汉夜里睡觉鼾声大那屁也响,隔着的院子里都能听到像在打雷。最后,又不知咋的一下子说到了瓜棚下的那碗山丹丹花。一说到那被晒得不怎么苗壮的山丹丹花,她们就开始说到我。沟对面的雪生婆姨说:"可怜这娃,要不是他爸爸前年叫土坝上的哑炮炸死,还用得着他这么小的年纪就回来受苦?"另一个说:"听说他从小就学得好,就因为家里劳力少,这才念不成书了就跑回来劳动养家,不然,咋说都能考个好大学哩。"

我远远地听着她们惋惜可怜的叹息,眼眶里不由得就涌满了泪水。我望着山那头的麻子山,瞧着在太阳下高高耸立着的爸爸的坟头,眼泪就扑簌簌地流了下来……

过了几天,生产队的香瓜终于开园了。老队长和雪生两个就成了担上香瓜进城卖的临时卖瓜人,每天都早早地上山摘好几大筐新鲜的香瓜担到几里外的城里卖。他们一走,山上就又剩我一个人孤零零地在这山上当起了山大王。为了不使自己寂寞,我从早到晚都哼哼唧唧唱个不停。

这天中午,忽听得山下的小树林那儿有人在叫我大哥。我爬上瓜棚向下一瞧,原来是那个读书的姑娘在朝我喊。细细听来,才听清楚那姑娘问我山丹丹花的事。我用两手握成喇叭状,高声朝她喊道:"不行了,快死了。"

她也学着我的样儿,用两手握成喇叭状,高声说:"我可以上来看看吗?"

我听到这话,心里就咚咚咚地乱跳开了,但我还是毫不犹豫地对她说:"行,上来吧!"

那姑娘没费什么劲就爬上来,走到瓜棚那儿站定擦着头上的汗水说:"这大晌午的,你一个人在山上不怕吗?"

我说:"不怕。"我朝山顶子上指着说,"山上有那稻草人,山下有你这个伴儿,我还怕甚哩!再说了,还有这棵红艳艳的山丹丹花!"我指着瓜棚下的那蔫蔫的山丹丹说。

她俯下身子静静地瞧那花,一动不动默默地像在心里悄悄说着什么,神情不像在欣赏,而是像在思索、追忆、感悟着什么。末了,她站起身子,叹了一口气惋惜地说:"真是太可惜了,它的生命就这么短暂呀,如果我们不动它,它也许还能活到天冷的时候。"

我说:"其实没什么可惜的,它虽然花开得娇艳,可它也是一种草嘛。即使是最美丽的花朵,也总有开败的那一天。你看这漫山遍野的各种各样的野花,到了秋罢,它们就都会死去的。"

三说两说,才得知她也是来自老远的乡下,她家的坡下就是一眼望不到头的九曲黄河,黄河的沙滩上有成片的枣树林,也种有西瓜和香瓜。怪不得她爬山上崖走起来那么轻松,怪不得我摘了几个香瓜让她吃,她就是死活不要。她说，再过几天就要正式高考了，等考完试，她就回乡下，也会和我一样上山给家里照看瓜园。"到那时，就可以无拘无束自由自在地赤着脚，在一望无际的沙滩上尽情地玩耍，望着天空悠悠的白云，吃着家乡甜美的香瓜，唱着嘹亮动听的信天游，那才叫一个美啊！"说罢，她就咯咯咯地笑了，一笑，脸蛋上的那两个小酒窝特别好看。见我只是静静地听她说话，自己却一言不发，她就问我："你这么小的年纪就上山劳动，为什么不继续好好念书呢？现在形势好了，高考也恢复了，我们只有好好地念书，考上大学，才有出路呀！"

看着她红扑扑的笑脸，我心里却在斟酌着怎么来告诉她。见她那双就像会说话的大眼睛扑闪着盯着我瞧不松劲，我就干脆如实对她说："因为爸爸给生产队打坝时炸死了，妈妈常年生病，家里再没有劳力，为了妈妈和几个年幼的弟妹，所以，高中没毕业就回来参加了劳动。再说我们那时候是推荐上的高中，好多该念的书都没念完，现在再要继续上学复习，一是没有那机会，二是也没有资料呀，再说……"

她听完我的话，半晌没说话，只是把头转向别处，似乎在望着远处沉思。忽然，一只白色的蝴蝶忽悠悠地飞过来，转了几圈，就落在香瓜蔓子上。

那姑娘蹑手蹑脚地走过去想捉住它，可刚到跟前，那只蝴蝶就飞走了。

我忽忙脱下身上的白布褂子，猛跑了几步，用衣服一甩，就逮住了那只蝴蝶。我小心翼翼地从衣服里捉住那只蝴蝶，递给她。

她接过蝴蝶，脸上立马就浮现出灿烂的笑容。她捏着蝴蝶的翅膀忘情地跑了几步，忽然又停住，低下头认真地看着那只洁白的蝴蝶，过了一会儿，只听她说了声："你飞吧，快飞吧！"她把手朝空中一扬，说着就松开手指放飞了那只可爱的白色蝴蝶。她一直看着那只蝴蝶欢快地飞到梯田的另一边，才扭转身对我说："走了，该下去看书了。"

连着几天，那个姑娘依然天天到小树林那儿读书复习，在看书的间隙，也总要爬上来看看瓜棚下的那棵山丹丹花，有时也给它浇水，有时也帮着移动那搪瓷碗的位置，但是，无论我们咋样悉心地照料那棵可爱的山丹丹花，没过多少日子,它还是干枯地死去了。看着那红艳艳的花瓣已经变得蜡黄,几片细长的叶子也就要干枯,我真舍不得把它扔掉。不想扔掉,却已不想再那么悉心地关照它在意它,甚至有时却真的忙得忘记了它的存在。

那天,还是那个姑娘手里握着一本厚厚的复习资料上到瓜棚那儿,她没说个什么话,就俯下身子小心翼翼地把那已经濒临枯死的山丹丹花,从搪瓷碗的泥土里拔出来,然后又小心翼翼放到那本厚厚的复习资料中。然后站起来,对我苦笑了一下,声音低沉地说:"我把它做成一个标本,让它永远和我在一起。"

我目送着那姑娘手捧着那本复习资料慢慢地走向小树林,心里突然觉得空落落的。这些天,就因为那棵山丹丹花的存在,我和她之间的这种萍水相逢的友情才存在。现在,那棵奄奄一息的山丹丹花也被她做成标本带走了,从此,我心中的这个念想也好像被她带走了。我在这寂静无声的光秃秃的山梁子上走来走去,总是觉得心里缺少了点儿什么的,真想痛痛快快地吼叫上一阵。就在这时,我突然瞧见东边梯田的崖畔那儿的草丛里,露出两个东张西望的脑袋,于是,我就弯下腰顺着梯田土塄根儿往过走去,当我慢慢地走到梯田的东头那儿,就见两个膀大腰圆的年轻后生正猫着腰慌里慌张在地上摘着香瓜。我大声喊道:"抓小偷啊!"

那两个后生听见喊声慌忙跳下崖畔朝小树林那儿跑去。

我一边喊,一边也朝小树林那儿追下去。由于我是抄近路追下去的,所以没费什么劲就追上一个光头后生,我死拉住那光头手里握着的锄头把子不松劲。我使足了吃奶劲猛地拉了一把,就把他用力摔倒在小树林那儿的草地上。

那光头被摔得满头满身都是土。他慢慢坐起身,用手臂擦了下嘴唇上的土,眼睛直溜溜地瞅着我,半晌才慢吞吞地说:"咋的,渴了吃你几个香瓜,也犯着你这样狠心地下手啊!"

我见那个大个子跑下山了,只有这一个光头小子,心里压根儿就不在乎。就理直气壮地叫喊道:"咋的,赔钱呗,谁叫你来偷我们村的香瓜哩。"

那光头一听这话，猛然站起来就夺我手里的锄头。我们两个就你抢我夺喊叫着厮打在一起。

就在这时，已经走下山坡的那个读书的姑娘，见从山上突然跑下来一个扛着锄头的后生，忽然又听见山上有喊叫声和厮打声，就慌忙又跑上来。当她上到小树林那儿，就瞧见了我们两个正抱在一起在地上滚来滚去。她撂下书包就跑过来拉我，嘴里还高声叫喊着："你们别打了，快别打了！"

那姑娘还真劲大，几下就把我们拉开了，她把我扶起来，又去扶那光头。那光头似乎表现出愤恨和极不情愿，又是胡叫喊，又是手脚乱甩乱蹬，没小心就把那姑娘的书包给蹬到土塄下，书包里的书本资料散落了一地，那棵夹在复习资料中的山丹丹花也被甩了出来。姑娘气愤地叫了一声跑到土塄下，非常小心地拾起那棵被甩到草丛中的山丹丹花，再次小心翼翼地放回到那本复习资料中。等姑娘气愤的心情稍稍平静了一些，她才用缓和的口气问："你们为什么要打架呀？"

我愤愤地说："他偷吃我们队里的香瓜。"

那后生擦了擦满嘴的泥土和血水，说："都是早不见晚见的乡亲，渴了吃你们队里的几个香瓜，又不是吃你家的。"

我说："不管是生产队里的还是我家的，都不能偷，集体的就更不行。"

那姑娘一听我俩还为这事争论不休，便锐声说道："不管怎么说，偷人家的东西总是不对的。以后如果是真的渴了，就言传一声，我想不管是谁家的，也肯定会让你吃的。"姑娘说完就看看我，又说，"就饶他这一回吧！"

我瞧了瞧那姑娘一本正经的样子，手一软，那把锄头就掉在地上。

那光头一把抓过锄头就朝山下跑去。

第二天早上，队长上山来摘香瓜，在听了我对昨天抓小偷的惊心动魄的描述后，就竖起黑乎乎的大拇指夸奖我做得对做得好。接着又拐弯抹角地说，听庄里人说，见这几天，常有一个女娃娃跑到瓜地里来串门，问我是不是有这档子事？

我一听这话，心里就是一怔，最后还是战战兢兢地如实给他说了实情，并且再三保证说："那姑娘可从没吃咱们队里的一个香瓜呀。"

老队长听完我的话，很认真地瞅着我看了半天，似乎在审视我说的是否真实。半晌，他才说："看来也是个有骨气的娃娃，你也像她一样有骨气，真是个好样的，没给你那死去的老子丢脸。"

县里正式高考的那几天，正好下起了小雨，那种伏月天闷热难耐的鬼天气也终于收敛起它的张狂，终于显现出难得的阵阵凉意。我披着爸爸留下的那件旧雨衣，默默地独自伫立在瓜棚下，朝那山下人来人往的学校望去，雨雾蒙蒙的视线中，再也找不到她的踪影。我默默地祝愿她能考好，能考上一个响当当的好大学！

立秋的前几天，我们村里的香瓜终于下架了。那天，我和老队长正在拆除瓜地上的瓜棚，准备白露过后回茬种麦子。就在这时，那个姑娘气喘吁吁地从小树林那儿爬上来，手里提着装得鼓鼓囊囊的书包走到我面前，喜出望外地告诉我，她考上了首都北京的一所大学，她把刚收到的录取通知书拿出来让我瞧，让我分享她的高兴和她的快乐。我看着她递给我的录取通知书，激动地连连说："好好！"她把那个装得满满当当的书包递给我，说这是她所有的学习的书本和复习资料，有空就多看看书，好好复习，将来准能考上大学的。

我望着她满面春风的笑脸和那两个可爱的小酒窝，更是激动得说不出一句话来……

老队长望着那姑娘，握着那只弯把子黑烟锅，咧着个嘴说："憨娃娃，要有出息，就学人家这姑娘，可千万不敢学我老汉这样子。哈哈哈！"

2014 年 2 月 18 日

斗　阵

最后一趟班车卷着一股尘土开出了柳树湾车站,沿着镇子上窄窄的土路向县城方向驶去。这个时候的镇子上已没有多少人了,店铺也大多都上了锁,没关门的几家也是在一阵阵的黄风中,东拉西扯忙着收拾着摊子,整条街道上显得冷冷清清寂寥无人,再没有了往日的热闹嘈杂。

强子他们从车站出来,一直目送着班车在黄风弥漫着的视线中消失得无影无踪了,才纷纷扭转身,脚步迈得欢欢地朝后镇子上走去。

强子便对儿子和儿媳妇他们说:"我去买盒烟,你们先回去帮着收拾去!"

强子走到海平的摊子前,就与正在忙着收拾货架子上货物的海平大声打过了招呼,刚想要走。却听到海平大声问强子:"二强咋这就忙着走了,回来也不多住些日子。"

强子不想在海平这儿多说些甚话,他怕海平要提这些天在他摊子上买鸡鸭鱼肉的事,就边走边说:"他们都有公务,工作忙着哩。"说着就被道旁支锅卖茶饭的一个石头摞子绊了一下,被绊了个趔趄,幸亏抓住了卖羊肉架子上的一根柱子,才没有跌倒。他离开了海平的摊子,转身朝儿子他们瞧了一眼,见他们还抱着孙子军军站在风中诧异地望着他。于是,他朝他们挥了挥手,还用两手握成了喇叭状大声吼道:"快回去,操心军军着凉!"说完,他自己便装模作样地在上衣口袋里掏着钱,就向街边一家已经关上了半扇门的商店走去。刚走了几步,忽然,他猛地像触了电似的停在那家只开着半扇门的商店门口,竟然望着儿子他们远去的背影,嘿嘿地笑起来。他摸出口袋里的几个烟盒子,笑自己老实得连个哄人的话都不会说,家里刚过罢事情,那些好烟好酒堆得满脚地都是,还用得着在这儿黄风斗尘地跑去买什么烟?怪不得儿子他们刚才诧异地瞅着他,还真以为这几天是叫这些事情给气疯了还是咋的。

强子从街道那儿拐进一条小巷走到尽头,爬上了一道小坡,就径直走进鞋匠毛仓的家。见拐子毛仓刚收拾了摊子回来,正在院子里收拾小推车上拉回来的钉鞋的机子和那些破鞋烂皮子旧轮胎,就没说什么黄黑,三两下就帮着把这些东西搬进窑里。

拐子毛仓见是强子来了,便甚话也没说,就拐着腿走到后窑掌子里,吭哧吭哧弯下腰翻搅了一阵,才从什么地方翻出一个被塑料布缠裹得厚囊囊的东西递给强子,说:"这两万块钱早给你准备好了,晓得这是个硬任务,还敢怠慢,你先数数吧!"

强子把那东西拿过来,费了好大的劲,才把包裹在外面的塑料布撕掉,然后,把两沓子红艳艳的票子塞进上衣里面,就冲拐子毛仓笑了笑,说:"数啥哩,你我还能不信!"说罢,就欢快地从这黑咕隆咚的窑洞里走了出去。

强子怀里揣上了那两沓子东西,走起路来精神头就明显比来时足了许多。他大步流星绕过了大半个镇子,一口气爬上了自家的院子,一眼就瞧见老婆桂花正在拿着扫把打扫着院子。自己家一线四孔窑宽展展亮堂堂的院子里,已被打扫得整整齐齐干干净净。那些过事情用过的桌椅板凳,都整齐地摞在前边窑那儿;那些碗筷碟子杯子盆子盘子马勺水桶刀子案板和搭建厨房用的钢管卡子帆布炉子,在后边窑前摆放了一地;中窑的门前整整齐齐摞了十几个纸箱子,纸箱子里都是没用完的香烟白酒啤酒饮料;那些空酒瓶子饮料罐子香烟盒子喝水的纸杯子燃放过的鞭炮纸屑吃剩下来的骨头渣子烂纸箱子烂扫帚废旧拖把废旧抹布餐巾纸卫生纸被扫得堆了一堆,足足有两三车子……

桂花见强子回到院里,便停住手里正在忙着的活,劈头盖脸就问了一句,说:"你去买烟了? 家里剩这么多的烟,你还买什么烟?"

强子见老婆桂花这腔调有些不对,于是,便有些胆怯地笑呵呵地说:"我是去商店里瞧了瞧咱这烟酒的账目……"

桂花听到这儿，便打断强子的话，说："烟酒账目？那其他账目呢？尽说些哄人的话，你肯定又是去跟商店的海平或德富他们借钱的，不然，不然尔格去买什么烟？反倒说去瞧甚账目。尔格你要甚账目，我都能一一给你说得分文不差。我尔格倒想跟你好好说说，这次咱们埋老人用了多少花销！除过烟酒饮料这些酒水，还有猪羊鸡鱼、瓜果蔬菜、米面糕点、猪头肘子、猪羊下水，有三百二十多个人上了礼，其中捎礼八十多个人，实际摆了二十五桌酒席。这都是给老人送葬抬埋过事情的费用。老人得病后住院、手术、抢救、打针、吃药的费用咱先不说，这些都是有票据的。可老人没抢救过来，就这么价突然一走，要穿老衣要备好棺木，要请阴阳先生要请吹鼓手要请厨子坟工，要买鸡鸭鱼肉烟酒糖果花炮纸火油盐酱醋，你说这些东西哪一样能少得了？哪一样又是不花钱能白白得来的？在咱柳树湾过这么大的事情，你数数能有几家呢？尔格德富商店里的烟酒钱要给人家算；海平的水产门市上的那些鸡鸭鱼肉钱也是要算的；还有跟这家借的，跟那家拿的，咱肯定得给人家还吧。人家不要是人家的事，咱不还人家可就是咱们的事啊！这些事情你倒可以不想，可我要想啊，都是早不见晚见的乡里乡亲，谁能丢下那个脸面，瞧以后还怎么做人呢！瞧你当了多少年的那狗屁村官，自己没捞到一分钱，反倒这家有个难处、那家有个病病灾灾的，你不是偷着从家里往出拿，就是在外头东凑西借也要拿去给人家送到炕头上。尔格自己老人老了病了死了，借下了这么多的饥荒，给村里人不能说，给你弟弟也不能说一声吗？可你倒好，就这样一把就放你弟弟二强走了，一家人光着屁股吃喝了几天，连一个响屁都没放一下，吃完喝足了，就把嘴一抹走了。把这个烂摊子撂给咱，就不想想这些年，咱们给老人养老送终，瞧着给他二强供得念了大学，找了工作，成了家，尔格却一个子儿也舍不得掏，咋好意思就这样不声不响地走了，这以后的日子可叫咱怎么过呀！呜呜……"

强子见老婆一见他的面，没说个甚黄呀黑的，就劈头盖脸突突突地给自己放了这么一梭子机关炮，晓得是她心里积攒了长时间的很多怨言，一股脑就全给倒了出来,乍听起来,好像是火药被点着似的,噼噼啪啪响动了一阵子,但他晓得,那股子火药味散尽了去,就甚屎事也没有了。倒是身旁的几个娃娃们瞧见了这摊场,有些犯熬煎。尔格多亏是来帮忙的远近亲戚和村里的邻居都走了,他怕的是被别人听见笑话。如果一旦让外人晓得了他强子家里因为埋老人闹起了矛盾,吵吵嚷嚷的胡斗阵(陕北方言:吵架的意思),他这个当了多年的村支书的面子往哪儿搁呀!

强子傻愣愣地一进门,就给老婆桂花骂了个狗血喷头,他却一反常态地没恼火,而是慢腾腾地从口袋里摸出一根烟点上抽了几口,终于唉了一声出了言,说:"瞧你这尿样子,能有个甚了不起的尿事,还非得要你鬼哭狼嚎地瞎号叫甚的?"说着就拉起墙根下立着的一把铁锨帮着收拾起那些垃圾。

刚才桂花那番气呼呼骂强子的话,吓得儿女们大气不敢出一声,害怕他们的母亲桂花说了这号不中听的话,肯定会被父亲不是大骂一通,就是要被狠狠地揍上一顿的,尔格却瞧见父亲今天终于没发火饶了他们的母亲,便都又动起手脚做起了营生。

刚才,军军也放下了正骑着的三轮车,扑闪着两只大眼睛,朝大门那儿瞧了一阵子。尔格见大人们又都干起了活,自己就又骑上三轮车,在院子里转开了圈。

桂花这时却反倒得理不饶人,越哭越伤心,越骂声越大,桂花竟然哭骂道:"你还是个男人,一辈子做的都是出力不讨好的孬种营生,还骂别人尿样子,你才是这个世界上最没本事的尿样子男人!"说着就把手里的扫帚啪的一下朝强子摔过去,扫帚却不偏不倚正好摔在了强子的头上,一些柴草纸屑就扑簌簌从强子的头发上掉下来滑落到新崭崭的衣服上。

这下可惹怒了强子。强子便举起铁锨骂了声:"妈妈的,你这个糊脑尿,瞧我今天不打断你的腿!"强子骂着就举起铁锨向桂花的腿上砍去,头一铁锨砍在了桂花脚下的砖块上,地上的砖块就被削去了一层泥。接着第二下又砍过去,就正好砍在了桂花的皮鞋上,桂花当即被砍倒在地。一时间,院子里可就乱成了一锅粥。桂花杀猪似的大声号叫着,儿女们惊叫着就疯了似的急忙跑过来,拉强子的拉强子,拉桂花的拉桂花,一群人乱得就缩成了一疙瘩。

军军也哇的一声哭着跑过来,抱住奶奶就号啕大哭。

强子还在锐声叫骂着,在一声紧似一声的骂声里,就从怀里掏出那两沓子红艳艳的大票子,愤怒地摔向了桂花。那些红艳艳的票子,被用力摔得散了一地,却又被那风吹得像雪片一样到处飘散。强子见到红艳艳的票子散落了一院子,更是厉声叫骂道:"给你,全给你,二强给的这两万块钱都给你。哼,你这个不要脸的臭娘们儿!"叫骂声中,却又不停地要挣脱那些拉着他的人扑向桂花,拉着他的人就使劲往后拉着他……

偏在这个时候,大门外突突突就开上来一辆三轮车,一院子的吵闹声顿时被这突如其来的突突突的声音吓得戛然而止,大家都傻乎乎地瞅着开进来的三轮车。

强子这时却挣开其他人,走到三轮车跟前,就像没事人似的堆了些很不自然的笑,说:"是来拉灶具的吧,来来来,先抽上一根烟!"说着就把烟递给了开三轮的,还凑到近前点上,然后,又笑着说,"这师傅,你看这些垃圾如果不忙的话,给倒上两三回,倒掉了这些脏东西,我也就省心了。"说着,还故意朝旁边正在给桂花揉搓脚后跟的儿女们瞅了眼,又说:"至于钱嘛,你就说个数,你说多少就多少!"

开三轮的是个年轻后生,见半道上又碰上个这样的好买卖,自然是满心欢喜着就笑得咧开了嘴。于是,从三轮车上下来,一边抽着烟,一边反抄着手,在那堆垃圾周围转着瞧。那年轻人转了几圈,好像是终于有了些底数,才呸地吐掉烟把子,说:"这些东西不少啊,得跑好几回呢,就给三十块吧!你看咋相?"

强子听了开三轮的这话,只是眉头稍稍皱了皱,就说:"三十就三十。"要是在平时,他肯定要说:"三十块?天哪,三十块快能买上半袋子白面了,割肉也能割两三斤的,不啦不啦,我自个儿慢慢担着倒挣这三十块钱的。"可今天没有说这样的软话,今天就是开三轮的要他个两百三百的,他也会当着桂花的面大大方方往出掏的,他今天就是故意要在桂花面前耍一回大手,故意气气她的。

开三轮的并没有像他说的要跑上几回,只满满地倒了一趟,就开上来空车子笑嘻嘻地拉了那些灶具走了。

天也就黑下来了,风倒是刮着刮着渐渐小了。儿女们都窝在上窑里安慰服侍着桂花,强子站在空落落的院子里发呆。他望着山下黑黢黢的镇子,一根接着一根抽着烟。忽然,他瞧见墙头上,还照着本地乡俗放着父亲的铺盖卷,心里就泛起了一股酸楚。自打母亲早年去世后,当石匠的父亲就起早贪黑省吃俭用把他们几个儿女拉扯大,如今才刚过了七十岁的年纪,正是好好享福的时候,却突然得了这样的大病一病不起,就这么价走了。父亲为人正直,从不说一句软话,从没给他拉下一分钱的饥荒。就是在工作上,也从不拉他的后腿。还时常一股劲地叫他常记着老百姓的好处,也要常记着老百姓的难处。那年,前庄子上海娃家的窑洞,因为下大雨窑掌子里灌进了山水,父亲又一声不吭背上多年不用了的锤子凿子去给海娃家帮忙修理窑掌子,一干就是五六天。临走时,海娃要给他算工钱,他硬是没收海娃一分钱。后来海娃提了一笼子香瓜来补这个情,父亲还是按市面上的价钱,硬是撕扯着给了钱。还有拐子毛仓,从小就是个孤儿,七八岁时跟上老饲养员在山上放牛时,掉进天窖窟窿跌折了腿,成了个瘸子,长大后就学着钉鞋,养家糊口倒也能过得去。后来去给关中地里的人家做了上门女婿。前两年,那关中婆姨患病死了,他也就又回到村里。毛仓的那几亩洼地,父亲也一直叨着空给务着,秋田下来,收得几升谷子糜子和豆豆颗颗,见熟人就往关中那儿捎。这些年五保户该领的那些钱,父亲叫强子给攒着,等毛仓回来,分文不少地给了他。毛仓拿着两万多块钱,眼泪就扑簌簌地从老黑脸上直往下淌,还说以后有用得着的地方就言传一声。这次父亲住院做手术时,毛仓就问强子要钱不?强子说先不要。后来父亲去世了,毛仓又问要钱不?强子说等到要用时就来取。尔格这借来的两万块钱,已经当成二强给的,在众人面前敞亮地喊出了口,不晓得能不能暂时堵住这个黑窟窿,唉……

第二天一早,强子起来正打扫着昨天刮进来的土,就听见有人来敲门。等强子开了大门,才见是德富来找他。强子怕哭了半夜的桂花听见,于是,就把德富拉到大门外说话。德富跟他圪蹴在墙角那儿却不说话,反倒笑眯眯地拿出一盒好烟让他抽。强子眨巴着眼睛抽着闷烟,见德富这家伙找他来又是递烟又是堆笑,就是歪好不说钱的事情。看来,人家不好意思说,那就要咱先开口了。于是,强子把抽剩的烟把子在地上踩灭,就说:"跟你商店里拿的那些烟酒钱……"

德富一听这话,却咯咯咯地笑了起来。德富就笑着对强子说:"错了错了,我不是来要账的。咯咯,再说,你那些账能有多少钱,镇子上借我钱欠我账的人多得是,还在乎你那几个钱!等以后你手头宽裕了再还我,到时候我也只收个本钱,运费车费跑腿费,分文不会要你的。尔格,我是来给你送钱的,听说……嗯,是说你家里斗了阵,就是因为钱的事。我那婆姨天不明就叫我来给你送些钱,好让你渡过暂时的难关。我婆姨说,前些年,我们家因为开这个店,你又是给凑本钱,又是跑到城里求爷爷告奶奶到处找人办这个证那个证,才终于帮着我们立踏(陕北方言:建立的意思)起这个商店,才有了今天。尔格,你有了难处,我们怎么能袖手旁观呢。"

强子见德富原来是这番心思,他听了虽然有些感动,就像他当时给人家帮忙人家受到的感动一样,但他还是好说歹说,硬是死活没要德富的一分钱。最后,强子几乎与德富差点儿红了脸,才毫不留情地把德富连推带搡赶下了坡,德富站在坡下面还扯着嗓子喊道:"要钱就说个话,三五万块不算个啥。"

强子回到院里,还在心里嘀咕这是什么人倒把这事情传到了外面,难道是昨天的那一场风吗?嘿,真是好事不出门,坏事传千里啊!见桂花在儿媳妇的搀扶下一拐一拐地走出窑门去了茅房,心里悬着的那心终于稍稍放了下来,看来只是伤了点儿皮肉,筋骨倒像没什么碍动,这就比昨晚上睡不着瞎想算的情况好得多。但心里觉得还是有些愧疚的。自从桂花嫁到他的门下,又是侍奉父亲,又是照料弟妹,又是养育儿女,对自己的事情反倒是从来不加管束,小到给村上的谁谁家帮忙跑腿,吃苦受罪;大到为村里的事情,寒来暑往、没明没黑地操劳,甚至是把家里的东西拿去送人,或者是揣着自家的钱为村里修道路、架水管、买树苗,她可从来没有过半句怨言。后来父亲病倒了,二强他们远在省城上班,儿女们又各有各的事,她就死守在炕栏边,喂饭喂药,接屎接尿,没让老人受过一天罪。父亲临走的时候,还断断续续地叮嘱道:要对桂花好,要对弟弟二强他们好,二强从小没有妈妈,受了不少罪,尔格城里工作不宽裕,什么都要钱,不像咱这乡下,山上有吃的,山下有喝的,吃的喝的烧的住的,都不用掏钱。父亲最后还嘱咐道,镇子上的人都在他生病后来看他,他死了以后,叫人家都来家里吃顿饭,好好感谢感谢人家,但绝不能收人家一分钱……

强子瞧见父亲的铺盖卷还放在墙头,他就又想起老人家许多的安顿。他把父亲的铺盖卷取下来,又抱回父亲常住的窑里。这时,却听得外面传来咯咯呱呱的说笑声。军军趴在玻璃窗子上叫喊道:"爷爷,又来了两个!"

强子凑到玻璃窗上一瞧,见原来是军平婆姨扶着军平来了。强子立马就迎了出去。就在他挑开门帘走出去的那一刹那,他听见军平婆姨问桂花的脚。桂花却笑着说是昨天收拾院子时,被玻璃瓶子扎了一下脚后跟,没事的,没事的。军平婆姨就说:"瞧嫂子就是个有本事的人,这个家哪能少得了你,这十冬腊月的伤了筋骨可怎么办呀!"

见是强子从窑里出来,军平婆姨就扯着大嗓门喊叫道:"强子书记,瞧你们这两口子真是干净得像那啥,瞧把这院子收拾得多利索呀!我说强子书记,军平天天嚷叫着要来给老人家烧个纸磕个头的,可就是想着人来人往的,来了也不方便反倒碍事,于是就捎了一份礼,也图两家都省心呀!"

对于军平婆姨的这张嘴,镇子上没多少人敢恭维。自从军平开车出了那场车祸,强子两口子可没少去他家里,送吃的喝的烧的,强子跑前跑后,帮着瞧病领保费处理事故这些当紧的事情。强子每回去,还总忘不了给带上几盒好烟,因为军平是镇子上出了名的老烟囱。可就是这个婆姨不让抽,有人则好说,没人时,甚难听的话都能说出口的。镇子上还有风言风语,说军平的婆姨还常往镇子前湾桥头那儿的加油站跑,说那里常有山西来的开油罐车的跟她一起吃吃喝喝眉来眼去的,所以,强子根本就不喜欢这个骚娘们儿。今天又不知是哪儿的风把她给吹来了,是不是昨天的事情,这么快就又传到了镇子最前头的军平家?

强子想着想着,还是很热情地把他们让到窑里,又是递烟,又是倒水,还与桂花用眼神交流过一次,夸人家军平的婆姨就是个能干的婆姨,瞧尔格把军平服侍得白白胖胖多亮眼,那腰腿也恢复得快,能撂开拐杖靠着假腿走路了。

彼此说笑着寒暄了一阵子,军平他们要走,桂花却叫儿媳妇给他们做饭,彼此又推让了一番。就在军平他们临出门时,军平的婆姨把一个纸包放到炕栏边,说:"这点儿钱你们先用着,听说你们尔格也遇到了难处,谁家没个难处呀!咯咯咯。"

强子见军平两口子也是来送钱的,于是就上前阻拦,便与军平的婆姨你来我往地推让了一阵子,还是争执不下,便就拉下了脸,强行把那个纸包又装进军平的口袋里,硬是把他们打发走了。

过了一会儿,隔壁的二婶子和对面沟里的建昌妈也前后脚紧跟着来串门,一个说是来借笸箩簸箕给孙子压糕过生日,另一个则说看有没有治心口子疼的药,其实,还都不是想来打听个消息,好在前晌的麻将桌上拉话时就有了话题。不然的话,哪家的笸箩簸箕不能借,哪个药店里的药品不能买,还非得要舍近求远跑上这么远的路来瞧人家的眉高眼低,向人家开口借?最后走的时候,两个女人还不住地瞅着强子和桂花笑嘻嘻的眉眼,想瞧出个什么究竟。出了大门,走到坡下了,还互相拉扯着眉来眼去嘀咕不休。

终于送走了镇子上最多事的两个女人,回到窑里,锅里的吃喝冒着白汽响成一团,终于熬到了这个时候,一家人都眼巴巴地瞅着响个不停的老黑锅。石头锅盖被重重地掀到锅台上,一股白汽就直端蹿上了窑顶子。在朦朦胧胧的雾气里,一家人终于又心平气和地夯在一个大炕上端起了碗,吃着从酒席上退下来的剩菜剩饭。

军军把自己碗里的丸子给后炕上的奶奶碗里放了一个，又跑去给前炕上的爷爷碗里放了一个，军军说："让爷爷、奶奶吃了丸子以后不许再斗阵!"军军的话逗得大家都笑了。

还没等强子吃毕放下碗筷，强子的手机突然就叮叮咚咚地响了起来。强子便拿出手机一瞧，原来电话是王镇长打来的，便跑到过道那头去接。强子笑着说："啊哦，是王镇长啊，嘿嘿，没有没有，哪有那号事，都老夫老妻的还斗啥阵哩。尔格一切都好着哩，怕是没招待好领导和乡亲们。村上的事情还不就是那样，啊哦，算不得算不得，咱就是个农民嘛，盼望的就是风调雨顺五谷丰登嘛，有吃有喝安居乐业这光景真是过得比过去地主老财资本家都美气呢。甚，你说甚？又有大风？管他什么大风小风的，山上的秋田收过了，红枣、苹果也都摘完了，还怕他个甚。水来土挡，风来嘛，就叫山圪梁去挡吧！哈哈哈。"

强子从过道走过来，就啪地关了手机，嘴里屄了一声，真是这狗日的风也像长上腿了，瞧你还有谁再敢来？

强子心里就这么嘀咕着，就搬了把椅子走了出去。强子走到大门那儿，咣当一声就关上了大门，然后，就把椅子放在大门后面，扑通就坐下抽起烟来。

这时，军军从窑里跑出来，手里握着一把小手枪，跑到强子的跟前，像模像样地说："爷爷，我给咱站岗放哨，看他谁还敢来！"

2013 年 12 月 16 日于西安

你微笑，我也微笑

1

听见王丫在楼下叫我的名字，我拉开窗子刚探出个头，她看见我就使劲朝我招手，她朝我招手也是手臂不动手心朝上光用手掌来回快速地闪动，表情很活泼姿势很优美。我从来不会这样朝人招手，在老家我们即使是招手也是胳膊僵硬胡摆动地摇一摇，就像歌里唱的那样："哎哟，咱们拉不上个话话就招一招手。"当然有时打狗吆驴也会举起胳膊那就瞧着更生硬了，哪像人家王丫，随便摆动下腰身手腿都那么自如好看。我穿上衣服快速往楼下跑，虽然我晓得她这样紧急召见我，不用猜，不是叫我帮她洗衣服洗床单洗被罩，就是让我陪她逛街买衣服拿东西。但不管叫我做甚，那嫩手闪动得就像刚学着飞的小鸟的翅膀，就是对我的召唤，我非常乐意她这样在大庭广众面前直呼我的尊姓大名，我根本没有丝毫责备她一贯的马马虎虎老记不住我的电话号码，如果真是用最先进的科技手段把信息和声音那样易如反掌平平淡淡地传递过来，反倒觉得没有这样亲切自然栩栩如生。

我下到一楼的大厅里，还对着镜子练习了几下手势，就是硬邦邦地不好瞧，就像落窝草鸡扑闪那病恹恹的翅膀一样难看。

王丫看见我兴冲冲地出了楼门正朝她快步走近，她却反倒一路碎步小跑着往前挪，只伸出一只右手像接力赛运动员那样准备接应我的手，我也小跑两步把手递到她的手里。

她的手依然洁白光滑但很冰凉，那份热情依然不减当初。记得刚进校的第一堂课，我就和她挨着身坐在一起，我几乎没正眼看那讲话含糊不清的秃顶老帅儿眼，却一直用异样的眼神瞧着满身香气穿戴得洋洋气气的她。等她那双目不转睛的大眼睛突然从讲台那儿移向我时，我看见她短暂的惊诧之后很友好地给了我一个微笑，我也慌忙把紧绷的脸立马放松鼓足勇气还了她一个微笑，我现在都记得那个微笑由于太突然太仓促根本没有准备充分，所以笑得肯定很唐突很苍白很不自然，当然也根本不是发自内心，更不是情不自禁，但不管怎么说那也是个友好善意的微笑啊！自从那次我和她眼睛碰眼睛的对视后，我从她的眼神和善意的微笑中看出她接纳了我和我的微笑。

课间休息时她没有像其他女生那样叽叽喳喳出去上卫生间或者是扎着堆去小超市里买小吃像小孩那样咬着玩，而是用手臂托着腮扭头问我是哪儿人，叫什么名字？

我瞧着她正儿八经善意的询问和期待，不假思索回答了她一个大大的概念：陕北。然后是一个小小的我的名字。

她听了我的回答，猛地抬起头咯咯咯地笑起来，她笑着又说：怪不得我闻见有股子羊膻味儿，然后又是咯咯地大笑，等那笑容渐渐消退之后，等脸上的笑容消退得一点儿不剩了才一本正经地说："请千万不要恼，我是开玩笑的。"其实，她非常喜欢陕北，但对陕北又一点儿不了解，只是能说出几个外人对陕北最浅显最耳熟能详的名词或短语，那就是：黄土高坡、遍地是牛羊、山沟里有窑洞、山丹丹开花红艳艳和信天游，还有婆姨后生腰鼓秧歌羊肚子手巾三道道蓝……

我丝毫没有责备她对我的鄙夷和取笑（至少我当时好像就是这样认为的），反而对她的一双亮晶晶会说话的大眼睛赞叹不已，更对她的坦诚直率表示莫大的理解和好感。于是，我也直白地告诉她，我爸爸就是一个屠夫，杀猪宰羊一天价不消停，推着板车逢集赶会还为一家不大不小的酒楼供应着羊肉，我们吃的穿的还有口袋里的钱还有我的这张大学录取通知书也都是来自羊。我还绘声绘色地给她讲述了我们是如何在家里帮大人拦羊杀羊卖羊肉的惊心动魄的战斗过程和活生生的热闹场面。

她就像听老师讲课那样聚精会神，她听着听着一双大眼睛扑闪着露出惊愕的目光。从那天起我们就成了好朋友，下课后我们就手牵着手一同去了饭堂……

王丫一路牵着我的手欢天喜地来到了学校大门口，星期天进进出出人很多她这才不得不放开我的手，我问了几遍去哪儿做甚？她只是笑就是不吱声，真是奇了怪这城里人，明明是有什么好事情要去做，却故意藏而不露把喜悦深藏于黑洞洞的心里，生怕说出来那好事情就会从领口袖口还是裤口洞子里像小鸟一下飞跑了，问是不能再问了，那就只好跟着走就是了。

我瞧见她的屁股被牛仔裤绷得紧紧的走路步子很小，腿绷得很直样子很好看，我也似乎学着那样儿把走惯了山路的大踏步尽量放小了尺码，我真害怕后面有哪个同学会不会非得要把这近似矫情的媚相认定是东施效颦呢！走到车站，才走了短短的半站路，我就觉得改变快二十年的老样子跟在别人屁股后面悄悄效仿别人的走法是多么艰难和别扭。

我们随着前呼后拥的人流毫不费劲就被挤上了车，在人挤人人挨人的夹缝中，我们彼此居然迷失了对方，还是在人挤人人挨人的夹缝中我忽然听见不远处一个熟悉的声音叫道："别挤了，快把人挤成肉夹馍了！"我循着那味儿在重重叠叠的眉眼堆里翻搅寻觅，耳旁叽叽喳喳的声音里唯有那句话最清晰最熟悉。我永远也弄不明白这城里人非得要把饼叫成馍是何道理。

不知是到了哪一站，我又跟着她随着人流被挤出车外，好像又从娘肚里艰难痛苦地重生了一回。重生于世的感觉使我们对这个世界感恩戴德，我们的手不约而同地又牵在了一起。

我们上了过街天桥，又下了过街天桥，上上下下只是为了穿过一条宽阔的马路，把成群结队蚂蚁一样的汽车踩在脚下，然后顺着一条不很明显的通道进到一个灯火通明的所在。大厅里面有金碧辉煌的通道和闪耀着男女明星海报光彩夺目的橱窗，还有香气四溢卖各色精美小吃的窗口，还有坐在塑料椅子上嗑着瓜子闲聊的老人和席地而坐打打闹闹的儿童，当然大多还是穿戴打扮时尚靓丽成双成对的男女青年。到这时我才知道她带我兴高采烈风尘仆仆地来这里，居然是为了看一场电影。

我看到这个电影院跟我以前在县城里见过高大宽敞的电影院大相径庭，似乎一个个小房间里可以同时放映几部不同的电影，老少咸宜互不干涉相映成趣，我还是第一次步入这么个时尚的场所，第一次感到无所适从。

王丫被几个早已等候于此的年轻后生像她招呼我那样被闪动的手指勾走了，她碎步跑过去像见到久别重逢的老熟人一样旁若无人地大声说笑着，我立马就明白她星期天一大早火急火燎赶到这里就是为了隆重而热烈地会晤这几个蓄谋已久的家伙。从远处望过去，他们一群指指点点说说笑笑酷似什么电影里的那些镜头，画面亮丽曝光充足人物扮相好看都市气息十足。这时，我远远地看见其中一个戴着眼镜的高个子后生拉上她走向一边，是不是导演突然灵机一动插入这么个情节？但与前面衔接自然并无什么明显的痕迹让人看着不自然不舒服。

我移了移身子才看清他们静静地躲在一旁手舞足蹈窃窃私语。我生怕她看见我近似鬼鬼祟祟的盯梢或窥视。这些天她一直就对发生在我身上的毛病和陋习毫不客气毫不留情地加以批评和指责，我在她无数次的说教下把从娘肚里就学会的"晓得解开"这样的家乡土话改成了通俗易懂的"知道明白"，把瞧人瞧衣裳瞧对象瞧电影的"瞧"这个词改成了"看"，看电影看球赛看东边日出西边日落看街上的小贩和穿着制服的城管打得鼻青脸肿头破血流，甚至还学会了两天洗一次头三天冲一个澡随身挎着的包里常常备着纸巾口香糖和化妆用品。以至在这些短短的日子里，我每时每刻都在矫正着自己那浓郁的方言口语和自己一贯的土里土气傻模傻样的行为。

我一个人默默地立在墙角看那些来来去去过往的青年，看那些坐在塑料椅子上悠然自得闲聊的老人，从他们白发苍苍的脸庞和手迟脚慢的举止上看，他们并不比我的爷爷奶奶年轻，即使从精神气质和生活阅历相比较，可能他们也不会比我的爷爷奶奶吃的苦多受的罪多，但他们一个个气质不凡精神矍铄养尊处优，哪像我的奶奶一年四季缠着裤腿挂着拐杖眼花耳聋老态龙钟步履蹒跚，进进出出粗黑的手里总抱着一只老花猫，有什么好吃的也只给那猫吃却舍不得给我吃，一天到晚总跟那猫唠唠叨叨有说不完的只有那猫能听得懂的话。爷爷更是任劳任怨吃苦受罪，就晓得从早到晚提着粪笼子满山遍野瞎忙碌，说不定尔格正坐在场院的一堆豆蔓上一颗一颗剥着豆子呢，花白的头发和佝偻的腰背仿佛在向秋风诉说着庄稼人的沧桑和受苦人的艰辛。

我在这洁白无瑕的地板上找寻着对家乡的记忆，点点滴滴映照在上面却瞭不见一丝家乡的容颜。

随着一阵清脆的电铃声响起，老老少少各色人等风起云涌积极响应。王丫这时也从那头跑过来，拉上我的手就跟着人流往进走。进入到一个类似阶梯教室的放映厅找到我们的位子坐下，她摸着黑递过来一堆东西，我接过她递来的几个装满爆米花西瓜子之类的大包小包没敢动，看着近在咫尺的大银幕听着震耳欲聋的声响，心里不是期盼不是等待而是惊慌失措惴惴不安如临大敌……

2

王丫终于搬到了我住的这个宿舍，她终于把这件蓄谋已久的事情办得随心所欲，就为这，我们彼此还在再没有别人的寝室里击掌祝贺过。王丫兴奋得手舞足蹈，在地上转着圈儿口里哼唱了几句："猪呀羊呀送到哪里去呀？送给咱……"她可能认为这样扭腰竖胯瞎扭捏就叫陕北大秧歌，她反身叉腰对我说："这就叫八年抗战，艰苦奋斗得胜利！"明显是被胜利冲昏了头脑才出现了前言不搭后语这样最低级的语法错误。我从没见她像今天这样开开心心地笑呀乐呀地高兴过，而且闹腾得如此无拘无束肆无忌惮，我真不明白这么个活蹦乱跳嬉笑怒骂都是艺术细胞的活人精，那她当初为何不报考艺术类学校却死心塌地地考了个中文来凑这份热闹！这次庆祝活动一直延续到晚上，王丫请我和同寝室的另外两个同学外出吃了顿羊肉泡馍，她特意要了优质的，有黄花、木耳，量很足味儿很正，她们都没吃完，我却把涮锅汤都喝了个底朝天，过瘾还不需要掏一分钱。王丫今天非常干脆，再没有说那个叫人生分的 AA 制，她笑吟吟地真的一个人埋了单，我认真地掂量了下她这笑和这顿饭的分量，满意回答加十分那就是值得！

王丫原先住的那个寝室里有一个同学叫李小花，名字挺好听。这个李小花也是读着同龄人一样的教科书一个年级一个年级成长起来的，也会打手机，也会玩电脑，那英语说得比谁都流利，满脑子不是克里斯托弗就是李清照、苏小妹，可就是该懂的都不懂不该懂的她什么都懂。简单地说就连一些起码的诸如讲究卫生文明礼貌这些小事小节她也做不到，整天不洗脸不刷牙衣服不洗被子不叠，桌子椅子床铺不收拾，公用的洗脸面盆卫生间还有地板楼道连碰都不碰一下，裤衩胸罩脏衣服臭袜子泡了好几天，洗头洗澡也就像蜻蜓点水似的刚淋湿就捞了出来。就这么个活宝还我行我素独来独往自命清高目中无人，见谁也不打招呼平时跟谁也无两句话，你起床她就不起床，你就寝了她还不睡觉，一部大书抱头死啃一干就是一个通宵，彻夜不关灯寝室夜夜如同白昼。最可恶的就是那个星期天，我和王丫一起看完电影又在街上吃完饭，然后从南大街一直闲逛到了老东郊，两人流连忘返乐此不疲一直玩到晚上才拖着疲惫的骨头架子回到寝室。一进门就看见桌上床上全挂着那李小花洗过的裤衩胸罩脏衣服臭袜子，像联合国万国国旗一样飘扬。王丫站没地方站坐又没地方坐，心里积攒的怨恨和愤怒就一股脑像火山一样爆发出来。八年抗战还有个卢沟桥事件当作最先的起因，如今这家伙趁我们不在大闹天宫胡作非为，是可忍孰不可忍，今天忍无可忍就是该到个顶了，然后就是剑拔弩张唇枪舌剑，结果自然是不言而喻的。王丫借故找学校领导提出换宿舍，正好这边宿舍里的一个同学军训后就病休在家一直没来住。听说王丫的爸爸也给学校的某某领导打过电话。王丫的爸爸说："影响学习影响休息倒还是小事，但是，影响了同学们的团结和成长那事可就大了。"就这样，王丫如愿以偿没费多少功夫，就把这件事情顺顺利利给弄成了。

经过这段时间的调教和锻炼，当然主要是王丫对我的调教，当然也有我自己对自己的调教，其实，这样说有点儿鄙视自己瞧不起自己，反正就是一句话:社会上的好多事做起来都比学习简单。就这么简单,以前没有见过大城市,就拿着拦羊鞭子瞎盘算,小城市小就像一块钱,大城市大就像十块钱一百块钱,都是钱只不过是一个大一个小而已,反正那上面头像文字花花草草该有的都有,什么都不少什么都不缺。一个人跟一个人相比,其实就像人人都有眉毛眼睛鼻子嘴一样,本事也都差不多,但是你见得多了,你才知道山外有山人外有人,王丫就是一个跟我不一样的人。这些都是我那时候拿着拦羊鞭子躺在春天的山洼上或是坐在夏天的歪脖子杜梨树下,看着飘动的云彩和撒着欢儿的羊群,怎么也想不出来的。来到城里进了大学,我才见到许许多多我在家乡的山峁沟洼上从来没见过的事物,当这些陌生的景象和事物像电影电视的画面色彩缤纷光怪陆离突然呈现在我的面前时,我茫然我惆怅我失落我不知所措。

那天晚上,我们从阅览室查完资料回到宿舍,我把这种忧伤的感受讲给王丫听,她一贯的快人快语不容分说打断了我憨乎乎的多愁善感。她说:"此一时彼一时,此一地彼一地也。"王丫撂下这句意味深长的话,就跑进卫生间冲澡去了。王丫一句简短而又富有哲理的话,让我在静静的秋夜里,盯着明晃晃的月亮思索了一个晚上。是呀,我看着月亮从一疙瘩乱囊囊的云彩里钻出来,豪迈地把一个大圆脸放亮,我终于解开了,不,应该说是明白。那么,我明白什么呢?我自己问自己,我也许可能似乎其实也不很明白什么。王丫会弹钢琴会拉小提琴会画画,乒乓球打得好,还写得一手好毛笔字,他们说那就叫书法。王丫之所以这么优秀这么突出,应该说出类拔萃吧,因为她有出类拔萃这个条件。有了这个条件再加上学校家庭社会等方面的有利因素才造就了一个不同于我的王丫。

与王丫比起来我可就逊色多了,除了靠死记硬背,第二次高考录取才搭上这所大学的末班车,除此之外再无任何特长和爱好。别说弹钢琴拉小提琴,以前连见都没见过或许只是在电视上的什么节目里见过,就是看见了,也只想那玩意儿是个高雅的东西,会玩那东西的人也肯定是个高雅的人。听听王丫给她爸爸妈妈打电话,就晓得同样是给家里大人打的,那话从嘴里出来谁就是谁的味道。

王丫给她爸爸妈妈打电话一般说的都是什么时政新闻养生保健休闲娱乐文化艺术等一些有关国计民生的话题，什么欧洲金融危机、中东局势、日本大选、迪拜危机、南海争端、钓鱼岛问题云云，有时也谈到泰戈尔、郁达夫、比尔·盖茨财富、阿拉法特死因、苹果手机、交通拥堵，说话的口气不像是娃娃对大人好像是跟某某同学某某好朋友那样说的，比如："老爸还有什么高见？""老妈还有什么指示？"之类调侃的话。我则不然，王丫常笑我给家里打电话教条单一模式化概念化。概括起来就那么几句话："吃啦？吃了甚？""地里红薯洋芋锄了没？""今天卖了几只羊？""大妈家的二保婆姨生了没有？"土囔囔的总是这几样跟国计民生毫无相干的话，哪敢还说什么老爸老妈什么不痛不痒文绉绉的话，就这些话大人也早已麻烦得一满不行了，母亲还好，总记得叮咛上几句："吃饱穿暖，操心钱丢了，出去操心寻不着回来！"父亲听上几句就不耐烦了就会说："啊，咋对了，我还要卖肉哩，城管快来了，没钱了就言传！"当了一辈子农民的爸爸，突然放下锄头站在了车水马龙的大街上，可那穿着打扮出言吐语还真有股子羊膻味儿。明明也晓得疼你爱你就是不善于表达，言语少也没工夫多说，不知疲倦没明没黑地劳作，就是对儿女最好的谆谆教导，言传身教。把做正派人好人有本事的人有出息的人的道理，不须说什么话就通过劳动的语言和劳动的动作技能方式方法传授给你，潜移默化。其实他们并不懂得这么深奥，耳濡目染，就像翻肠子洗肚子拾掇羊头羊蹄子这类活不学也会，门里出身自会三分，其他事情就是你自己的事情。小时候上完学，还要帮大人喂猪拦羊，还要哄小的带大的，上学放学大人从来没接送过，不管考试考得好坏大人根本不闻不问，即使晓得了也只是憨厚地笑笑；长大后考进了县里的重点，大人们突然意识到古代出了个屠夫状元，尔格咱这羊圈里也是不是要飞出个金凤凰了，于是对金凤凰的渴望逐渐膨胀，对金凤凰的期待变本加厉与日俱增。我便从一个从不被人在意的毛丫头，一下子成了个众目睽睽之下的小公主。家务事歪好不让干了，喂猪拦羊这些事更是连碰都不让碰了，还专门给我买了辆新自行车带上新缝的被褥就住了校。以前从不来学校的爸爸经常来看我给钱买东西送吃喝。有天爸爸一大早就推了辆从别人那里借来的锈迹斑斑的自行车，买了麻花馃馅来看我，爸爸见我头一句话就说："这个礼拜你没回家，大人心焦得还以为你有甚事哩，你妈天不明就催我来瞧瞧。"

读高三时，一个来自外地的男语文老师语重心长地对我们说："人与人之间有差异，地区与地区之间那就叫差别。"这可能就是地区差别职业差别所造成的差别。如果我的爸爸妈妈不干活不做事他们恐怕就要饿肚子，那么哪还有什么休闲娱乐可谈？爸爸熬了累了，脚踏在三轮车上抽根烟就是休息，晚上回家靠在炕头上的铺盖卷上瞧瞧电视就是娱乐。

那个外地来的叫淡江河的老师为了竞聘到我们这儿当一个中学老师，不惜抛弃大城市舒适安逸的生活，不远千里来到山沟吃苦受罪，这是一种什么精神？这是一种实用主义精神。面对当下就业压力如此严峻的形势，曲径通幽苟且偷安哪儿挣来的钱不是钱！到我高中毕业时，我看见这个淡老师已经与我们的英语老师对上相了，两人常在一起散步逛街唱歌跳舞打羽毛球，充实的生活和甜蜜的爱情正一路洒满阳光。最近听说他们已订婚，这个淡老师为了庆贺自己争取到的这个甜蜜爱情喝得酩酊大醉，酒后站在学校的中院里，当众高声朗读他的即兴诗："啊，陕北，我爱你一万年！"时间是有点儿长，即使爱哪能爱那么长久？有人问他，他含糊不清地说："为什么我满含热泪，因为我对这片土地爱得深沉！为了找到一份好工作，可以抛头颅洒热血，拿一辈子青春做赌注；为了爱情，更可以把一万年作为天长地久海枯石烂的承诺。"

月亮还没睡，我也是睁着眼睛醒着。月亮偷偷地看我，我并没有害羞，谁也没指名道姓说月亮就是个男人。如果，王丫是个男人我该怎么办？她还会牵我的手吗？内心的幼稚和对这个世界的陌生感常常使我无所适从无地自容夜不能寐，魂牵梦绕神之向往的依然是家乡的山峁疙瘩沟沟岔岔，枕边流泪不完全是想家而是在偷偷咀嚼生活、品味人生……

3

大学的生活丰富多彩，但也松散自由。毛主席他老人家早就总结过了，这就是：团结、紧张、严肃、活泼。一句话，反正大学的管理不是十分严格。特别是学文科的，只要你基础好记忆力好，平时听听讲座查查资料做做笔记，考试的事情就特容易搞定，那么剩余的时间就属于你，你可以躲在宿舍里睡大觉，也可以偷偷出去逛大街，也可以名正言顺地给班长递个请假条就可以满世界胡跑，当然，你也可以借助学校的有效资源诸如教室图书室阅览室校园的树林下操场的围墙边谈情说爱。这与我上高中时的想象截然不同，与高中时的紧张的学习生活更是大相径庭。这种松散自由的校园生活滋养了我们的惰性，滋生了我们好吃懒做比吃比穿夸夸其谈高高在上的傲慢，和对一切人不屑一顾对一切事情好像不在话下对整个世界都想说原来如此不过如此也就如此的张狂。好像十年寒窗苦读就是为了考一个大学，考上一个如愿以偿的大学，就意味着从此便拥有了将来找工作的资本和条件，至于将来找工作那是几年以后的事情，几年以后是个什么样儿到几年后再说也不迟。大多数同学可能都持这种淡定自若的态度，他们于是会这么想也会这么做。只有极少数同学居安思危，早早地为将来工作的事情杞人忧天多愁善感，过早地透支了丰富的情感和思想，做梦也是想着为将来考公务员的事忙里偷闲东奔西走。好像除了考公务员就再别无选择别无他路，其他工作好像都是没人干没人想去干的工作。记得上小学时写过一篇作文叫《我的理想》，全班几十个同学写得五花八门，好像理想就是工作就是职业，有的想当科学家，有的想做工程师，还有的想当大款当演员当飞行员当解放军。老师说我的作文写得好，于是就在班上念了一遍，下课后同学们都羡慕地看着我，当然其间也不乏有鄙夷轻蔑的目光像一把把锐利的铅笔刀向我投来。现在还记得我的作文里我写的我的理想就是长大后想做一个杀猪宰羊的女屠夫。老师之所以在班上读我的作文是因为我写得情真意切说了大实话。有一次，我在大学的饭堂里看见一个女厨师拿刀把一扇猪肉大卸八块,就对周围几个同学讲了这个故事,她们笑我有远见有谋略有个性,说清华大学就出了个卖肉的大师兄呢。晓得不,人家清华大学三十年诞生了九十四位亿万富翁。我清楚地记得,那个想当大款的男同学初中毕业没考上高中就在商场里租了个柜台做起了他的发财梦;还有那个想当解放军的男生高中才上了半年就辍学去给一家银行做了保安。我考上大学后,妈妈带我去县城的商场里买衣服,正好被那个卖衣服的同学看见,他非要一百三十块钱卖给我一件我在别的柜台看中的衣服,他说咱们是老同学照本钱卖给你他一分钱也不赚,最后,在我妈妈不厌其烦的讨价还价下,我们从别人那儿一百块钱就拿走了那件衣服。我那个同学目光呆呆地瞧着我们兴高采烈拿了衣服款款走出商场,不知他瞧着我们远去的背影心里做何感想?

4

其实进入社会就是锻炼悟性。看人家待人接物看人家穿着打扮看人家咋样学习咋样生活咋样过光景,还可以具体到看别人咋样走路咋样说话咋样笑。其实这个问题学问很大。我就常观察王丫的那些笑,有时放声大笑,有时不出声微笑,有时莞尔一笑,有时抿嘴一笑,还有腼腆的笑害羞的笑这些我也都见过,但掌握起来尺寸和度就有些难。我为什么要观察王丫的笑?不单单是因为她笑得好笑得得体笑得潇洒,我认为笑就是语言,笑就是名片,笑就是打击敌人战胜自我张扬个性笑傲江湖的有力法宝。你看杨子荣笑得威风凛凛气壮山河,八大金刚都围着他团团转;那阿庆嫂更厉害,笑里藏刀机智勇敢,胡传魁加上一个老谋深算的刁德一也拿她没办法。

对样板戏的认识,还是来源于爸爸小时候经过那个年代,他残留在记忆深处的断断续续的美好回忆,而对我断断续续的渲染,就像我国闻名遐迩的经典话剧和那些外国著名歌剧一样,我也只是从大学教科书里涉猎到那么一星半点儿,一知半解恐怕连个皮毛都算不上,可我还敢大言不惭地在世人面前张口闭口标榜自己是个堂堂正正的大学生,别人从你脸上是不会看出你到底是懂与不懂或是懂与半懂。

　　我对王丫的认识也仿佛雾里看花，从一个微笑过渡到另一个微笑，从一个微笑转化为另一个微笑，时效的变化并没有起多大的作用，真正起作用的恐怕就是她的内心和一些外人难以猜想的人为因素。

　　我原以为王丫的男朋友就应该是那次看电影时见到的那个戴眼镜的高个子男生，起先王丫并没有反对我的这一看法。那次看完电影后，我们手牵着手在大街上乐此不疲地胡逛，这个话题一直挂在她的嘴边。

　　王丫说得最多的其实就是她和他小时候玩耍时的一些有趣的故事。王丫说他叫梁宾，这是他长大后的名字，他小的时候是叫士兵的兵。上小学时好像还叫过沈雁冰的冰，那时候他刚知道大文豪茅盾就是沈雁冰，于是他就叫成了这个冰雹的冰。后来上了中学，听 MP3 听出有个歌唱家刘斌，于是他就又改叫这个文武斌了。嘿嘿，后来新闻联播播音员邢质彬的彬又叫他看见了，马上又改成了文质彬彬的彬。直到开始办身份证了，他才毅然决然改叫了这个贵宾的宾。一个名字变来变去终于尘埃落定，可那最容易变来变去的心，却见异思迁总是落不到个实在处。小时候玩过家家，王丫说到过家家，特意停住脚步眼光对着我看，似乎是看我在不在认真听，又似乎是在用眼神询问我懂不懂什么叫过家家？其实，她所关心的两个问题，第一个问题我用眼神告诉了她，我不光在听，而且是用心在听；然后，我用微微点头回答了她的第二个问题过家家，这在我们陕北老家不叫过家家，而是把过家家叫作摆饭饭。这样富有情趣的昵称谁听了都要咧着嘴笑，王丫自然也不会例外。陕北话里那些重叠的字里行间，如：蓝格英英白格生生红格丹丹，还有好多表现人物情感人物动作的叠词，就真的传递出了区别于其他地方的另一种味道，就像名歌酸曲信天游里唱的那样优美动听回声嘹亮余音绕梁意境高远意味深长，不信就迷不倒个你！

　　王丫听到这里，转身就像那次宿舍里击掌祝贺一样，我们的两只手又在空中啪地碰在了一起，她当即脱口而出说："等国庆放假非跟你去一趟陕北不可！"她的话让我非常感动，陕北的山沟沟里能引回来这么个洋里洋气的城里娃，我还不欢欢地点头应允，否则别人不笑话我是个憨憨才怪哩！

一个洋气脱俗被世人公认的叫法与一个土里土气小家碧玉的昵称就这样融合在了一起,所以,王丫后来说到过家家也喜欢用摆饭饭来代替。王丫说梁宾摆起饭饭来从来就喜欢标新立异自顾自玩些新花样。常常玩得与大家格格不入,最后只能是分道扬镳不欢而散。后来,他在学校学习也是如此,今天想学美术,明天又喜欢上了音乐,说不准后天又会爱上体育行当里的什么打球还是田径里的什么项目。大学报考了美院,最后想方设法算是考上了,他老爸不花钱找人他能进美院?

说到梁宾的爸爸,王丫才第一次说到了她自己的爸爸,不过只是话到嘴边顺便就那样轻描淡写地提了提。也许说者无意,我作为听者还是用心倾听出了一些话外之音的,所以我从那时起才知道,王丫的爸爸和梁宾的爸爸都在一个单位里当领导,谁是谁的头头,我就不知道了,但有一点可以肯定,从王丫的口气里流露出的语气来看,好像他们谁都不尿谁。

那么,关于王丫和梁宾耳鬓厮磨两小无猜的所谓爱情也就该不攻自破烟消云散了。王丫对于这个问题的概括总结当然是最权威的。她说:“耳鬓厮磨、两小无猜不假,但要相爱永远、白头偕老,就根本不来电!”

5

王丫开始跟一个高年级的帅后生谈恋爱的事,最早还是我发现的。这个小子的确长得很帅很潇洒,看样子穿戴吃喝也很有钱。这件事情是在王丫搬进我们宿舍后不久的一个节日活动时我才发现的。事先王丫并没有告诉过我。王丫只是在一次吃饭时兴奋地告诉我说她准备报名参加学校广播电台的主持人,几天后,她让我陪她去学校的电台参加了面试和试播的全过程,最后如愿以偿被录取了。

这时候正是国庆黄金周的前夕,秋高气爽,天高云淡,万里无云,气候宜人,这么好的天气就像我们小时候作文里描写的那样,天气好自然心情就好。从想家到不想家,从陌生到熟悉,从不习惯不适应到习以为常到入乡随俗,服了水土服了口味儿。服了咿咿呀呀叽叽喳喳光瞧见人家口动却不知所云的口音；瞧惯了校园里名牌服饰鞋袜的狂妄追逐和趾高气扬的标榜；瞧惯了大街上描眉画唇奇装异服的摩登女郎，在川流不息的车流人海和噼噼啪啪的动感音乐声响中招摇过市；瞧惯了灯红酒绿的夜市上，花枝招展的男男女女把烤肉当饭吃把啤酒当水喝的豪爽，和总是熙熙攘攘门庭若市的饭店里推杯换盏人满为患残羹剩饭狼藉一片的奢侈。看惯了一切也就看惯了自己，开始用洗面奶养颜用增白霜增白，把老辈们祖祖辈辈沿袭至今的洋碱抛到脑后还不算，还说这叫与时俱进。于是，瞧人家报这报那张扬个性发挥才智，校园的课外活动搞得有声有色如火如荼。思来想去没有什么特长，只凭爱好就敢冒天下之大不韪，也跃跃欲试去凑个热闹去赶时髦去糊里糊涂瞎追求。哪怕别人笑掉牙姑且可以不管，要叫王丫笑起来，这张虽然增白了的脸咋说也可真没地方藏啊！

那天傍晚，王丫又梳洗打扮得亮眉亮眼要去广播室试播，我把视线从一本厚厚的名著上移到她香气四溢的身上，我给她说的头一句话就是我这几天思谋了无数遍的那句话："我想参加学校的跆拳道。"我终于把这句看似沉重的话题在她浓妆艳抹即将跨出房门的最佳时刻说出来，我想象她听完后肯定会露出那口洁白的牙齿哈哈大笑，果不然，她听后便是哈哈哈地大笑而且是笑得前仰后合热泪盈眶。最后，她终于止住了笑，说："我是笑你长得体弱瘦小，学那玩意儿就不怕别人拳脚相加三下五除二就把你打得不是趴下就是鼻青脸肿，还是想个别的什么耐看耐打的玩玩。"她说完朝我扮了个鬼脸就拜拜了。

这次，王丫的这番话好像刺伤了我本来就很脆弱的自尊心和好不容易才培养出来的一点儿可怜的自信心。小时候懵懵懂懂就敢理直气壮要当个杀猪宰羊的那股子倔劲，驱使我麻利地更衣换鞋疯了似的跑下了楼，朝那个所向往的地方跑去。

到了晚上，不知从哪儿偷偷飘来些云彩，随着一阵风就哗地下起了雨。看着同寝室的同学湿淋淋地跑回来，我一下子就想起了王丫。等我拿了雨伞气喘吁吁一口气跑到学校广播室那儿，老远就瞧见王丫和一个高个子男生合打着一把雨伞走过来。我准备朝她喊一声但欲言又止，我迅速收了雨伞像个贼似的躲在一棵树后，腔子里心脏怦怦狂跳不止。当他俩从我身旁走过，我听见王丫说："本来一个好天气，谁能料想到会下雨？不过，我想你一定会来接我的！"那个男生说："我等的就是这个机会，没想到老天爷专门安排了这么个机会。"

我默默地站在树后头靠在湿漉漉的树干上，手脚冰凉头却热得发涨，脸上流下的不知是雨水还是泪水……

这场突如其来的雨没下多长时间就停了，星星又在天空眨起了眼睛，草丛里不知名的秋虫越发叫得欢了。这个晚上王丫没回宿舍住，我迷迷糊糊等到了后半夜没等到她，自己却胡思乱想越发清醒了，整整一个晚上，我辗转反侧难以入眠。我盯着窗外繁星点点的天空，脑子里总是有一个高大的身影不停地闪现，或远或近，或隐或现，似梦幻一般。这个高个子男生并不是与王丫合打一把雨伞的那个男生，也不是那个梁宾，而是我高中时的同学，他叫李未来。李未来的爸爸原是一个乡上的干部，几年前因为晚上去一个村子里抓计划生育逃跑对象跌下山崖摔死了，县上领导为了照顾他们家，就让李未来顶了班。李未来上小学时就拿一份工资上学，所以，同学都开玩笑叫他小干部。但李未来从小学习勤奋刻苦生活俭朴不事张扬。高三复习时有一次因劳累过度休息不好差点儿晕倒，幸亏老师和同学抢救及时才使他转危为安，大家虚惊了一场。听说他高考前真的大病了一场。最后他只考了个外地的三本学校。就是这么个三本学校他也很高兴很满足，拿到录取通知书后，从不铺张的他还大请了一次客，我们十几个好同学举杯为他祝贺，他却当众宣布，如果大学毕业后找到新的工作，他将舍弃这份因组织照顾而不是靠自己努力争取得来的工作。这次欢聚一直玩到晚上才散了伙，同学们挥泪依依惜别，我一如既往搭上他的自行车顺道回家，我们一路放歌一路说笑，引来路边乘凉之人异样的目光，也惊起河里一片蛙鸣……

我来这里上学后，李未来给我打过两次电话，还常发短信给我，从他的电话和短信里可以看出，他对位于海滨城市的那座三本大学十分满意，他甚至不止一次邀请我放假后到那里去玩。他的这种接二连三的邀请，在我看来是真诚的由衷的甚至是迫不及待的。而我对他的邀请的冷淡和对那个城市的冷淡，有时连我自己都不相信我会这样冷漠这样绝情甚至是不屑一顾冷若冰霜无动于衷。直到现在我才明白，我所有的冷淡都是因为我对这个世界的陌生，其实也是对李未来的陌生。虽然，那时候上学在一起好几年，上学放学经常一路同行，但是谈论最多的还是学习上的事，现在话题突然转到其他方面，所以一个本来很熟悉的人就蓦地变得有些陌生。

我也弄不清，我此时此刻突然不停地想起这个李未来，是出于对他的理解对他的同情还是对他的牵挂还是对他表示出超过同学意义的什么好感或者是爱慕。我不知道，我真的不知道。难道同学间互相有了好感彼此互相帮助互相学习打打电话发发短信这就是爱在萌芽吗？

第二天是个星期天，王丫照例没有回家。王丫说她们为了演出排练了一个晚上，对于她的这话我自然还是确信无疑的。但对于她一反常态的不回家怎么也无法理解。对于这个问题我好像不止一次地问过她，她有时说学校学习忙事情多，有时说她家在郊外路太远路上常堵车就不回去了，有时却又说她爸妈不在家外出旅游去了。总之，在我看来，王丫的家虽在本市，她却不像其他同学那样天天盼望着周末，到了周末就疯了似的往回跑，可她不是用这种理由拒绝就是用另一种理由搪塞。所以，我觉得这是个问题，这个问题里肯定有她不可告人的什么秘密或难言之处。

王丫一大早回到宿舍，就交给我一个用胶带封得严严实实的白硬纸盒子，胶带里面纸盒子上一个金灿灿的苹果清晰可辨，明眼人不用猜，一眼就瞧出这里面应该是个什么东西。王丫还用一个黄塑料袋把这个白纸盒子装好递给我，她和我相跟着从宿舍走到楼下，认认真真交代了两遍乘车和中途换乘的车次路线和到那里后怎么与那人联系怎么交给那人怎么给那人说等等具体事项后，才说这件事今天非办不可，可她今天电台那儿排练节目的事又不能脱身。好像怕我不想去不愿意去似的，看着我最后提着那个塑料袋子疑惑不解犹犹豫豫迈步朝大门那儿走去，她才转身放心地走了。

今天,王丫没有和我一起相跟着上街,也没有像往常那样欢天喜地地牵我的手,她显得郁郁寡欢。我也感到责任重大,因为这毕竟是我第一次单独外出执行任务,这是王丫交给我的一项光荣而艰巨的任务,我深感这看似简单轻巧的物件里必有什么玄机深藏其中。

我来到公共汽车站,说是一个站,其实就是一个上下车的标志所在,司机把那车晃晃悠悠开来靠边停住,打开车门把一拨人倾倒出来再把一拨人吸收进去带走。这是我没来大城市上大学之前咋都不敢想的一个简单问题。妈妈千叮咛万嘱咐就怕我在这事上出错,这哪能出什么错?路边竖着的站牌上车次路线写得清清楚楚明明白白。然而,我这次最经典最狼狈的错误就恰恰出在自己一贯的死板教条狭隘认死理这点上。第一趟上车很顺利,上车后竟然还有空座我坐下看着电视,才晓得这忙里偷闲也能够充分享受享受现代文明给我们带来的便利和惬意。可一下车,过街天桥上上下下折腾了好几次我竟然迷失了方向,转来转去在密密麻麻的人群中寻找,忽见我要坐的那路车晃悠悠开来停住,好像并无人上下,在车门打开又即将关闭的一刹那我一脚跨了上去,谁知这一脚上去只坐了一站就到了终点,我这才明白坐反了车,又不得不重新从起点站再一直坐到下一个终点。

我在美院的大门外等了几分钟,那个高个子男生终于出现了,我一眼就认出他就是梁宾,梁宾老远也认出了我笑着和我打招呼。这是我和梁宾那次看完电影之后的第二次见面。虽然王丫给我讲述了许多关于她和梁宾的一些事情,其介绍评价的言辞里不乏贬多褒少,甚至还有激烈的口诛笔伐蔑视嘲讽,但我不知咋的越是别人的事情知道得越多反倒对这个人越感兴趣。我见到他不知咋的心就开始怦怦地狂跳起来。从那天第一次见到他后,有时不经意的一下就会想到这个男生。但是一想起他,心就开始乱跳,仿佛立马脸就像什么东西燃烧一样火辣辣地灼烧起来;或者是谁说到男朋友,或者是见到别人成双成对游玩漫步,我就会马上想到他,好像他成了我对朋友和对象这些非常敏感但又非常实际的参照物。他似乎就成了一个标准,一个理想王国里的白马王子。后来,我在那个雨天看见了那个给王丫送雨伞的瘦高个才原谅自己老犯这样不该犯的错误。王丫事先根本没有告诉我要找的人是谁，为什么只说是去找一个以前的同学却不明确告诉我这个同学就是梁宾，还说见了面你就知道了。是不是王丫怕事先我知道了要找的人是梁宾我就根本不愿意来？是不是事先我知道了是找梁宾心理就会有什么必要的准备或是什么其他？

我按照王丫的吩咐，把那个装在黄塑料袋里用胶带密封得严严实实的白纸盒子交给了他，梁宾疑惑不解地接过纸盒子两手颤抖不知所措，过了一会儿，才微微抬起头喃喃地说："她是不是已经知道她爸爸妈妈的事？！"

我当然知道他说的她就是指王丫，但说到她父母的什么事我就不知道了。我仿佛身在云里雾里一般，我惊愕地看着他，他也同样用惊愕的目光望着我……

6

国庆黄金周放假的序幕即将拉开。同学们也已经蠢蠢欲动开始了各方面的准备。有的想回家，或单独前行，或相约而行，排队买票或网上订票已经列入议事日程；有的想结伴而行外出旅游，似乎在去向和往返的日程上也有了成熟的考虑；还有的好像哪儿都不想去，逛逛街然后待在宿舍里睡他个昏天黑地是他们唯一的渴望。

母亲给我打了几次电话，催促我放假后哪儿都不能去，说中国这么大，万一出去丢了寻不回来大人能急死哩！母亲说放了假就端端回来，院子里的长枣红了，崾畔上的圆枣也红了，墕畔上的那葡萄架上的葡萄也熟了，还有对面山上的那棵小果树上的小果还给你留着哩，这可是其他地方没有的好东西啊！还有后沟里坝滩上的白玉米也等你回来煮着吃……总之，母亲说的都是吃的，好像我在外面从来就饿着肚子吃不饱似的。

在陕北老家，吃绝对是第一位的，民以食为天在我们老家那里得到了普遍的共识和响应。谁见了谁也许不叫称呼但都要问上一句："你吃了没？"你回答说吃了，他也不会感到欣慰，感到高兴或放心；你说没吃，也没人同情你可怜你,也没人让你吃给你吃。这虽是留在口头上的一句口语,但也表明人与人之间的些许温暖。老辈人把吃喝看得很重很在意。如有客人朋友或亲戚来时,都要笑脸相迎,把门帘撩起让人进去,笤帚慌忙扫扫炕栏让人上座,接着就是忙活着要围上围裙挽起袖子拉起架势准备做饭,客人急忙上前阻拦,经过一番推推让让,这事就只好先撂在一旁不提,然后絮叨拉话叙谈他事。等客人走时,又是一番谦让,还是重复先前的话题,把客人送到门外还要表示遗憾地说刚来就走呀,连顿饭也没吃,好像没给吃饭就是最没有面子最没有礼貌最没有招待好,才一个劲喋喋不休喃喃自责好像心里总是愧疚不安。直到把客人送到大门外,一直照不见个影儿了,才回转身进窑拾掇去了,但嘴里还得唠叨上一阵:"唉,没把人家待承好。"

作为小娃娃,当然也是盼望着家里来客人来亲戚的。因为,来了客人亲戚,我们也能蹭顿好饭吃,而且还说不定客人亲戚来了也许会带来一些好吃的东西。这些意想不到的好吃的东西能促使我们一直乖巧地守候在一旁,只等客人亲戚走了我们才能疯抢着享用,即使我们还有一点儿什么顽皮劲甚至做错了什么事,这时候的大人也能原谅不计较,所以,我们很珍惜这来之不易的美好时光。还是牵扯到吃上,母亲召唤我回家的那几样东西,当然肯定是我最爱吃的东西,但仅为那几样东西回去显然理由是不够的,也是不充分的。其实,想家就是在心里把家放到了一个最高的位置;想家,就是想念家里的一切。家是什么?这个问题其实谁都知道。家就是牵挂就是念想就是温暖就是白天黑夜睁眼闭眼占据脑海和心间的那个东西。好像越到了快回家的时候,对家的思念和渴望就越发强烈,甚至到了魂牵梦绕归心似箭的程度。我的这种思乡病不知是谁传染给我,还是我又传染给谁。反正同学们在一起,一说到家和对家的记忆,谁都会振振有词激情澎湃滔滔不绝如数家珍地说上老半天,而且说得口干舌燥声音嘶哑也不觉得累。

全校师生期待关注了很久的文艺联欢演出终于在国庆节前如期举行,学校里各个年级各个社团的有能耐的人物一个个都闪亮登场亮了相。我们跆拳道才成立就组团集体上场摆了摆架势。从小到大没上过舞台的我第一次登台献演，心里有些紧张但也有些得意。给我印象很深的是那个黑不溜秋的老外留学生居然扯着嗓子豪放地唱了一首我们陕北的民歌《山丹丹开花红艳艳》，而且唱的是字正腔圆味道纯正。最叫座的节目还数王丫的小提琴独奏《梁祝》，千回百转委婉动听，一曲终了，大礼堂里掌声雷动经久不息。王丫一身素装含情脉脉一次次频频谢幕，一次次的掌声和喝彩声不绝于耳。通过这次演出，王丫声名鹊起，而王丫与那个瘦高个男生的自始至终风度翩翩绘声绘色一唱一和风趣幽默的主持客串，尤其给人留下了非常美好和难忘的印象。

散场后，王丫忙着跑回来草草洗了把脸，就告诉我她家里有事必须连夜赶回去。

夜深了，偌大的校园里还仿佛沉浸在欢歌笑语的氛围和喜气洋洋的情绪之中。

我望着王丫空落落的床铺，不知咋的我的脸在烧，心在跳，而手脚却微微地颤抖。

7

终于等到了学校放假的那一天，同学们就像开了闸的水纷纷四散而去，而此时唯独还没有王丫的消息。连着几天没见着王丫，不知王丫家里到底发生了什么事。给她打电话，听到的回答一直是关机。连着几天总是关机，谁听了都会觉得很不正常。无论是发生了什么事情，你不告知一声却把手机也关掉，无论对我还是对其他同学都可能是一种伤害。其他同学也许并不会在意，但我会在意；其他同学或许不一定怎么关心，可我却很关心，因为我是早就答应这个黄金周要带王丫一起回陕北的。但是王丫却突然音信全无，这样不合情理的举动不符合王丫的性格，也不符合王丫此时此刻的矛盾心理。王丫的父母到底有什么事？王丫这段时间躲躲闪闪不愿回去，其中必有原因。这件事隐隐约约在我的心里凝结成一个死疙瘩，我解不开，还有谁能解开？宿舍里除过我和她形影不离无话不说，她的事我不了解不知道不关心，还会有谁能了解她知道她关心她呢？而眼下让我最放心不下的是我对她的承诺眼看着就要变成了泡影，随着王丫的不辞而别或者是我也即将不辞而别而这事成了句空话，王丫不存在对不起我，而我却怎么说都是对不起她的。

我一次次站在窗口满院子瞭望，心里就像猫抓一样难受。奶奶的那只老花猫虽然我小时候总是躲躲闪闪不愿接近它，但这些天那个懒惰的样儿总是在我的眼前浮现。小时候无数次被猫抓挠过，但在我的记忆里，我总是把所有的仇恨都记在了最后这只老花猫的身上。

随着一个个宿舍人去楼空，同学们背上大包小包兴高采烈地走向学校的大门，走向他们筹划预谋了许久的四面八方。当然，他们怀揣的不只是一腔热望和满心的梦想，他们怀揣的还有这个城市里的气息味道和多多少少的感受体会和心得，当然，还有那些不足挂齿的烂袜子脏衣服和脏床单脏被罩。

在我的忍耐限度到了倒计时的百位数以下的"九"这个吉利数字时，寂静的楼道终于响起了脚步声，王丫终于气冲冲地一头闯进了宿舍。我瞅着她红扑扑的脸颊和红肿的眼睛，我非但没有责备埋怨她，而且对她在我行将崩溃的关键时刻风尘仆仆地走近我，走进我寂寞几乎枯竭冷却的心，心里涌动的只能是感激涕零般的些许歉意和扑面而来的些许温暖。我从王丫的眼神里就似乎瞧得出她即将崩溃的精神和心力交瘁受伤的心。

王丫咚的一声把一个大提包撂到地上，一屁股坐在椅子上喘着粗气，说："我不能跟你一起去陕北了，这些衣服是我妈妈专门收拾好的，让你带回家给你妈妈和家里其他人穿的，如果再没有什么，就让我送你到火车站吧！到家后替我问候你的爸爸妈妈！"

王丫看着我手里捏着的两张火车票，不由分说提上提包就往外走，走出门外见我还愣愣地站在那儿呆若木鸡一动不动，于是她火急火燎地叫道："走呀你！"

我们走到楼下，我看着她憔悴的模样和恍惚的眼神，几次想把心里沉积了许久的那句话说出来，可是喉咙里好像总是堵着什么东西咽不下也说不出来。王丫依然是一手提着那个大提包，另一只手紧紧地牵着我的手大步朝大门口走去。出了大门来到车站，我和她同时瞧见那个李小花身上斜挎着一个包，左右两手还各提着一个大行李包也站在那里等车。我俩手牵着手，故意绕过一个大花坛背对着马路站下。这时，我终于鼓足勇气把声音压得低低地问王丫："你家里到底出了什么事？"

王丫看着我眼泪汪汪的哭相，先是一怔，然后便微微地一笑，说："没什么，以后再告诉你。"

恰好就在这个时候，我的手机响了，我一看是梁宾打来的，我脱开了王丫的手，往旁边走了几步接起了电话。梁宾在电话里说："前些天给你说的王丫爸妈的事，现在，他们家真的摊上了大事。有人举报王丫的父亲利用职务之便贪污受贿，前天晚上公安局从海南把正在企图外逃的王丫的爸爸抓回来了，王丫这两天一直联系不上，你如果知道她的下落告诉她一定要挺住，叫她保重身体！"

我呆呆地放下电话，两行眼泪夺眶而出，我瞧见王丫强颜欢笑还直冲我微笑，而此时的我眼泪汪汪怎能笑得出来……

2013 年 2 月 22 日

庄　　头

那时生产队的打谷场就在村口的老槐树下,老槐树紧挨着的那几孔石片子烂窑就是三叔的家。前几年后沟里的公窑大山塌下来给埋进去了,少得可怜的几匹瘦弱的驴骡和一头犍牛自然就同归于尽葬身黄土。老饲养员也就是生产他大同样也没有逃过这场史无前例的灾难,才六十来岁的干瘦黢黑的模样,却成了全庄子人永远铭记在心的记忆。一庄子老少人等含着眼泪吃了好几天的饱肉。等此起彼伏的饱嗝渐渐消停了,家家锅台上千篇一律的厚囊囊的油渍渐渐散尽了,闻了几天香味的村人们才意识到,没了驴骡和牛的日子似乎比没有了老大老妈更重要,于是,三叔就和队长首班去了安河。几天后就从安河的赛畜会上拉回来两对驴骡和一头老犍牛,三叔家的那几孔石片子烂窑就成了队里的饲养场。

那时村里的队长叫首班,首班以前出工时总是站在二虎家的墙畔上朝那后沟、环沟和前庄子呐喊上一阵,才趿拉上两只船一样的老布鞋,两条罗圈腿一摇一晃扛起锄头、铁锨或镢头就上了山。自从老饲养场给大山埋在里面,三叔家的那几孔烂片子石窑成了新的饲养场,首班派活时就不在二虎家的墙畔上那样呐喊了,而是要翻越后庄子生产家院里的那几畦菜地,再从沟口上的打谷场那儿摇摇晃晃爬上来,然后就圪蹴在饲养场边上的老槐树底下,亮抓抓几声就把个活派出去了:谁谁去东阳山上打揎那些小瓜;谁谁到后沟里把高粱玉米还有谷子糜子锄一锄;最后,还要分配谁谁去前坪上把菜园子好好浇浇水。几句话就把个活一五一十派出去了,王二、张三、李四、刘五还有什么马六、侯七这些小子和老汉们,就拖拖拉拉慢慢腾腾去各自要去的地方干活去了。

首班这才迈着罗圈腿来到边上的公窑门口，见上面拃着门闩子，就晓得三叔肯定又钻在自家窑里睡大觉哩，于是就径直去了三叔家。三叔家的窑里被粉刷得白生生的，完全瞧不出原来是孔石片子烂窑。

这时，三叔正躺在前炕上的铺盖卷上听收音机听得入迷，收音机里正在叽哩呱啦唱着秦腔版的《红灯记》，见是首班挑帘进来，三叔就一骨碌爬起来往炕栏下溜，两只脚在地上横竖瞎摸着胡穿鞋，那话也就拖泥带水出来了："啊，听见是你老来了，可这戏正唱到红火处，李玉和叫那个鸠山狗日的抓起来了，嘿嘿，狗日的日本鬼子，都是王八蛋！"

三婶在后窑掌子那儿拾掇着石条上的坛坛罐罐，一块黑抹布在那几个黑瓷罐子上抹来擦去没个消停。听见首班在外头呐喊着派工，就催了几次懒洋洋躺在炕上听收音机的三叔快起来，三叔听得迷糊糊的就是歪好不挪个身子。这会儿见首班黑塔似的进来了，她就敏捷地挑帘进了后面的小黑窑。等她在后面的小黑窑里摸着扒拉掉眼睛上的眼屎和牙齿上的几片韭菜叶，胡乱整理了下沙蓬一样的头发，才酝酿出满脸的笑从小黑窑里走出来，瞧见首班已经盘腿坐在炕栏上吧嗒吧嗒抽起了旱烟锅子，就急忙揭开红木箱子，从里面麻利地拿出一盒好烟，从中抽出一根递到首班的手里，笑得咯咯咯说："这几天你去公社开会不在家，书记根旺又叫你打发到水电站工地上出工去了，庄子上可就烂包了，谁管哩？谁也管不了谁，都成了无政府主义了。你尔格回来了，就有人管了！咯咯咯。"

首班说："那我成了政府了？"

三婶忙说："在咱庄子上你就是政府嘛！谁还能比得了你！"

说完几个人都哈哈哈咯咯咯地笑起来。等笑过以后，三叔就从那烟盒里抽了一根，然后胆怯地瞅了眼三婶，说："我先去把牲灵都拴出来，今天天气好，给它们好好拾掇拾掇。"

首班依然坐在炕栏上没动弹，见三叔像贼似的从烟盒里摸了一根烟，还要偷偷瞧三婶的脸色，心里就觉得好笑。不过，他还是拿起了庄子上说话最有权威的口气严肃地说："我说来生（来生是三叔的官名）啊，好好干，队里马上要买缝纫机和钢磨，到时候，你老婆踏缝纫机，你把钢磨给咱照看上，喂牲灵是你的正事，照看钢磨是你的副业。咱们庄子上人手少，你又喂队里的牲灵，又照看队上的钢磨，肯定有人会说闲话的，有人说就让他们说去，反正队里给你喂牲灵记的是满工，照看钢磨就要按每天加工的分量记工，听说，周围别的生产队也有这样弄的，咱也这样弄。至于踏缝纫机嘛，"首班说着扭头瞧了眼正眼巴巴望着他的三婶，说，"踏缝纫机，也就按件数记工分，这样就都能多挣几个工分，而且还不用上山下洼晒太阳。"

三叔和三婶听完首班的话，自然是感动得连连尽说感谢的话，等那根烟把子终于烧上手指头了，三叔才撩起门帘呸地吐到外面，一瘸一拐走了出去。

太阳老早就照在了坡下的土墙上，墙根下的粪场子周围就拴下了那几匹驴骡和那头老犍牛，都瞪着明晃晃的大眼睛看着三叔。三叔从坡下的水井里担来了水，给它们倒在石槽里饮了水，这时又握着扫把给它们打扫着身上的皮毛，嘴里还紧咬着牙关好像念念有词跟它们说着什么。三叔见大灰驴肚下突然伸出一根黑乎乎的长家伙，就狠狠地朝那驴鞭戳了两下，就骂道："你伸出来顶个屎，叫你驴日下的好好受着吧！你这个驴日下的。"骂着骂着，就又朝那驴屁股蛋子上美美地抽了两扫把。

上院里的情形他当然比谁都清楚明白，他刚才这么一走，那两个驴日下的不定就关上门弄开那事了，这还用猜！哼，这驴日下的婊子养的从打娃娃那时起，就不像是什么好娘娘送下的，不然她能跟了咱？如今，咱这么一走开，不就是明着腾开身子让人家弄哩嘛，不叫人家受活受活，咱能享受上这等的清闲！三叔这样想着，就故作开心地吹起了口哨。

就在这时，生产的婆姨呼哧呼哧从坡下爬上来了，见三叔正忙得起劲，就阴阳怪气地说："哎呀哦，我说来生，瞧你倒为生产队的营生做得老来劲，又把老婆一个人藏在窑里弄甚哩！哎呀，不是明明瞧见首班来这儿啦，咋就不见个人呀！"

三叔晓得生产家的是个捕风捉影拨弄是非的女人，她一天价就张家长李家短的瞎传话，今天突然爬上饲养场的院了，不是捉奸就是来寻是非的，于是就问："哎，我说生产家的，你是来找首班的，还是另外有啥事？"三叔说着，故意用扫把在那驴鞭上戳了几下，那根黑乎乎的长家伙就蓦地软下来缩进了肚皮。

庄上人都晓得她叫桃子，就是不想把她叫成那个好吃好听好看的桃子，只叫生产家的，或就直接叫生产婆姨。偶尔开玩笑取乐时，才说生产家里生产出了一个烂桃子。三叔叫了生产家的，生产的婆姨见三叔拿出一副公事公办的样子，就不再那样风风火火满世界瞎叫喊了，却压低声音说："我不是来寻首班的，我是来拉驴推磨的，窑里拌上了一笸箩黄玉米，想推下来好蒸馍。这些天生产的嘴唇焦烤得都是燎泡，早上到茅坑里屙屎一屙就是一顿饭的工夫还贵贱屙不下，你说嘛，吃糠咽菜的穷肚子，硬还要支撑一个拖家带口的穷光景，不给他改善改善，人要是睡倒了，一大家子可怎么办呀！人家的男人有人心疼哩，我家的就靠我心疼哩。我就是要给首班说说，派工时，也要因人而用哩，不然的话，受重苦的常是受重苦的，耍奸溜滑的就常走着轻路，这不把那受重苦的做死了不成！反正还有件事要给首班说一说的，这回，不管是公社分配下来的缝纫机还是钢磨，我们家怎么说都得安排一个吧，不然就谁也别想弄！要说睡觉嘛，我也会呀，叫他首班来呀！哼！"生产家的愤愤地说完，拉上那匹大灰驴走了。临走时还直刚刚地说："我晓得你们都是一姓的本家，哪像我们这些外姓人家什么事情上都要受气呀！"

生产老婆说的那话，三叔自然听得再清楚不过了。那年冬天在后沟里打坝时，是他和生产两个人自告奋勇上去排除那个驴日下的哑炮的，谁能想到，他俩刚跑到跟前，那驴日下的就炸响了，自己的半个屁股给炸没了，直到尔格夜里跟老婆睡觉，老婆总是要抱着他的半个屁股说，你就像个没屁股的公狗。生产却是伤到了脸上，到如今还是皱皱巴巴黑一块紫一块的像个丑八怪。当初那桃子就像一朵才盛开的打碗碗花，却死皮赖脸非要嫁到城边边上给生产来做婆姨。后来人们才晓得，那桃子一朵鲜花插到这泡烂牛粪上，就是因为桃子的肚子里早已怀上了一个过路油罐车司机的狗崽子，才迫不及待地嫁给了老实巴交的生产。想那生产的老子当初在红火热闹的延安做小买卖时给儿子起名叫生产,那也是想要叫儿子以后有出息的。可他的买卖最后赔了本钱跑回来,老婆一连就又给他生了转战、解放和揍美几个带把子的家伙,虽说都是有纪念意义的,可也都是要吃饭穿衣的。于是,生产的娘老子就回到庄子上入了农业社。庄上人就好奇地问生产的大:"你给儿子起名叫生产、转战、解放还倒都能理解,可为啥要给小儿子起名叫什么揍美,这就不好理解了。"生产的大说:"嘿嘿,人家都叫抗美、援朝的,我就叫他揍那些大鼻子的美帝国主义,把人家朝鲜侵害成个啥样子了。"果然,前几个儿子都没按他大的意志施展什么才华和抱负,长大后,都窝在庄里上山下洼务了农,唯有这个小儿子一毕业就去西藏当了兵,如今都当上军官了,带上了一营的兵,成了他们一家挂在口头上的骄傲和自豪。生产他们弟兄几个从头到脚就有穿戴不完的黄军装,遇到个什么大事小情的,总要把他们的军属头衔挂在嘴边,看来这回,也是不会省什么事的。那生产的婆姨刚才把话说得那么硬棒,瞧那眉眼凶得就不是个什么省油的灯盏,哼!

一会儿,三叔见生产家的石磨上就绑上了大灰驴,那生产家的手里举着一个长棍子吆喝着那驴转着圈儿,还不住地朝这边张望。

没几天的工夫,庄子上要买缝纫机和钢磨这桩子事情就沸沸扬扬传开了。关于将来谁照看钢磨、谁家踏缝纫机的谣言更是传得五花八门。

几天后,三婶就把生产老婆说的话说给了首班,首班听了这话,那脸色突然变得就像蹲在茅坑里屙屎一样难看。首班瞧了瞧三婶那扑闪不定的眉眼,像是把三婶和生产婆姨做了个很快的对照,然后,厚嘴唇吧嗒吧嗒了几下,才说:"生产家的没那门子可能,什么烂脏东西嘛,还尽想这些美事哩!"

三婶听罢首班的这话,扑到首班怀里就在首班的胡子楂楂上亲了一口,说:"你可不敢变了那花花心肠!"

首班咬着她的嫩白菜叶一样的嘴唇说:"谁变了心,谁就是个屎!"

到了热天,队里就开始歇起了晌午。男女社员收了工就都疯了似的往自家的自留地里跑。晌午天晒得就像要着火,还都要钻在自留地里打揎南瓜,锄锄玉米红薯洋芋和那几棵谷子糜子,直到务弄完自留地里那些庄稼,才一个个扛起锄头握着草帽扇着风往回走。站在远处瞧,每家自留地里的庄稼都是绿油油的长得足劲,长势明显比生产队里的庄稼要好上不知多少倍哩。

队长首班从自家的自留地里下来,老远就瞧见生产家的坐在前沟上的杜梨树下扇着风像在等他,他朝后沟里瞧了瞧,见后面再没有旁人,才大大方方走到跟前问生产家的:"哎,生产家的,这杜梨尔格还不能吃,你不怕涩?"

生产家的笑得咯咯咯地说:"我就爱吃这些带涩的东西,咋,不想坐下歇歇脚?"

首班说:"不啦,老婆还等我回去吃那稀溜溜饭哩。"

生产家的见首班只是那样说着却没再往前挪动脚步,就晓得首班并不是那么讨厌自己。于是,生产家的又说:"怕是还有人等你吃好东西吧,自己家里的稀溜溜饭有啥吃头,还是人家的香吧!"

首班见生产家的阴阳怪气说着酸溜溜的风凉话,索性也就不走了,一扑踏坐在地上,一边慢悠悠地摸着土囊囊的脚片子,一边却吧嗒吧嗒抽起了旱烟锅子。

生产家的见自己那几句戗人的话起了作用,看来首班是走也不是,不走也不是,就咯咯咯地笑了一阵,然后说:"我说首班大队长,这次队里买回来的缝纫机或钢磨,怎么说我们家肯定得要有一个人要沾沾你的光哩,不然,我们这老军属的脸面,生产他大为生产队里受的那份苦那份罪,还有我的这烂脏脸面往哪儿搁呀!反正就是这么个事情,就瞧你队长咋能把这碗水端平呢。成不成就是你首班一句话的事情。"生产家的说到这里,突然压低声音悄悄说:"你如果要……要那么价还能瞧上我这个烂桃子,趁这会儿山上没人,想舒展舒展你那老骨头,就上来吧……"

那天前晌,生产家的就提了一筐子玉米棒子和两个大南瓜,爬上了首班家的阳垴畔,径直走进首班家的圆洞大门。生产家的提上南瓜玉米给首班家里去送礼的这档子事情，正好被蹲在沟口井子湾洗衣服的三婶看得仔仔细细清清楚楚。三婶想，生产家的这个烂桃子提着那么多的东西去首班家，肯定是为了队里买缝纫机和钢磨这事去的。她晓得首班今天一早就到红旗沟林场开现场会去了，首班不在家，她生产家的就是有天大的本事，也不会在首班那个哑巴老婆面前有什么作为。嘿嘿，人算不如天算，看你生产家的今天去了也是白去，没顶个甚尿事，可我倒要在这里恭候着她，非要好好地气气这个烂桃子不可！

没过多长时间，生产家的就提着个空筐子从首班家的阳垴畔上下来，走到沟底的平路上，嘴里咿咿呀呀哼着歌儿扭腰竖胯照着地上的影子走了过来。

就在这时，三婶突然从井子口那儿霍地站起来，故意放高声音说道："哎哟，还当是谁哩，原来是桃子大嫂，又去哪家香人家啦！"

生产家的被这半道上突然杀出来的程咬金着实吓了一跳，这会儿瞧见是来生家的一个人在这儿洗衣服哩，却还用那样酸溜溜的口气奚落她，她也用同样的口气回敬道："哟，原来是你在这儿洗衣服呢，是给自家洗，还是给旁的什么人洗呀？"

生产家的这句话，一下子就把三婶给冲恼了。三婶就指着生产家的说："你这话是啥意思？看来你常给别人洗衣服洗惯了才这样说，哟，这下我才明白了，尔格太阳红喷喷的提着筐子肯定不是给人家送金就是送银了吧！"

生产家的一听这话，也就火冒三丈，索性撂下筐子，双手叉腰就厉声叫喊道："谁送了谁送了？你瞧见我给谁送了？"

三婶也把声音放高叫喊道："谁送了谁晓得哩。"

生产家的说："谁送了谁自然晓得哩，怕是不光送东西，还恐怕给人家白白送人哩！"

三婶说："你把话说干净点儿，谁白送人了？你今天不把话说清楚，老娘今天饶不了你！"

　　两个人开始破口大骂起来，一个站在井子湾上头跳着骂，一个站在井子口那儿挥舞着手臂指着对方骂。两个人越骂声越大，越骂话越难听，把正在打麦场上十几个打豌豆的都吸引到麦场边上瞧热闹，井子湾跟前几家院子里的人听见，也都扒着墙头或站在埝畔上朝这儿瞧。

　　两个女人见周围站下了黑压压的瞧热闹的，反倒骂着骂着就相互揭起了短。

　　三婶说："你没结婚就挺上个大肚子来给人家生产讹哩，谁晓得是个野种还是个杂种！哼！"

　　生产家的听到三婶连这样恶毒的话都当众骂了出来，挽起两个袖子就要跳下去玩命，嘴里还锐声斥骂道："别把自己说的像是个好娘娘送下的，你结婚前不也跟那个当兵的小子好得死去活来，后来还不是又跟多少个野男人明铺暗盖，还敢花嚼别人，瞧老娘今天不扯烂你的茅粪口！"说着就跳下去，两个人就扭打在一起。

　　等到三叔闻讯跑来，与麦场上下来的几个人把厮打得面红耳赤唾沫星子四溅的两个人拉开，这场井子湾混战才告结束。

　　然而，事情并没有就这样结束，似乎是才刚刚开了个头。这天晚上，转战从地里回来，得知了此事，便饭也没顾上吃，就去解放家，叫上了解放去了大哥生产的家。弟兄两个进到大哥生产的老窑里，瞧见大哥生产窝在下炕角那儿靠在铺盖上一口一口抽着旱烟。嫂子则是坐在灶火圪**塝**那儿，一边挽起裤腿子搓着麻绳，一边呸呸呸地朝那腿把子上吐着口水，间或还咒骂几句哪个婊子养下的不得好死之类的狠话。忽见转战、解放两个小兄弟来了，她便缠了麻绳忙起来招呼。

　　转战瞧见这番情景，心里着实可怜起他们这个老实巴交的大哥来。大哥从小因为受家庭成分的影响，连高中都没上成，从小就开始在农业社里劳动受苦，那年又叫那个驴日的哑炮炸成这个样子，差点儿连老婆也闹不下了，多亏是这个嫂子嫁了过来，把一个烂包的穷家立踏成尔格这么个样子，可如今又出了这档子事情。他瞧着大哥眉毛那儿缩成的愁疙瘩，心里立马泛起一股酸楚来。他气愤地说："不行的话，就把那个狗娘养的拉到公社里，看到底有没有人管！"

解放也把烟锅子在炕栏上叮叮当当磕了几下，说："反正，这回不能便宜了那龟孙子！"

生产家的见两个小兄弟来给她鼓劲打气，一副义愤填膺同仇敌忾的样儿，心里顿觉宽慰和些许的高兴。她给两个小兄弟一人倒了一碗熬锅水，挥舞着拳头说："反正，我想这回不能便宜了那个烂婊子，非要把缝纫机或者钢磨抢到咱们手里不可，不然，不然就跟他们去死人。"

直到这时，大哥生产才慢腾腾地摆了摆粗糙的手说："别了别了，都是一庄一院的，早不见晚见，地头还都连着地头，何必把事情闹到不可收拾的地步。退一步人自宽啊，就此罢了吧，以后谁也不要再提这事了！"

转战和解放见大哥平时话虽不多，可尔格说的这几句却都在理上，于是也就不说什么话了。

可是生产家的却不能接受这个意见，她把手掌在炕栏上敲打得啪啪响，不依不饶地说："反正我咽不下这口气，我明天就去公社，找找那个王副书记。我就不信王副书记的儿子在咱揍美的部队上当着兵哩，他不论咋价也要为咱们说句话的。即便就是告不倒这些龟孙子，也要好好臭臭他们，哼！"

次日天刚麻麻亮，生产家的就从解放家里借了辆浑身缠着花塑料条的半旧不新的自行车，后座上载着满满一大筐子南瓜和玉米棒子，去了公社。

等到第二天饭时，王副书记骑着公家的自行车来到庄子上，王副书记手握着自行车车把，站在井子湾那儿朝阳垴畔上呐喊了几声，就听有人说首班去后山上割麦了。王副书记把自行车靠在道旁的老柳树上，两手握成喇叭状，朝半山腰上一个送饭的婆姨呐喊道："喂，那是个谁哩，请把首班叫回来！"

对面山上的送饭婆姨长长地答应了一声，王副书记就放心地推起自行车上了饲养场。到了这个时候，队里的牲口就闲了下来，那些牲口就没有了耕地驮粪拉运这些活了，除了庄户人家里要绑去推磨压碾，大多时间就是卧着十吃料长膘，皮毛都变得滑溜溜光油油的，比那会儿刚拉回来时不知好瞧好用了多少倍。都说还是拐子来生喂养得好，三叔的脸上就得意得像开了花。

王副书记上到饲养场，瞧见三叔正在给牲灵们打扫身上的皮毛，就背着手在公窑里和几个牲口圈里转了一圈，然后又走到那几头牲口周围瞧见牲灵们都温顺地让三叔给它们梳理着皮毛，一个个都长得肥实健壮，皮毛光滑，就乐呵呵地对三叔说："嘿，这些牲口喂养得不错呀！"

三叔瞧见上来了个干部模样的人，这儿走走，那儿瞧瞧，就是没敢打问个什么，尔格见是瞧了一阵这几头牲灵，竟然乐呵呵夸赞起他喂养的这些牲灵，还以为就是县里来乡的一般干部。就颇有几分得意地说："瞧你也是个懂得牲灵的老把式，不是在你跟前胡吹牛哩，要喂养个好牲灵，起五更睡半夜，草要喂得勤，料要上得足，圈要打扫得干净，饮水出圈起粪晒太阳还不能做太重的活，反正一句话，四邻八乡要寻像我这样的人，还是不好寻啊！来来来，进窑坐吧！"三叔说着就撂下扫把，一瘸一拐走到公窑门口，把门帘撩起让王副书记进。

王副书记就不客气地走进公窑里，瞧见门前的一盘大炕上堆放着几麻包牲口料和驴骡的笼头圈套，粉刷得白生生的墙壁上挂着几个玻璃镜框奖状，还贴着几张《红灯记》和《智取威虎山》的剧照，就背着手细心瞧起这几张画。工夫不大，三叔就从隔壁的自家窑里拿过来一盒带锡纸的大前门烟让客人抽，自己却一瘸一拐又跑去拿喝水的茶缸。就在这时候，就听见首班那双大脚脚步沉重扑踏扑踏从老槐树那边走过来了。

首班进到公窑里，就闭上门，与王副书记悄悄拉谈了一顿饭的工夫，直到那日头直戳戳立在了天的当中，三婶回来已经擀好了一疙瘩杂面叶儿，他们才吱呀一声开门出来，瞧见两个人明显有过争执或争吵之后的样子，至于争执争吵过什么话或什么事，外人就不晓得了，只是瞧见他们拉谈得不太拢，表情上些许挂着的那一丝微笑，也是屎大哥不理屎二哥，那也都是假装出来的。不过最后在三叔家里吃了三婶擀的薄杂叶儿，两个人吃得赞不绝口,连声说好。临出门时,王副书记还夸赞着三婶擀面的手艺就是不一般,说有机会他还要再来吃上一碗的。走到饲养场的坡下,首班才悄悄告诉王副书记,今天给咱们做的擀杂面的婆姨,就是跟那个生产家的婆姨吵架骂仗的那女人。

王副书记听罢,只是愣愣地喔了一声就再也没说个甚话,骑上车子就走了。

这几天,收割回来的麦子像座山似的堆满了半个打谷场,这天早上几个人就铺满了一场的麦子,准备晌午天正红的时候开始碾打。到了饭时,几个老农见风向由东转向了东南,天边也飘过来一些灰塌塌的浮云,就招呼首班趁早赶紧把场上的麦子打了,不然的话万一再遇上个雨天,这一场麦子可就要淋雨啊!

首班仰头瞧了一阵天,嘴角微微露出了一丝笑意,似乎是轻蔑地朝那几个蹲着抽旱烟锅子的老家伙瞄了一眼,迟迟疑疑不甚情愿地说:"那就喊叫人开始吧!"

三叔就拉了那头老犍牛上了场,几个人给那老犍牛套上了碌碡,吆喝着开始在麦场上转起了圈儿。等那石碌碡碾过了一遍,社员们才开始举着木连枷用人工打。

到了晌午,打麦场上的两排人齐刷刷地用木连枷拍打着地上的麦子,气势很宏大,声音也很嘹亮,仿佛地动山摇,似乎震得后沟和环沟里都有了回音。几轮子打过了,几个老农就手迟脚慢地拿着木杈子开始往过翻动地上的麦秸子。其他人就坐在场外的老椿树下抽烟纳凉。

首班瞧见大伙汗流浃背口干舌燥得直叫唤,于是,就朝东阳山上照看小瓜的解放呐喊道:"给咱摘下来一筐子小瓜,叫咱们社员今天就尝尝那个鲜!"

就在大伙都吃喝得正起劲的时候,突然,从南边就厚棱棱涌上来一疙瘩黑云,众人见到这阵势,一群人就慌忙开始叫喊着往麦场中央堆麦子,几个人就跑去仓库里寻帆布。就在这当儿,一股黄风就遮天蔽日地刮起来,狂风过后，大雨就瓢泼似的哗地下起来了。几个人抬来了帆布，把堆得小山似的麦堆子盖起来，众人就慌忙收拾起农具，一窝蜂地往那麦场上面的公窑里跑。只有生产和转战弟兄两个顶着簸箕湿漉漉跑回了家，其他人都跑到公窑里躲起了雨。

三婶端来了一盆子清水叫大伙擦洗身上的泥水子，三叔还拿过来一盒纸烟和一瓶没开盖的烧酒，给大伙一人散了一根烟，还拧开酒瓶盖让大伙挨着轮流喝。有人就搬来了小炕桌放到炕中央，酒瓶子就戳到那炕桌上，只几个来回，一瓶子烧酒就给喝光了。有人就叫三叔，有人就叫三哥，还有年纪稍大的就叫来生的名字再去寻酒，众人就乱嚷嚷着再来一瓶！

三叔说："没了。"

众人就叫喊道："没了再去买！"

首班说："行了行了，喝点儿暖暖身子就行了，你们还非要喝醉不成！"

众人就起哄似的嚷嚷道："不行，今天你队长说了也没用，好容易老天爷都给我们放了假，我们不好好过过天阴，不把你灌醉就决不罢休！"

于是，有人便开始在湿漉漉的身上翻搅着往出掏钱。这个两毛，那个三毛，一会儿的工夫就凑了几块钱，就打发人去沟外边的代销店里买酒买扑克。

等出去买酒的人冒雨买回来几瓶子烧酒和一副扑克牌，这时天已经黑了下来。三婶就炒了一大盆子粉条洋芋丝端了过来，一窑人就吆五喝六地划起了拳。这伙人烟熏火燎吵吵嚷嚷直闹腾到半夜才收了场。众人把喝得醉醺醺的首班抬回了家，这时候雨就住了。

第二天，庄子上就有了风言风语，说有人瞧见首班昨夜在公窑里喝酒时出去尿过几次，有人就瞧见首班偷偷溜进三叔的窑里与三婶抱着亲嘴哩。

也许是谣传，也许是有人故意放出来的流言蜚语来诋毁首班的名誉。对于这样的谣传和流言蜚语，三婶没在意，首班也根本没在意，那队长又聋又哑的老婆就更不会在意了，那么，在意的人只有一个，那就是忍气吞声忍辱负重的三叔啊！

　　过了几天,首班和三叔就套上骡子从城里的农技站拉回来了钢磨,就安装在三叔家隔壁的那眼空窑里。庄子上的男女老少都来抢着瞧稀罕。有人就阴阳怪气地拍着三叔的肩膀故意高声说:"哎呀,来生啊,你尔格成了队上的大红人了,又是喂牲口,又是管电工,尔格又是照看这个铁家伙,你是三管齐下,你是个全才呀!"众人就附和着起哄。

　　但是,至于踏缝纫机的事依然没个交代,庄子上众人都眼巴巴地等着瞧结果。生产家里的人也在等着瞧首班咋样定夺这事情。三叔和三婶也在巴望着首班再能向平素那样圪蹴在老槐树底下吆喝着派工,可就是连着几天没了首班这家伙的影儿。天倒热得一天热似一天,可首班就像热得蒸发了一般,没了一点儿音讯。

　　这天是个好天气,三叔从环沟的背洼上割来了一捆子苜蓿,背回来就撂在公窑院子里跟三婶咔嚓咔嚓铡起来,就在这时候,首班终于穿着新崭崭的白短袖黄军用裤子,手腕上还戴着一块明灿灿的手表来到公窑里。周围瞧见的人就跑来瞧稀罕。首班见三叔他们都用诧异的眼神瞧着自己,就哈哈笑着眉飞色舞地说:"这几天,去人家黄河那头的大寨参观了几天,就是不一样嘛,人家那是个啥,都快成机械化了。瞧咱们是个啥?刀耕火种肩挑背扛受着黑死苦,还一年四季吃不饱穿不暖,这是个啥嘛,这真他妈的是个屎!"

　　关于村子里踏缝纫机的事情,首班最后还是把三婶叫到窑里说,就叫生产家的先做去吧。三婶一听这话就立马变了脸色,牙关就咬得嘎嘣嘣价响,但她当着首班的面什么也没说,只是两行热泪不由得扑簌簌流了下来。首班当着三婶的面说是为了照顾生产家的生活,这碗水端不平不行呀!其实谁都瞧见这几天,首班的罗圈腿穿上了一条新崭崭的黄军用裤子,脚上也换下了那双船一样的老布鞋,蹬上了一双黄胶鞋,心里都明镜似的。首班见三婶委屈地流下了眼泪,就像乖哄猴娃娃那样悄悄对三婶说:"晓得那个烂桃子肯定做不成什么衣裳的,先就叫那驴日下的心热上几天,等叫你把队里东阳山上的那几亩香瓜卖完后,再做调整也不迟嘛!去城里给队里卖香瓜,也是多少人眼热的营生呀!"

三婶眼里满含着泪水说:"肯定是你跟那烂桃子睡过觉了,才变得这么快。"

首班临出门时,才扭过头梗着脖子说:"谁跟那烂货睡了,谁是个屄!"

三婶怪嗔地说:"当然是屄睡的,不是屄,还能是个甚!"

2014 年 1 月 7 日写于西安

大 舅 二 舅

四老爷家的客栈大门吱呀一声被摇摇晃晃开启了，一群负载了沉重瓷器的驴骡便嗒嗒地从客栈那盏昏黄的灯影儿里走出来，抽象的影子直戳戳地拉向了远处，几个赶着牲口的贩子步履沉重地紧随其后。

突然，不远处一个黑漆漆的道口里敏捷地闪出一条黑影，那黑影步履欢快地尾随在贩运瓷器汉子身后，手执粪铲生怕别人抢去似的，快速地把地上还冒着热气的粪便一堆一堆铲到粪筐子里。尽管这一连串的动作连贯声音细小，可是在这黎明的黑夜里仍然留下了清亮亮的声音。这个剃着盖盖头生得瘦小体弱的后生便是二舅。

等二舅提了沉重的粪筐子一路筒着袖口哈着白气走回来，四老爷家宽敞的场院里，早已被人高马大的四老爷打扫收拾得干干净净了。四老爷握着那把半人多高的大扫帚，笑道："俺说二狗子啊（二舅的乳名），冬冷夏热的，你小子都没个瞌睡呀，黑咕隆咚的黑夜里，你就不怕碰上个甚鬼呀狼呀的，把你抓了或是给吃了，瞧你大到哪里去寻你呀！"

二舅只是嘿嘿地傻笑，间或从一口七龇八龅的大黄牙里含糊不清地吐出几个字："嘿嘿，尿——我甚都不怕！"

这时，天已微明，大舅正与几个斜挎了花布书包和干粮布袋的小子们从巷道里走出来，喋喋不休似在诵读着什么诗句或文章，神情步履显得豪迈张狂。

四老爷望着他们朝气蓬勃远去的背影，那张老树皮似的脸上就绽开了无数条纵横交错的褶子。半晌，四老爷才转过头满是疑惑地望着在公路下的粪场子里打理的二舅，然后若有所思地说："小娃娃不去念书，将来能有甚出展呀!"

四老爷在庄子上辈分最大,说话做事最有分量。据说,性情威严的外公,也不得不在四老爷面前唉声叹气地说:"孽子生的贱皮,骂了打了无数,就是拉不进那书房的门,唉,只好随他吧。"从此,二舅就跟上外公上山下洼学做农活。起五更睡半夜,风吹日晒雨淋,春种夏锄秋收冬藏,小小的记性里唯独多了这根怪筋,一招一式都学得颇有章法,一出一入均在路数上,几年过去,二舅已成了庄子上一把踢出打里的好农手。

大舅则是每天都像那尿盆子似的早出晚归,早上黑乎乎的前往七八里开外的学校,直至受苦人晚上掌灯时分吃过稀溜溜汤面他才咿咿呀呀欢喜着回来,狼吞虎咽扒拉上几碗饭菜,便在灯下秉烛夜读,偶尔也在小书桌上摊开麻纸缀成的大字本上,写几个毛笔字。每到这时,外公必静坐一旁,偎在豆油灯前抽着旱烟锅子,瞧着大舅细皮嫩肉专注地描龙画凤,那吧嗒吧嗒吮吸旱烟锅子的声响里,也都是山羊胡子频频颔首的赞许。当外公的眼神不经意移到后炕上正鼾声如雷的二舅时,他就会唉地长长地叹上一口气,然后把烟锅子就在炕沿上叮叮当当使劲敲得狠劲价响,刚才还是一脸欣慰地笑逐颜开,蓦地就紧缩成与一疙瘩干枣相似熬煎的神情,唉唉地叹上几口气,两只脚相互搓搓脚上的泥土,便躺到一边愤然地睡去。

那些年的收成好,种豌豆收豌豆,种麦子就收麦子,那些玉米、高粱、谷子、糜子更是旺旺地疯长。惊蛰后种上的豌豆,到了小满紫色的花就开放了,赶到夏至时,就被外公和二舅拔回来小山似的背上了场。外公和二舅光着脊梁,在那日头好似烧着的油盆燎烤下,高高举着木连枷,一阵闷雷似的捶打,地上就铺了一层豌豆。有了这好年景,有了这满囤满瓮的好收成,外婆自然也就有了好精神。于是,外婆每天起来就叮叮咚咚擀起了杂面。外婆把大舅写过的毛笔大字从缀着的纸捻上一页一页拆下来,然后粘糊在粗老布上,铺在炕上,然后压上大案板,外婆就在那上面擀起了杂面。外婆的两只小脚,一踮一踮挪来挪去,全身都在跟着案板上的擀面杖颤动。那满是老师圈过红圈的麻纸上,就被外婆擀出的薄如蝉翼大似磨盘的金黄的杂面覆盖着，那隐隐约约的一圈一圈的红，就映入外婆满是沧桑的笑脸。

这年的春节，外公一家着实过得丰衣足食喜气洋洋。大舅为了表达喜悦的心情，还在窑门上写了一副对联：春风杨柳万千条，六亿神州尽舜尧。

几年后，大舅还是没考上学，从那个七八里外的叫双庙的学校里毕了业，终于念完了他的书，回到了庄子上。这下，本来指望着大舅能够出人头地有个好前程的外公，瞧着躺在炕上不吃不喝也不言传的大舅，泪水在眼眶里直打转。外婆给煮好的细杂面叶碗里还打了两个鸡蛋，端到了炕边，大舅还是满脸委屈地转过了头。就这样在炕上睡了几天，这天醒来，大舅还是挺起精神去了四老爷的饲养场。

自从有了农业社，四老爷的大院子就被改成了饲养场。从前开客栈时的草料房和牲口圈，都成了现成的公房和牲口圈。那几孔接了石头口子的土窑洞，也自然成了社里的公窑。四老爷理所当然就成了社里的饲养员。四老爷家的饲养场，也理所当然就成了庄子上最显眼最热闹的地方。大舅来找四老爷，老远就瞧见四老爷正和一群人坐在饲养场的大门外东拉被子西扯毡地拉谈到兴头上，本想远远地走开，却被四老爷那瓮声瓮气的大嗓门叫住。四老爷早就听说大舅没考上学，白费了几年的无用功，白跑了几年的腿把子，如今，回来灰心丧气见不得人，光睡在炕上哭黄天哩。今天终于见到这小子了，于是，四老爷把大舅叫过来，当着众人的面，劈头盖脸就是一番不留情面的指教，直说得大舅默不作声低下了头才罢了休。

大舅回到家，让外婆给烧了一锅热水，他服服帖帖低下头，让外公给剃了个光头。从此，大舅只得服服帖帖放下架子当起了农民。大舅总是被安排去做一些诸如送饭割草之类的轻活，后来计分算账这些事情，他也就一马当先接到手里，当起了社里的会计。每个月，也定要在四老爷院外的墙壁上抄写报纸上的文章，让路人瞧。比起二舅扛上木犁上山耕地，大舅做的这些活俨然就是个刚学手的小娃娃价做的营生，活轻苦轻，还能露头露脸。大舅每天从虎头峁上割来青草或苜蓿，都要背到四老爷的饲养场铡碎喂牲口，四老爷瞧着大舅握着铡刀吃力地一下一下铡着草，便笑呵呵地问大舅："要婆姨不？"

大舅用胳膊肘了擦几下汗脸,迟迟疑疑地说:"不要。"

大舅说是不要,这话四老爷也听得真切。但当大舅趴在梯子上给黑板报上抄写报纸时,四老爷就会站在后面端着铜烟锅子细心地端详,不时还笑呵呵地说几声:"好,好着哩!"若有担水的或拾粪的哪个捣蛋鬼,拍着四老爷的肩膀问:"瞧那写的是个甚?"四老爷便会惊慌地骂几声那人,笑呵呵地离开。

四老爷是瞧着大舅那字写得好,算盘子也打得好,那眉眼个头也长得好,于是就给介绍了下川里和南沟里的两个女子,谁知大舅那头摇得就像拨浪鼓,连看都不去看一眼,急得外公吹胡子瞪眼,说:"憨娃娃呀,你可不敢这样挑来挑去,咱们穷家薄业的受苦人,天生就是吃苦受罪的命呀,你这样接二连三伤你四老爷的老脸,瞧以后谁还敢再给你提亲说媒哩!"

这年初秋的一个晚上,外公和二舅刚从土桥那儿的后沟里锄地回来,四老爷便一路吭哧吭哧爬上外公家的垴畔。外公见又是四老爷深夜登门造访,想必又是有甚顶重要的事情,四老爷才摸黑来家里,便连忙出去挑帘相迎。

四老爷在脚地的石床上刚坐定,外公便把装旱烟的木升子端到跟前,还亲自给四老爷的长杆烟锅子里装上了烟末子,大拇指还往瓷实里摁了几下,才恭恭敬敬递到四老爷的手里。四老爷凑到炕沿的油灯跟前点着,腮帮子一缩一缩吧嗒吧嗒嗫了几下,一口白茫茫的烟雾就被灰白胡子覆盖着的嘴吐出来,那话也就顺着烟雾说了出来。

四老爷说:"后川里周家店子劁猪的周儿家的大女子兰香,不晓得给大狗子说,大狗子能不能看得下? 后晌里见周儿和那女子从石盘赶集回来,还到我窑里喝了碗水。我瞧那兰香长得人高马大俊眉俊眼的,心想,正好给大狗子配一对哩,便与周儿说了,周儿当下就应允了。刚才,我瞧见大狗子在公窑里那算盘子打得噼里啪啦价响,心想,这不是蛮合适的一对嘛,我这就急急忙忙跑来了。"

外公一听说是四老爷又跑来给大舅说亲事,便把装旱烟的木升子又往前挪了挪,自己的身子也往前挪了挪,便凑到四老爷跟前压低声音说:"不瞒你老说,我正为这事情犯熬煎呢。如今,大狗子供书没供成个样子,娃们价回来抬不起头,我在庄子上也没甚脸面见人呀!一家三个壮牛似的男劳力,吃倒是不愁,就愁娃娃没个好前程,没个好出展,这以后的日子可咋办呀!"外公说毕,就唉唉地叹气。

外婆则是坐在炕沿边,上膝盖压着下膝盖,就着微弱的油灯不住地纳着鞋底,一言不发,偶尔也趁着拿针线的手在头发里挠的工夫,仰起头冲四老爷笑笑,就是不说话。外婆是个哑巴,先前生养了几个女子,到老时才生了大舅和二舅。如今,那些女儿生养的外孙们都能跑着上山下洼满世界胡打逗了,两个小儿子还打着光棍熬煎人哩。瞧着有话说不出,可那心里比谁都着急。

二舅圪蹴在门外的黑影里一锅接着一锅熏旱烟,大人们说的话,他句句都听得真切,就是觉得大人们光为哥哥操心,却没人把他能拾到个篮篮里,也不为他犯上一回熬煎。

大舅算账算到深夜回到家,见外公和二舅还坐在石条上抽着烟锅子,两个人中间放着盛旱烟的木升子,谁都默默地只顾抽那烟,却不说一句话。大舅也默不作声地掏出烟锅子,凑在木升子里装起了旱烟。父子三个这回是不约而同地手都伸到了一个木升子里,为各自的烟锅子装起了烟。

在以后的日子里,周家店子的兰香借来回跟集赶会的工夫,常到饲养场里小歇片刻。四老爷就会打发人把大舅强拉到饲养场,与那兰香说会儿话。无论那兰香身上的碎花布衫子换来换去,还是那长辫子梢梢上的红头绳,变着花样儿缠绕成个甚形状,大舅心里就是感到如果应承了这桩婚姻,那他从此不也就成了被绳索捆绑的物件,欲跑不能,欲飞更难。但是,当他瞧见兰香那双水汪汪的大眼睛里充满了渴望充满了期待,他也就又多了一份惆怅和忧伤。那天,四老爷把他叫到饲养场,就借故去下河湾里担水去了。在满院的驴骡明晃晃的大眼睛的注视下,他竟然慌乱地拉起了兰香的手。直到四老爷不知是真咳嗽还是假咳嗽的声音传进了院子,他才慌乱地放开了她的手。从此,在好长好长的时间里,他总感觉到手心里有个软绵绵热乎乎的东西在蠕动,他的心里就像喝了兴奋剂似的,心率陡然加速,呼吸也变得急促,整个身体都在一种亢奋和紧张状态下,经常等在路边,渴望着兰香的俊俏身影在后川里出现。

婚事倒也真是个热事,大舅的婚事就这样紧锣密鼓很快地被确定下来了。外婆擀下了一笸箩干杂面,猪圈里的猪和羊圈里的羊早已喂养得肥壮,后边窑里的炕上、脚地上磨好的面,碾好的米,还有摽在一起漏好的粉条,还有早已做好的面酱豆豉酿好的醋……这些东西早已预备齐整。腊月里订婚,正月里迎,噼里啪啦一阵鞭炮响过,一哨人马就吹吹打打把新媳妇迎进了门……

大舅娶了兰香,兰香就成了我的大妗子。大妗子进到大舅的门,才迎来送往红火热闹了几天,便脱下了做新娘的花衣裳,扛上了农具就上了工。当时大会战工地在庄后的土桥沟,那时候那真是红旗招展锣鼓喧天,山上沟里人山人海。大妗子一上场,拉起了打土坝的石夯,一嗓子唱出腔,嘿,整个工地一下子变得鸦雀无声……大妗子就像劳动干活那样麻利,不到两年,就生下了两个胖嘟嘟的儿子,毛锤和狗锤。

从此,窑里的哭闹声此起彼伏与日俱增,可那窑里的经济负担也是水涨船高。就说乡下娃娃不比那城里娃娃金贵娇气,可在那个年月,大人们一天从早到晚疯了似的出工劳动,哪还有工夫整天守在娃娃跟前喂奶喂饭,可那奶粉白糖总还得添加呀,那穿戴铺盖也得缝补呀,还有奶瓶奶嘴小碗小勺的也总得添补一些呀。大舅这时才深刻领略到这添人进口所带来的烦恼和熬煎。

大妗子却不这样看,她整天风风火火地上山下地忙个不停,到了晚上收工后回到家,还要抱起这个放下那个,毛锤狗锤地亲昵上一阵子,望着两个宝贝憨憨地睡去,她才在煤油灯下穿针引线做起了缝补。

大舅苦挨到这个时候,早已哈欠连着哈欠打成一片。可偏偏在这个时候,大妗子的唠叨也似催眠曲开始了。大妗子说:"窑里盐没了,醋没了,煤油也快没了。"

大舅听了没反应。

于是,大妗子又说道:"这裤子缝补了多少遍没法再缝了;袜子缝补了多少回没法再补了。"

大舅仍然没反应。

大妗子见大舅装聋作哑不吱声,于是又说:"咱们买台缝纫机吧,这满年满月地缝缝补补,迟早要买的。"

大舅听了这话突然有了反应,大舅霍地坐起来,厉声叫喊道:"买这买那,我又不是银行!"

大妗子见大舅生气了,反倒和颜悦色地说:"没钱? 没钱咱可以去借嘛!"

大舅问:"借? 跟谁借?"

大妗子仍然平心静气地说:"钱的事不用你管,我跟我娘家哥嫂开个口,借几个钱倒不难,只是这以后怎么还呀!"

那年月,别看起早贪黑苦受得不轻,可那一个工也分不到几毛钱,生产队看似搞得红红火火,可那骨子里都穷得叮当价响哩。大舅明知自己手头紧巴,还是趁着赶集的空当,跟上大妗子去了一趟石盘。在公社的供销社里,大舅找到了他的老同学,买了台标准牌缝纫机。他的老同学见他提着食盐袋子煤油瓶子,就说:"你们为甚不在庄子上开一个代销店,卖些针头线脑食盐洋火煤油,社员们就再不用跑远路了。"

大舅的老同学的一句话,着实使大舅那忧郁熬煎的心里感到豁然开朗了许多。大舅把缝纫机搬回家,就去找四老爷商量。四老爷一听说要办代销点,食指关节伸得直直的指着他笑骂道:"好小子,还是你小子墨水喝得比别人多,满庄子人都晓得跑前跑后的,咋谁都没想到这一招呢?"四老爷笑呵呵地说,"大狗子呀,这桩好事情,你就给咱们先立踏起来,我想这样的大好事,队里穷得一烂包没钱办,你办起来谁也不能说你办得不对。我把大门口的这间小房腾出来,就在这儿办,你顾不上时,我还能给你帮帮手哩。"

有了四老爷这句话,大舅心里就有了主心骨。因为那时,四老爷的儿子是队里的书记,可在庄子上真正说话算数的,还没有谁能超过四老爷。

大舅的代销点在那年的大年跟前噼噼啪啪开了张。庄子上开天辟地头一回有了随便到手的买卖,男女老少都跑来瞧热闹买东西,这年的春节家家户户都过得喜气洋洋有滋有味。

过完年又是种豌豆的时节,去年过了一个没有雨雪的干冬,山上土地干硬得就像那打不烂敲不碎的石头。再加上连着几天老北风的肆虐咆哮,整个天地间变得一片混浊。

到了后晌,二舅他们才把对面山上的几亩坡地种完豌豆,每人像个土人似的扛着农具、提着送饭的黑瓷罐子下了山。

二舅把扛回的木铧犁和吆牛的长鞭子放进公窑刚出门,却见四老爷端了一盆子清水放到院子里的小石床上让他洗。二舅浑身就像刚从土里刨出来似的,咧着满口七龇八豁的大黄牙,诧异地望着四老爷。

四老爷瞧着二舅在水盆里打澡水似的洗了个大概,一盆子泥水子溅得满地都是。四老爷像当年问大舅似的问二舅:"你要婆姨不?"

二舅依然是咧着嘴,含糊不清地说:"啊……不,不要。"

四老爷收住笑容,一本正经地说:"别不识抬举,有个北边来要饭的女子叫花儿,长得瘦小但蛮机灵的,就是娘老子害病死了,想来寻个能吃饱穿暖的人家,咋相?"

一向老实巴交的二舅还以为四老爷跟他开玩笑哩,瞅着四老爷发愣。

四老爷说:"这回不是逗你耍哩,是真格的,要见那女子,等天黑了,去公窑背后的烂草窑里去瞧吧,她一准在那里。"

二舅这回总算相信了,他甚话没说,担起两个木水桶,两脚迈得欢欢地就下河湾担水去了。从此以后,四老爷饲养场里的饮牲口的水,就由二舅给包下了。每天早上,二舅都会早早起来,把饲养场的几个大水缸担满。直到四老爷去世,也再没担过一回水。这当然是后话了。

再说,那个晚上,二舅并没有去公窑后面的烂草窑里去看那个外地来的要饭女子,二舅想来想去就是没敢往那公窑后面的烂草窑里多瞅一眼,二舅反倒比平时上炕上得更早一些,但是,这个晚上,二舅就是翻来覆去睡不着。隔壁大舅家的中窑里,娃娃闹大人叫,有说有笑。而他却瞪着明晃晃的眼睛瞅着窗外,听着外公打雷似的鼾声,就是睡不着。外婆一觉睡醒,见他还醒着,便拿手在他的额头上摸了摸。外公也爬起来问他:"莫不是病了?"外公问了几声,二舅就是吭哧吭哧光摇头。

第二天,外公在饲养场遇见了四老爷,方才得知有这样意想不到的好事情。外公乐不可支地连声说:"行,行嘛!"自打大舅成了家,外公就为二舅的婚事犯起了熬煎。比起大舅来,二舅不像大舅那样文气听话,二舅生得憨厚老实,又没有念下啥书,论长相与大舅无法相比。所以,到了这般年龄,也没有人给提亲说媒。如今,真是天上掉下来一个油饼子,白捡一个大活人嘛,外公岂能懈怠。于是,吩咐大妗子去烂草窑领回那要饭女子,经过一番梳洗打扮,还给花儿穿上了大妗子压在箱底的花衫子,那花儿立马容光焕发。

外公叫把后边窑里的柴草杂物搬了出去,窑顶子扫了扫,窗格子糊了糊,炕上铺了新席新毡,简单收拾了收拾,没用三天的工夫,外公家的后边窑里就成了二舅与那要饭女子的婚房。

外公家的三孔旧窑里,一大家子住得满满当当。白天的时候,男的女的上山的上山,下地的下地,只有外婆照看着大舅家的两个娃娃在院子里嬉闹玩耍。一到晚上,三孔窑洞里灯火通明有说有笑,好不热闹。光景日月过到了这个地步,外公心里才觉得安生踏实。他有时捋着山羊胡子满意地抿几口烧酒,浑身舒坦地进入梦乡。可当一觉睡醒,在脚地的尿罐子里尿上一泡尿,他就再也睡不着了。他想着,自己一辈子省吃俭用含辛茹苦挣下这份家业,养大几个儿女,如今添人进口,家业日益壮大,将来这三孔窑洞可怎么给两个儿子分呀?一想到这事,他就再也没了睡意。夜夜思来想去,就是想不出个实实在在稳稳妥妥的好办法来。说话间,眼见得二舅的婆姨肚子一天天隆起,外公那张老脸上既添了几分喜色,更添了几分愁苦。终于等到二舅的娃娃呱呱坠地,在一家人喜气洋洋闹满月的那天,外公当着一家老小的面,宣布了他的分家计划。

　　大家都屏住呼吸听着外公关于分窑的具体方案。外公提出方案前，也像当时的驻队干部给社员讲话那样，先是干咳了两声，然后不动声色地朝坐在炕上的大舅和窝在灶火旁抽着烟锅子的二舅扫了一眼，见两个儿子都用期待的目光瞅着他，他便把自己谋划了许久的分窑方案一股脑说了出来。一是把现有的三孔窑洞按窑的大小深浅分成两份。就是把稍浅的前边窑和稍小的中窑分成一份；后边窑又大又深单独分成一份。前边窑和中窑这一份看起来稍大些，那就给后边窑这一份再补上二百块钱，这样就算两份扯平了。二是万一弟兄两个都不愿意挤在一个院子里，那么就把现在的三孔窑洞分成一份，如果谁愿意要这一份，就拿出五百块钱补贴另一个在土桥那儿的自留地里修新窑。

　　外公的两套分窑方案一说毕，就如释重负地装上旱烟锅子吧嗒吧嗒抽起来。大舅和二舅只是相互瞅了瞅都沉思不语，谁也没有先说话。过了一阵，大舅才抬起头瞧了瞧坐在前炕上佯装纳鞋底子，却偷偷用眼神跟他交流的大妗子，然后急急忙忙地说："我不同意头一套方案，弟兄两个都挤在一个院子里，将来到儿孙手里也都是麻烦事呀！我瞧后一种方案能行，要分就分得利利索索的。我是老大，我愿意出五百块钱要这几孔旧窑，还是叫老二修新窑，以后住新窑吧。"

　　外公听完大舅的话，睁开双眼朝大舅和二舅瞅了一眼，用他那昏花的老眼观察了一下两个儿子的表情。见没有甚意想不到的异样，一切都在他的预料之中。然后，他才放心地又闭上眼睛抽起了烟锅子。老大所说的话，他早已想到。老大这几年经营着他的代销点，太多的钱不敢说，可拿个三百五百的不是甚难事。要是换作老二，别说五百，就是五十块钱，怕也费劲。外公显然是希望大舅能利利索索掏出五百元，然后继承他的这院子家业。至于老二嘛，他愿意吃苦受罪，那就去后庄子那儿重搭台子另唱戏吧！

　　大舅是这么想的，旧窑毕竟门窗齐全，锅台土炕也都能用得上，院子里的石床厕所鸡窝猪窝狗窝也齐备，还有碾子石磨枣树梨树槐树柳树也都应有尽有。要是不要这个旧窑旧院子，得了那几百块钱，重新在荒无人烟的后庄子土桥那儿的自留地里修几孔窑洞,谈何容易呀! 钱够不够咱先不说,要是自己挖地基,自己在前湾的石场里打好石头,再一块一块背上公路,再用架子车一车一车拉到工地上,然后再请来阴阳先生瞧好风水定好方位,再请来石匠帮工的花上一两个月的时间把新窑箍好。最后还要给垴畔上垫土,还要把窑洞里的碴土倒出来,然后还要泥窑盘炕垒锅台做门窗……天哪,那以后是永远也做不完受不尽的黑死苦呀!

大妗子听完大舅说的话,欢快地纳起了鞋底子。

二舅一听老大说了这话,半晌,坐在灶火圪**塔**里低着头没说话。灶火里的火苗扑闪扑闪的,映得他的脸膛红扑扑的,他一锅一锅抽着闷烟,似乎是在把要离开这个生他养他的旧窑和即将要在一个遥远陌生的地方开始他的新生活在脑海里翻江倒海地权衡一遍。末了,他才慢吞吞地在锅台上磕掉烟灰,瞧着地上的火星子慢慢一点儿一点儿熄灭了,才不情愿地说:"只好这样了。"二舅回到家,对已经熟睡的婆姨和还在襁褓中熟睡的儿子喃喃地说:"咱们没有家了!"说完,二舅钻进被窝里偷偷地哭了一夜……

大舅如期兑现了他该付的钱,然后随着婆姨兰香去石盘赶集进货去了。在集头上,他给兰香买了一块红纱巾和一双高跟皮鞋,还在理发馆里给自己理了个大分头。回来时,还给娃娃们买回来一个玩耍的花皮球和一支塑料玩具枪。

整整一个冬天,二舅便用大舅给他的钱,买了一副车轱辘,用旧木板做了一辆架子车,每天在生产队劳动之余,起早贪黑风雨无阻在庄子后面的土桥那儿挖起了地基。二妗子也在做饭带娃的间隙,跑来给二舅送饭送水,有时也叨空跟二舅一起挖土挖到半夜。三孔窑的地基,到年跟前才挖好。

来年一开春,二舅便雇了周家店子的几个石匠,开始在前湾的石场里打眼儿放炮打起了石头。三孔窑的石头,几个人风餐露宿汗流浃背地干了一个多月,到天大暖时才结束。此后的日子里,二舅又是起五更睡半夜起早贪黑地把石头一块一块从石场里背到公路上,然后再一车一车运到工地上。从挥汗如雨的夏天到寒风凛冽的冬天,数百块的石头,被二舅一块一块搬运到了庄子后面土桥那儿的新窑址上。他每往他的新窑地基的石头摞子上摞上一块石头，他与理想中的新窑就更近了一步。

二舅理想中的新窑，在又一个春暖花开的季节里，紧锣密鼓声势浩大地开始建设了。经过十几个匠人和小工一个多月的苦战，三孔新崭崭齐刷刷的新窑屹立在土桥旁边的山坡上。新窑修成的那天，一阵噼噼啪啪的鞭炮声中，大红对联贴上了新窑，老石匠提着用五谷杂粮和数枚硬币搅拌在一起的五色土，一把一把挥撒在新窑顶上，口中念念有词说个不停，当然，那老石匠说的儿孙满堂年年有余可都是吉庆话。二舅的心里乐开了花。他给前来瞧热闹的四老爷和众乡亲们散着纸烟，笑呵呵地说："等我二狗子住上新窑，请大家来喝烧酒！"

四老爷笑呵呵地说："那当然，老爷早就等着那一天哩。"

然而，四老爷终究没能等到那一天，他被那头老叫驴送上了西天。那年月生产队农业学大寨的热情非常高涨，新上任的队长跟上四老爷去安河的赛畜会上又买回来两对驴骡，准备成立一个车队，去外头搞点儿副业。就是那匹从安河赛畜会上才买回来的老叫驴，硬是没被四老爷调教过来，反倒几个蹶子就把人高马大的四老爷送上了西天。后来，接替四老爷的人就是老实巴交的外公。

二舅真正安上门窗泥好窑垒好锅台盘好炕，住进新窑已是又一年的春天。在前前后后整整三年的时间里，二舅他为了修建这三孔窑洞，流了多少汗，脱掉了几层皮，熬煎了多少肚子，他已说不清了。他瘦弱得像一个久病的人。躺在平展展的新窑炕上，瞧着这些年跟他吃苦受罪的婆姨花儿，瞧着这个婆姨给他生下的三个秃头儿子在脚地上追逐打闹顽皮不止，热泪扑簌簌地流了下来……

二舅在新窑的炕头上躺了几天，眼见得那桃花开了，柳树也绿了，成群的燕子也飞回来了。可他欠人家做门窗的木料钱和手工钱还没有一点儿着落。突然，一个激灵打过去让他清醒过来，他一下子就想到了大舅。

于是，二舅一口气爬上自家的老院子，却瞧见大舅正在院子里给他新买的飞鸽牌自行车上缠绕塑料布条哩。大舅一边缠着塑料布条,一边还不忘给一旁站着瞧热闹的毛锤和狗锤教:"锄禾日当午,汗滴禾下土。"

大舅一听二舅来跟他借钱,便停住了做营生的手扭头说:"我刚求爷爷告奶奶请人帮着买了辆自行车,哪还有钱哩!"

那天,二舅是咬着自己的下嘴唇,一步一步迈着沉重的脚步,走出自己家的老院子的。

时隔不久,大舅的代销点也当成资本主义尾巴给割掉了。代销点收回队里经营。大舅在社员大会上受到了点名批判。不过,点名归点名,批判归批判,大舅一家的吃喝穿戴,窑里的铺陈摆设,那时在庄子里无人能比。大舅自从买了自行车,逢集赶会定要带着婆姨娃娃一起欢喜着前去。集散时,定要买回来一些时尚的物件和小娃娃们喜欢的玩具和图书。即使是在前湾里锄地,或者是到后川里割草,他都会骑上新崭崭的自行车,一路响着清脆的车铃吹着口哨前往。在那个年月,大舅就是土路上最亮丽的一道风景。等到大舅家的毛锤和狗锤长大以后,在他从前念过书的那个学校里念上了书,大舅便也让他们骑上自行车一同前往。大舅把他对儿子们的希望,通过自行车传递到了两个早出晚归风雨无阻的儿子身上……

许多年后,大舅和二舅都已成了两鬓斑白的老人,他们的儿女也已经长大成人。原来集体农庄式的生产队,早已不复存在,生产队的那些驴骡及农具,也早已被众人分得所剩无几。那些山洼上的地呀和川道上的枣树林子和果树园子,也一块一块分给了个人经营管理。原来那条村前的土路,也早已被拓宽修筑成了省级公路,每天大车小车川流不息。四老爷家的大院子,又早已被四老爷的儿孙们修整一新,恢复了当年骡马客栈时的古朴和雅致。如今,又办起了一个远近闻名的"四老爷"农家乐。不过,那宽敞的院子里停放的已不再是往日的驴骡车马,而是一辆辆高级时尚的大车小车。

四老爷家的农家乐每天门庭若市,让二舅着实瞧得眼红心热,于是,他便动员自家学了砖瓦工和粉刷手艺的三个儿子,在自家那宽敞的大院子里盖起了三层小楼,还在自家的那三孔旧窑顶上加盖了一层平房。二舅还在房侧的旧土桥后沟里承包了整个大土坝，栽上了树，种上了花，还垄成了一畦一畦的小菜地，种上了各种时令蔬菜，供游人前来种植采摘。还给池塘里蓄上了水，养上了鱼，供游人前来垂钓。从此，二舅和他的三个壮牛似的儿子一起办起了这个集住宿停车餐饮娱乐一条龙服务的休闲度假山庄，每天都有周围的城里人和远道而来的游客，前来这里养花种菜游泳垂钓休闲度假。生意做得倒也有声有色红火热闹。

大舅依然骑着那辆缠着塑料布条的自行车，经营打理着川道上的几亩薄田。春天种的香瓜甜瓜，夏天推着自行车载着两个大筐子沿路叫卖。等秋天地里的花生和葵花子收了，再炒成干货，一直能卖到来年的春上。大舅之所以还这样日复一日年复一年地劳作受苦，就是为了供他的两个连年复读的儿子能够考上大学。

这天中午，二舅家的休闲度假山庄刚接待了一批来这里的外乡游客。大舅便也推着他的那辆已经锈迹斑斑的自行车，撵着大巴旅游车来卖他的香瓜甜瓜。可是走到二舅家的大门口，大舅却停住了脚步，把自行车立在大门的外面，等着客人来买。

大巴车刚停好，游客们便纷纷下了车，一窝蜂似的都跑到大门外去买大舅的香瓜甜瓜。

此时的二舅，正坐在屋檐下的躺椅上悠闲地喝着茶，见是自己的大哥今天突然来到了自己家的门下，心里便是一热。自从他和大哥分开住后，彼此很少往来。那几年外公外婆相继去世后，他们弟兄俩才在一起短暂地相处过那么几天。这些年，都为着自己的光景日月忙碌，不曾有机会走动。今天，老大突然走上自家的门，哪有不理不睬的道理。于是，二舅便朝餐厅的服务员吩咐道："快，有请我家老大，上酒上菜！"

2014 年 6 月 21 日作于西安

恐　慌

消息是先从北京那里传回来的,首先传到了市里,市里就出现了恐慌,然后就传到青城县,整个青城县就恐慌起来了。

青城县里最早知道这个消息的是牛虎子。不是说牛虎子是个开出租车的,车辘辘转得快,消息也就晓得得快。现在,有了手机这种通信工具,马蹄子车辘辘这些东西早就退到二线了。那么青城县洋洋几十万人,咋就一个开出租车的牛虎子先就第一个知道了这事情呢? 往往事情巧就巧在那书上,不是说无巧不成书吗? 那天,牛虎子就是正好去市里拉书的,就在市政府的大门口碰见了贾副市长的司机,贾副市长的司机一个猛刹车,车窗对着车窗,就把贾副市长在北京查出那病的详细情况,一五一十全告诉了牛虎子。贾副市长的司机还特意告诉牛虎子,说他刚从机场把贾副市长接回家,如果你要去贾副市长家里瞧他,现在人还是头脑清醒的,兴许还能说上几句话的。

牛虎子急着要赶在下班前,把印刷厂印好的书装上车,然后还要到宾馆把在宾馆休息的杨文局长拉回去,不把这些事情一一办妥,人家杨局长是不会付给车钱的,所以,他没有去看贾副市长。去是没去,可这心里老装着这事放不下。说沉重,也没有多少沉重;说不放在心上,却又怎么也搁不下来。毕竟是离开好几年的老感情了,要是在几年前,贾副市长就是不发生这样的大事,就是贾副市长家里什么人有什么事,他怎么说也是一定要去瞧瞧的。哪怕是再忙再急,就是起五更走半夜上刀山下火海也是要非去不可的。一路上,牛虎子开着这辆还不算太旧的霸道,心里想的都是贾副市长给他的好处,他老婆的工作,他孩子的前程,还有他屁股下面的这辆车,哪一件事不是沾了贾副市长他老人家的光啊！他心里暗暗地愧疚自责，却丝毫不敢把这件事随意说出半个字来，他生怕他这个得到了贾副市长诸多好处的人，把这件事信口开河说给车里正襟危坐的杨局长听见，这个曾经受到贾副市长打击报复的杨局长知道了此事，还不高兴得把车给吵翻。他牛虎子跟了领导多少年，管嘴巴封消息这样的功夫还是过硬的。

不过，晚上回到家，牛虎子还是在枕头边，第一时间把这一不好的消息说给了他的老婆听。一向泼辣要强的老婆，听到这个吓人的消息，先是惊得目瞪口呆，然后就哇的一声哭了。老婆抽泣着诅咒老天爷不开眼，咋就把这号瞎瞎病害在了她的大恩人身上。要不是大恩人贾书记对她的恩典照顾，她现在可能还继续在商场里当她的营业员呢，咋还能在县政府里端上如今这个悠然自得的铁饭碗。还有儿子，要不是人家贾书记开恩，咋能从大专校门里一出来，就安插进县委当了通信员。还有那车，人家贾书记坐了才几年的小车，临走时一句话就搞了个削减公车拍卖会，就那么易如反掌便宜转手卖给了已到退休年龄的咱。

老婆越说越激动，越说声越大。牛虎子再三规劝也无济于事。末了，他吓唬小孩似的叫喊道："你这深更半夜的是想让全县的人都听到还是咋的？你以为我心里不难受呀，等过几天手里揽的活一干完咱们就去市上瞧他，咱们就把青城县他最爱吃的煎饼馃馅这些好吃的小吃带上，让他吃，让他高兴！"老婆的哭声终于止住了，可她无声的脑海里总是不停地闪现着贾书记戴着眼镜梳着分头笑容可掬文质彬彬的高大形象，这么一个斯斯文文风流倜傥的好男人，咋就得上了那号要命的病呀！因为贾书记在青城县当了几年的县委书记，所以老婆一口一个贾书记，一口一个大恩人地叫。后来，贾书记被提拔到市上当上了主管文教卫生的副市长，所以县上的人还习惯叫他贾书记，而市上的人则都称他为贾副市长。

赶他的老婆第二天一大早跑到单位时，好像整个县政府大院里所有的人都知道了此事，都在办公室或楼道处的墙角旮旯，惊恐万状地窃窃私语。人们好像惊慌失措地都在纷纷议论着这件事的真假，有的人打开电脑在网上搜;有的人握着手机,大拇指快速地摁着按键上网搜。网络上这时也有了千奇百怪的链接和光怪陆离的谣传。

当然,这消息也很快传到了文化局,文化局的杨文局长正陪着一帮子县里的文人墨客欣赏他的新书呢。杨局长写的这本书,终于被一帮子小有名气的文人们删来改去几易其稿印了出来,杨局长这个文化局长终于按着葫芦模子扣出了一本书,这也就说明当初贾书记把他从城建局长的位子一下子调到文化局长的这个位子是正确的。当时,群众对担任城建局长的杨文索贿受贿意见很大,反映强烈,县委、县政府组成了联合调查组进行了调查,发现城建局长杨文在灯光球场改建、修建河滨大道文化长廊,以及城区五大广场建设中有严重的受贿问题,于是,调查组对杨文实施了双规。谁知没过几天,那几个举报人纷纷翻了供。据说,这都是杨文的老婆张霞的本事。张霞一看到杨文这回摊上了大事,于是就到市里活动,并派人找那几个闹事分子讲和。经过一番软磨硬泡,终于化险为夷,把这个事情给摆平了。县委调查组搞来搞去,最后弄了个没毛蛋,只好把杨文从城建局调到了文化局,这事情也就不了了之了。谁知,这时的杨文却不干了,他把这事情闹腾到市里省里,最后甚至闹到了北京。后来,贾书记被调到了市上,杨文也就只好偃旗息鼓罢了休。

这本书的名字起得虽有些俗气但也意味深长,名曰《龙虱》,是杨局长苦思冥想花了好长的时间才想出来的。这本书基本是以贾书记为原型(书中主人公化名叫龙王),讲述了龙王这个腐败分子在青城县当土皇帝时,贪污受贿欺男霸女鱼肉乡里的故事。是一部彻头彻尾的反腐书,也是一部彻头彻尾的报复书。杨局长在书中使出浑身解数,把一个腐败分子贪得无厌荒淫无耻的丑恶嘴脸刻画得惟妙惟肖,把龙王这个人物描写塑造得淋漓尽致,情节曲折,故事离奇,跌宕起伏,引人入胜。故此,许多人期待已久,一听说此书已出版,便纷纷前来想先睹为快。恰在这时,那个关于贾书记得了不治之症的消息像长了腿似的就传进了文化局,在场的人突然听到这个爆炸性的新闻,先是都惊得目瞪口呆,然后都七嘴八舌地议论开了。经过短暂的议论之后，便是一个个面面相觑，每个人的情绪立马就发生了一些细微的变化。有的人霎时倍感高兴；有的人则是缄口不语；还有的人原本就是来混混场，想在杨局长面前表表忠心献个媚相，听到这个消息一时左顾右盼吃不准，感情左右摇摆不晓得应该如何把握。高兴的人，大多是杨局长死心塌地的铁哥们儿，也曾受到过贾书记的排挤或冷遇；反应冷淡的那些人，表情冷漠沉默寡言，叫人丝毫看不出哪儿显山了哪儿露水了，就好像在路上偶然看见人家办喜事或办丧事一样，原本高兴的事或原本悲伤的事，无论欢喜或悲伤都是人家的事，与他们毫不相干，当然听到这个消息时反应冷淡表情冷漠。其他人虽没有得到贾书记的好处，但也没有受到什么害处或者是排挤打击，所以，得此消息后感情陡然发生一些变化，也是在情理之中的。唯有杨局长特别与众不同，毕竟是宦海沉浮摸爬滚打了几十年，城府很深的他没有当众表现出过分的喜形于色或悲喜交加，却只慢腾腾地从牙缝里挤出两个字："报应。"

　　杨文局长瞧着满屋子堆的书和满屋子的人，杨局长决定要好好地祝贺祝贺的。至于是祝贺这本期待已久的《龙虱》的出版，还是庆贺仇人的报应，只能是仁者见仁智者见智了。这天下午，杨局长大张旗鼓地请了一次客。杨局长特意把请客的地点设在县城最中心最豪华的糊涂酒楼，还特意请来了几个青城县街面上说话有分量的人物和所谓的持不同政见者，这些人里头就有牛虎子。至于杨局长要大张旗鼓地在青城县最高档的糊涂酒楼声张造势，不知是他被这突然的高兴冲昏了头脑一时糊涂，还是别的什么糊涂，这就不得而知了。至于杨局长与牛虎子这几年的亲密无间的交往，外人就更难知晓了。自从牛虎子给贾书记开上了车，牛虎子这个只是在县委大院里当了多年并不起眼的老司机，一下子就扶摇直上九万里，牛虎子借着自己能说会道八面玲珑的好本事，骗取了新来乍到的贾书记的赏识和信任。以至贾书记有时在重大事情难以决断时，还要征求牛虎子的意见。很显然，这时候的牛虎子已成为贾书记利益集团中的得力干将。再加上牛虎子与贾书记朝夕相处无话不说，牛虎子自然而然就成了贾书记的左膀右臂。牛虎子死心塌地为贾书记效劳卖命,自然就与贾书记的反对者诸如杨文等人成了对立面。可为什么贾书记一走,牛虎子反倒成了杨文的座上宾呢?这就恐怕是杨文局长手腕高明之处吧。杨文之所以要把一个已经没人青睐的冷败货当成宝贝揽于怀中,殊不知,就是要叫这个昔日的万花筒为这本书服务。杨文费尽心思想从掌握贾书记第一手材料的牛虎子嘴里获得更多有价值的东西,但是,万花筒毕竟是万花筒,除了一些人所共知的事情和一些不痛不痒的小事外,牛虎子是多一句话也不说的。要想从牛虎子嘴里掏到什么有价值的东西,比登天还难。尽管事与愿违,但经过这几年的拉拢交往,他们竟然成了好朋友,虽不是无话不说亲密无间的朋友,却也是酒肉凝结成的铁哥们儿。现在,反腐倡廉喊得老高老高嘛,他杨文平时外出钓个鱼洗个脚偷偷搞个小姐什么的,都是用的牛虎子的车。吃了喝了玩了,自然是拿回来公家埋单报销。在这些方面,牛虎子毕竟是老手,人家毕竟是跟着领导驰骋沙场的老将。想当初,人家毫不费力就把贾书记拉下了水,现在,又投在了杨局长的麾下,做起事来更是如鱼得水。

那么,当年贾书记是如何被牛虎子一步一步拉下水的?对于这个青城县所有人都关注的问题,到底是怎么一回事呢?至于这个问题,青城县还曾经专门有人对此做过专题研究、专题考证和跟踪调查呢,现存的口头版本至少有三种说法。有人说这第一种说法是,贾书记新来乍到第一次到牛虎子家串门,就碰上了牛虎子老婆的妹妹王小丽,一眼就被牛虎子小姨子王小丽的美色所吸引,于是,一向善于察言观色的牛虎子日后就巧施妙计促成了这桩美事;第二种说法则是贾书记有次去医院里看病,在打针时,被眼前漂亮标致的护士白芳芳的美貌所打动,于是他利用这个难得的机会,无病呻吟却天天往医院里跑,仅仅给白芳芳许了几个愿,就笼络住了这个青城县最漂亮的护士白芳芳的心。当然,这第二种说法有点儿蹊跷,可这第三种说法看起来就好像是个原版。据说,这个版本的起因就是因为醉酒。有次贾书记外出考察时喝多了,被牛虎子搀扶到汽车里躺下,一阵肠胃的翻江倒海之后,贾书记哇的一声就给牛虎子常戴的鸭舌帽里吐了一帽子。贾书记吐后便躺在牛虎子的臂弯里,放下了平时的威严和矜持迷迷瞪瞪地说:"牛虎子,如果你是匹马,肯定就是匹好马。"

就是这匹好马,竟然把新来乍到的贾书记一步步拉下了水。

青城县的好多人都在暗地里这样说。

贾书记来青城县之前,在邻县当了几年的县长,也没有听到多少不好的传闻。可一到青城县就绯闻不断谣言频传,追根溯源,坏事就坏在这匹所谓的好马身上,起因就是那次醉酒后,被牛虎子拉进了一个豪华酒店的包房。那天晚上,当贾书记酒醒后,竟然发现他的身边躺着一位如花似玉的妙龄女郎……从此,贾书记就俯首帖耳成了牛虎子掌握之中的一张牌。

再说青城县糊涂酒楼的大包房里,一大桌子人物此时一个个推杯换盏吆五喝六,被酒精武装了个结结实实。牛虎子被人搀扶着从洗手间回来,摇摇晃晃伸胳膊踢腿还要与杨局长决个高下。本已喝得面红耳赤的杨局长,此时见牛虎子这般嚣张挑衅岂能善罢甘休,于是,颤巍巍地操起酒瓶子咕咕咕就连酒带倒斟满了两大杯。膀大腰圆好强气盛的牛虎子根本没有被杨文局长的威严所吓倒,于是,两人的酒杯当啷碰在一起,四只红眼珠子互相瞪得就像积怨很深的仇人相见一般,各自杯里的酒就像灌凉水似的喝了下去。只见牛虎子摇晃着跌坐在椅子上不动了,而随着杨局长手里的酒杯当啷一声掉在地上,杨局长也扑通一声,像一大口袋装得满满当当的粮食瘫倒在地上,口吐白沫脸色煞白不省人事。一群人慌忙把杨局长抬着送到不远处的县医院,等急诊医生穿着白大褂慌慌张张跑来,这时的杨文局长早已气绝身亡了……

杨文局长乐极生悲暴死糊涂酒楼,这给本来就惊恐万分的青城县的干部百姓更带来了几分恐慌。人们从对贾书记突然生病议论纷纷,突然又转向对乐极生悲的杨文局长的议论纷纷。然而,就在这时,县医院里又突然传来护士白芳芳在单位宿舍服药自杀的消息。县医院的太平间里突然同时躺下两具本该活蹦乱跳的尸体,人们一提及此事就感到毛骨悚然。

这接二连三的恐怖消息,给本来就已经人心惶惶的青城县百姓又带来了更大的恐慌。于是,各种各样的街谈巷议、各种版本的小道消息,通过人们经意和不经意的口口相传,通过网络上不戴笼头的那张大嘴巴的肆意传播,各种各样的有腿和没腿的流言蜚语和恐怖消息不胫而走。一时间,平常熙熙攘攘的街道上,一到晚上行人稀少,店铺早早打烊上锁,机关单位也早早关门闭窗。整个夜晚,整个青城县就仿佛成了一座被死神笼罩得死气沉沉的空城。

为此,青城县的有关领导还专门召集有关部门的负责人开了一个会,对县城里这些天出现的一些不正常的情况进行了分析研究,并且就当前出现的这些问题部署了善后处理的安抚工作。县上领导还特别对市上贾书记的病情,给各位列会同志吹了风打了气,勉励大家要相信组织相信科学,不信谣不传谣,把各项工作做好。

等事态稍稍平息了一些,牛虎子才和老婆带着许多上好的礼物,开车去市里探望贾副市长。车行至半道,却接到牛虎子小姨子王小丽从北京打来的电话。牛虎子的小姨子王小丽在电话里异常高兴异常激动地说:千真万确,她已在北京完全搞清了贾副市长的真实病情,贾副市长得的不是艾滋病,而是一种并不可怕的血管瘤。牛虎子的小姨子王小丽在电话里再三坚定地说:"千真万确,这绝对是一场误会,这绝对是有人在网上故意制造出这样的恐怖消息,以此来达到报复和诋毁贾书记的目的。"

听着这铿锵有力的话语,牛虎子突然踩的是刹车,而不是油门……

2013 年 10 月

送　礼

为了女儿找工作的事,我和爱人争吵了半天,我还是拿起了电话给那个老东西狠劲地拨了过去。电话铃响了半天,那头没反应,等电话铃嘟嘟地拉成了忙音,我才无奈地收取黑了屏的手机。真想把它摔在地上,但我还是克制住了自己,把手机轻轻放进了口袋。就在这时,该死的手机响了,是那个老东西打过来的。老东西沙哑的喉咙里挤出几个字:"事到如今,还有什么不满意的?"我刚说道:"可是,这最后一关……"电话那头沙哑而又恐怖的声音又挤出了几个字:"我在陪领导用餐,等完了再说。"

这个老不死的,这些年老骨头都快让那酒精泡软了还不要命地喝呀灌的。什么是用餐? 不就是吃他妈的饭嘛。在老乡跟前还吐什么酸水儿。什么领导? 狗屁! 不定又是什么狐朋狗友或什么拉拉扯扯的什么老乡或拉拉扯扯的什么远方亲戚,又找他办什么事呢!

我在地板上转着圈儿骂他,爱人手托着腮六神无主盯着电视看。电视上一只猎豹四蹄不着地似的飞快地追逐着一只羚羊,爱人呆滞的眼神中没有恐惧没有怜悯只有茫然。等我感到腿困脚乏一屁股跌坐在沙发上,那只可怜的羚羊已经倒在地上不动弹了,猎豹昂起头用舌头舔着满是血污的嘴巴,趾高气扬地环顾四周。

整整一个晚上,我们都在为这件事互相埋怨,其间也不乏意气用事相互指责甚至是谩骂,虽然只是一两句还算文明的话,诸如你不讲理、你胡说、你放屁之类的谩骂,在女儿长这么大还是第一次。女儿一直处于高素质高涵养之下的抑制状态,好像偶尔抽泣了几声,大多时间的表现是轻轻地叹息,但是,那只白净富态厚墩墩软绵绵的手从没离开电脑桌上的鼠标。一个晚上几乎没睡的女儿还是早早地起了床,早早地洗过了头,还是一如既往地用电吹风吹干头发,一如既往地在卫生间描眉画唇打扮了一番,然后,才款款更衣而去。

一个小时后,女儿就从那里打来电话,说:她已经打听过了,这里分配来的不只是她一个,而是几十个。而且说这里边还有一些民办高校毕业的三本生。

我放下电话,一屁股跌坐在沙发上,我现在才真正知道什么叫气急败坏。他妈的,这个老东西,他上次收我五万块钱时,就说只有一本以上学历的应届毕业生才有可能进得去。这个老东西把这儿说得神乎其神高不可攀。现在呢,什么大学生都能进得去。说不准还有不花钱的呢。

过了一会儿,女儿又打电话说:这家公司,十几个地市都有他们的基层分公司,可能所有的人都得被分配下去,还说这是内部消息。有内部消息,就肯定有内部子弟。人家肯定是不花钱的,成本低也就不在乎,而我是掏了腰包的,我咋能不在乎?

想来想去,还是要给这老家伙打个电话的,把这件事说说清楚。除过省城以外哪儿都不去,这个原则非坚持不可。否则,前面说的第一,只留省内不去外省;第二,只留省城不去外地;第三,只留省公司总部不下基层这三条就成了一句空话。即使前两条都已办到,花五万元不冤枉,可这第三条办不到,花的这五万元泡了汤不算,我们还得在外地或远郊的县城给娃租房甚至还得给她做饭陪住。肯定不是家长太溺爱太疼娃,这么大的省份,别说分配到东西南北的边境地带,就是分到省城的郊区郊县,省城这么大,从南到北、从东到西,就是开宝马也得一个多小时;如果坐公交从老东郊到老西郊、从老北郊到老南郊,还不得近两小时;如果是去郊区的一些县城……这是搁在谁的身上也得这么设身处地地想,哪个大人也一样,除非是个瓜子呆子傻子!

直到晚上女儿回来,还没跟这个老东西联系上。女儿在饭桌上又断断续续给我学说了这一天里道听途说的一些事情,更能说明跟这个老东西联杀的必要性和紧迫性。于是,我把电话又狠劲地拨通了,就是没人接。又拨了两次,终于出现了那个沙哑的声音,声音很小,像病猫喉咙被什么东西卡住一样,只吐出几个字:"我在兰花花酒店跟人正谈着事。"说完,电话咔嚓就挂断。

思量再三,还是决定再去找他,跟他必须亲自把这事说清楚。过了今天晚上,不只是黄花菜凉了,恐怕什么菜都得凉。

说走就走,我麻利地换了衣服穿上了皮鞋,还没开门,一个问题出现在我的脑际:这个老东西为什么黑天半夜要在兰花花跟人说事呢?说的什么事,跟什么人说,为什么又偏要黑天半夜舍近求远去那个臭名昭著的兰花花呢?难道这些问题不是问题?

老婆坐在软绵绵的沙发里一眼连着一眼地白我,多亏还有点儿黑眼珠子,否则,瞅我的那眼睛里肯定都是茫茫的一片白。我当然明白这意思,老婆的这眼神就是我们家的信号灯,给我亮起白灯,就说明她在对我的所作所为特别反感也表示非常蔑视。她肯定骂我做任何事都这么婆婆妈妈不够雷厉风行,也不够火烧火燎。

我临出门时,还故意用皮鞋在地板上咚咚地跺了几下脚,这分明是给老婆听的,如果没有她的多此一举,哪有现在如此烦人如此尴尬如此混乱的局面出现。硬是这个多事的女人,非要托人找这个能耐很大飞扬跋扈的拉拉扯扯的老乡去办事,说这老东西的儿子是什么部门的总经理,常出国,跟国家领导人的合影她都见过。即使这个老东西的儿子真是个什么央企的总经理,那他充其量也只是个总经理的爹而不是总经理。哼!

我终于走出这个让人窒息的家,临出门时,女儿给我偷偷做了个拜拜的手势。这就是温暖,这就是力量。有这力量就足够了,不把女儿这最后关键的一步弄好,我还算什么有能耐的爹。

我连着换了三次车才找到了那个兰花花酒店。大厅里灯火通明,人却寥寥无几。服务台前只有一男一女两个服务员埋头忙着手里的活。我轻轻走近服务台,默不作声地打量着他们。他们可能从气息或感觉上感到有人走近。那个女服务员仰起一张活泼可爱的娃娃脸望了下我，便直起身笑容可掬彬彬有礼地问我有什么事，声音很低很轻很温柔。

我尽可能给她提供了那个老东西的详细情况，包括姓甚名谁年龄大小长相特征还有手机号码。

女服务员没费什么事就查清楚了，便告诉了我他所住的楼层和房间号，声音依然很低很轻很温柔。

一部大电梯，拉着我一个人毫不费力地上了二十九层。我找到了那个房间，轻轻敲门。房里的一种窸窸窣窣的声音戛然而止，然后，听见有个人走近门口那儿，轻轻问："是谁？"像电影里特务接头似的那般诡秘，等辨认清楚确实是我才开了房门。

房间里只有一个陌生的中年男人和那个老东西两个人。见我进来，那个中年男人把一摞钱往前一推，然后从圈椅上站起来，说："这事就全拜托您老了！"说着还很有礼貌地冲我笑笑。老东西把他送出门外还嘀嘀咕咕又耳语了一阵，才进来对我劈头盖脸就发了一通火。然后，这个老东西竟然把茶几上的那一摞钱朝我这边推了推，恶狠狠地说："如果你觉得这样还不满意，你可以把钱拿走。"说完冷冷地看着我的反应。这时候的我能有什么反应？我只能是强装笑颜反倒给他赔起了不是。最后，他瞧见我就像被他把玩揉搓了一阵的一团什么东西，软绵绵地瘫在那儿不动了，才扭过头，气咻咻地跷起二郎腿看起了电视。

我一看自己竟然成了一个多余的人，走也不是，坐也不是，再说什么，好像也没有什么合适的话可说，房里的气氛本来就很沉闷，现在更加沉闷得仿佛使人无法忍受，我甚至感到窒息。

就在这时，解救我的还是那个老拿白眼瞅我的老婆。老婆给我打来电话说，她的一个在某媒体上当记者的老同学，给她透露了一个特别重要的信息。我问什么信息？老婆在电话里咬着牙关说："问什么问，情况有变，马上撤！"

我借故从沙发上站起来告辞，这个老东西竟然放下二郎腿，一步走过来拦住我,指着茶几上的那一摞钱,恶狠狠地说:"你把它拿走!"

我借着房内昏暗的光线,盯着他老筋直冒黑黢黢的脸足足有三分钟,我好像没眨一下眼睛就这样足足盯着他看了三分钟,最后,我还是毫不客气地把那一摞钱装进口袋,然后赌气似的大步流星地走了出来。

第二天,我们坐上老婆那个老同学的车,直接去会那个老总。老婆这个老同学的车可能是个好车,虽然我不懂车,更不会开车,但我能从车的外观和车内的空间以及汽车行驶的某些方面,感到这辆车好像就是与众不同,就像老婆的这个老同学谈吐文雅气质不凡与众不同一样。

小车一路夹在不断头的车流中缓慢行驶,出了市区车速才提了上去。小车终于开到开发区的一座巍峨的大厦前停住。一干人等进到灯火通明豪华气派的大厅,便有人上前接待。瞧着接待我们的这位打扮得体气质不凡的妙龄女郎,听着她慢声细语彬彬有礼的问候,我的心里顿感稍稍平静了许多。这位女秘书带我们走进电梯,一路上到九层。电梯门缓缓打开,我们便随着她踩着厚厚的地毯走了几步,在一间房门前住了脚。她轻轻推开房门,优雅地伸出右手把我们请到一间宽大豪华的会客厅,又是让座,又是倒茶,又是递烟。茶是冒着热气的铁观音,烟则是开着口的红盒子中华烟。看到这个宏大的场面和接待的级别档次,我瞥了眼完全没了矜持两眼四下里忙着观瞧的老婆,心里真想说:臭娘们儿,还真有你的!

接待我们的这位女秘书给我们倒过了茶递过了烟,这时双手端在胸前,款款地说:"杜总让你们稍等片刻,他在酒店送完外宾就回来。"

我望着墙壁上挂着的一幅某某大领导与这位杜总合影的大幅照片,心里就想:等这样的大人物,自然是要等的,何况是在这样幽雅高级的场所,等一天半天也心甘情愿。不过,望着他那高大伟岸的身躯,我简直不敢想象到时候见到他,我该咋样下手。想到这里,我下意识地把装钱的纸袋子往身后挪了挪。

老婆的这位大记者同学似乎对于这样的场面司空见惯,除过不时与我老婆进行一两句简短的交谈外,便是不住地用五指轻轻地敲打着沙发扶手,似乎正在心里为某某新闻稿打着腹稿。

我老婆则是专注失神地望着那幅大照片，心里仿佛羡慕地做着某些美好的遐想。过了很长时间，才将目光转向天花板，瞧完大吊灯，又瞅起了地板上的红地毯。这时又在杜总的大书柜里挨着格儿仿佛在寻找着什么。

我当然只是静静地倾听着楼道里的动静，可心里总是纠结着一个问题：一旦杜总回来，我该用一种什么样的微笑和表情与他握手与他打招呼呢？不知道到时候，当着老婆的这个老同学和还一直彬彬有礼立在一旁的这个女秘书的面，我该如何动作？

就在我不厌其烦地再三思量着这些很是纠结很是举足轻重的问题时，杜总大办公桌上的电话铃嘟嘟地响了，女秘书连忙跑过去接。几个人不约而同地都竖起耳朵静静地倾听，心里却在挖空心思绞尽脑汁揣测着预测着。只听见女秘书"是是"地应着声，等女秘书放下电话，微笑着对我们说："真是不好意思，杜总来电话说，他突然接到市政府的一个通知，要去参加一个紧急会议，叫你们改天再来！"

我们一行人在女秘书的陪伴下，懊丧地下了电梯，走出了大厅。却瞧见一辆黑色小车驶进大院，嘎的一声停在一旁，车门打开，一个穿着黑色羊毛大衣的老头从小车里钻了出来。我一眼就认出了原来是老东西。老东西也好像一眼认出了我们。他只是稍稍地怔了下，便直直地朝我们走过来，皮笑肉不笑地说："早上已给儿子说过此事，一切都会叫你们满意的！这样说，明白吗？"

我想说明白，可我还是怎么也不明白！我感到我提着纸袋的手，仿佛在颤抖……

2013 年 11 月 10 日写于西安

同 学 聚 会

一

党小军瞅着开往省城的班车摇摇晃晃开出了车站,一溜烟向南驶去,他才从车站的锅炉房里偷偷溜出来,就急匆匆朝王强的家里走去。王强住在县城南库那儿砖窑湾的老旧窑洞里。党小军是王强那儿的常客,两人不光是二十多年前的老同学,也是天长日久形影不离的老酒友。所以没费多大工夫,党小军就轻车熟路绕过了老南库前面的旧仓库,爬上了仓库后面的砖窑湾,就走上了王强家的垴畔。他没敲门,也没打什么招呼,就大步流星走进大门,径直走进王强住的老边窑。

党小军习惯地从玻璃窗子上向里窥瞧了一眼,见王强正坐在茶几那儿端碗吃饭,便诡秘地朝他笑了笑,就推门走了进去。

"我说你这吃的是早点还是中午饭?"党小军说着伸长脖子朝王强的碗里瞅了瞅,见王强的碗里是红灿灿的半碗捞面,便一屁股坐在沙发上,沙发受到猛力挤压,发出一阵吱吱呀呀的声响。

"什么早饭午饭,我这他妈的都是一样的。咋,你小子没跟着去逛省城,跑我这儿有什么油水给你?"王强说完,端起碗快速地扒拉着碗里的剩饭。

党小军自己从茶几上的烟盒里摸了一根烟叼在嘴里啪地点上,然后喷出一口浓浓的白烟,说:"去啥去哩?人家根本就没通知我,我昨天在家里等了一天,直到晚上也没一个人给我说个甚屁话,我他妈的就死心塌地地往肚里灌了半瓶子高粱红。喏,这剩的半瓶是孝敬你的,也给你揣来了。"说着,他麻利地从怀里掏出半瓶子烧酒咚地戳到玻璃茶几上,又嬉皮笑脸地说:

"老子喝口凉水也记着你小子哩,哪像你小子,别人给你介绍个对象还不告诉我一声,是怕我晓得了跟你抢还是咋的?"

王强瞧见那半瓶子烧酒,眼睛立马放得亮亮的。他一把握住那酒瓶就咕咕地往嘴里灌了几口,接着,又咕咕地喝了几口,才放下酒瓶子说:"到什么时候了,还尽说些屁话。人家给我介绍对象,又不是给你介绍。再说人家谁能瞧得上你这个劳改释放犯,不然人家全班同学都去省城聚会,为什么偏偏不通知你?我倒是有人给打了个电话,我说我腿脚不方便就免了吧!嘿,人家真他妈听老子的话,这几天就再没一个人说句啥。我其实还真想去省城逛逛呢。他妈的,都是势利眼!"王强说完,愤愤地把碗撂在茶几上,那碗在茶几上旋着转了几圈,就当啷一声掉在地板上摔碎了。王强一脚就把那些摔碎的碎瓷片踢得满地都是。王强瞅了眼茶几上放着的酸菜盆、烟灰缸和那双散落在茶几边缘处的筷子,还有那把没来得及收起弓子的破旧二胡,两手正准备用力掀翻茶几,却早已被手疾眼快的党小军牢牢按住。党小军呸地吐掉嘴里湿漉漉的烟头,骂道:"你他妈的,你这是疯了还是咋的?有什么了不起的,不就是个同学聚会嘛!我昨天晚上一晚上都没睡着,翻来覆去就是睡不着,老想这个问题。早上我早早地就偷偷跑到车站的锅炉房里,瞧着他们几十个人一个个喜气洋洋说说笑笑簇拥着白发苍苍的班主任周老师坐上大巴走了,我从没流过的眼泪就哗哗哗地流了下来。他妈的,我们活得还算人吗?谁还把咱们当人看呢?又一想,也许人家做得对着哩,把咱们这号黑七黑八的人也一同带上去那省城,多费钱多花工夫不说,这不明摆着就是给全班同学脸上抹黑吗?刚才在来你家的路上我想,他妈的,不就是个同学聚会嘛!他们能聚,咱们为什么不能呀?你小子听着,同样是明天这个日子,他们在省城聚,咱们在老四川聚。我一个人做东请客,把咱们没去的几个同学都叫来,好好地聚一聚。说定了,我这是头一个通知你,到时候你小子可得来呀!"党小军说完,就没顾瞪着大眼怔怔呆望着他的王强是个什么反应,把门帘一撩直直地走了出去。党小军走了几步又返回来,揭起半边门帘,身子就那样靠在门框上,只把个脑袋探进来,说道:"你给张梅那娘们儿也说一声,就说是我说的,我提议我请客。"

王强说:"你小子为什么不自己跟人家说,上学时你俩不是好得死去活来吗?"

党小军一听这话,急忙把头和身子抽出门框,说道:"你小子哪壶不开提哪壶,你又不是不晓得她那时候可追的是'刘捣蛋'那小子。"党小军撂下这话就朝大门走去。

王强直瞅着党小军大步流星地走出他家的小院,大门哐当哐当地响了几声,院子里又恢复了原有的平静。他才转过头瞅着一片狼藉的屋子,半晌,他又狠狠地叹了一口气,然后握住立在沙发上的拐棍,艰难地站起身子,一瘸一拐走到门外,拿回来一把磨损得很小的扫帚,一只手拄着拐,一只手握着那把女人小脚样大小的扫帚,一下一下,艰难地清扫着满地的碎瓷片……

二

太阳到了中午才从云层中钻出来,满世界就开始了阳光普照。对于忍受了许多天雾霾阴冷潮湿天气的人们,仿佛天一下子拉开了天幕,把一个人们渴望许久的大太阳暴露出来。对于这猝不及防的明媚灿烂、艳阳高照和红日当头,那些还穿着厚囊囊的千奇百怪色彩艳丽的羽绒服、棉袄、棉裤的人们来说,那阴冷潮湿的天其实也就是十天半个月前的记忆。

张梅的水果摊子前,簇拥着几个人在买东西,大包小包地买了几袋子,好像是为了付钱的事情,几个人抢来夺去不得消停,乱吵闹了一阵终于散去,张梅才笑嘻嘻地把一沓票子揣进斜挂在胖乎乎身体上的小皮包里。扭头一瞧,才发现王强拄着拐不知什么时候悄无声息地站在她的身后,有些醉意地瞅着她。她急忙把绑着棉花毯子的板凳朝后挪了挪,示意他坐下。瞧那脸上的表情,还洋溢在刚才那桩买卖的喜悦之中。

王强毫不客气地坐在那个绑着棉花毯子的板凳上,用手把那条又细又短的腿习惯性地放在那条好腿上,然后用好像没睡好觉或是像刚跟人吵过嘴的沙哑的声音问:"你也没去?我想你也不会去的。"

张梅听了王强这似乎是自问自答的醉话没吱声,站在水果摊子后面,把苹果箱子里的一个又红又大的苹果用一只脏分分的手套擦了擦,放到箱子的最上面,又把几把香蕉前后左右挪动变换了下位置,然后才把两只手端在肥墩墩的腔子那儿。一边审视着摊子上各种水果的摆设,一边似乎心不在焉地说:"去那儿?我才不去呢。他们说是说过,今早上还有咱们班上的同学在我这儿买水果,还一个劲说让我去。还说人家'刘捣蛋'现在有钱了,花钱雇咱们去省城玩耍消费哩,咱们咋好意思不去给人家捧这个场呢?其实都是那么说说而已,有哪个把咱放在心上连拉带拽地叫咱们去,一瞧咱这身土头土脑的样儿,说说就是恶心恶心咱们,哼!"

王强点了一根烟叼在嘴里,狠劲地吸了几口,就趁着烟雾把又一句话从那沙哑的喉咙里摺出来:"去还是应该去逛逛的,我是说你。不然不定哪天你老公从十八层深的地下商场里爬上来把你接走,还遗憾没去过一趟省城呢。嘿嘿。"

张梅扭头把王强瞪了一眼,刚才那点儿喜悦猛地一下子消失得无影无踪了,声音也变得有些恼怒地说:"没正经的,他能把我接走就算我享福了,也解脱了。这几天,每见个同学都这样打劝我,都说让我去。我去了两个娃娃咋办哩?还有这摊子,说是不行,那歪好见天还有百八十块的进账哩,我才舍不得生意呢。"张梅说着,见有两个人朝水果摊子走来,就笑嘻嘻地迎了上去,满脸堆笑地问那两个人:"想要点儿啥?"

那两个人操着外地口音问道:"你们县政府在什么地方?"

张梅一听是问路的就没好气地说:"在县委的下面。"

那两个人又问:"那法院在什么地方?"

张梅这回连看都没看他们,说:"在县政府的下面。"

见那两个外地人转身走了,张梅才转身对王强说:"刚过完年,这些外地人就开始满世界胡跑。唉,你刚才说我老公,真的,昨天夜里还真梦到他了。他不是被车撞后的那个惨状了,还是原来笑嘻嘻的模样,头上的伤早好了,笑嘻嘻地跑来帮我收拾摊子,还笑嘻嘻地一遍一遍地帮我数钱呢。唉,要是他还活着,这回难得的老同学聚会我肯定会去的。"

王强把烟头撂在地上,又够着用脚踩灭,说:"其实也没什么遗憾,唯一遗憾的是当初'刘捣蛋'那么狠劲地追你,你却看不上人家,最后还是死去活来地跟了咱班的体育干事,受了一路害。你那时如果跟了'刘捣蛋',现在可就有享不完的荣华富贵呀!听说人家现在可有钱了,在省城光那房产就有好几处,还有什么别墅,这次聚会就安排在他的别墅里举行。嘿嘿,真他妈的如今这号人活得比咱们潇洒自在啊!呸呸呸。"王强把嘴里的什么脏东西吐到地上,又接着说,"还有那老婆,听人家说那'刘捣蛋'大小老婆就有好几个呢,他妈的也不说给咱也分上一个半个的。"

张梅说:"不是听说有人给你介绍了一个外地来的打工女,怎么样,还能对上眼吧?"

王强说:"哪是什么良家妇女,纯粹是个老卖货。头一回见我就动手动脚的,好像离开男人就活不成。党小军今天还说我不给他打个招呼,要是这小子晓得了,两个人干柴见了火,非闹下人命不可。唉,真的,党小军没到你这儿来吧,他说明天咱们也在一起聚一聚,他说他请客。"

张梅一听这话,就鄙夷地对王强说:"党小军是哪号人?他要是正经人就不在车站上持刀抢劫人家旅客的财物了,还刺伤了人家,也用不着给判了十几年的徒刑,现在才劳改释放回来,连个老婆都找不下,一天价走东家串西家胡逛荡,一个老爷们儿游手好闲的不弄个正事,还想往老里混呀,那离老还早着哩。哼,从那时起,我跟他就再没说过一句话。他要是肯出血请一次客,我就请十次。"

三

晚上收了摊,张梅请王强在桥头的饺子馆里吃了饭,还喝了两瓶啤酒,两个人这才有说有笑相跟着去了寨山后面的战备库的李彩霞家。

李彩霞和爱人都是粮站上的职工,李彩霞得了严重的类风湿关节炎,两腿变形不能走路，就调到了战备库上班。有事就去管管账，没事就待在家里转悠着做家务。走路起先是一瘸一拐的，后来就得借助双拐行走，一旦外出，在崎岖不平的坡道上，只好坐在轮椅上让别人推着走。这些年为了治病，他们两口子东奔西跑求医问药，花了不少的钱，后来，单位上卖家属院的窑洞，他们就买了两孔窑洞，还拉下了不少饥荒。现在，两口子都下了岗，爱人就在县城周围的工地上给人家大灶上当个大师傅，挣几个钱好养家糊口供娃娃念书；李彩霞就只能整天待在家里上上网，与人聊聊天解解闷。

张梅和王强叮当叮当摸着黑走进了粮食局家属院，在职工们用石棉瓦私自盖的小厨房、柴炭房、鸡窝、狗窝间绕来绕去走到头，才推开李彩霞家的门。

李彩霞正坐在前炕上昏暗的灯光下靠着铺盖看书哩，一见扑踏扑踏走进来的是他们俩，就喜出望外地大声叫道："我的老天爷呀，早上洗碗时把抹布掉在脚地上，还想有什么贵人会上我家的门，啊呀呀，这贵人真的来了，快快请坐！"说着就用两手支撑着准备下来招呼客人，却被张梅拦住。张梅把提来的一袋子苹果香蕉放到门口的缝纫机上，就拉起李彩霞的手，那话说起来就没个消停。

热闹了一阵子，李彩霞突然像记起什么似的说道："真的，中午党小军来过，还给我提了一袋子鸡蛋和一大块猪后腿肉，这家伙现在变得很仁义也很成熟。他说咱们几个没去省城的想在家里聚一聚，他问我他这个想法好不好？我一听，就愣怔了半天，没想到这个捣蛋顽皮的党小军会奇思妙想想到这一招。我为什么就没有想到呢？前几天，咱班上的团支部委员贺翠花和副班长孙建军都来过，代表班上征求我的意见，我说去倒是想去，可是我……他们看到我很矛盾，就说让同学们推着轮椅带我去省城，说得还真情真意切，但是，最后还是被我婉言谢绝了。现在，我成了这个样子，还叫别人推着出去游山玩水呀，哪有那心情！前些年，为看病，省城的大街小巷我摸都能摸得着，谁还稀罕去看那个'刘捣蛋'的眼色哩。"

张梅说："现在，咱们班上的团支部书记嫁到人家山西当了煤婆了，从此就再不跟我们任何人联系了；班长赵苏秦，人家的父母原来都是下放下来的知识分子，都是著名医生，后来落实政策也都调回了老家，从此就杳无音信；现在却突然冒出来个暴发户'刘捣蛋'，这小子不知天高地厚兴风作浪闹开了天宫，哼。"张梅说到这儿，突然停住，然后又一惊一乍地问道："唉，你们谁能晓得刘毛蛋后来为什么叫成了'刘捣蛋'？"

王强忙说："谁不晓得是班主任周老师给起的。那时候，班上的好多课程常常会被刘毛蛋和党小军两个人搞得上不下去。有次周老师指着刘毛蛋的脑门子说：刘毛蛋呀刘毛蛋，你真是个'刘捣蛋'呀！你现在不好好学，看你将来也像你老子那样当一辈子焊焊匠呀？"

张梅说："这我当然晓得，周老师那次是当着全班同学说的。刘毛蛋的父亲是五金厂做铁桶的工人，一天价拿着把榔头敲打着铁皮养活他们一大家子哩。"

李彩霞说："瞧人家现在有权有势，戴的一条领带都花几千块哩，衣服皮鞋也都尽是什么名牌，那屁股底下坐着的那车也都是上百万元的豪车，啧啧。"

张梅说："一想起那小子上学时鼻孔里常常吊着鼻涕，一口黄板牙从来不刷，脚上那个臭呀，能把整个教室都熏得一整天臭烘烘的，上课不是瞎叫喊着胡捣蛋、说怪话，就是趴在桌子上呼噜噜睡大觉。人家就那样混了个高中毕业证就开始独闯省城，刚开始因为没钱，就混票挤公共汽车，混场看电影，在车站码头偷东拿西跟人打群架，班房里进进出出无数回，后来才被摔打得老实了就开始蹬上三轮卖水果，再后来又跟上一帮子老乡开始倒腾那煤……嘿，谁知这小子敢情娘老子就是专为他鼓捣这些坑人的买卖生了他，这才几年的工夫，这小子倒贩那黑石炭就发了财，这才如鱼得水财源越滚越多。到如今，咱们缺少的肯定都是钱吧，可人家最不缺少的就是钱！晓得不？咱县上的水泥制品厂也叫他买去了，那可是花了一千多万元买了一个烂厂子呀！"

李彩霞忙说："听说马上就开始拆掉旧厂房，新盖什么旅游度假村哩！"

张梅说:"什么旅游度假村？咱们这儿荒山秃岭的谁来旅游呢？还不是想方设法为那些当官的和有钱人修玩耍的活动场所呢。那小子就爱玩这一套偷鸡摸狗溜须拍马的鬼把戏哩！"王强说:"人家从小就熟得早，那时候就懂得追求你呀！记得为了讨你的欢心，刘毛蛋和那个党小军体育课上为了抢着给你买冰棍，还在操场上打过一架哩。"

张梅说:"你这陈谷子烂芝麻的旧账还记得蛮清楚啊！"张梅说完就红着脸起身跑到后窑掌子那儿的水缸里舀了半马勺水，咕咕咕地喝了一气。

李彩霞见张梅跑到后窑掌子里去喝凉水，就高声叫喊着说:"暖壶里有热水呀，到我这儿还叫你喝凉水，真是叫人听见笑话死我呀！"

张梅喝完水，摸了把湿漉漉的厚嘴唇，然后走过来说:"这穷肚子从小就爱喝凉水，吃了人家饭馆里的饺子，好像吃的敢情全是盐啊！刚才说到哪儿了？啊噢，对了，你们快别襄人啦，我要是跟了他们两个中的任何一个小子，也许现如今还跟咱们一样穷得叮当响哩。咱能有那个好命？唉，咱就是那狗，一辈子就是个吃屎的命呀！现在党小军这小子，就连老婆也闹尿不下的尿样子，还要不知天高地厚偏偏逞强想当一回英雄好汉，耍什么大手，给咱们几个自掏腰包搞什么聚会，不管是什么老四川，还是什么老成都老重庆，我就恶心得吃不下去这个饭呀！"

张梅的这句话弄得王强和李彩霞一时不知说什么好。半晌，李彩霞才字斟句酌慢腾腾地说:"我是想，觉得不论是谁一个人掏钱请咱们吃饭也罢，聚会也罢，都好像不那么适合，况且咱们又不是腰缠万贯的刘毛蛋呀。我觉得，要聚的话，还是咱们每人都凑上一份子，就算打个平伙一块热闹热闹，不知你们两个是怎么想的？咱们就先跟周冰通通气，看他怎么说，毕竟周冰原来当过水泥制品厂的销售员，人家见多识广肯定有他自己的想法。听党小军说，他准备晚上去周冰家里商量此事呢，不知现在商量得怎么样了？"

张梅说:"刚才在路上，我还跟王强说这事呢。现在这么晚了，人家周冰年前刚从北京看病回来，咱们现在去确实不太合适，还是等明天再说吧！"

王强说:"我虽然没钱，年前领的低保过年都花光了，这个季度的还没下米,但我还是赞成咱们每个人平摊好,这样谁都不吃亏嘛。"

张梅也附和着说:"就是,我同意,要聚就应该都出钱,不要他党小军一个人出。"

李彩霞在炕上咯咯咯笑得前仰后合的,她笑着说:"你们俩一唱一和的,晓得不,刚才你们黑天半夜相跟着到我家来,我还以为你们是给我送喜糖的,咯咯咯。"

李彩霞说完,几个人就笑成了一疙瘩。笑过之后就像是谁突然叫停了似的陡然冷了场,刚才还吵吵嚷嚷讨论了老半天的聚会问题,到这个时候了,每个人还在自己的面子和所要分担的费用方面打着小九九,拉谈到这里好像就再也没什么可说的了,都睁着眼睛,你瞅瞅我,我瞧瞧你,一时就冷了场。就在这时,院子里响起了有人走动的脚步声,接着就听见大铁桶哗地将什么东西倒在什么地方,然后是猪哼哼的声音。几个人都在纳闷,这时,李彩霞不好意思地说:"是我掌柜的从工队大灶上提回来剩饭剩菜喂那两头死猪哩。等到清明前后,非把它们卖了不可。"

四

这天晚上回到家,王强翻来覆去就是睡不着。他几次坐起来,拧开党小军早上给他的那半瓶子酒抿上两口,望着黑洞洞的窗外,就是想象不出那个千万人口的大省城该有多气派。他无法想象在那个灯红酒绿车水马龙的大省城里,竟然有他的同学在那儿购置了房产做上了大买卖。那钱多得要多少就有多少,娘们儿也是要几个就有几个,唯有自己还是孑然一身孤苦伶仃地独自守着冷冰冰的寒窑过他妈的这苦日子。想到这儿,他的眼泪就扑簌簌地流了下来,在泪花闪烁的蒙眬世界里,他脑海中浮现的都是一张张曾经在一起学习玩耍的熟悉的面孔。在梦中,他梦见的也都是他小时候上学时的那些难忘的日子。在那些天真烂漫的同学们中间,尽情地玩耍嬉闹,有欢乐也有忧伤,有幸福也有痛苦……

突然,一阵急促的电话铃声,打断了他还是儿时的天真烂漫的美梦。他拿起电话一接,原来是"小广播"焦虎子这小子从省城给他打来的。焦虎子在电话中说:"我们昨晚一到省城就安排在城堡大酒店下榻了,晚上就去观看了亚洲最大的音乐喷泉,今早上吃了早点,又看了省政府广场的升旗仪式,热闹死了,你为什么不来呀?"王强说:"快别夸了,你们去了省城有什么了不起的?老子们也聚呀,人家党小军主动出面筹办,也准备在家里搞一个小型聚会哩,说不准比你们那里还热闹哩!不信?不信就等着瞧吧!""小广播"说:"就你们几个残兵败将还聚什么会哩,快别吹那老死牛了,等咱们刘毛蛋刘总把咱县上的水泥制品厂修建成了旅游度假村,好把你们一个个都安排进去干点儿事,好挣几个钱养活你们,这是刘总早上吃饭时说的。"王强好像还没听懂"小广播"的话,正想问时,他听见大门哐当地响了,他就晓得肯定是党小军这小子来了。

王强刚放下电话,党小军果然就来敲门了。不过,这回党小军不是一大早就来送什么半瓶子烧酒的,而是从怀里拿出写得密密麻麻歪歪斜斜的人名和数字让王强瞧,让王强给他当参谋。

王强瞪着眼睛瞅了半天,嘴里嘟囔道:"你这都写的是些啥呀,我越看越糊涂,还是说吧,你这是准备弄啥?"

党小军点了一支烟,然后吐着烟雾说:"我昨天跑了一天,晚上还去老坟湾那儿的周冰家里去了一趟,跟周冰这家伙聊了半天。他老婆去广场跳舞锻炼去了,周冰还开了一瓶好酒招待我。说到这次聚会的事,周冰听了我的想法和打算,不光同意,而且很赞赏。他说他如果前些年不出那场车祸,身体还行的话,他肯定也会这样做的。现在,他年前刚从北京看病回来,手术后的两腿恢复得还不错,但是还不能独立下地走动。不过,他说到时候就是叫老婆背也要背着来参加。他的好多话叫我很感动,他为了厂里的事情出了车祸,现在,厂里停产几年了,工资发不出,医药费更是得不到解决。现在,又听说整个厂子一千多万卖给了刘毛蛋,一个好端端的国营大厂就又倒在了刘毛蛋这号暴发户的手里,一提到这事情,周冰就满含眼泪泣不成声哽咽得再也说不下去了。唉,他妈的,这就是命呀!夜里回到家,又给乡下的同学刘二候和薛春红打了电话。他们都没去聚会,都在乡下忙着�_。不是他妈的忙着打猪喂狗侍候老公,就是准备开始种豌豆种高粱玉米忙得走不开。还有几个的电话他妈的根本打不通,这样全班同学就都有了眉目。你看,你看这儿,去省城的就是这些人,我昨天早上在车站的锅炉房里偷偷地数过,这不可能有什么出入。另外,在邻近的外省还有几个,加上在省上、市上和去世的几个,这人就齐了,一个都不剩。我昨晚上一遍遍在脑子里不知过了多少遍呀!"

王强突然打断他这番婆婆妈妈的唠叨。王强不耐烦地说:"你说这些有什么用?你就简单点儿说你准备咋弄不就完了,还管全班有些谁,在哪儿,干什么,你管人家这些事干吗?你又不是他妈的团支部书记或班长什么的,还管那些闲事!"

党小军说:"不是有个电影叫什么《一个都不能少》吗?咱这也一样,人家瞧不起咱们这些猪不吃狗不闻的东西,咱们可要自己瞧得起自己。咱自己把自己当回事了,我看他妈的谁还敢浅看咱一眼?"

王强说:"啊噢,原来你小子这是跟别人怄气呀,怪不得平时一根烟都要分成两回吃的穷酸样,这回非要打肿脸充胖子弄什么同学聚会。你如果有钱,不会自己吃呀喝的自己玩潇洒?何必这样大张旗鼓大造声势地瞎摆那份排场!难道你这样慷慨大方大义凛然地搞上一回,人们就能改变对你的看法和评价吗?"

党小军说:"难道你以为我是想在这里头捞取什么油水还是他妈的什么政治资本啊?我这就是为了争一口气啊!不然,我为什么要在县城最高档最豪华的老四川酒楼上订下了豪华包间,晚上还在梦江南订下了KTV包间,还邀请了给咱们上过课的其他几个任课老师参加,还有这些年对我有帮助的派出所和居委会的几个爱心人士和媒体的朋友也来给我们这次同学聚会捧场助兴。你别拿眼睛瞪我,我这可不是一时的奇思妙想头脑发热。快二十年了,我曾经在无数个难以入眠的夜晚,想着将来出去以后要好好回报社会,这可能就是个开始吧!"

　　过了一阵,王强才慢腾腾地说:"我是担心你这样做会不会出力不讨好,给自己拉下一屁股的债。你有钱,你有钱还不如把你家里的那几孔老窑收拾收拾出租给别人,每个月还能收入千儿八百块钱的房费,够你小子吃喝拉撒消费呀,将来还说不定能有个娘们儿瞧上你。再说你请那么些人干吗?说不定人家还有事不想来呢。还去歌厅唱什么歌,真要唱,我拉二胡。李彩霞拉手风琴我晓得也挺在行,她的嗓子好,歌也唱得好,那时候还当过咱班上的文艺干事呢,她现在成了这个样子,上学时那真是要模样有模样,要身段有身段,听说那时候她还偷偷给电影演员达式常和郭凯敏写过信哩,这些你小子恐怕还不晓得吧! 咱们中间有的是人才,何必去那些地方丢人现眼,街上人都瞧着我们这些腿脚不方便的人拉拉扯扯东倒西歪像看耍猴似的看我们,我才不去呢。"

　　党小军说:"那样算个啥嘛,咱们要弄就弄他妈的正规一点儿,别他妈的像个穷要饭的,叫人瞧不起。至于我的事情,不用你操心,这些事我早就想好了。我准备弄些钱,把那几孔旧窑粉刷粉刷,院子里再盖几间平房,然后创办一个家庭养老中心,完全是慈善公益性的,让那些无依无靠的老人和残疾人孤儿流浪乞讨人员都免费住进来,有吃有喝温饱不愁,让他们也能享受到社会大家庭的温暖,所以,我回来这段时间一直在跑这件事哩。"

五

　　"我和王强都到了,在老四川一楼的第三个包间。啊噢,张梅还没来,她去幼儿园借了一把手风琴,又去战备库推李彩霞去了。对对,都说去歌厅唱歌还不如咱们就在饭馆里自拉自唱自娱自乐这样的好,所以就改在这儿了。老师和其他请的人一会儿就到。老师? 就是咱们的体育老师,他现在退休了,给儿媳妇帮着在商场里卖手机哩,一定来一定来。饭菜都点过了,绝对要丰盛,酒是好酒,烟是大中华……嗯,什么? 你们来不了? 那叫个车嘛,或者我来背你。那是啥? 不不,这可不行。我说周冰呀,请你转达我对你爱人的感谢和敬意,我已经全弄好了,哪有再退掉去你家里聚会的道理? 好了好了你们别麻烦了,就这样吧,我马上叫个车到老坟湾来接你!好,再见!"党小军放下手机,对王强说:"人家周冰的老婆就是想的跟别人不一样,说他们家里是单元房,房子里宽敞又明亮,叫咱们去她家里聚一聚,她都准备好了。哈哈,幸亏我事先订下了这儿,不然,不然的话⋯⋯"

还没等党小军的这句话说完,从旁边的一个包间里就摇摇晃晃走出来一个大汉,见党小军穿得人模狗样地跷着二郎腿有板有眼地说着话,于是醉醺醺地过来一把抓住党小军的后衣领子,就把党小军从座椅上拉起来,嘴里厉声斥骂道:"好小子,你还有钱来进馆子,他妈的那几百块钱都快两年了,什么时候给老子还呀?"那汉子骂着就啪啪啪地给了党小军几个大嘴巴。

党小军捂着脸,还一个劲地给那醉汉赔不是。

那汉子得理不饶人,越骂声越大,越骂越难听,说:"今天你不给老子还那几百块赌钱,老子就要杀了你小子。"

王强看见这是个亡命徒,想上前劝架,却根本到不了近旁,于是就从口袋里掏出一大把钱,抽出几张给那汉子。

那汉子把手一扬,锐声叫喊道:"不行,今天老子就要这穷小子自己从身上把钱一张一张给老子掏出来,老子才可以饶过他!否则⋯⋯"

党小军一看周围聚了一群人瞧热闹,就从上衣的口袋里掏出一沓子红票子,数了几张撂在桌子上。

那汉子见党小军真的从自己口袋里掏出了钱,狡黠地瞅了瞅党小军,嘴角那儿露出一丝得胜的笑意,从桌子上拿起那些钱,转身摇晃着走了。

党小军望着那汉子走出去的背影,上下牙齿咬得嘎嘣嘎嘣价响,他咬牙切齿地说:"要是在前几年,老子会把你打得趴在地上叫爷爷,但是⋯⋯"还没等他说完,这时,张梅推着轮椅走了进来,李彩霞怀里抱着一把红色的手风琴笑吟吟地跟党小军、王强他们打招呼。

几个人手忙脚乱刚把李彩霞的轮椅安顿到位置上,就听见大厅的门口停下了一辆小车,党小军和张梅急忙跑出来迎接,只见周冰的老婆从车上背起周冰就迈着小步走进了大厅。他们又手忙脚乱地帮着把周冰安顿到座位上。几个老同学终于坐到了一起,都激动得不知说什么好。

就在这时,王强的电话响了起来,王强一接,又是"小广播",这小子打来的。王强提高声音叫道:"喂,'小广播',你小子又有什么新闻要发布呀?我们?马上就开始,都到了,其他老师和嘉宾马上就到。什么?刘毛蛋?他要跟党小军讲话?讲什么讲,你等一下,党小军去卫生间了还是去哪儿了,我叫他。"王强捂住电话悄悄对党小军和大家说:"刘毛蛋要跟党小军和大家讲话,怎么办,讲不讲?"

包间内一时静了下来,同学们都扑闪着眼睛,互相看着就是不说话。就这样过了几分钟,还是党小军慢慢地站起来,接过电话语气平缓地说:"是,我就是那个党小军。什么?派车来接我们?同学聚会推迟?!"

2014 年 3 月 19 日

老　爸

　　他回到家的每一个梦境，都是在父亲的一声吆喝声中惊醒的。父亲每天起床后必说的头一句话就是："啊，又活了这狗日的一天。"父亲说完这句话，就吱呀一声拉开窑门，摸索着出去蹲茅坑。这时，他便随着话音和大木门的吱呀声醒来，容不得伸胳膊踢腿就起了床。街面上已有了早起的人，早起的鸟们也蹲在街边的树枝上聒噪不止，还有各种响动的那车，流水似的轰隆隆碾着石板铺成的老街，匆匆驶过。

　　他的小商店刚扯开窗帘开了门，就有人蜂拥进来买东西，大多是要去学校的学生娃娃，大多是买红绿颜色的冰棍、麻辣干、泡泡糖一起咬着玩。他在一堆乱手的翻搅声中，一个一个收了钱，又一个一个找出钱，一张老成黢黑的脸膛上，基本不言语，也没表情，只是呆呆地瞧着那些活蹦乱跳的娃娃们嬉闹着远去，眼光里就撩拨起满是好奇的神情。这些活泼顽皮的学生娃娃他自然不认识，这些周围熟悉的景物，他仿佛瞧见也是那么生疏，就连再熟悉不过的乡音，也似乎变得遥远而陌生。他冷漠地用那种瞧着那些遥远外乡人的眼神，瞧着来来往往似曾相识的行人。

　　等父亲洗漱过，从后门摸索着出来，他急忙把父亲扶到商店外的小凳子那儿坐下。小凳子前摆放啤酒饮料的小桌子上，早已放好了一碗还冒着热气的油茶，还泡了炸得焦黄的碎碎的麻花。他把汤勺递到父亲手里，父亲小心翼翼地喝着，还总忘不了要说上句："这一碗又得一毛多钱啊!"父亲总是每天这样不厌其烦地，用好多年前的价格衡量着目下所有的吃喝和用品。他照例木木地站在一旁，就像刚才搀扶父亲时那样生硬的动作和表情，冷冷地望着满是欢喜和得意的父亲。

　　他的这次回家，似乎很突然，等待了很多年的父亲，对于他的突然回来有些猝不及防准备不充分，好多方面都显得谨小慎微不敢接纳，而唯有每天的这碗热腾腾的油茶泡麻花，父亲不仅是接纳了，而且是笑容可掬满是欢喜地接纳。父亲喝着油茶，好像才终于放下了谨小慎微的局促，拿出一副旁若无人无拘无束的架势，这好像才是他记忆中的父亲。他清楚地记得，小时候父亲揍他时总也是这么一副旁若无人无拘无束的样子，疾恶如仇同仇敌忾，父亲把自己刚正不阿做人的铮铮铁骨劲都融进对儿子恨铁不成钢的拳脚相加之中。现在，他看见眼前的父亲和记忆中的父亲判若两人，仿佛父亲是一夜之间，从一个威武健壮的男人变成了一个步履蹒跚老态龙钟的老人。他看见父亲似乎所有的言行举止都像在演戏。只有每天对着这碗热腾腾的油茶泡麻花时，他才显得真诚和亢奋。似乎重新获得新生的不是一个罪恶累累的他，而是一个行将耄耋之年的父亲。父亲毫不费力地吃尽碗里的东西，满足地抹了抹嘴巴，然后就装上一锅子旱烟，打着火，两手习惯地拢在一起，毫不费力地点上，吧嗒吧嗒地抽着，父亲的面前就缭绕起一团灰蒙蒙的烟雾。偶有街坊邻居路过，必要异样地称赞他的父亲有福气，天天能喝碗热油茶。父亲像没听见似的没反应，他也像没听见似的没反应，还是只顾坐在冰柜后面，捧着一本什么书，似乎心不在焉地看着书，似乎又若有所思地瞧着路人。

　　这是他曾经梦寐以求的一种生活，他曾不知多少次地这样憧憬过的美好生活。在无数个漫长的夜晚，他都魂牵梦绕在他家的这个小院，这个给他留下许多美好记忆和回忆的小院，这个让他爱了恨、恨了又爱的小院。在那漫长难耐的日子里，他想象着自己有朝一日能够回到家，一定要把年迈的父母照顾好，他们为了自己这个不孝的儿子操碎了心。然后，要把沿街的小房子收拾收拾，临街打开一道门，换上新门新玻璃窗子，粉刷得亮亮堂堂的，再买一个大冰柜摆在门口，自己每天坐在大冰柜后面，做着小买卖，看着街上的行人，深刻反省着自己罪恶悲哀的过去，同时，也可以无拘无束地展望着自己那难以预知的将来。当然还有更重要的一条，就是要挣好多好多的钱，让父母享福,带他们去外头玩。听说家乡通了火车,他要带着父母坐完汽车坐火车,坐完火车坐飞机,吃了凉粉吃煎饼,吃了烧鸡吃烤鸭,把自己这些年所欠的思念牵挂都补回来,让父母二老晚年过得高高兴兴快快乐乐。然后有了钱就开更大的商店,做更大的买卖,兴办慈善福利事业,接济穷人,助残助教,行善积德,回报社会。当然,自己先要做一个自食其力的人,让街坊邻居看看,让城里所有的人都瞧瞧,那个曾经叫人听了谈虎色变的他,居然好像重回了一次炉,洗心革面重新换成了另外一个人;让一直为他担惊受怕的母亲再不用为儿子担心,而是要为儿子骄傲自豪,脸上每天都能挂着幸福的微笑;让父亲永远放下那只高高举起的铁拳头,放心安详地享受晚年的幸福生活。然而,当他满怀喜悦和异常激动的心情回到家,他所有的期盼和热望,都被现实摔了个粉碎。当他一口气跑到乡下的姐姐家,他看到的只有一个双目失明双耳失聪的老爸,而那个曾经整日为他担惊受怕体弱多病的母亲,早已命归黄泉撒手人寰。他疯狂地跑上母亲的坟头,声嘶力竭地在光秃秃的山峁上呼喊母亲,山头上只有咆哮的风,山谷里没有回应,只有母亲坟头的一堆荒草在风中随风摇曳,仿佛在告诉他,二十年的风雨沧桑,二十年的悲欢离合,长眠在地下的母亲岂能知晓?

他从乡下的姐姐家接回了双目失明的父亲,打开了那座尘封已久的家门,父子俩住进了这个冷冰冰的家。从此,他像得过一场大病的病人,仿佛换了个模样换了个人似的,两眼无神,面容憔悴,整日沉默寡言,郁郁寡欢,只是坐在母亲的遗像前流泪发呆。突然有一天,他终于从母亲的遗像前霍地站立起来,用他那些年在工程队里学的那点儿手艺,拆掉了临街小房子的窗户,安上了新崭崭的厚玻璃门。这间曾经使他颓废沦落的屋子,这间曾经被他搞得乌烟瘴气的屋子,终于被粉刷得干干净净亮亮堂堂,从里院老窑那儿穿过小房子,一眼就可以望见街道上川流不息的行人,一股喧嚣嘈杂和清新的气息从外面传进小院,从此,这个孤零零的小院便开始有了些生气。

父亲则是对重新回到城里满是欢喜,这么些年住在乡下,这座老宅子也是叫他魂牵梦绕倍感思念。虽然他的眼睛看不见了,后来连耳朵也听不见了，可他对老城的记忆，对这孔老窑的感情，还是不能用其他什么来代替。在乡下的女儿家住得久了，他就朝思暮想念叨着城里的一切，包括吃的喝的，包括前后街道上的邻里邻居，包括邻居家的大人小孩。他甚至会扳着手指挨着院门数门子，挨着门子叫出那些连女儿也一时想不起的邻居们的小名，滔滔不绝地絮叨他脑海里似乎永远不可磨灭的那些记忆。

　　总要在务弄那几亩山地的空隙，女儿才让老实巴交的男人，套上驴拉车拉上父亲到城里赶一回集。榆木疙瘩似的女婿，只管牢靠地把老丈人迎来送去，连一句多余的话都不会说，常常让高兴得仿佛浑身都是嘴的老丈人好像遇了冷落，甚至连老婆走时交代的事情，不是忘了这事就是忘了那事。等到黑灯瞎火回到家，女儿劈头盖脸就是一通锐声斥骂。有时，女儿也会跟着一起回城赶集。虽说不像是坐娘家的样子，却也少不了要搀扶着老人回到老窑里瞧瞧。遇到老街坊邻居，总是相互热情地打声招呼问候几句。父亲瞧不见听不见，却话多事多，高喉咙大嗓门只几声，街面上就会有慢声细语打探消息的人出现。父亲对围拢过来的街坊邻居扯着嗓子高兴地胡乱喊叫，街坊邻居你一言我一语地热情问候，父亲转动着瓷愣愣的眼珠子，极力在面前热烘烘的人群中寻找。但是，父亲无法捕捉到面前邻居们的熟悉面孔，更无法听见他们那熟悉的声音，害得女儿常要贴在父亲耳朵跟前一声声地大声叫喊，就这样，十之八九还是听不懂，剩下的一两句，也是听得怪话连篇，引得众人大笑不止。

　　就是每回进城，时令的菜蔬水果，变着花样要叫父亲尝个遍，集头上那些老有名望的好吃好喝，自然也是要买来吃的，临回时，还忘不了多揣上几瓶烧酒压在车厢里。如果再顺道搭上几个爱拉话的乡邻，父亲那种恋恋不舍的难过心情就会减少许多，甚至会与同车之人一路吹牛玄谎到醉意蒙眬。父亲就会信口开河地说旧社会是咋样的贫穷，解放后是如何的幸福，然后，要从他小时候给人家当童工，一直要讲到解放后进了综合厂，后又到木业社再到工程队，最后肯定还要讲到他们想当年盖的饭店、招待所、百货大楼之类的高楼大厦。那城里能瞧见的十几栋的三四层高楼大厦，都是他们建筑工人的骄傲。所以公家还每月要给他几十块钱生活费,买面买菜吃吃喝喝,不花儿女他们的一分洋。

女儿听了只是哧哧地笑,笑过也会说:"老憨了不是? 总忘不了公家的那几个钱,总是要把那几个钱牢牢地揣在怀里不让谁动,逢人说到钱,就会神气十足地朝人拍腔子,好像就他有钱,好像唯有他的钱一满价花不完。还动不动总是用二十几年前的老眼光瞧如今,那时候一袋面粉才几块钱,一盒烟一瓶酒也就几毛钱。他不晓得如今物价像雨后的山水一个劲地往上疯涨,如果晓得了,他还能如此仗义吃喝到今天?"

女儿显然是说给同车人听的。

同车人也好奇地问道:"为什么不让老父亲晓得目下的事情,二十年了让老父亲还一直蒙在鼓里?"很显然,同车人言语中当然明说的是物价,实质上还不是影射当年发生在她弟弟身上的那场命案。

她故意显得憨憨地笑答:"就让他老记着过去,也没有什么不好啊! 晓得了,瞧不见心也烦啊!"

往往这时候,父亲还只顾着自己那早已驰骋不羁的想象,问同车人地里秋后的收成,猜问驴拉车所到的位置。好像这二十年的风雨沧桑世事变幻,只是在他的言谈笑声里一瞬间划了过去似的与他无关。父亲念念不忘生他养他的那孔老窑,念念不忘生他养他的这座小城,当然更念念不忘的是他的独苗儿子。小时候儿子不好好上学,生事打架没少挨过他的打。长大后,更是逃学旷课打群架,整天跟着街道上的几个长发小子,跳舞赌钱吃吃喝喝。那间临街的小房子,一天价就成了他们鬼哭狼嚎乌烟瘴气的避难所。谁知这个老师嫌、同学恨、邻居烦的宝贝儿子,突然有一天神不知鬼不觉地没了踪影。他疑惑地问老伴,老伴则是声音软软地遮掩搪塞,他好像身在云里雾里一样,探不出个究竟。于是,他从早到晚就一直在嘴边念叨。后来,终于有一天,老伴和女儿异口同声地对他大声说,儿子被招了工,去了一个很远的地方,那个地方叫非洲,儿子是去那里修铁路的。老伴和女儿没有把儿子殴伤人命被判了重刑的实情如实相告于他,而是合计着编了个谎话瞒哄他。

他瞧不见听不见，却相信了一贯安分守己沉默寡言的老伴。老伴对于远去他乡的儿子的思念，都凝结成整日整日的以泪洗面和没明没黑的悲伤叹息。老伴用女人特有的思念方式打发着漫长难熬的日子。可他从生性刚正倔强的男人性格体悟到，这种难舍难分的母子别离只是一种牵挂。他安慰老伴说："叫儿子去吧，走得远了，远离了家乡老小，儿子兴许才会长大。"几年后，老伴突然一病不起，不久便离他而去。他只好锁上窑门去了乡下的女儿家。他孤苦伶仃的心里唯一装的就是远在他乡的儿子。他盼望着有一天，儿子和他的媳妇孩子能够一起从他乡归来，他不敢奢求儿子腰缠万贯衣锦还乡，就是身无分文能健健康康回到他的身边，一家人再回到城里的那个小院，住进那孔散发着泥土味道的老窑，最后享受享受这儿孙满堂的天伦之乐，这就是他唯一的愿望和期盼。

现在，儿子终于回来了，儿子真的不是腰缠万贯携儿带女回来的。儿子现在虽是一个人孤零零地回来，儿子也许是先要把家里的事情收拾利索了，才可能去接媳妇和孩子安安稳稳地回来，他想。他这么价想了，似乎也这么价问过儿子。他问儿子你的媳妇和娃娃为甚还不回来？他好像问过好几回，好像问的声音很大，很急切很认真很渴望。儿子似乎也给过他回答，儿子的回答似乎很无奈很敷衍所以他总是听不清，听不懂，听不明白。但有一次他好像是听见了，那好像是儿子生气愤怒时的呐喊道："远着哩，很远。"儿子说的远他显然是听见的，就可能是因为远，他们才没有回来；可能就是因为远，儿子还一时顾不上想他们。

儿子回到家，就把他从土里土气的乡下接回到热闹繁华的城里，又是带他去理发馆理发刮脸，又是去医院给他做各种检查，还给他买了副墨镜让他戴上，还去商店里给他买衣服鞋袜让他换上。还把街上好吃的东西，狠劲买来让他吃，让他喝，让他高兴，让他欢喜。儿子把他里里外外收拾安顿得干干净净、舒舒服服。每天让他能吃上诸如油茶麻花煎饼馃馅这些他梦寐以求的好东西，让他干净体面地坐在小商店门口晒太阳，让他在车水马龙的马路边享受着社会变化的气息和味道。他悠然自得地一锅接着一锅抽着旱烟,在烟雾缭绕的朦胧世界里感受着品味着。不是用眼睛,也不是用耳朵,而是用心在倾听,用感觉去品味。有时则是在小凳上打着盹却在梦中寻觅。

邻居们似乎也经过了一段长长的别离之后,如今突然又听到了这久违而又熟悉的乡音,都竞相上门来瞧他,都异样地拉着他的手,贴着他的耳朵像吵架似的大声说他有福气。他终于听懂了,他就爽朗地放声大笑,笑过之后便是淡淡的忧伤。儿子老大不小了,还一个人回来单过,像他这样的年龄还一个人回来单过,知道的人还倒好说,不知道的人还以为他就是一个光棍。如果是别人这么价想,别人就可能说你家里有病或你有病,你家里没病或你没病,为什么不成个家或带个媳妇孩子回来?他无数次这样念叨过,每逢说到这事,儿子就躲得远远的不言传。念叨得实在不行了,儿子也会凑到他跟前,就会大声嚷嚷道:"你别管,不用你管!"声音里有怒气,也有烦恼。这种怒气和烦恼,他没有看出,也没有听见,但他却感觉到了儿子的不高兴和不如意。那天晚上下着雨,父子俩早早地睡在炕上想心事。他又一次重提这事,儿子一听就又动了怒气,把手里玩的手机撂到锅台上,转身拉灭了灯便睡去了。他原本热乎乎的心一下子跌落到一个更加黑暗迷茫冷冰冰的深谷。但当新的一天随着喧嚣的晨雾再次打开那扇厚重的门,他依然会朗声说道:"啊,又活了这狗日的一天!"

其实,多少个夜晚,儿子也是翻来覆去烙着饼子睡不着觉,想母亲,想童年,想小时候所有能想起的一切美好的时光。父亲絮叨过来絮叨过去的事,他看得比父亲清听得也比父亲真。回到家,他最大的感受就是一切都在变,人在变,城市也在变,一切都在发生着翻天覆地的巨变。从前的同学和要好的小伙伴,一个个都住上了楼房开上了车,都仿佛儿成女就喜气洋洋安居乐业。所有的熟人,都像躲避瘟神似的躲着他。他与这座城市,不仅是人们脑瓜子里意识和观念上的差别,而且是二十年时间上的差别,甚至是前途命运上的差别,是子孙后代之间的差别。他有时站在车水马龙的街头,一阵阵喧嚣热闹的气息把他的思绪带走,他仿佛彳亍在一个车水马龙灯红酒绿的异乡,举目无亲,恍如隔世。他不晓得,他这一个在外漂荡了许久的浪子,现在又随波逐流漂了回来，却怎么也找不到哪儿才是回头的岸啊！

　　父亲总是引以为豪的他们那个年代的那些方方正正的矮小建筑，如今早已被更高的高楼大厦和各种各样亮丽时尚的外表所取代，残留在父亲记忆深处的那些灰蒙蒙的图景，只好永远铭记在父亲的脑海里。这不是父亲的悲哀，也不是他们那个年代的悲哀。父亲每天早上开门时要说的那句话，每天早上端着油茶泡麻花时的那种感慨，父亲引以为豪的不仅仅是他的存在，而是它们的存在。当父亲得知他的某某老同事或某某老邻居又有谁离开了人世，他都会难过上好一阵子。他虽然难过哀伤，甚至有时还要在念叨他们的好处时掉下几滴眼泪。但他知道人都是要离去的，有的去得早，有的去得晚，但是迟早是要去的。就像当年在工程队里干活一样，有的去得早一点儿，有的去得晚一点儿，去迟早都还是要去的。人毕竟是人，不是楼房，楼房就是县城周围的山峁疙瘩。山峁疙瘩永远不会消失，人造的楼房当然也永远不会消失。天开始热起来了，山上肯定就长出了绿的草和绿的庄稼。桃花开了，杏花也开了，然后接着要开的是榆钱花和槐花。大雁飞来了，燕子也飞来了，可是他的儿媳妇和孙子还没有回来。他空闲时就熬煎这些事，这些事熬煎得多了，他就想乡下。女儿的乡下空旷安静。空旷安静的乡下没有这些熬煎的事，没有这些熬煎事的乡下，人住着就舒心安心；住着舒心安心，就可以给猪挠痒痒给绵羊喂草草，还可以扶在驴槽头给驴拌草料，在宽敞的院子里感受鸡鸣狗叫炊烟袅袅。父亲的心里突然想起了乡下，他就感到小院的狭小和城市里的焦躁沉闷。他一感到焦躁沉闷，就觉得饭不香烟不香，小凳上坐着心里都在发慌……

　　于是，这天早上起来，父亲再没有说那句意味深长的话，而是对睡意蒙眬的儿子说，他要去乡下！

2013 年 6 月 13 日

老 同 学

　　大雪一连下了三天，从窗外望出去只是瞧见茫茫的一片一片的白。老婆不时拉开窗户，用钢尺在空调的外机上做着测量，不时把测量的信息向着书房里的我高声通报。尽管我无暇顾及窗外的这些信息，光那屏幕上一行一行的文字不停地闪动，都使得我的两手胡乱敲动应接不暇。可是，铝合金窗子被随意地拉开又闭上，尽管拉开又闭上窗外再没有了往日的喧嚣嘈杂，似乎人们为过这个年忙于奔命的热乎劲，突然被这突如其来的一场大雪给封住了似的，我依然对这频繁地拉开闭上的刺耳的声响吵得不得安宁。

　　雪终于停住的时候已是下午，我的这篇小说也画上了最后一个句号。我走出叫人头疼的书房说："咱们下楼玩雪去。"没想到却得到了老婆和女儿非常意外的赞成和响应。老婆几乎是蹦跳着从阳台那儿跑到客厅这端，又是招呼女儿穿衣服，又是找手套、靴子和围脖，一时间，客厅里叮叮当当翻箱倒柜，我们三个人手忙脚乱像在打架。乱了一阵，终于都整装待发，彼此瞧着都突然扑哧一声笑了，谁也没说个甚话，却都笑得前仰后合。这都是这鬼天气惹的祸，像个疯子似的被关了几天，现在又像鸟儿似的都想尽快飞出这笼子，就连平时大门不出二门不迈的宝贝女儿，一听说是要出去玩雪，对于这大冷的天气没说一个"不"字，反倒头一个穿戴整齐站到了防盗门外等着总是慢慢吞吞的我和总是婆婆妈妈的老婆。就在这时，老婆的手机响了，她脱下手套，胡乱在羽绒服里摸了半天才接了电话，没想到还是给拿倒了，喂喂喊了几声，电话那头就是没反应。等老婆调整好了手机再接，那头的声音很大地从听筒里传出来，我听得出来是她的那个老同学打来的。她的那个老同学过年那天曾打过电话来拜年，还说过完年他就回来看我们，刚才在电话里说得很清楚,说他过会儿到了这儿就打电话。我在一旁都听得一清二楚,可是老婆这个老同学好多年杳无音信,今年过年时像从地球外的什么星球上突然降临到人间似的突然打电话来拜年,今天又突然不请自来,而且是要打搅我们一家人难得的好心情,使我们本来难得的好心情变成了一场空欢喜,刚才的那份兴奋劲顿时一下子都烟消云散了。女儿就像泄了气的皮球,一屁股坐在沙发上一声接着一声叹气,瞧那委屈劲就剩往外流眼泪抹鼻子了。

还是老婆这时候好歹强忍着抑制住了听到这个消息后的意外和惊愕,但绝不是惊喜。老婆只稍稍静了静心,然后意味深长地唉了一声,就脱下手套、羽绒服和靴子跑到卫生间,拿着拖把提了一桶水出来,对女儿说道:"你去把这客厅的电视墙、茶几、沙发、博古架,还有卧室、餐厅,都认真擦擦,我来拖地,咱们不能让外边回来的客人笑话。"老婆的声音显然是具有急中生智的意味,却明显带着几分命令的口吻。

我瞧着老婆风风火火的样子,心里觉得可笑又可怜,一个好多年都从不联系的老同学,今年突然有了联系,折腾得她连着几天失眠。现在,又突然像从天而降的贵客即将闯入我们本该平静而又安逸的生活,而且还得做好准备,热情洋溢地欢迎他接待他。对于这样的事情,老婆能不能高兴起来是她的事,我是怎么也高兴不起来的。当然女儿并不知道这里面的奥妙,虽说不是很情愿,却按照她母亲咄咄逼人的布置,手脚还算勤快但是毫无表情地面面俱到地挨着往过擦拭着。

老婆更是撅着肥大的屁股一言不发干得卖力。好像她把这许多年的恩恩怨怨都凝结在那根不会说话的拖把上,拖了主卧室,又开始拖小卧室,拖了小卧室,又开始拖书房,表面上是一副任劳任怨埋头苦干的样儿,心里却似乎在暗暗跟谁较着劲,又好像是一副大义凛然的气概。

只有我一个人好像是个旁观者,躲来挪去总是觉得自己站也不对坐也不对,瞧着她们干得热火朝天,心里除过觉得好笑的同时,又觉得这样大动干戈地准备来迎接这个远道归来的曾经的恋人,而不是一个纯粹的老同学,这样我是不是就真的成了一个多余的人了？

我来到厨房，拉开冰箱门翻搅着看了看，生的熟的塞得满满当当。一想，这客人来了肯定还得吃呀喝的住上几天的，老婆虽然不说，故意不给我安排什么重量级的工作，看来这下厨房的事情，老婆显然是不想像指挥女儿那样，用修长的手指指挥着我按部就班地去操作。她自然晓得在这种时候我知道应该怎么去做。于是，我从冰箱里取出了一堆颜色形状不尽相同的各种菜，跑到客厅问老婆："准备做些什么菜来招待你这个老同学呀？"

老婆突然抬起头愣怔地瞅着我，似乎看我是故意幸灾乐祸地奚落她，还是正儿八经在筹措着去料理，她不假思索地说："简单点儿弄几个菜，吃了这顿再走着瞧。"

女儿突然从书房里探出一张大娃娃脸，说："人家是外地来的，肯定想吃咱们这儿的地方小吃，那些菜哪儿吃不上！"

老婆忙说："还是弄几个荤素搭配凉热都有的菜上档次。"

听着她们为这事都认真了，有了争议，我便只好出来和起了稀泥，便说："那就中西合璧、土洋结合吧。"这事情有了定夺，我就好操作了，于是，我就在厨房里叮叮当当弄开了。不一会儿的工夫，厨房里就弄下了七碟子八碗。

就在这时，老婆的电话又响了，只听老婆说："到了？到哪儿了？啊，半岛，都住那儿了……"老婆的拖把当啷一下就掉在地板上，软塌塌地跌坐在沙发上，有气无力地好像对我们说，又好像自言自语对自己说："人家不来了，人家已经住在半岛酒店的高级客房里啦！"显然，老婆对事情突然发展成目前这个样子，心里事先是丝毫没有一点儿思想准备的，就像正干得热火朝天的时候，突然叫人给当头泼了一瓢凉水，头脑一下子倒是变得清醒了，却已经晚了。

我们自然知道，这个半岛酒店是我们这里最豪华最高档的酒店，集住宿餐饮娱乐为一体，那里是一般人根本消费不起的，何况是我们这样还整天为着吃吃喝喝精打细算的工薪族，更是望尘莫及。我们为此争论了几句，最后还是一致认为，人家不来自然有不来的道理，我们无论怎么说，不去都是说不过去的。我们不管咋样都要打起精神，打肿脸充胖子也要应付这个门户的，所以我们应该尽快去宾馆看望和招待客人，这才是我们目前义不容辞的责任和义务。于是，三个人又再次整装待发，准备去见这位牛逼劲很大的昔日的老同学。老婆更是挖空心思洗了脸梳过了头并且在头发上做起了文章，此刻又趴在镜子前描眉画唇不得利索，好像真正去见的不是什么多年不见的老同学，而真正要去会见的是曾经朝思暮想魂牵梦绕的恋人。终于等这老娘们儿梳洗打扮停当了，却听她哎哟叫了一声，只见她的一只拳头在自己的另外一只手掌上捶了一下，臂弯里挎着的小巧玲珑的手提包也来回摆动了几下，那变了声音的表情夸张的脸正像摄像机的镜头似的咄咄逼人地对准了我，然后，放慢语气一字一板地对我说："得拿些钱吧，回到咱这儿，咱们肯定得请人家吃顿饭吧！"

我若有所思地说："还有住宿费哩。"

老婆听罢我说的住宿费，两只手又那么彼此紧密地捶了捶，说："对呀对呀，人家要不要是人家的事，咱们给不给可是咱们的事。可咱们手头也没几个钱呀，前几天刚打过了月供，我包里就剩下几百块钱了，就这点儿钱怎么说也是不够的，那你就再没几个了？"

一看老婆眼巴巴地望着我，心里的那气就不打一处来。我说："你每月给我的那几个生活费，难道你还心里没数吗？还好意思问我？我整天像个非洲难民似的，穿的啥吃的啥，难道你还不清楚吗？"

老婆一瞧我的窘相，没像往常那样恼火，而是扑哧一声笑了，笑得两排洁白的牙齿都愉快地露了出来。老婆和颜悦色地说："现在都在放假，取是看来没地方取了，借是更开不了那个口，人家大过年的一家人不是吃吃喝喝就是看电视打麻将唱歌跳舞，向谁家去借呢？"

听了她这话，我也像泄了气的皮球没了主意，就只好随便说："那就只有这样了！"

老婆也似乎是坚定了信心，于是也说："那就只好这样了。"

这时，一直站在门口瞧着我们打嘴仗的女儿突然说："嗨，怕啥呢，不是还有我嘛,我用信用卡给你们撑这个门面,保证不会叫你们感到寒酸甚至是下不了台的。"

嗨,怎么把宝贝女儿给忘了!我们一见女儿在我们几乎是走投无路的时候突然像个侠肝义胆的女侠客,拍着胸脯挺身而出,这还有什么顾虑呢。于是,我们一家人就冒着凛冽的寒风,踏着半尺厚的积雪朝不远处的半岛酒店走去。

当我们拉拉扯扯跌跌撞撞踩着半尺厚的积雪走到了半岛酒店的南大门,顺着转动的门走了进去,早已等候在旋转门后面的老婆的那个老同学就迎了上来,彼此当然是一番热情洋溢的问候和彬彬有礼的致意。接着,老婆的这个老同学又把我们介绍给两个正在大厅沙发上坐着闲聊话意正浓的年轻男女,他们一经老婆的这个老同学介绍,都笑容可掬地起身与我们打招呼。整个金碧辉煌富丽堂皇的大厅里,被我们这帮子问候寒暄和互相打招呼的声音一时弄得热闹非凡。

我透过厚厚的眼镜片看过去,这个从没见过面的老婆的老同学,长得人高马大风流倜傥,能说会道左右逢源,一看就知道是个场面上的人,怪不得结婚已经这么多年了,老婆的这个老同学还时不时一直挂在她的嘴边。老婆至今还保存着当年来自老山前线的那封火辣辣的求爱信和那张英勇威武光彩照人的大彩照,至于信中提到的那件红毛衣,我几乎翻箱倒柜把家里翻了个底朝天也没有找到。这事情也是我在一次偶然收拾屋子时偷偷地发现的。这么多年来,老婆还一直珍藏着他们之间见证友谊和爱情的信物,可见老婆的这个老同学在她心目中的位置和这个老同学对她产生的深远的影响。似乎是老婆当初没与他喜结良缘终成眷属,除过来自社会家庭以及时空距离等方面的因素外,恐怕就是因为恰在当时,老婆偶然认识了我,才与我结成了夫妻,凑凑合合过到了今天,用老婆常挂在嘴边上的一句话,那就是缘分。

席间,我们在老婆这个老同学早已订好的豪华包间里,一边推杯换盏,一边寒暄聊天。我这才得知他们年前就已经出发上路了,一路走得断断续续,在几个地方停下来看景点。就是因为这里好多年没遇到过这么大的一场雪,才使他们一行人马不停蹄地跑了过来。

老婆快人快语地问:"就是为了看雪?"

老婆的老同学和在场的人都笑了,笑声里都显得精明强干,不像是傻了吧唧撑着风花雪月满世界瞧热闹的疯子。老婆的这个老同学这时才端起酒杯意味深长地说:"我们这回来恐怕就不走了,要在这儿长期住下来承包一块地,等到秋天丰收以后再想走的事情啊!"

见我们都被他这话弄得一时丈二和尚摸不着头脑,都用诧异不解的眼神望着他,老婆的这个老同学才慢条斯理地解释说:"是这样,我们准备在咱们原来插队劳动的那个地方拍摄一部电视连续剧,剧本是我写的,也是我个人投资拍摄的。这位就是导演,另外一个摄制组的车队走岔了路,被大雪给堵在路上了,可能要晚一两天才能到这里,我们先来打个前站。这往后麻烦你们的时候还在后头呢,来来来,为我们今后的鼎力合作和谐相处干个杯吧!"

虽然是都瓷不愣瞪地相互被动地碰过了杯,可听了他的这番介绍,我们似乎被罩在云里雾里一般,都惊愕得不知说什么好。

这时,老婆的这个老同学笑呵呵地又站起来开始给我们轮流倒酒。走到我的跟前给我倒酒时,还打趣地说:"早就耳闻你这位大作家颇有文采,为什么不也写个什么剧本,让我们摄制组也好好开开眼呀!"

我端着酒杯,差一点儿被他的话呛出来,连忙说:"哪里哪里,我算个什么作家,只是写个小诗小文而已,不足挂齿不足挂齿!"

老婆这时候也总忘不了她也会说话似的,忙噙着一口饭说:"什么作家,整天坐在家里找灵感,一年半载也蹦不出一个响屁来,哼!"

众人虽听着不雅,但还是都很喜欢老婆这个大大咧咧的实在劲,都喜欢跟她谈天说地。特别是那个长得风姿绰约年轻貌美的大美女导演,不是一股劲跟我的宝贝女儿嘟嘟囔囔低声交谈着什么,就是不住地转过头与老婆聊上几句有关女人喜爱的比如穿着打扮之类的话题。看得出来,这个年轻貌美的大美女,一直与老婆的这个老同学眉来眼去,眼神里总像传递着什么别人难以捉摸的信息。老婆的老同学从一开始就抢先介绍说她是他们这个剧组的女导演,而生怕别人误认为是他的妻子或爱人那样的亲密关系。现在看来,似乎比那种亲密无间的夫妻关系更亲密。另一个司机完全是个没有多少生活阅历的年轻人,吃喝得面红耳赤,嚼动的声音也故意弄得很大,还要在别人说话时噙着满口的饭菜,问这问那说个不停,好像无论对哪个话题他都感到新奇有趣。

酒喝到半道,我才发现喝的酒是茅台,便眨着眼睛低声说:"现在,上头不是有规定呀,不许喝这吃那的,这……"

老婆的老同学马上就把话锋转向我,说:"有你这个地主在此做东,我们还有什么担心呢?"

老婆立马就接过话题说:"老同学这你就小看我了,作为一个曾经在一起战天斗地插过队的老同学老战友,请你们这些远道而来的贵客吃顿饭,还是能请得起的啊!现在可不是咱们在小李庄插队时那样的穷酸相了,要是那时候哪怕是请你吃一个鸡蛋一个馒头,都恐怕难以做到啊!"老婆说着那张因为嚼动食物而变得十分夸张变形的鞋拔子脸,丝毫没有表现出一点儿脸红,而且还故意跟我交流着眼神。

我自然明白老婆的用意,便笑着说:"是呀是呀,两顿三顿也能请得起,现在跟过去相比,那真是今非昔比啊!"

老婆的这个老同学腮帮子鼓得就像个吹鼓手,噙着满嘴的饭菜说:"吃饭是不能跟那时候比,我吃饭时常想的就是古代的帝王呀外国的皇家呀还有那些过去的资本家富豪名人大腕有钱人,他们吃什么喝什么。但是一旦到了肚子饿了,手头不宽裕了,有了困难没法解决了,甚至是山穷水尽的时候,我才会想起那个苦得不能再苦的困难岁月;我就想起小李庄上这家的大娘没有吃的了,拿上簸箕向别的人家去借;还有的拖儿带女拄着棍子外出寻吃讨饭。我们这些年轻人,也是常常饿着肚子上山刨地锄草,从山上往山下背麦子、豌豆、高粱、玉米。背上就像背着大山一样的重物,背驼着、腰弯着、腿软着、眼黑得随时都会跌倒。冬天在沟里挖土打坝，哎哟，当时真是红旗招展锣鼓喧天人欢马叫啊……"

大伙饶有兴趣七嘴八舌争着抢着讲那过去的事情，一时间，竟然把豪华包间的大饭桌当成了忆苦思甜的好战场，不知不觉中，一瓶酒喝完了，一桌子饭菜也都狼吞虎咽地吃得精光，就都不动了。一个个互相瞅着好像等我们发话。老婆的这个老同学更是吃得满头大汗，用两只肥墩墩的大手拿着餐巾纸擦拭着额头上的汗水，然后总忘不了要摆弄上一阵那头乌黑发亮偶尔夹杂着几根白发的脑袋，很响地打着饱嗝，还要气喘吁吁一遍一遍地说："这桌子饭菜吃得真过瘾，多少年都魂牵梦绕梦想着这些好吃的东西，什么碗饦、煎饼、饸饹、油糕、羊杂碎，啊呀，今天终于吃上了，而且吃得这么过瘾！"

老婆望着她这个老同学吃得酒足饭饱满头大汗的样子，又斜着眼睛看了看我说："大家不知吃好了没有？如果没吃好，想吃啥就再点几个菜！"

我也是急忙附和着说再点几个，还有荞麦搅团、荞麦饸饹、油忽兰、麻汤饭哩。

老婆的这个老同学一边剔着牙，一边张着嘴，那只厚墩墩的手胡乱地摆了摆，含糊不清地说："别别，不用你们管！刚才就那样开个玩笑，我们这是打算在这儿长期住宿记账的，真的你们不用管了！"

第二天起来，天还阴着，但是再没有下雪。他们就按照昨晚上说好的计划，准备去三十里开外的小李庄。电话来催过几次，老婆的老同学执意要叫老婆也一块去。老婆动员了我几次，她是觉得我如果不去，她一个人跟着去有点儿不合适。关于这个问题，我昨晚上想了很久，他们在饭桌上筹划的时候，就是只提出让老婆一个人跟着去，老婆当时就满口答应下来，不过，老婆当时说，她去倒是想去，这么多年都再没有回去看看那个她曾经流血流汗的地方，她去了充其量也只是个陪客。老婆瞧我的表情和态度，我没表示什么态度，当时，也尽量做到不让他们看出我有什么表情。我是这样想的，老婆的这个老同学，不远千里冒着大雪赶回来，怕不完全是为着怀旧的心情，来拍摄那个过去曾经插过队、曾经在一起用豪情壮志战天斗地流过汗流过血的小李庄。恐怕真正的目的就是为了与老婆等一干人马故地重游，来寻找他们当年曾经有过的那场轰轰烈烈的爱情。毋庸置疑，老婆的这个老同学，当初从小李庄穿上新崭崭的军装去遥远的新疆当了兵，本该是几年以后要复员回来的。可是，由于他的父亲后来落实了政策，从一个泥手泥脚灰头土脸的车站搬运工人，一夜之间就摇身一变回到了遥远的他当年曾经工作的地方重新当上了领导。他当兵复员就自然而然也留在了他父母所在的那个地方参加了工作。后来成了家，有了老婆，有了孩子，有了自己的光景和事业。从此就与我的老婆，也就是曾经的同学、战友和恋人远隔两地杳无音信三十几年，现在，却突然有了联系，而且是马不停蹄地从千里远的地方赶回来相会了，我怎能时时处处像个灯泡似的跟其左右，他们讨厌不讨厌，烦恼不烦恼，我都觉得是不合适的。况且，今年下了这么大的一场雪，却要开着车去那么远的乡下，旅途劳顿担惊受怕，不是我这样安分守己谨小慎微的人所能承受的。

老婆早已看出我的顾虑畏惧和文人心理总是要装得斯斯文文的那点儿花花肠子里的小心眼儿。她指着身旁蜗牛似的慢吞吞驶过的小车说："人家那可是几百万元的越野车，也带着防滑链呢，就你的命贵，人家的小命都是粪土。"昨天晚上，从半岛酒店往回走的路上，我和老婆悄悄嘀咕着那个大美女导演会不会就是他的这个老同学的情妇。老婆说："人家可是有文化有素质的大导演呀！不过，大千世界无奇不有，现在一切皆有可能。"

我说："来的三个人，两男一女，包两个房间，怎么睡呢？"

老婆停住脚就推了我一把，说："你们这些文人呀，脑子里想的就是跟别人不一样，你管人家怎么睡哩，哪怕人家几个人挤在一个房间里睡，有你屁事！"

在一旁忙着玩雪的女儿说："明天就这天气还敢真的去那个曲里拐弯的乡下呀，要去你们去，反正我是不会去的。我明天开始要上班了，哪有时间跟着你们满世界胡跑呢，就是有时间，我也不会跟着他们去乡下拍什么电视剧,我看着就不像。"

我和老婆都没说话,可心里却都在想一个问题:他们真的是来拍摄电视剧的吗?

越野车在厚囊囊的雪地里艰难跋涉了一个多小时,才开到了小李庄村外的老柳树那儿停住。几个人眨巴着眼睛就是找不到进入村子的路。老柳树这儿原来是一个三岔路口,一条小土路通到村里,另外一条柏油马路可直通到公社。可是现在,老柳树这儿白茫茫一片的雪原上坐落着一个个蔬菜大棚,还新修起了一个预制板厂。偌大的预制板厂里空无一人,大门口的木栅栏门紧锁着,一条威风凛凛的大黄狗听见这静静的雪路上开来了轰隆隆的小汽车,就朝我们狂叫猛扑过来,好在那个摇摇欲坠的木栅栏大门阻止了它凶狠的狂扑猛叫。它叫了一会儿,最后终于慢慢停住了撕心裂肺的狂吠,但是,两只前爪抓在木栅栏上,依然张着血盆大口虎视眈眈与我们对峙着。

车子停下后,其他人都下去找人问路去了,我和开车的小伙子一边抽着烟,一边拉起了家常。我充分利用这个难得的机会,向他打问起了一些有关老婆这个老同学的情况。年轻司机一听我是想了解了解他们头儿的情况,便不假思索语速很快地介绍道:"你说我们的头儿啊,这你可问对人了,这些年,我一直跟着他,别说他干的那些轰轰烈烈的大事,就是那些鸡毛蒜皮的小事情我也了如指掌。"他说,"我们头儿那时候从老山前线回来,就复员转业进到一家银行工作,干了几年,觉得一天光替别人数钱没劲,就趁着当时的改革大潮下了海。先是开公司做买卖,倒腾一些钢材、汽车、家电之类的紧俏货,赚了不少钱,然后就承包了我们那儿老著名的一家大酒店,同时,还经营着一家洗浴中心和健身房。几年以后,又跑到乡下承包了一个乡镇煤矿……"

"好像就这些吧,从煤矿那儿赚了数也数不清的钱,从此他就洗手不干了,整天把自己关进郊外的一个别墅里开始写书,两三年写出了几十万字的小说,找了一家出版社自费给印出来,然后到处给人家签名送书,还捐给学校厂矿部队劳教所什么的图书馆阅览室,反正,谁要就给谁,就这样热热闹闹轰轰烈烈地十了一场,等冷静下来一想,还是觉得不过瘾,没劲。一天价不愁吃不愁穿,开上个奔驰车不是出入一些大学和文化单位,听听文学讲座,结交了一大批文化名人,就是整天泡在那些高档娱乐场所喝茶喝酒消遣聊天,没事无聊时,就到书店买书玩,一买就是一两万块,拉在车里到处兜风玩。爱人一瞧他是个有了钱变得疯疯癫癫的狂人,就跟他离了婚。从此,他就成了个孤家寡人,更是痴迷于文学书海不能自拔。后来,有人就告诉他,眼下电视剧这么火,为啥不把那小说改编成电视剧,让更多的人知道它了解它甚至是欣赏它呢。于是,他就自己费了九牛二虎的力气,又把它改编成了电视剧本,自己投资请人家来拍电视剧,那个女的就是他找来的导演,这不两人一拍即合就趁着大雪跑过来了。"年轻司机把烟头从车窗里扔出去,然后意味深长地说:"他这个人就是一根筋,不然哪儿找不到个雪景,还非要跑到这深山老林里?"

他讲这些话时,就像在背诵早已烂熟于心的个人简历,没有一丝一毫的思索和掩饰。听罢年轻司机快人快语绘声绘色的介绍,我才对这个富有传奇色彩的家伙有了进一步的了解。

过了很长时间,老婆才和那个女导演跌跌撞撞拉拉扯扯从老柳树前头走了回来,两个人被冻得急忙钻进车厢里哈着手取暖。

我问老婆:"你的老同学咋没回来?"

老婆说:"他在村里的一家老乡的热炕上等着我们哩。"

老婆的这个老同学找到的这家老乡,原来是生产队里的会计,两人拉谈了半天话,才彼此认了出来。原来他们当年都是年龄差不多大小的年轻娃娃,在庄子里插队时就在一起劳动过,现在,他正好当上了这个村里的主任。

小车拐弯抹角开到了他家的坡下停下车,一干人马就被这家主人的一家人热情地迎了上去。

就像歌里唱的那样,我们被请上热炕头,主人早已把煮好的米酒端上了炕,又是递烟,又是敬茶,主任还拧开一瓶子烧酒,主任的老婆麻利地给灶火里添了几把柴火,很快就炒了一锅子猪肉炖粉条给端到炕上,一家人那个热情劲真是没法说。

当听到这么多人来村里就是为了拍一个有关描写村子里的电视剧时，主任高兴得说话时的声音都变得有些结巴。他挥舞着笨拙的手势，在自己的大腿上拍了一下激动地说："真是连做梦都没敢想是要在咱这穷山沟里拍什么电视剧啊，幸亏这小村里出了你这个贵人呀！尔格，村子里没住几户人，回来过年的那些人过完年也都走了。不过不怕，等过几天，你们的大部队人马来了以后，我要把所有的村上人都叫回来，让男女老少都像以前过年那样，推磨滚碾，扫窑糊窗，家家户户贴窗花、挂灯笼、放鞭炮、扭秧歌，让全村老少重新过一回热热闹闹的丰收年，你们说咋相？"

众人齐声说好，然后就噼里啪啦拍开了手。作为这次难得的见面礼或是作为一种酬谢，老婆的这个老同学执意要拿出两千块钱给主任。主任一家推让着死活不收。几个人就是一番更加激烈的互相推让不止。最后，主任一家还是很不好意思地把那沓钱收下了。

等在主任家吃罢了热气腾腾的羊肉饸饹后，主任就带着我们去村里转了一圈。先是上到村里的打谷场上看了看早已废弃了的那几孔旧公窑。从前那个欢乐热闹的打谷场被皑皑白雪覆盖着，场子边缘处还放着一个早已不用的石碌碡。那些早年他们住过的窑洞，门窗早已腐朽变形，墙壁也脱落得露出泛着白色盐碱的石头。从黑洞洞的窗口望进去，土炕上和窑掌子里不是堆放些柴草杂物，就是放着一两口不知是谁家为老人做好的棺木。

我瞧见老婆和她的老同学见到这副凄凉破败的景象，都有些伤感。众人也都默默不语心情沉重地也像在替他们悼念已经逝去的苦难岁月。

过了半晌，那个女导演才颇为伤感地说："等将来拍摄夏天和秋天的丰收场面时，这儿还是要提前做一些准备的。"看着老婆和她的老同学疑惑不解地瞅着自己，女导演就嗔怪地说："你不是原则上想用原样原貌来反映那个时代的精神风貌嘛，否则，在摄影棚搭个外景，拍摄出来的效果不也是一样的吗？"

老婆的老同学哽咽地说："就是吃再大的苦，花再多的钱，也要呈现当年的原模原样。我力求展现的就是当年的原汁原味,这就是我自始至终为这部电视剧定下的基调和原则。"

接着,大家又跟随主任朝庄子后沟里走去。整个庄子里家家户户的窑洞屋舍和树木枯枝都被白雪装点成一片洁白的玉树琼阁。有的新箍的新窑洞里也没住人,门上都上着锁,院子里长着半人高的干枯的杂草。有的院落破败不堪,墙体坍塌,大门紧锁。看着这幅景象,主任就哈着白气伤感地说:"都走了,都外出揽工去了,尔格时兴叫甚打工,这和过去给人揽工是一样的嘛。谁还上山种地呢? 家里荒了,山上也都荒着,山上就连野兔野鸡那些野物都没有了,只有一个个新添的坟头。说句不好听的话,尔格就是死下了老人也没人抬埋呀!"走到后沟掌子里,主任说再不要进去了,沟里路难走,也没甚瞧头了。

老婆的老同学说:"我想爬上我们当初打的那个土坝看看。"

主任指着高高耸立在两座山之间的那个长满荒草和干枯的柠条的大土塄说:"你们就站在这儿瞧瞧吧,那就是全村男女老少花费了整整一年工夫打成的那个大土坝,那可是用两条人命换来的一个大坟堆呀!"

整个庄子都走马观花转过了一圈,就是没见到当年的那个小学校。老婆这才头一回开口问一直陪同的主任。主任一听是问小学校这句话,他的两只昏花的眼睛里立马就涌出了泪花,半晌,他才泣不成声地说:"塌了,死了六七个娃娃……后来,就与外村合并了。唉,都过去十几年了,还提它做甚! 一想起那个凄惨的场面,心里就难受啊,那场灾难真是揪着全村家家户户老老少少的心啊!"

没想到,老婆一路上唯一问的一句话,竟然掀开一段尘封已久的苦难而又悲惨的记忆,大家都默默不语,朝着大山塌陷下来的那个依然长着荒草覆盖着白雪的地方沉思不语。我瞧见老婆和老婆的老同学都难过地流下了眼泪。

过了一会儿,那个女导演说:"那将来拍摄小学校那些戏,就只好另外找一个院子代替了。"

老婆的老同学不假思索地说："那倒好说，那时的小学校，也只是个有着几孔窑洞的小院子，学生都是复式上课，每个学生都拿着自己家里的桌凳来上课，有的家里没有桌凳，就垒个石头墩子。将来随便找个院子都能代替得了。我现在担心的是，他们那一队摄制组被大雪堵在了路上，不知他们明后天是否能赶过来。如果现在拍摄外景，这片白雪覆盖的庄里庄外的这些雪景，是最美的拍摄场地啊！"

那个女导演说："按咱们早上的联系，他们已经动身了，我看明天应该会赶来的。"

主任一直把我们送到庄子外面的老柳树那儿。他指着庄子外面过去曾经一眼望不到头的弯弯曲曲的川道，说："这么好的川地，庄里人不会弄，就叫人家关中地里来的人承包去盖了大棚，又是种菜，又是种花，把那钱可挣美了。这边也是，叫城里人来给买走了，修了个楼板厂，一天价车水马龙好不热闹，可那钱都叫外乡人挣走了，而自家人却远走他乡，吃苦受罪挣几个下苦钱，唉，穷富都是命呀！"

我们告别了主任，都冻得手脚麻木的就钻进暖烘烘的汽车里，坐上车慢慢往回走。突然，老婆的老同学从副驾驶那儿扭转身问坐在后面的老婆："哎，我说老同学，你是否还记得咱们插队最后那年春节前的那场大雪？"

"记得，当然记得。"老婆显得很平淡地说。

老婆的老同学说："那天是腊月二十三，这个日子我是永远也不会忘掉的。那天，我们在公窑里分了红，准备第二天回城过年。谁知，那天夜里老天爷却偷偷地下起了雪。那些脖子上搭着旱烟袋子的农民，两只粗糙的手蘸着唾沫把分到的那几个钱，就着那盏昏黄的马灯顺着倒着不知要数上多少遍，才嘻嘻哈哈蜂拥着离开这个庄子里唯一的公众活动中心。一听说开始下雪了，我们几个知青害怕得要命，他们却高兴得要命。都是农民嘛，有了一亩三分地，有了老婆孩子热炕头，现在又有了手里数来数去的那几个钱，晚上不知要高兴地闹腾成个什么样子。他们早就盼着能下场大雪，滋润大地瑞雪兆丰年那都是哄人的屁话，他们唯一想的就是第二天早上能够安安静静睡个好觉。哈哈哈,这就是可怜的农民啊!"

老婆的老同学给司机和我各撂了一根烟,也给自己点了一根,车厢里马上就烟雾大罩起来。那个女导演轻轻地咳嗽了两声,司机就打开了天窗。女导演又咳嗽了一声,接着又是一声,女导演催促道:"你怎么不往下讲了,是不是故意吊别人的胃口呀?到底下了大雪你们是怎么样的?"

老婆的老同学急忙把那根烟快速地抽完,把烟蒂撂出窗外,清了清嗓子,接着说:"说啥呢,只好走呗,再能有什么好办法呢,村子里我是一分钟都不想待了。第二天一大早,我就揣着生产队分给我的那几十块钱,告别了老饲养员和那个整天臭烘烘的老公窑,我们俩就只好冒着漫天纷纷扬扬的大雪踩着齐脚腕子一样厚的积雪开始往县城走。那时没车,连自行车也是一种非常奢侈的稀罕东西。"

那个女导演问:"怎么才分那么一点儿钱?"

老婆的老同学说:"你年龄小,不知道那个年月的陕北农村穷得很啊!虽然我们这一批是最后一批插队知青,但是,那时候仍然很穷啊,每一个工才可分得三毛钱。你算算,一年也就几十块钱。就这点儿钱,那晚上跟饲养员睡在一孔窑洞里,我还在被窝里偷偷数了好几遍哩,嘻嘻。"

那个女导演笑着说:"真是没出息,那点儿钱就激动得偷偷数了多少遍,现在你的钱恐怕一年半载都数不完吧。快接着往下讲!"

老婆的老同学不好意思地说:"再往下讲,那就要讲到那场不大不小的受伤了。"他说着就干咳了两声,然后说,"我们就步行踩着厚厚的积雪往回走。那场雪就像这雪一样大一样厚。我一边走着,一边还兴高采烈地在雪地上滑着冰,还一跳一跳地够着道旁的树枝玩。谁知,一不小心就滑落到公路边的水渠里。这一下跌得我的腰腿疼得动不了了。幸亏是我的这个老同学把我从一人多高的水渠里背上公路。我躺在雪地里疼得直叫唤。看来走是走不动了,我们希望能挡一辆过路车把我们捎到县城。可是那个时候汽车本来就少,加上临年腊月又下着这么大的雪,哪会有什么车呀!哎,你还别说,等了一顿饭的工夫,还真的终于等来了一辆拉煤的解放牌汽车。那车倒是停下来问我们去哪儿？我们说是进城。人家司机指着驾驶室和装得满满的一车煤说：'驾驶室里坐不下，煤上头又不敢让你们做。'说着开动汽车就要走。就在这时候，就是我的这位老同学站在路当中，把那汽车拦住，用几乎是哭泣的口气向他哀求道：'你行行好吧，我们是插队的知青，现在生产队放了假，遇到这个鬼天气，现在，他的腰腿又受了伤不能走路了，就求求你吧！'就这样求了人家老半天，那个黑脸司机最后还是踩了一脚油门把车开走了……"

讲到这儿，车厢里谁都不说话了，静得出奇，只听见汽车发动机突突突地响着。就这样静静地过了好一阵，还是那个女导演又开口催问道："那最后呢？你们是咋样回到家的？"

老婆的老同学把身子转向前头，谁也没瞧低声说了句："你去问她吧。"

那个女导演就把头转向老婆，等着她接着往下讲。

老婆看了看女导演期待的目光，也看了看我的表情，似乎在心里揣摩我此时此刻听了这个从未听过的故事的反应。

我仍然装出一副毫不在乎洗耳恭听的样子也等着她把这个故事讲下去。

老婆似乎在心里斟酌了好长时间准备要说的话，最后，她只是轻描淡写地说了句："有什么办法呢，一路上只好背着他走，累得实在不行了，就扶着他慢慢走。就这样，直到晚上掌灯时分，我们才又饿又累回到了家。"

女导演瞪着大大的眼睛惊诧地问："他是个人高马大的小伙子，你咋样能背得动啊？"

老婆说："虽然长得高大，但是，那时候瘦得就像个干猴，我倒长得高大，又胖又有力气。"

众人听罢，都哈哈地笑了起来……

晚上回到家，女儿问的第一句话就是："你们风风火火去了一趟乡下，有什么感受呀?"女儿说她今天在网上看到一条消息,说有个自称是一个拍摄电视剧的骗子,骗取了人家一个村子里十几万元的钱财。

我和老婆听了女儿的后一句话就觉得好笑,但是对女儿说的"感受",还真的为此陷入了深深的沉思。

老婆一路上没说几句话,只是跟那个女导演互相搀扶着在村子的崎岖不平的雪地里好奇地跑上跑下。我知道老婆对曾经插过队的这个村子并没有多少美好或刻骨铭心的记忆。因为在我们结婚这么多年的时间里,她几乎不愿意谈及与那段历史相关的任何事情。在那个年代里,她在一种无依无靠、无能为力的境遇下,在那个遥远的小村庄里生活了整整三年,最后才被招工到县城的学校里教上了书,有了一个在别人看起来十分体面的工作。从此,她就再不愿意回首那段艰难困苦的记忆。在往后几十年的时间里,她再没有回过那个地方一次,哪怕是春夏秋冬的任何一个季节她都没有再回去过。她不想,也不敢想象她再次回到那个小村子里看到的任何一个地方,看到任何一个熟悉的景物,甚至是一张熟悉的面孔,她的精神是否能够承受得住。这次倒是勉强跟着曾经在同一个战壕里战斗过的战友一同前往,她还是尽量克制着自己对那个村庄难以名状的复杂的矛盾心理和复杂的情感纠葛,用心用整个精神在承受。三年的时间里,她天天要起早贪黑肩挑背扛汗流浃背地上山劳动,收工后还得自己烟熏火燎地烧火做饭,庄子里的山山水水沟沟洼洼每一家院落每一条小路,她闭着眼睛都能摸到。在孤零零的煤油灯下熬过的那些难熬的日子,只有眼泪和叹息还永远残留在记忆的深处。这也可能就是她最后不愿意接受她的老同学所传递给她的爱情的唯一理由吧。我这么想,如果她当年接受了她的老同学从部队战斗的前线寄给她的那封饱蘸着他们用汗水和友谊所凝结成的充满爱恋的所谓情书,和那件还保存着她的战友体温的红色羊毛衫,那么,我们之间的历史就应该是另外一种结局了。

老婆看着我仍然像今天一整天里所表现出的闷闷不乐和缄默不语,于是便说:"你像个随行记者或像个观察员跟上跑了一天,这下可搜集到了难

得的素材了吧,下一步是不是可以写一篇货真价实的小说了?"

我沉思了片刻说:"但是,故事交代得还不够彻底完整,情节还有些简单粗糙,不过,内涵还是蛮深刻丰富的嘛!"

2014 年 2 月 23 日

让 鸡 蛋 飞

临近腊月，才落下入冬的第一场雪。雪开始下得不大，到了黄昏才越下越大。转眼的工夫，满世界可就白了。翠莲在大门外的畔上照了几回，天黑了有雪映照着，一条沟里乌青色的雪路上哪有个人影？回到窑里就给灶火里添了两把玉米秆子，锅里就慢慢吵吵嚷嚷起来了，她就开始擀那块豌豆杂面。

军军和兵兵在鸡棚屋檐下的空地上玩着纸宝，一人手里攥着一沓纸宝，你一下我一下，眼睁得牛眼似的瞅着地上的纸宝使着吃奶劲往过打。军军的牛皮纸宝劲大，一连赢了兵兵的几个用报纸叠的纸宝。兵兵眼圈都红了，脸上的黑水冒着热气直往下淌。兵兵终于拿出了他的看家宝，他把一个又大又厚的纸宝下到地上，还狠劲地踩了几脚，纸宝上一个黑体的王字就沾了一块泥。军军让兵兵把纸宝上的泥土拿掉，兵兵不拿，得胜的军军仍然不依不饶，眼看就要败下阵来的兵兵明知理亏却毫不示弱，还不时用拳头蹭两下鼻子，然后，用双肘往上提下老往下坠的厚棉裤，眼睛却死盯着军军手里的那些纸宝。弟兄两个你一句我一句的争吵声，引来了窑里翠莲的几声响亮的咒骂稍作停顿，兵兵就催促军军快开始，兵兵已经迫不及待等着翻本，而军军眼盯着地上的纸宝，示意兵兵把纸宝打扫干净就开始。兵兵不理，争吵便继续开始。翠莲挑帘跑着出来就给了两人一人一个嘴巴，争吵顿时停止，哭泣声却又响起。

翠莲打了两个儿子，然后擤了一把鼻涕，手在围裙上胡乱擦了两把，骂声才出来："两个死小子不知大人的死活，耍个纸宝挣甚命哩？你爸爸到这会儿还没回来，是狼吃了还是叫狗啃了，你们就解不开个急躁？"翠莲骂完就搂了鸡棚下的干柴快步进了窑。雪地里的脚印凌乱地排列到窑门口,黑布门帘被风吹得撩了几下才扑踏在门槛上,烟囱里立马就冒出了一股白色的浓烟。

明娃直到很晚才回来。翠莲听到了响声就出去了。蹦蹦车在雪地上打着滑被翠莲喊叫着猛推了一把,蹦蹦车冒了一股黑烟就进到大门里熄了火。

翠莲眼瞅着明娃醉醺醺的样儿,就劈头盖脸八辈祖宗地骂开了:"你的耳朵让驴毛塞了还是怎的?中午我打电话给你怎说的?说腊月小芳要结婚,出嫁时再穷也得给陪个家具家电什么的吧!小芳不是你生的,你不亲我还亲哩!再说,房租也快到期了,马婶就是不追着要,咱也不好意思再拖到明年呀!我就不晓得,那二成对你有什么好,那么好那年咱们要办鸡场跟他借钱,他推来推去最后就是没借咱一毛钱,你倒好,反倒一下子把三万块钱全借给了他,怪不得这几天二成的婆姨老在咱们的摊子前转悠,原来是早就串通好的来气我!嗯?"翠莲的叫骂声一声比一声高,一声比一声大,空朗朗的窑洞里就响着嗡嗡的混响。

明娃跛着脚在水缸里舀水洗了把脸,就斜靠在沙发上眯缝着眼睛一口一口抽起了烟,仿佛似睡非睡什么也没听见。两个小子窝在炕上你捅一下我踢一脚互相骚扰不止。电视上正播放着港台电视剧,一个男人裹了浴巾从卫生间出来,床上躺着一个袒胸露乳的胖女人,胖女人俗不可耐地催促道:"达令,你磨蹭啥呀,快点儿来呀!"尽管声音很小,但谁都听见了。啪的一声翠莲两步走过来关了电视,胖女人的浪声戛然而止,亮光光的电视画面蓦地缩成了黑屏,窑里顿时漆黑一片。

就在这时,门外就响起扑踏扑踏的脚步声,随着脚步声越来越近,一个老女人的声音就亮格呱呱地传进窑里:"明娃家的可真是会过日子啊,黑灯瞎火地节省灯油哩还是咋价?"话音才落,门就被推开了,进来的是房东马婶。

马婶的到来,翠莲是早已料想到的。只要是有个下雨下雪什么风吹草动的,马婶就肯定要来瞧瞧的,何况,刚才翠莲又明抓抓地叫骂了一阵明娃。

马婶的耳朵不背反倒好使,一听见吵闹声,哪怕是勺子在炒锅上刮得声大,还是给墙上钉了个楔子,只要有个什么响动,马婶肯定要来瞧瞧的,瞧钉子钉在哪儿了,锅里炖的什么菜呀,吵嚷是为啥,下雨漏水了没,下雪最怕是把房顶压塌。所以,听到脚步声,翠莲就晓得来的肯定是马婶。刚把灯拉着,这马婶顶着一头的雪就进来了。

"没事的,几天没来啦,过来瞧瞧。咋,没瞧电视?那电视上康熙爷又发火了,吴三桂又反了,咯咯咯。"马婶说着就走到锅台跟前,把手伸到石锅盖上温着。

"马婶,您老不来也晓得哩,明娃才回来,明儿一早,房顶上的雪非扫下来不可,我们也怕石棉瓦砸下来压着鸡,那几百只鸡可是我们一家的命根子呀!"翠莲也炒豆似的又说又笑。

"没事的,我是说,这快到年跟前了,什么都在涨价,豆腐又涨了一毛,猪肉一涨就是一块,还有黄瓜豆角都涨得没样儿了,我寻思鸡蛋也该涨了吧?!"马婶说着,故意诡秘地朝翠莲笑笑。

"哦,晓得的,听说前面的白家和刘家的房租都涨了,我俩也说过的,要不是今天明娃把钱都取来借给了二成家的,今天就能给您老,就因为这事,我还正跟他吵呢。不过,过几天交房租时,会补上的,会补上的!"翠莲笑容可掬还生怕笑得不够,于是,故意把笑的声音拖得很长很响直到一口气用完才收住。

"没事的,没事的。二成家也是的,二成从建筑工地上摔下来摔断了腿,都做过了一次手术没做好,听说尔格又要做第二回,折腾来折腾去,可这以后的日子咋过呀!我瞧见二成家的这两天疯了似的满世界跑,还不是为二成做第二回手术忙着到处借钱呀。唉!"马婶说完这话,才把手从石锅盖上挪开,两脚挪动着走了出去。

马婶其实并不老,却故意装出一副年迈苍老的样子,一年四季从早到晚走东家串西家,就怕谁家有嘛子事情她不晓得。走到张家,张家给她切了块西瓜,她吃着还要流着口水说上句:"这瓜不甜,一瞧就晓得是在坡底下的驴拉车上买的,那卖西瓜的就怕到菜市场要收管理费呢。"又到了李家,李家又让吃脆枣,她吃着枣子,塌陷的嘴里嗑着核儿还说:"今年枣儿虫多,枣农怕打药费钱。嘿嘿。"临走时,还不忘粗糙的手里抓上几个在衣襟上一边擦着一边笑呵呵地走了。马婶的老伴是面粉厂的老职工,打"文化大革命"面粉厂上马时,就在厂子里上班,从那年右手的指头在机子里打断以后,就一直在家吃劳保。那年,这战备库职工宿舍公开拍卖,老两口就买了几孔窑洞打赁收房租,日子也就过得酸不拉唧有滋有味。

第二天,明娃早早起来就把鸡棚上的雪扫下来,都堆在了院子里的老枣树下。

军军和兵兵还用铁铲子拍打着给雪堆插上石炭和辣椒堆成个小雪人,然后,两个又在堆成的雪人旁边玩起了纸宝。

太阳才照到烟囱上,垴畔后面的山崖上就蹲了一只老鹰朝下瞧,鸡棚里的鸡没瞧见,却跟上隔壁邻居家的鸡们惊叫成一片。

明娃把最后一车鸡粪倒到了坡下,放下车子就拾起块土坷垃,两条腿一跛一跛跑了两步嗖的一下扔了上去,老鹰动都没动一下,窑檐上的一根二尺多长的冰锥子就给砸下来了。军军和兵兵飞也似的跑去抢,又是一番你争我夺。翠莲跑出来给了一人一个巴掌,巴掌打得一模一样响,谁也听不来偏了谁或向了谁。哭号声顿起,鸡棚里的鸡却吓得不叫了。明娃正开始给蹦蹦车上装鸡蛋,见两个小祖宗哭了,用小眼睛狠狠地瞪着翠莲,翠莲擤了鼻涕抹在了窑腿上,连瞧都没瞧明娃一眼就回窑了。明娃表示完愤怒就又开始收拾出摊子的板凳和台秤,然后又拿了一包花花绿绿的塑料袋塞进车子里。

就在这时,二成的婆姨来了。二成婆姨一条巷子走过来,好像丝毫没跟谁搭过腔,否则就不会人站到院子里才晓得。

翠莲听见是二成婆姨来了,只是用沾着面的手背抹了两下头发,还用小拇指的指甲把眼角的眼屎慌忙拨拉掉,她不想让二成婆姨瞧见她的邋里邋遢相。翠莲出去头一眼瞧见二成婆姨还是穿着那件灰白色羽绒服,围了一条红围巾,一双黑线手套脱下来拿在手上。二成婆姨名是叫莎莎的,可翠莲从一开始认识莎莎就觉得这个名字太拗口,干脆就直呼她二成婆姨。

二成婆姨见是翠莲出来相应,于是就笑吟吟地说道:"还是嫂子会过日子,瞧这院里收拾得多利索呀!"二成婆姨毕竟是城里人,说话声不大,笑得也很得体。

翠莲把牙上糊着的一片韭菜叶挑下来一个兰花指弹在了地上,忙说:"快别襄人啦,一天价忙这忙那没个消停,快快窑里坐!"翠莲的大嗓门吆喝着,撩起门帘让二成婆姨进。

二成婆姨瞧见明娃躲在鸡棚里悄悄朝她摆手,意思好像是说不要进去,啥也别说快走!二成婆姨似乎明白了明娃的意思,于是就站在那里,两只娇小的红皮靴连动都没动,只是笑格吟吟地说:"不啦,还怕耽搁了你们的营生哩!就是想来说一说,昨天借了你家的钱,晚上二成的手术都做过了,专家是外地请来的,估计到年跟前就能下地了。所以,那些钱嘛,过几天保险公司的赔付款下来就还给你们,不会耽误你家小芳结婚的事。"二成婆姨一边慢条斯理地说着,一边还捎带着把翠莲从头到脚打量了一遍:新烫过的头发、新文的眉、新漂的唇,一件红毛衣罩住了腔子上那两疙瘩厚墩墩的肉,一条明光光的紧身裤裹在了硕大的臀部和粗壮的腿上,脚上是一双红得耀眼的棉拖鞋,拖鞋上还明显留有饭渣子掉上去干结后的印记。这种城里人不喜欢的农村红,反倒是二成婆姨这个城里人最喜欢的颜色。可是,像翠莲这样的乡下女人穿上就有点儿妖艳。当然,二成婆姨瞧不起的还有这些乡下人进城以后脸上经常搽抹得厚囊囊的这个粉那个霜,还有乡下人说话的大嗓门和踢腿摆手的大动作,还有这些乡下女人矫揉造作的忸怩样儿和夸张表情。

翠莲见二成婆姨并没有要进去说话的意思就慢慢放下门帘,手有意在门帘上拨拉了两下,黑布门帘上反倒有了些白手印。"没事的,前几天明娃就给我说过的,昨天我就让明娃把卡里的钱取了给你,没想到,这么快手术就做好了,明娃这两天就来瞧他!"翠莲一直把二成婆姨送到了大门外,还学着城里人的样子，说了声："慢走！你走好，有空再来啊！"

二成婆姨走了，二成的婆姨走路很好看。二成的婆姨走时，戴上了手套，而且还把围巾甩到了后背上，那一点儿红就飘忽忽地走远了。

在翠莲眼里，二成婆姨和她之间有一种永远也不可接近的距离或障碍。到底是什么，她也说不清楚。她想，人家二成婆姨是城里人，骨子里就具有乡下人咋学都学不来的涵养和气质。你瞧人家那穿着打扮，再瞧人家的言谈举止，哪像家里有病人的样子和神情？记得她和明娃结婚的那天晚上，二成婆姨喝了两大杯啤酒，跟她说了许多的话，从城里说到乡下，又从乡下说到城里。那时候，她才晓得人家城里娃娃从小的时候，就用袋装的海鸥洗发膏洗头，还用海壳油搽脸，天天晚上还洗脚，睡觉还穿裤衩，从小都没见过虱子是个什么样子！哪像她，长大后能用上洗衣粉洗头就蛮不错了，哪能天天洗脚，过年时，才用煮萝卜水洗一次脚，头上的虱子多得没法数。至于裤衩，那还是慢慢长大后才开始穿的。记得小时候，有一次哭闹着让大人拿花布缝上松紧做成裙子，美得光着屁股穿上就爬到枣树上摘枣儿吃，她拽住树枝猛地一摇，哗的一声，红了盖盖的枣儿就像冰雹似的落了一地，底下的猴小子碎女子们没人捡枣儿吃，却都傻乎乎地仰头朝她瞧，原来是一股风吹起了她的裙子，一个全新的世界就暴露在了外面，谁还有心思吃那枣儿，咯咯咯……这些都是结婚那晚上，她跟二成婆姨悄悄说的，记得她说完后，她们两个就笑得前仰后合死去活来，连眼泪都流下来了。那天晚上是她俩说得最多的一次话。这几年这些鸡就把人累住了，谁还有时间再说这样的淡话呢！再说，他二成两口子下岗后，二成在建筑工地上做钢筋工，二成婆姨也时不时给一家幼儿园里做校工，就再没有一起好好说过这样的话了。人家今天这样礼节性地来走一走，虽然是空着两手，却把话说清楚了，你还得赔笑尽说自己的不是。唉，你这个马婶呀，什么话叫你听了也藏不过一天呀！当初成全我们的是你马婶，现在横插一杠子的也是你马婶，你是男人的话，肯定不是程咬金就个萧何！

明娃前去看二成已是几天后的一个晚上。本来说好只明娃一个人去，而且是什么也不拿,只让明娃怀里揣了　百块钱,而且翠莲还给他都换成了零票子。这是翠莲的意思。翠莲是这么想的:一是明娃和二成从小打娃娃耍大,明娃去了哥俩啥话都能说。如果她和明娃一块去,拿的少了拿不出手,拿的多了也拿不出呀。二是明娃拿了饼干罐头奶粉之类的东西肯定得放下吧,人家那腿有伤,而那肠胃又没毛病,非得吃你这些营养品!如果拿上一百块钱而且还是零票子,二成有可能不接或者还有可能少接一些。所以明娃按照翠莲的安排就一个人去了。刚走到医院门口,明娃就听见翠莲在马路对面扯着嗓子朝他喊,等翠莲气喘吁吁跑过来他才瞧见,翠莲手里提了一塑料袋苹果,额头上的汗珠子在路灯下显得明光灿烂。

翠莲上气不接下气地对明娃说:"想来想去还是跑来了。一是你一个人黑灯瞎火的我不放心;二是你拿了钱,人家不一定会收,还是拿些苹果好,又有营养又解渴。"

明娃瞅了眼翠莲,说:"什么一呀二的,你黑灯瞎火地跑来,还不是一为省那两个钱,二还是为了省那两个钱。你瞧那苹果,咱家地窖里的都比这强!哼!"明娃说完气恼地走出了医院大门。

过了腊月,街上的人反倒多了起来。外头上学的、打工的和闲逛的都回来了,熙熙攘攘的人流中就多了些时尚的色彩和陌生的面孔。年的气息和年的味道,促使人们把大把大把的人民币从五颜六色的衣服里掏出来,像雪片一样撒到了这儿又撒到了那儿,然后又从这个商场到那个超市,来来回回在马路中间从堆成雪堆的隔离带上反复地跨越,膨胀的心里终于在五颜六色的年货里得到了满足。

明娃只要是一没有了顾客,他就筒在棉大衣袖口里暖手,眼前的色彩营养了眼睛,丰富的气息反倒刺激了感官,还有近乎爆炸的音乐,似乎也能把冷冻减缓,唯独手还是冰冷难耐,好长时间都没有摸过翠莲那丰满的身子了,手里丰满的感觉就没有了肉体的温存,却只有臭烘烘钱币的味道。这些天,除过要满足超市和那几家饭馆的供应外,摊子上的销路也是平常的好几倍,不但下雪前的存货都已经送完了,这些天的产量已远远不能满足人们时下疯狂的购买力。到这会儿,车厢里就只剩下了两板烂鸡蛋。凭明娃的经验,要打发这种货,对象你可得选择好。年轻一点儿的你问都别问,干部老板那样的派头你更是别搭理他,要是老太太过来你可千万别放过。果然,有位老太太在一个如花似玉的小姑娘搀扶下从豆腐摊那边走了过来,明娃刚想上去打招呼,可人家瞧都没往这边瞧就走过去了。又有一位更老一点儿的老太太提着翠绿的芹菜和红皮的洋葱走过来,明娃就指着车里的烂鸡蛋朝人家吆喝,那老太太连连摆手说自己家的鸡下的蛋也吃不完。明娃懊丧地又退回到车后,双手又筒在那件军用黄棉大衣袖子里,眼睁得牛眼似的在来来往往的人流中寻觅。过了一会儿,明娃终于瞧见了从那边走过来的马婶……

早饭一吃毕,翠莲喂过了鸡,收过了蛋,就忙着为小芳缝出嫁的被褥。一盘大炕上,堆满了簇新的网套和被面被里。还没等铺陈好,小芳就来了。军军和兵兵在翠莲的咒骂下才写了一会儿作业,这阵又偷偷地玩起了纸宝。他俩瞧见是姐姐来了,都拥到窑里抢着翻姐姐的包,看姐姐有没有带来什么好吃的。没几下,塑料袋就被撕开了,一堆花生、橘子、冰糖葫芦就都露出来了,他俩还是不约而同拿着冰糖葫芦跑出了门。

小芳每次回家都是要等明娃不在家的时候才回来,每次回家又都要带来一些好东西给母亲和两个小弟弟吃,唯独从没有给爸爸明娃买过什么。十年来,她没叫过明娃一声爸。那时候,明娃刚来到她家,十二岁的她见家里突然多了一个陌生的男人,她咬牙忍耐了几年都没习惯把这个男人当成她家里的一个人。对这个陌生的男人她无法接纳,让她叫这个陌生的男人是爸,她就更无法接受。无论母亲无数次的责骂,还是这个被公认的父亲、这个陌生男人咋样的献爱心献殷勤,还是这个陌生男人为这个家整天埋头苦干勤恳劳作,腰都累弯了,头发都熬白了,她瞧在眼里,也都记在心里,但她就是无法接受。后来初中一毕业,她就到宾馆当了服务员,从此就一直吃住在宾馆。

翠莲和小芳好容易把一床大被子横卷着翻过来,两人这才长吁了一口气，又开始做起了引线。忽听得鸡棚里鸡咯咯咕咕叫，接着就是一个老女人的声音："瞧人家明娃家的把这院子收拾得多利索呀！这就是新搭的鸡棚子，这砖块木料都是咱家的，石棉瓦也是咱家买的，人家明娃心灵手巧学啥会啥，几天这大的鸡棚就搭好了。咯咯咯，这会儿都能见上利啦！"说话的是马婶，但是跟马婶说话的就不晓得是谁？

等翠莲跐上鞋跑出去，才瞧见马婶正领着一个陌生男人参观鸡舍呢。这个男人昨天她打扫卫生时就见过，当时翠莲见这个穿戴不俗的高个子男人扛了两个大包进了马婶家的大门，她还以为又是什么领导年前来访贫问苦哩。又一想，觉得不对劲，好像以前不管什么领导下来，都是一帮子人前呼后拥着，照相的、写东西的、提东西的喽啰跟着一大溜，哪有领导自个儿扛上东西来的！翠莲想这个人肯定不是领导，至于是谁，她忙着别的事，也就再没咋想。没想到，这个阔绰帅气的男人今天却上了她的门，真叫她有点儿受宠若惊的感觉。

马婶领着那人从鸡棚里出来，马婶笑呵呵地就主动给翠莲介绍道："偷着瞧哩，可没偷什么啊！咯咯咯，没见过吧，以前好像说过的，这就是我那大儿子，昨天才从广州回来，说是什么怀旧，就要上来看看。这就是明娃家的，踢出打里是个利索女人！"马婶互相介绍着还捎带着把翠莲夸了夸。

翠莲本来就被马婶那两句说得在生人面前怪不好意思起来，更叫翠莲不好意思的是马婶儿子的那双大眼睛，像探照灯似的在她身上来回扫了几圈，最后就落在翠莲的腔子上不动了。翠莲腔子上的那两疙瘩肉好像被人把玩了几下似的，霎时变得奇痒难忍，她不得不背转身朝两个打纸宝的儿子吼叫道："还不回去写作业，操心你爸爸回来捶你们！"

马婶忙说："明娃还没回来？他把剩下的烂鸡蛋给了我就开着机子走了。咋，怕是又去瞧二成了吧！"马婶说完就让儿子跟翠莲打过招呼笑呵呵地走了。

明娃果然是去医院瞧二成的，这已是他第三回来瞧二成。前两回他偷着塞给二成一百块钱，还拿了一袋子饼干和罐头，二成说他又不是猴娃娃婆姨价的,拿这些东西瞎费钱哩!这回明娃却提了一袋子猪头肉和一瓶子烧酒来瞧二成。虽然医生护士不让喝,哥俩还是趁着医生护士和二成婆姨都不在病房就偷偷地喝起来。

明娃和二成是从小耍大的同学,人家二成高中一毕业就顶班进了粮站。而明娃从小老实憨厚脚又跛,所以毕业后只能回村里务弄那几亩薄地。明娃的村子在县城的东沟里,从县城顺着东沟的土路一直走到头便就到了他家,三座山夹着两条沟,山上零散住着十几户人家,十几户人家里就有十几个光棍,明娃家穷弟兄多而且自己腿又有毛病,老实巴交的明娃怎能逃脱跟他们一样的命运呢?几年里,有人也说过南沟的两个不是太上相的女人,一条土路算是叫媒人乖哄着走到了庄上,可一抬头瞧见山峁上长着老椿树的土崖那儿的几个土窑窑就是她们要找寻的家,都摇头摆手说那窑是金箍子做成的金钵子她也不想住就跟他拜拜了。眼看快三十的那年春上,明娃拉了一车子槐树枝干柴给二成家送去,在二成家里见到了来串门的马婶,马婶说她娘家村上有个叫狗栓的后生,因抢人家的钱包,用刀子捅死一个女大学生,听说前年在武汉那儿给枪毙了,撂下个年轻的婆姨和一双儿女无依无靠哭皇天哩。马婶说她虽然没见过狗栓的婆姨,但听人说那婆姨人高马大,做家务也没麻达。二成两口子一听这话脸上立马就乐开了花,问明娃你看咋相?明娃嘴里的口水不断头地往下流,而他只是用粗糙的手抹着湿溻溻的嘴角光憨笑不言传。其实,还没费了牲口市上买骡马牛驴那样的周折,把事情就给说成了。翠莲只提出有两三万块前夫做生意拉下的饥荒,明娃拍着胸脯爽快地就给答应下来。为了这个老婆,明娃偷偷向二成伸手借了三万块钱。几天后,翠莲跟上明娃回了回家,只将就着在乡下土窑的土炕上睡了一个晚上就跑回了城里,翠莲把头摇得就像拨浪鼓,发誓说就是在城里饿死也再不回那个威虎山了。于是,马婶就借故打发了原先做凉皮的房客,让他们住在了这后边窑里。明娃起早贪黑蹬三轮搞搬运跑集头做小买卖,挣得几个小钱养家糊口,一家人日子过得倒也有滋有味。前年开春的一天,明娃对马婶说:"这边窑空地这儿能盖个大棚子,能办个养鸡场。"马婶瞅着明娃一本正经的样子当下就点头答应了。

明娃把酒瓶里剩的一点儿酒一口喝了个底朝天,然后拍着胸脯对二成说:"还给你的那三万块钱,给你婆姨一定说清楚,千万再不要给我了!事情总得要了结的,不要怕,有什么事,有我明娃哩!"二成瞧见明娃脸红了反倒精神焕发,戴上棉帽子穿上黄棉大衣就更像杨子荣了。

马婶的儿子没事就来翠莲家串门,一来二往也就都成熟人了。马婶的儿子来了就给翠莲学说外面的事情。说广州人多,说广州楼高,说广州的繁华,也说广州的吃喝和广州人的文化生活、物质生活、精神生活。马婶的儿子说,在广州享受是第一,工作才是第二。吃顿饭,看场电影,或是跳跳舞唱唱歌逛逛街喝喝茶,花上个千儿八百的,就像咱这儿花了个几毛几块钱一样,眼睛连眨都不眨一下。他老婆,他说在那边是叫太太的。他太太一个月光买衣服就要花几千块,还不带外出吃饭、游玩、看电影、朋友聚会和私家车的花费。你知道吃顿龙虎斗要多少钱?你知道看场电影多少钱?那天请朋友看《让子弹飞》,他就花了几千块!

翠莲做着针线活,听着马婶儿子绘声绘色的夸夸其谈,翠莲的眼前出现的就不只是这些红红绿绿被面床单的颜色,而是一个广大无边的花花世界,那里要什么有什么,要多快活就有多快活。

等马婶沙哑的叫声在大门外响起,马婶的儿子才收住了正在兴头上的话,说上声"拜拜"就走了。

马婶的儿子一走,军军就说:"马奶奶儿子的普通话比我们语文老师说得好得多!"

兵兵却说:"人家马奶奶的儿子长得就像《包青天》里的展昭,能文能武!"

第二天,马婶的儿子又来了,翠莲就把昨天军军和兵兵说的话对马婶的儿子说了。马婶的儿子听后笑得前仰后合,说:"我如果像展昭,那你就像杨贵妃!知道不?在唐朝,女人胖了才算美啊!所以,老先人在造字时就把美字写成是羊大为美啊!"

军军停住了写作业,眨着眼睛说:"不对啊,展昭是宋朝的,杨贵妃是唐朝的呀!"

马婶的儿子却说:"都挨着的,唐宋嘛!哈哈哈。"

才没说了几句话,马婶就又来了。马婶对儿子说:"我是来借抿节儿床子的,家里的水管冻坏了,你爸爸已到河里担两回水了,你还不去瞧瞧!"马婶的儿子这才不得不道了声"拜拜"走了。

等马婶的儿子走了以后,马婶才唉声叹气地对翠莲说:"我这个儿啊就是长不大,你瞧三十几岁的人啦,至今不成个家,还不让说,一说就烦。"

翠莲说:"他说他广州有太太呀。"

马婶说:"有个屁!整天瞎逛荡,自个儿也养活不了,还常跟家里要钱,哪来的太太!几年没回来,这回就带了几包子旧衣服回来,还今天想吃个抿节儿,明天又想吃个洋芋擦擦,哼!"

眼瞅着小芳结婚的日子近了,二成家的钱还没有个影儿,翠莲一说起这事,明娃就朝她光瞪眼不言传。

这天早上一起来天就阴着,不一会儿就飘起了雪花。明娃跛脚跑得快快地倒完了鸡粪,就又开始收拾准备出摊子。蹦蹦车上的鸡蛋摞得比车厢都高了还在往上摞。就在这时,二成婆姨来了。

还在门台上刷牙的翠莲拿围裙擦了两把嘴角的白沫子,就招呼二成婆姨回窑里坐。

二成婆姨说:"我是来还那三万块钱的,真是不好意思!"说着就从挎着的包里拿出了一个纸包。

翠莲手在围裙上擦了下刚准备接,却被明娃几步跑过来一把夺了过去。

翠莲说:"这是预备给小芳结婚和交房租的钱,拿来!"说着一把又抢过来。

明娃:"这是还人家二成家的钱,你给我拿来!"

翠莲说:"怎是还人家的?明明是人家二成家借我们的!"

明娃说:"明明是我借人家二成家的,那时我没有这三万块钱你能跟了我？我那时要是有三万块钱，我还怕闹不下个婆姨？就是因为我没钱，就是因为我窝囊，我这个瞎猫碰上你这个死老鼠，才不得不从人家二成家里借了这三万块钱，才找了你这个婆姨啊！"

翠莲说："好啊，你这个龟小子明娃，哦，原来是你小子哄骗了老娘十来年，老娘今天跟你小子没个完！"翠莲哭骂着又把钱抢过去，明娃又夺过去。两人抢来夺去，那钱就撕扯得撒了一地。接着两人就打了起来。

二成婆姨上去拉翠莲。军军和兵兵也撂下纸宝上来哭叫着拉妈妈。翠莲脸上就挨了明娃一巴掌。翠莲也踢了明娃一脚，红拖鞋也给踢到了蹦蹦车底下。

上院的吵闹声惊动了周围的邻居，大门口立马就聚了一堆人。马婶和马婶的儿子挤进来。

翠莲捂着脸扯开嗓子叫骂着，她突然想起了什么，抓起车上的鸡蛋就往明娃头上砸。什么"龙虎斗""羊大为美""让子弹飞"，今天就让这鸡蛋飞吧！又扔了一个，又是一个……

雪地上百元的大票子、各种颜色的纸宝和蛋清蛋黄蛋壳扔得满院子都是。

就在这时，小芳从人群中挤进来，一声"爸爸"就跪在明娃的脚下，一把抱住明娃的腿号啕大哭。小芳哭喊着说："爸爸、妈妈，你们不要再打了，女儿以前小不懂事，现在我要结婚了，你们的钱我一分也不要，我这些年攒得够啊！爸爸、妈妈快别打了！呜呜！"

"我可怜的小芳啊！哇……"翠莲赤脚踉跄着扑向小芳。突然，眼一黑、腿一软就瘫倒在雪地上……

2011 年春节

坚守

过了春节，论时令到了惊蛰天气就应该转暖，可今年气候反常，本该暖了就是没暖反倒冷。山上沟里没一丝绿，树木也都光着枝干，在风中摇摆互相碰撞。天倒晴得发蓝，几朵云彩忽悠悠地南飘。到了饭时，风就越刮越大了。山梁上吹过来一阵阵的黄风卷起沙尘，洪水似的顺着山洼滚下来，转眼间就眯了人眼，漫了沟渠。太阳早上刚出来时还红着，到了这时也变得暗淡无光，天也骤然变得混沌灰暗。

德勤老汉挎了粪笼子从后庄子那儿拐过来，两条罗圈腿一摇一晃好像总走不利索。他身上穿了厚夹袄，套了棉马甲，还觉得冷风直往骨头里钻。他瞧见大多数的院落都挂上了锁，没院墙的几家院子大敞着，窑门上也挂着锁，院子里长满了枯草。到处冷冷清清，座座院落鸦雀无声，心里的那个凉呀比这满世界的老北风似乎更冷。要是在常年，这个时候正开始种豌豆，人喊牛叫山洼子上都能见着人，公山鸡也旋着母山鸡咕咕地叫，还有庄子里鸡在打鸣，狗在狂吠，别看这小村小庄的，鸡叫狗咬也闹嚷嚷好歹算是个小小世界。可如今，外头的世事闹了个红红火火，可这村里关门闭户就跟死光了人没什么两样。唉，这以后的事情，不晓得咋弄呀！

他走到德旺家的墙畔上，放下粪笼子和粪铲子，把柴垛上刮下来的几根槐树枝子，又重新摞到柴垛子上。见德旺家的大门开着，他脱下帽子一边拍打着身上，一边慢吞吞地走了进去。

德旺老汉正坐在门前的木墩子上劈着柴，见德勤进来，便放下劈柴的板斧，怔怔地瞅着他，一张树皮似的老脸僵硬着没任何表情。

德勤进来没声没响，就那样半靠半坐在石磨盘上，从怀里摸出烟盒子，掏出一根细长细长的黄纸烟递给德旺。

德旺没接，却站起来反身进了窑。听见里面箱子还是柜子叮叮当当响过之后，才握着一盒红盒子的烟出来，翻开盖子让德勤自己拿。

德勤接过烟盒子凑近瞅了瞅，便说："大哥，这肯定又是过年时宏利从北京拿回来的吧！好小子，都吃上大中华了，呵呵！"他笑着点上美美地吸了一口，又说，"唉，宏凯他们还没来信？不晓得那里今年咋相？"说着又大口大口地吸着那根纸烟。

德旺把口里白茫茫的烟慢慢地吐出来，才说："好着哩！前儿集上卖柴时听李家崖卖肉的高娃说，那地方都穿上单衫子啦！他的二小子这回也跟着去了。"

德勤说："差不多的话，秋后就把婚事给娃办尿了，你也就省心啦！"

德旺思谋片刻，说："就是不晓得那外乡女子牢靠不？根基不好说，人长得跟个墙画画一样，一天价就晓得梳洗打扮，还就怕人家落嫁不下咱这山旮旯疙瘩啊！"

德勤笑道："大哥呀，你还是老脑子，外乡人也都是人，也都不一定是什么那号瞎瞎人，叫娃们家在外头闯荡闯荡，我瞧比待在咱这土山沟里强啊！"

德旺老汉唉了一声，又说："谁晓得哩，后事是个黑的，解不开，不晓得咋弄呀！"

德勤见德旺那眉头紧锁成一疙瘩，想必是因为这事情有了熬煎，满脸才泛起了愁容，便转了个话题，说道："大哥，今年还去北京不？"

德旺半晌没言语，等那根烟烧上了黄烟把子，才呸的一口吐在地上，慢吞吞地说："不去了，今年谁家都不去了。宏利说过罢年就让我跟着去，几个女子家也都让我去，我说今年哪儿都不去了，都快入土的人啦，还敢在外头胡跑哩？嗯！"

说到这里，谁都不言传了，弟兄两个就光吃纸烟谁再没说甚。德勤在德旺家里熏了几根好烟才出来，又挎上粪笼子往回走。粪笼里其实也没几块粪，人都快走光了，哪还有什么牲畜跑出来屙屎尿尿？还不是早年里养成的习惯，不挂个粪铲子不挎个笼子甚的，好像就不会走路。挎上粪笼子见啥粪自然能拾，就是见了柴火也能装，天暖以后嫩草草长出来也能拔着提回家，还能喂那只老奶羊哩。他经过德才家的垴畔，见大门紧闭着，垴畔上的烟囱里却端往出冒烟，一阵风刮来，那烟就被吹得直往院子里灌。

德勤老汉一条垴畔走到了头，就推门回了自己的家。这是他这几年养成的一个习惯，每天早上，不在庄前庄后胡瞅乱瞧地转悠上一圈，他这心里就觉得不踏实。

德才斜靠在炕头那儿的铺盖上，有气无力地瞧着老婆秀芹把花卷从热气腾腾的锅里一个一个拾出来，然后又把一盖子捏好的花卷一个一个打进锅里，然后又往灶火里塞了两把豆秆子，灶火里就噼噼啪啪有了响动，锅里就又冒起了白汽。

德才见秀芹拿上小酒盅用洋火把儿给花卷上都点上了红点点，便有气无力地说："给大哥二哥……他们也送……几个去！"

秀芹扭头瞧着炕上的德才，说："咋，今儿能舍得给人家吃？"

德才眼睛连眨都没眨一下，说："舍得。"

秀芹听了这话就开始给笼布里包花卷，秀芹包了一大包花卷放在案板上，眼光却瓷瓷地盯着那还冒着热气的笼布瞧，身子没动弹。忽然，她把眼光移到炕上，似乎是若有所思地，用一双大大的俊眉眼怔怔地瞧着德才。

德才此时也用异样的眼神瞅着她。

秀芹见德才疑惑不解地瞅着她，便说："还是叫他们到咱家一起吃吧！"

德才听了这话越发不解地望着她。

秀芹说："我是想，虽说你们不是亲兄弟，但毕竟都是一个庄上的同姓同宗的弟兄家，瞧着他们一个个单过没人做饭，我这心里实在感到难受……好歹叫过来喝上两盅，也为你过这六十岁生日添点儿喜气。"

德才好像乍一下明白了秀芹的意思，瞧着秀芹期待的目光，他没说能行，也没说个不情愿，他一句话也没说却把目光呆呆地移向窗外。

外面的风依然刮得张狂，柴草叶子被刮得旋在空中狂舞乱飞，窗户纸被沙尘打得沙沙价响,黑布门帘扑闪着撩起又落下,两扇门被风吹开一道缝,一股冷风就趁势钻进来。

秀芹见德才没言传,她晓得他不言传就意味着默许。于是,秀芹跑过去,硬是好说歹说把德旺和德勤两个老大哥拉进了自己的家。德旺和德勤被请进了德才家的窑,又像贵宾似的被请上了炕,一大盘子猪肉炖粉条和一大盘子热腾腾的花卷就端上了炕,几个白瓷酒盅子齐刷刷地摆到面前,秀芹笑吟吟地还给每个盅子里都倒满了酒。

这个时候的德旺和德勤,仿佛身在云里雾里一般,两个人你看看我,我瞅瞅你,谁也不晓得这一向精打细算的德才家的今天又摆的是甚阵势!

这顿饭,弟兄三个吃吃喝喝说说笑笑拉谈了好一阵子,好多年了,他们从没有像今天这样坐在一起平心静气地吃喝过叙谈过。德旺、德勤他们夸德才的福大命大造化大,不然,出了那么大的车祸,还硬是保住了这条命,还有福气娶下个好婆姨,要不是秀芹这几年东奔西走领德才瞧病治伤,这么价伺候,哪有你德才的今天啊!哪像他们,老婆早早走了,儿女们又胡蹦乱跑不着家,喝口凉水也得自己舀啊!如今,庄上人都往外头跑,眼见得庄子里的人一年比一年少,再过几年,咱们也都入了土,这庄子里就恐怕没什么人住了。几个人说着声音软软的,都有些伤感。

话赶着话,几个人有一句没一句地终于拢到了这话题上,秀芹见几个人都有了几分醉意,便趁着他们酒足饭饱的高兴劲,把自己思谋想算了好久的想法一股脑全倒了出来,她希望能得到几位兄长们的支持和响应。

秀芹说:"如今,咱这桃树峁只剩咱们几个了,还老的老病的病,咱们活着住在一个庄子上,死了以后也都要埋进咱们的老坟的。虽说不是一家亲,可论起门头来,其实也都不远。这几年给德才瞧病不在家,尔格回到庄子里,瞧见庄子上死气沉沉的,跟没人住差不多,山上荒着,院子里庄子上也荒着,住了多少辈的窑洞一个个空了,好像咱们的心里也空落落的。这些天我一个人瞎想算,咱们桃树峁总共也就是十几户人家的小村子,如今走的走散的散,大多数人家外出打工或做生意不在家,就连村里的队干也年年不着家。听说村支书建平在老远的新疆承包了一片枣林；另一个村主任三强也在省城收破烂收得发了财，如今还当上了什么老板，整天忙得没黑没明地收货发货，还能顾得上咱们这老庄子里的事情。如果等到年跟前村里换届，我非竞选当这个村主任不可。尔格庄子里群龙无首，就这么个死气沉沉的烂包样子。我是想，就咱们在家的这几个老家伙，看能不能也自发地组织起来，为庄子上做点儿甚事情。比如说，把各家院落和庄前庄后收拾收拾，把几家不在的果树林子和枣树林子剪一剪锄一锄，甚至遇到逢年过节的，上山给老坟里上上坟培培土，甚至可以按照农时节令，把一些空闲荒芜的阳湾湾好地也给种上，到夏秋庄稼收了，咱们也可以吃喝，外头回来的乡亲们也想吃甚有甚，走时还能给其他乡亲们捎带上一些高粱小米或是其他豆豆颗颗，还有红枣苹果梨什么的……反正，这段时间，我一直胡思乱想这些事，不晓得就靠咱们几个人能行不？如果能照我想的这样做下去，庄子前前后后山上山下都绿了都活了，咱们的心里也就好过了，光景日月也就过得活泛了，有意思了。"

德旺听了秀芹的话，榆木疙瘩似的低着头瞅着脚地没言传甚。

德勤则是一边听着一边咪咪地笑，等秀芹终于把自己的宏伟设想高谈阔论说毕了，他才不冷不热地说："好是好，我也常这样想哩，可说起来容易做起来就难啊。"德勤又说，"人手倒好说，老是老了，身体力行种这几十亩阳湾湾好地挣点儿老命也不在话下，可这牲口、种子、化肥、地膜、农药这些瞧不见的事还多着哩，哎，不晓得咋弄呀！"

秀芹毕竟是原来川道上能扭会跳闹秧歌出了名的伞头子，她听了德勤的话，一下子站在脚地当中，嗓子亮抓抓地说："这些我都想算过了，耕地的骡子和种子这些都好说，我姐姐家里有匹骡子平时闲着，豌豆种子也是现成的。其他的事情我准备去找镇子上的领导，我就不相信，我的老同学尔格当上了副镇长，不会不给咱们想办法的。我就不信咱这小村小庄的桃树峁，就会成为世人瞧不起的那号瞎瞎村！"

风停了，天也晴了，太阳又亮堂堂出来照着。秀芹从前川的姐姐家拉回来一匹枣红骡子，还驮回来几袋子豌豆种子，几个人卸下了驮子上的豌豆袋子，德勤没说黄黑就踏在垴畔外的碾盘上一跃就骑上嗷儿叫着溜了一圈，然后笑得合不拢的嘴里含糊不清地一个劲说好牲灵好牲灵。德勤一会儿扳开骡子嘴看牙口，一会儿又捋着光油油的皮毛心爱得不晓得咋价好，好像赶了几十年车的老把式，才头一回瞧见了这样的好骡马一样赞不绝口爱不释手。逗弄了一阵子就把骡子拉回了家，说让他好好喂上这家伙几天，让这老伙计也给他这个孤老汉做上几天伴吧！

第二天，德勤从寒窑里拉出了耕地的犁铧，德旺也翻搅出拿粪壳子和打土坷垃拐子，几个人就肩担背扛拉拉扯扯上了山。秀芹怕德才一个人待在家里苦闷孤寂，让他也拄着棍儿到地头上坐着看景致。

光秃秃的山上除了山还是山，满山遍洼瞭不见一个人。对面崖畔上的圪针林里，几只草木灰色的鸽子，扑扇着翅膀不停地飞上飞下。土塄下公山鸡喔喔喔叫得欢实，就是瞧不见个影儿。后沟的背洼洼上水咕咕一声紧似一声叫个不停。树梢梢左摆右摆瞧得人静不下个心。

秀芹拉着枣红骡子在山洼坚硬的土坡上吃力地往前走，德勤腰上绑着吆牧镙，扬鞭扶犁，晃晃悠悠地破土前行，德旺则是两肩挎着拿粪壳子左一把右一把，把搅和在粪中的豌豆撂进湿漉漉的犁沟里。一行人一垄一垄翻卷着沉睡了许久的土地，嘹亮高亢的回牛声，在来来回回的山洼上，在空旷高远的山谷里回荡……

德才瞧着秀芹他们像老辈人那样原始机械地劳作，心里一阵阵涌动的不是激情，不是豪迈，而是一阵阵的酸楚，一阵阵的凄凉。

他望着这片祖祖辈辈养育他们的土地，脑海里却在翻江倒海闪现着他当年年轻气盛战天斗地的画面。当年年富力强小钢炮似的他，二百多斤的洋芋包背在身上没说过一句㞞话，后沟坝滩上排哑炮堵决口的也是他，可尔格他却成了个废人，瞧着年老的兄长和为自己操碎了心的女人，深一脚浅一脚耕耘着他们近似黄昏一般的希望，自己有劲使不上，只有瞧着自己永远不服输的女人，挣着老命把这出戏明抓抓地唱下去。

这些天,按照秀芹的想法,大伙统了一个灶。早上弟兄几个都在秀芹家里吃过早饭,然后一起上山干活,到后晌里干完活再到德才家里吃晚饭。然后,各自回家休息。

这个做法当然是秀芹首先提出来的,德才听了扑闪着小眼睛硬是不言传,不言传秀芹就自己拿了主意。为了叫德才的心宽敞亮堂,不会有什么疙疙瘩瘩,她也学着电视里那些人物的样子给德才吹了不少枕边风。秀芹说:"两个人的饭跟四个人的饭其实也差不多,不就是多几碗水多几把柴的事情。水咱们井子里有,柴草咱们更是不缺,崾崄上多得是。那么就是一点儿米面嘛,那能值几个钱?"这样一说,德才只能是默不作声。于是,几个老弟兄就搅和在一个锅里吃起了稠稀,平时你是你的,他是他的,吃在一达里就是一达里的。这就叫同工同酬不同家。

当然,秀芹这样做最受感动的就是德旺。德旺的老婆十几年前就走了,德旺一个人既当爹又当妈,风里雨里,山上山下,屎一把尿一把,生一顿熟一顿,把几个儿女拉扯大。如今,自个儿老了,儿女们却都走了。尔格吃惯了冷一顿热一顿、迟一顿早一顿的凑合饭,如今顿顿端着秀芹做的热气腾腾的现成饭菜,他老实巴交的不会说,可心里那个暖那个舒坦啊,唉,一满不晓得咋价说嘛!

次日,德旺翻箱倒柜收拾起了家里的几碗大米、半袋子面粉,还有儿女们过年时拿的清油、木耳、味精调料送过来,却与提着粉条、洋芋、白菜的德勤碰在了一起,几个老弟兄说说笑笑就像过节一样红火热闹。

就这样十多天下来,阳坡坡上的十几亩好地都种上了豌豆,几家不成林的枣树和果树林子也锄过了剪过了,庄子里崄畔上和一些敞豁子院子里的杂草也都收拾清理干净了。眼下苦了一阵子的老弟兄们就能休息些日子,等天大暖了,再把玉米、洋芋、红薯、豆类这些都栽种上,那以后的事情就得瞧老天爷的了。

这天镇上逢集,德旺和德勤两个人一个背着干柴,一个提着旱烟篮子牵着那只老奶羊,相跟着去镇子上赶了一回集。在集头的肉市上,德旺没寻见李家崖卖肉的高娃,却碰见了高娃同村赶集的人,他们说高娃去了广东,听说他的二小子偷了人家的手机电脑给抓进去了,人家叫家长来领人,他就去了。

德旺听了这话,惊得头发根子都竖起来了,腔子里咚咚咚就是一阵狂跳。德旺真后悔不应该叫宏凯再去那里胡逛,万一弄下个甚乱子看咋办呀!

德旺在集头上卖了劈柴,德勤却把那只老奶羊也给卖掉了,两个人坐在桥头的凉粉摊子前,一瓶北方烧酒就着一老碗猪头肉,两个人喝得醉醺醺擦黑才回了家,却还没忘捎带着买回了一大块猪肉和几斤豆腐。

秀芹要等德旺和德勤两个老大哥赶罢集,老老实实待在庄子里照料着这些闭门锁户的空落落的家园,她才敢放心地出去给德才瞧病买药。

说话间就到了清明节,桃花开了,杏花也开了,光秃秃的山上粉红色的一片连着一片。

庄子山后的桃树峁上,桃花更是开得分外鲜艳。秀芹搀扶着德才、德旺和德勤他们,步履蹒跚地爬上桃树峁的老坟,为老坟里的列祖列宗上坟。桃树峁老坟里的坟场周围杂草丛生,枯叶遍地,一片凄凉。他们清除了杂草枯叶,把东倒西歪的供桌一个个扶正安好,给每个坟包上都培上了新土。然后,秀芹把新蒸的红红绿绿的面馍肉菜等祭品摆放在每个供桌上,从上到下逐一奠酒焚香烧纸跪拜。

德勤燃放了一挂鞭炮,噼噼啪啪的声响,唤醒了沉睡已久的土地,给列祖列宗们也报了个喜,也祈求老天爷赐给他们一个五谷丰登六畜兴旺的好年景!

正当哥们儿几个喜气洋洋收拾东西准备下山的时候,德旺老汉却突然跪倒在他老婆的坟前,老泪纵横号啕大哭,众人相劝也无济于事。就在这时,人们瞧见山路上一前一后走上来两个挎着篮子的女人。走近观瞧,才知是德旺的两个嫁到邻近村子的女儿来上坟。两个女儿见德旺哭得伤心恓惶,便也哇的一声倒地号哭起来。随着两个女人声嘶力竭如泣如诉的号哭,其他人也顿感撕心裂肺……

谷雨时节下了一场透雨,这场雨下了一天一夜才停了,雨停了可天还阴着。秀芹又率领着他们趁着地里的好湿墒,把高粱、谷子、糜子、洋芋、绿豆这些秋田样样数数都种上,还栽上了红薯,种上了香瓜和西瓜。由于德旺两个住在邻近村女儿的临时加入,他们的队伍又壮大了势力,所以,种地的速度有了明显提高,所种的品种也增加了许多样数。

豌豆到了开花的时候,玉米、洋芋也长出了幼苗。大家分头给地里施肥除草。德才也像换了个人似的天天跟着下地拔草干活。没多少日子,人是晒得黑不溜秋变了模样,可那软不拉唧的腰身,明显硬朗了起来,一改平时说话的有气无力,间或还能哼哈上几句"羊肚子手巾三道道蓝……"

夏天到了,漫山遍野的庄稼长得绿油油齐刷刷的,一片连着一片,很是喜人。

秀芹率领着几个老哥儿,锄了高粱锄玉米,锄了红薯锄洋芋。他们还顶着酷暑烈日,打掐了那些长得圆溜溜的西瓜香瓜和吊在土塄下的南瓜。他们还利用这难得的晴好天气,把谷子糜子也都分了苗。所有的庄稼地都被锄得松软舒适,没有一根杂草。

进入到夏至,那天越发红得像要着火,燎烤得整个大地就像一个大蒸笼,眼见得那十几亩豌豆逐日便黄,有的阳湾湾里的豌豆,已经焦黄成一片。

德旺和德勤两个老汉,把庄头上的打谷场清扫收拾了一遍,清除了杂草,填平了被雨水冲刷下的坑坑洼洼。他们还把打谷场跟前的几孔土山窑也给打扫出来,并且把打场的木杈和木锨这些农具修理一新。

秀芹则是跑到姐姐家,又把那匹枣红骡子拉上山,还买回来一些塑料布和编织袋,他们为这即将开始的龙口夺食做好了一切准备。

第二天天刚麻麻亮,德旺的两个女儿和女婿就吆着驴拉车爬上了桃树峁;德勤的两个嫁在远乡的女儿和女婿,也早早骑着两辆摩托车上了山。最后赶来的是秀芹的两个儿女,他们都在县城里做着小本买卖,秀芹一打电话,他们就开着自己的小车回来了。

浩浩荡荡的收夏队伍突然增加了好几个,平时寂静无声的小村庄里,突然显得闹嚷嚷的有了生气。秀芹就把人员分成了几拨,分别上到几个山洼上开始拔起了豌豆。

到了晌午，几个山头上人欢马叫，歌声嘹亮，到处都瞧见车拉肩背的队伍，像一股股黄色的洪流，向前庄子那儿的打谷场汇合。

没用了两天的工夫，十几亩豌豆就被拔回来铺上了场。德旺和德勤两个老汉，分别套上了驴骡拉上了石碌碡，开始了碾打。场地边缘处碾不到的地方，就用人工举着木连枷捶打。

晌午休息时，秀芹担来了两大桶绿豆米汤和烙好的白面饼子，还调了半脸盆黄瓜菜让大家吃让大家喝，还从西瓜地里挑了几个大西瓜和一笼子香瓜让大家品尝。打谷场跟前的老槐树下，坐下一堆人，他们说笑着打闹着，红艳艳的西瓜和黄灿灿的香瓜，堆得到处都是。

就在这瓜果飘香、烟雾缭绕、话意正浓的当儿，一阵风就吹来了一疙瘩云彩。转眼的工夫，那疙瘩云彩由淡变黑，由薄变厚，遮天蔽日齐棱棱厚墩墩快速地涌了上来，接着就是闷雷，接着就是雨点……

就在人们瞧见风云的一刹那，刚才还坐在老槐树下话意正浓的人们，早已闻风而动。他们有的把场上的豌豆往起堆；有的拿起簸箕往口袋里装，背的背，扛的扛，疯了似的往旁边的土山窑里搬运。人们叫喊着，奔跑着，窑场里外顿时乱作一团。当人们汗流浃背胡乱叫喊着把场上的豌豆搬运进窑里，大雨骤然倾盆而下……

还没用了一顿饭的工夫，这雨就停了，不一会儿太阳又不知从哪儿钻出来，又还给人们一个红彤彤的世界。

人们七嘴八舌，笑谈这老天爷好像是专门为捉弄他们，才制造了这一场速战速决的暴风骤雨。

就在这时，人们才突然瞧见，庄子最前头的木匠王五家的院子里还直端往出淌着山水，混浊的山水里，还漂着一些窑里的用品。

大家伙便蜂拥着朝王五的家跑去。顺着泥泞湿滑的土坡爬上王五家的院子，才发现是大雨从王五家的窑背后灌进后窑掌，整个窑里积了半腿高的水，一些放在脚地上的物品被冲出窑外，两扇木门也被冲得斜在一边……

　　见到这番惨状,秀芹头一个冲进窑里,把窑里的东西往外搬。其他人也抬开两扇木门冲进去,搬东西的搬东西,往出舀水的拿着脸盆马勺快速地往出舀水,还有人跑到窑背后去堵水口子。大家伙又是汗流浃背地忙碌了一阵子,才把窑背后的决口堵好,又用土和石头做了加固。把从窑里抢运出来的东西,摆放在院子里,或搭在墙头上晾晒着。当大家伙气喘吁吁一个个像个泥人似的长吁了一口气,才发现经过了这一连串惊心动魄如火如荼的战斗,天已经黑下来了,他们的肚子也咕咕叫了起来……

　　暑假到了,有些家长领着刚考过学的娃娃们回到了桃树峁。瞧见漫山遍野绿油油的庄稼和滚瓜溜圆的西瓜、香瓜、苹果、梨、枣,瞧见干净整洁的村巷院落和走出家门迎接的秀芹他们,回来的人无不惊叹咂舌。回村的人,原本是想回来取些吃穿及所用等物件,随便转一转看一看就走,却见到这番好景致,不得不又留下来多住上几天。他们不断地给远在外乡的同伴乡亲打电话发消息,手里不住地采摘,又是吃这,又是尝那。总算犹犹豫豫又多住了几天,终于到了非走不可的时候了,还不嫌累赘地大袋小袋直往身上装。他们一边往提包里塞着豆豆颗颗瓜果梨枣,一边还说把这也装上,把那也带上,好像这些生长在家乡土地里的吃喝东西,就是比那城市里的商场里和超市里的东西还好还香还诱人。说是要把这些家乡的味道,要带给所有的乡亲们分享,让他们品尝,让他们不要忘记这个世界上还有一个桃树峁!走远了,走得快照不见个影儿了,可那高高举着的手,还在空中摇晃着。秀芹声嘶力竭地一遍一遍朝他们呐喊:"再回来呀!让大家都回来!"

　　真的,没过几天,乡亲们一拨接着一拨回来了,还有一些周围邻近村的乡亲们,便也闻讯赶来瞧起了热闹。有的乡亲还带着外乡人回来,说是城市里待得久了,就想到乡下来走走,说是来串串门,其实,还不是挎着小皮包,描眉画唇穿戴洋气地前来旅游观光的。人们都想目睹和感受一下,这老山老树的桃树峁,咋就又枯木逢春长出了嫩芽,开出了新花呢。一时间,小小的桃树峁山坡坡上,人来车往,很是热闹。

　　那天,秀芹那个当了副镇长的老同学,竟然带着几个记者上了山,所到之处，又是摄影，又是照相，没过几天，报纸上电视上，便有了秀芹那俊眉俊眼的模样和她那亮抓抓的声音……到了秋天，就进入了阴雨缠绵的雨季。连阴雨接连下了几天，这天起来，天依然阴得深沉，淅沥的小雨依然不住头地下着。山上湿漉漉雾蒙蒙只听得唰唰唰价一片雨声，吃早饭时，德勤过去喊德旺吃饭，却突然瞧见德旺不晓得什么时候就已经倒在他住的窑门口，地上散落着一堆刚劈下的木柴，一把板斧血淋淋撂在一边。德勤和秀芹马上拉上架子车踩着泥水冒雨下山，送德旺去镇上的医院。

当德旺的两个女儿和女婿到来时，德旺已经挂上了输液瓶。医生说要马上给病人输血，病人失血太多，体质非常虚弱。经过检查，德旺的大女儿挽起袖子给弥留之际的德旺输了血。到了晚上，德旺已似睡非睡有了些意识。德旺忽儿睁开眼睛挨着把在床边守候的人吃力地瞅上一遍，忽儿又昏睡过去，但嘴里似乎不停地叫着宏……宏……什么的。

德旺的女儿明白这是在叫远在北京的大儿子宏利的名字，宏利考上了北京的大学，毕业后又留在北京工作，还闹了个北京婆姨，这在桃树峁庄子周围方圆几十里的村村寨寨，还是头一个啊！所以，德旺把大儿子宏利就当成了他的骄傲、他的自豪。现在，心里才有了点儿明缝缝，不是叫宏利的名字还能是叫谁？于是，大家都认为不管老人病情咋样，给宏利打个招呼是应该的也是必须的。于是，手疾眼快的二女儿就跑出去给宏利打了电话。

第二天晌午前后，宏利就自己开着车带着婆姨回来了。宏利把小车停在镇医院泥泞湿滑的院子里，径直上到病房里。

德旺瞧见他的儿子宏利和他的婆姨站在病床前，他老树皮一样的脸上绽开了些粗糙的微笑，嘴唇翕动着似乎在问咋你们为甚都回来了？只过了一会儿，那难得的微笑就慢慢消失了，嘴唇依然翕动着好像还在含糊不清地叫宏……宏……这回还是宏利一下就明白了他爸嘴里念叨的是宏凯。于是，宏利又轻轻地走出了病房，给远在广东的宏凯打了电话。

人们这才明白，德旺其实最牵挂最撂不下的是小儿子宏凯。宏凯至今还没有成个家，这几年一个人在老远老远的广东打工，本事没学成，钱也没挣下几个，却学会了抽烟喝酒耍钱。过年时引回来个花枝招展的广东妹，天天海吃海喝，几天工夫不仅花光了他们自己身上的钱，还毫不客气地花掉了德旺一年辛辛苦苦卖柴攒下的一千多块钱，临走时连个路费都掏不出，还是大哥宏利慷慨大方给了两千块，宏凯拍着宏利的肩膀说："还是大哥够意思。"那广东妹也立马变得多云转晴喜笑颜开，连着叫了几个大哥。这一切发生在德旺窑里的滑稽场面，沉默寡言的德旺老汉瞧得清清楚楚明明白白，他瞧在眼里却急在心里。他瞧见宏凯和那个活妖精似的广东妹就犯了熬煎，这以后的光景不晓得咋过呀！如今，自己成了这么个尿样子，连远在北京的宏利都回来了，宏凯不回来见见面，他怎能闭得上这双老眼啊！

宏凯次日天刚明就坐着出租车赶了回来。当人们瞧见宏凯引回来的这个戴着眼镜斯斯文文的姑娘不是过年时回来见过的那个广东妹，都疑惑不解地不是瞧宏凯，就是一个劲地盯着那戴眼镜的姑娘。

德旺仿佛也瞧出了什么异样，眉头一皱一皱的也好像满脸都是疑惑，不晓得这是咋回事。但德旺眯着眼睛把站在床边的这个长得斯斯文文的姑娘愣愣地瞅了一阵，老汉终于还是长长地出了一口气，嘴里从此再也不唤谁的名字了，只是眼睛轮换着瞧大家，只是对着大家微微地笑。

等晚上宏凯的女朋友跟着两个姐姐和宏利的婆姨到外边的小旅馆休息去了，宏凯才偷偷告诉了宏利。宏凯说："原来的那个臭婊子跟了个抽大烟的跑了，昨天接到父亲病重的电话，就在酒店里临时花钱雇了一个酒店的服务员，一天二百块。现在管不了那么多了，只要是花点儿钱引回来个假媳妇让咱老爸瞧上一眼，让老爸高兴高兴，花这点儿钱算个啥屁事！哥，你说对吧？"接着，宏凯又说，"这出租车也是花高价雇来的，一天五百块钱，过桥费和油钱还得自己掏，反正为了快为了能见到咱老爸，花多少钱我都不在乎。"

宏凯说到这里，突然，听见身后的病床上传来德旺一声凄惨的叫声……

德旺走了，他的儿女们没有留住他，他又回到了桃树峁，回到了他的老婆和他的列祖列宗们沉睡长眠的地方。桃树峁的老坟里重起了一堆新坟，儿女们在坟前哭得死去活来。

德勤也哭得捶胸顿足。德勤哭叫着说:"大哥啊,你倒走了,我可怎么办呀? 以后死了连个打坟抬棺材的人都没有啊,啊呵呵!"

秀芹和德才把大家一个个拉起来,秀芹说:"二哥呀,你别太难过,听说人家柳林镇上都办起了什么婚庆公司,以后婚丧嫁娶这些事人家都是一条龙服务全管了,你还愁甚哩! 说不准,咱这里也用不了几年,这些事情也会搞起来的,好好等着吧!"

那个被宏凯引回来戴眼镜的姑娘,一上山就东奔西跑像匹脱了缰绳的小马驹,不是好奇地采摘打碗碗花苦菜花什么花花草草,就是站在桃树峁之巅眺望群山如黛的茫茫远方。好像德旺老人的溘然长逝真的与她毫不相干,而这些山山水水花花草草却好像成了她的最爱,仿佛这纯属意外的收获却给她带来了浓厚的兴趣和惊喜。人们都开始下山了,她还痴痴地站在崖畔上恋恋不舍。

宏凯走过来说:"咱们下山吧!"

那姑娘凝望着雨雾蒙蒙的远方,口中喃喃地说:"这地方可真美啊,空气好,景色也好,又没有污染,将来办个黄土风情旅游、黄河文化旅游和红色旅游,都是得天独厚的好地方啊,就是搞个休闲避暑瓜果采摘的农家乐也都是绝好的去处呀!"

宏凯好奇地问:"看来你喜欢旅游?"

那姑娘笑答:"我在大学学的就是生态旅游。"

宏凯便开玩笑地说:"那你留下吧!"

那姑娘欲言又止……

2013 年 2 月 2 日

裤裆湾印象

惊蛰刚过,就下了一场春雨。天依然灰蒙蒙的,雨似乎下得小了一些,不是很稠密的雨丝中间夹杂着一股股凉丝丝的风。

巧云独自从院子里出来,从垴畔外的土坡上滑下来,差点儿跌得摔了个趔趄,等她摇晃着站稳了脚,她又朝前坪上走去。雨丝在空中被那风吹得东倒西歪,左右开弓打在她的脸上、头上和身上。田埂下还没有消融的积雪,上面那层黄色的土尘任凭雨水冲刷洗涤,浮尘慢慢侵蚀浸入残雪反倒变得灰白湿润而干硬,倒使人顿时更有了几分寒意。她一直沿着湿滑泥泞的田埂走到了前坪,又踉踉跄跄爬上了虎头峁,来到了他和它的坟前。他的坟头上已长满了杂草,一丛丛干枯的杂草在雨中微微摇曳。雨水从坟前的供桌上流下来,供桌下已积了一摊黑汪汪的水,灰蒙蒙的天就映在里面,显得高远而寂寥。供桌上过年时给摆放的祭品早已荡然无存。他没有吃,他不会吃,那肯定是叫什么野兽吃了或叫鬼吃了,她想。她想对他说些什么,她想了一阵儿,却什么也没有说。来时想说的那些话,因为想得太多,想得太多了,正到说的时候却都给忘了。她只记得要来看看,看看这里下雨了是什么样子。他不会像从前那样寂寞的,它也跟着来了,他还会寂寞?他们终于又睡在了一起,他肯定不会寂寞的,她又想。

她这样想着就转身往回走。她瞥了眼河那头,河那头的镇子上苍茫一片,一片静谧。

雨还在下着,似乎比来时稍大了一些。东倒西歪的雨丝,不是打在她脸的这头,就是打在她脸的那头,一会儿又从她的额前扑面而下。她的头上、身上都湿透了。头上的雨水从额头的一绺头发上流下来,流到她的脸上、鼻于上,然后再从鼻尖上颤巍巍地掉下来。她没有哭,她的泪水早已哭干了。她的两腿很沉很重,她站下把两只鞋底子上厚厚的泥土轮换着刮了刮,然后,又迎着风雨朝回走去。

巧云家的骡子是去年腊月二十四死的,她就把它埋在了虎头峁山上埋她男人的那儿。巧云一声也没哭,就像那年埋她的男人一样,三叔叫了几个人,挖了个大坑,就把那枣红骡子埋了进去。她给那儿也起了个坟堆,安了个供桌。还给点了香,也烧了纸钱。

巧云家的骡子死的日子和巧云她男人死的日子,恰好都是腊月二十四,都是刮着风下着雪的老冬天,也都是在同一个西川河那儿掉进冰窟窿被淹死的。

这样巧合的事情在西川河上上下下几十里的村庄里从没有听说过。巧云家里接二连三发生的这两桩子瞎瞎事,村巷里庄子外就有了些说法。有人说是河神发怒了,因为前年河对岸修高速路时拆了河神庙,河神现在无家可归才显了灵;也有人说巧云的男人那些年拉上骡子倒腾石炭水果和冬菜斤两上亏过人;还有人说是巧云男人的老先人上辈里许过什么愿,什么神就突然发现那个愿期早过了,于是就拿巧云的男人来抵债;还有人却说巧云的男人前世里扳船摆渡淹死过人,尔格阎王爷才记起拿他来抵命。众说纷纭,莫衷一是,一时半会儿那西川河的简易过水桥上就没有人再敢过往。有人还偷偷叫上川里的瞎子火蛋掐算过,也听说有人还请前川瓦窑沟镇上的活神仙满囤来看过风水。瞎子火蛋和活神仙满囤两个人居然说得一模一样。咦,乖乖,这可就怪了,谁都晓得上川的瞎子火蛋和前川瓦窑沟的活神仙满囤一个不尿一个,他们两个竟然掐过来算过去,掐算了个一尿样。那就是赶紧要修个庙,才能镇压得住河妖,免得日后村人再遭作践祸害。

三叔几次偷偷把流传在村里村外的这些风言风语悄悄告诉给巧云,然后是一阵唉声叹气,然后是一番宽心安顿,然后就像进门时那样干咳上两声匆匆离去。

叫他三叔,是因为他在村里同族中辈分高,论年龄比巧云大不了几岁,当年还有人给巧云介绍过他。那时巧云一听说是西川河那边裤裆湾的,她二话没说就给拒绝了。巧云一想起西川河那边裤裆湾,她就摇头吐舌头。西川河夏天常发水,冬天又结冰,于是,外村人就说裤裆湾这里夏天水上走,冬天冰上行;女子朝外嫁,媳妇不上门。

巧云没看上三叔,就是因为三叔是裤裆湾的人。裤裆湾,裤裆湾,绕来绕去七八里,早上出去晚上归。这样流传在外乡人口头酸溜溜的冷嘲热讽像王母娘娘划下的银河隔绝了他们的婚姻,但谁能想得到,同样是裤裆湾,她的男人却破天荒地赢得了她的爱情。那年,当她被一哨人马吹吹打打迎到了裤裆湾,从此她成了裤裆湾的人,成了裤裆湾的人也就不再把裤裆湾当成洪水猛兽和妖魔鬼怪那样惧怕了。这里川地多,庄稼好,人勤快,心里反倒觉得这裤裆湾也好,西川河也好,三叔这个人其实也好。还有,还有那个什么,反正一句话,什么都好……

雨停了,风停了,日头又钻出来开始晒人。说话的工夫,天就开始大暖了。天上那大雁就摆成一溜溜向北飞来。忽一日,通往裤裆湾上川的过水桥上驶过来几辆黑色的小汽车。小汽车沿着裤裆湾岸边的土路向村子里开去。小汽车摆成了一溜停在村口小学校的操场上,车门打开,从车里下来一群油头粉面干部模样的人。这些人走走停停指指点点说说笑笑,把裤裆湾前坪的枣树林、后坪的桑树坪和沿河岸上石砭、石崖、石畔、石圪台瞧了个认认真真仔仔细细,还给拍了照、摄了像、拉了皮尺、钉了木桩子。这群人的这番闹腾,给裤裆湾本来已经平息如初的水面上又击起一层层不小的波纹。是不是裤裆湾要修庙了! 一时间,这消息像长了腿似的传遍了整个西川河上上下下几十里的村村寨寨。

这天晚上,三叔就又偷偷地过来把这事给巧云说了。三叔照旧是先在大门口干咳了几声,还重重地在地上扑踏了几下脚后跟才进来。三叔瞧见巧云的两个孩子正坐着小板凳趴在灶火圪塝的锅台上写着作业,巧云立在炕栏那儿脚挨着脚给他们说着啥。三叔一进门,就把这些天听到的事一五一十全给巧云说了。还把刚才来时路过村主任四娃家,看见四娃家里出来的人说:"四娃刚从镇上开会回来,听四娃说这是县上的一个人动作,看来咱这裤裆湾恐怕要保不住了。"

巧云听了这话什么也没说,只是呆呆地盯着后窑掌里瞧。半晌,才喃喃地说:"还想这两天先把中条里的豌豆种上,等豌豆拔了再把荞麦种上,等收了夏田和后秋里收了荞麦,以后好担着出去卖杂面叶儿和凉粉,供这两个娃娃上学,可这下……"

几天后,巧云所担心的事情,从县上终于传来个准信:那就是要开发裤裆湾,打造瓦窑沟新城。县长说:"我们不光要修个庙,我们还要修个大庙,把学校、医院、单位和农贸市场都搬过来,让裤裆湾从此成为一个名副其实的新城,看裤裆湾的后生以后咋个牛法!"

在规划、设计、补偿、招标等一系列工作紧锣密鼓操作中,先期建桥筑路的大军就浩浩荡荡开进了裤裆湾,十几个标队几百号人马,人欢马叫,车水马龙,把个裤裆湾闹腾得热热闹闹,红红火火。

工队有的在地头上搭起了简易工棚,有的在庄上村民住户的院落里租窑赁房,扎了灶房。

巧云家里也住进了外县来的建筑队,他们是专门来修大桥的工队。这个工队是三叔领来的,三叔说:"人家要赁个窑房扎灶房,我就抢先一步把人领到了你家。"

巧云说:"家里只有后边窑空着,哪还有什么空房子给人家租啊!"

三叔说:"骡子死了,牲口圈不是空着哩!空着也是空着,让人家里外收拾收拾,做个厨房还是蛮宽敞的。"

人家工队真的没有嫌弃这个不起眼的牲口圈,一帮子人三下五除二垒了灶台,盘了烟囱,泥光了墙,最后还吊了个竹帘子,一个空落落臭烘烘的牲口圈就变成了一个烟熏火燎热热闹闹的大灶房。

巧云见自家平时空落落的院子里,突然乱哄哄闹嚷嚷拥进来这些愣头愣脑的外乡人,先头还有些别别扭扭碍手碍脚不习惯不适应,但是,没过几天,那几个大师傅小伙子就大嫂长大嫂短地没事找事没话找话,时间不长也就混熟了。特别是那个光头后生，长得人高马大就像她的男人，说话嘻嘻哈哈，不笑不说话，不叫大嫂不开口，还有事没事就朝她身上瞄，见她提个水端个盆抱个柴草什么的，就凑过来献殷勤。有次帮她提了满满一缸水，然后站在窑里的相框前问她的男人哪儿去了，咋老不见？

她回答："外出揽工去了。"

那光头又问："你们这里工资蛮高的，还出去打工？"

她又答："啊……哦，就是跟人承包了个地下工程……"

巧云躲躲闪闪，一会儿说去新疆收棉花，一会儿又说去西藏修铁路，反正胡说八道就是不愿意说那个"死"字。

就在这时，三叔不声不响挑帘进来了。三叔黑水汗脸进门只是愣怔了一下，然后上气不接下气地说："给你捎回来几袋子荞麦生子，你不是要做凉粉嘛，这可是上好的生子。"

巧云凝固的表情直愣愣地望着三叔一句也没言传，没言传就是没有什么可言传的。几个人出了大门，从坡下把三轮车吼叫着鼓劲推进院子里。光头递给三叔一根烟，说："大哥，这大热的天，有凉粉吃那可好啊，他们这些工人都喜欢吃那东西，嘿嘿。"

巧云见这后生嘴是甜得厉害，就是把个辈分叫了个一塌糊涂。这个光头后生嬉皮笑脸起来更像她男人的那酸样儿。他也爱吃凉粉，咋跟他男人一个样！他男人吃起凉粉醋要酸，辣子要旺，眼瞧着那碗里搅和得红格当当，口里咝咝地直嘘气还一个劲地说不辣不辣。那年，她家里盖房，他把水泥和砖块一车一车拉进院子，枣红骡子拴在洋槐树上，撂下一把野苜蓿就让骡子吃，自己往大石床上盘腿一坐，一根烟嚓在嘴上猛猛地吸上几口，那话也就随着烟雾吐出来了："给来上两碗凉粉，多搁些辣子，多倒些醋！"

每当这时候，巧云就笑吟吟地端出两大碗红艳艳的凉粉放到石床上，说："慢些，操心辣得哭鼻子！"说罢，就立在树荫下窥瞧。其实，巧云每天最盼望的就是这个时候，这个时候日头最毒最热，受苦人人困马乏都要来歇晌午的，所以，她一听到枣红骡子的铜铃铛在坡下叮叮当当响起，她的心里就一阵阵地狂蹦乱跳,腔子里狂跳着立马挥动着两只不听使唤的手,为他准备碗筷,准备醋和辣子,也许,就是在那个时候自己就偷偷爱上了他。直到现在,她还怀疑那时候自己伶牙俐齿拒绝了一个能写会画的三叔,却偷偷爱上一个老实巴交拉骡子的他,这不是老天爷的错,也不是裤裆湾的错,那恐怕就是自己的错了吧。

巧云的娘家在前头川道那儿的镇子上,他们家在镇子上已卖了好多年的凉粉。巧云还没嫁来裤裆湾时她就是家里做凉粉的一把好手,尔格突然想起要做凉粉,那套活路轻车熟路摸着黑也能做成,这自不必说,就是一提到凉粉,她心里就会真真切切不由得要想起一个他来,她的男人吃了她做的凉粉也许才死皮赖脸爱上了她。她给她的男人吃了她做的凉粉或许就鬼迷心窍才跟上了个他。这档子疯疯癫癫的事已经过去了好多年,如今稍不留神有意无意又提起它,除了那些叫人揪心的酸甜苦辣的伤痛还能再有个啥。但是,尔格为了两个还在上学的娃娃,为了这个家,也为了她,她只好又准备开始做凉粉了。

清明节那天并没有下雨,而是一个日头红彤彤的好天气,巧云叫来二婶给娃娃们捏几个花馍,自己做了一锅凉粉,等二婶捏好的花馍蒸好了,她也把凉粉舀了几十碗,晾在石条上、锅台上。巧云见二婶小心翼翼给每个燕燕雀雀花馍上都拿洋火把儿点上红绿颜色,巧云就情不自禁地称赞二婶的手艺就是好!二婶也尝了巧云做的凉粉,露着个没了上门牙的黑窟窿夸巧云的手艺也真不赖,凉粉不嫩不老,又筋道又透亮,两人咯咯咯一阵说笑引来那个光头后生倚在门框上嘻嘻嘻地偷瞧。

巧云趁着光头和那个大师傅给工地上送饭的工夫,她把做好的第一碗凉粉调了旺旺的醋和旺旺的红辣子端上了前坪的虎头峁,她把这碗红艳艳的凉粉放在了他的坟前,默默地站了一会儿,却什么也没有说,原本准备说的那些话,在心里、在梦里、在路上、在漫长难熬的夜里都说完了,再没有什么可说的了,还有什么可说的呢!

眼瞅得西川河当中的围堰里一个石头桥墩子拔地而起,那儿正是巧云的男人和骡子掉进去淹死的地方。真是老天有眼,给地狱里的妖魔鬼怪戳进去一根擎天大柱,将来再有千军万马不停地踢踏走过,还有车水马龙不断头地滚动碾轧,让这些龟孙子永世不得翻身!巧云站在远远的高坎上怒视着从围堰外汹涌奔流的西川河,她心里涌动的已不完全是愤怒、仇恨和诅咒,好像有了些许的快意、希冀和慰藉。

巧云每天等两个娃娃吃过饭去了学校,她就一头担上盛着凉粉的水桶,一头担上装着碗筷、醋、辣子、芝麻和蒜泥汁子的篮子出了门。光头后生摸着刚吃完凉粉红赤赤的那嘴,一双直勾勾的眼神目送她娇小的身影下了坡直奔桥墩子那儿。刚开始做的头几天,巧云还是在修桥的工地和建筑河滨大道的工地上担着担子像那些跑过西川河来卖凉粉、凉面、凉饸饹的外村人那样高声叫喊着卖。她走到哪儿,哪儿工地上干活的工人都要停下手里的活,眼瞅着她明抓抓的叫卖声由远及近再由近及远,人们用怀疑外村人那样的眼神打量着她。最后还是多亏那个光头后生来到工地一阵高喉咙大嗓门鼓动怂恿加上自己亲口品尝示范,修桥那儿的几个工人终于抵挡不住这种诱惑,起身朝巧云的凉粉担子跟前走来,有了第一个第二个,有了第一碗第二碗,再就不用别人做什么宣传员了,吃头一碗的这碗还没吃完就还嚷嚷着再来一碗,没吃上的瞧着人家吃得津津有味也蠢蠢欲动往这边靠拢,眼瞧得竹篮子跟前围了黑压压一圈子人,巧云头上急得冒出了汗,两只小巧的手只管切凉粉调汁子,至于钱多钱少你们瞧着给吧,她真的顾及不了这么多了。这天还没到后晌,她的凉粉就卖了个一干二净,就连那些汤汤水水也给喝了个精光。

有了这头一锤子买卖,这往后的营生就好做了。她依然是等两个娃娃放学回来吃罢饭,再给他们梳洗打扮得齐齐整整干干净净去了学校,她才担着担子出门。巧云再也不用担着担子在几里长的工地上来回跑了,工地上人来车往坑坑洼洼,石头泥沙堆得到处都是,大桥的几个桥墩子齐刷刷地从河槽里蹿出来,河滨大道的河堤也垒起了一人多高一眼望不到个头,裤裆湾已着实再不是原来的模样,将来是个甚模样那是将来的事,反正尔格还是个烂摊子。

巧云只管担着担子朝建桥的工地那儿跑,不是因为那儿都是些吃惯她口味的外乡人,她一门心思老往这儿跑,就是要亲眼瞧着这大桥实实在在光眉亮眼一点儿一点儿地修好建成,就像瞧自己做针线活一样,女人做针线可以把自己的依靠牵挂和爱与恨苦与难恩恩怨怨缠缠绵绵牵肠挂肚缝入其中,男人们盖这座大桥千锤百炼刀劈斧砍石头垒砂浆灌,虽然不是绘画绣花,不是做文章,却也是有棱有角、俊模俊样、章法有度、巧夺天工。她恨不得让他们天天吃着凉粉鼓足干劲像庄稼追了化肥似的让大桥早早落成,就像伟人说的:"一桥飞架南北,天堑变通途。"

十几天下来,巧云发现她每天做的凉粉远远不能满足大桥工地上的工人吃喝,其他工地上的工人和村子里翘首期盼的邻里邻居只能是望凉粉兴叹。

这天晚上,巧云翻来覆去怎么也睡不着,睡不着就瞎想,从自己初中毕业打娃娃开始做凉粉一直想到后来嫁到这裤裆湾;从她健壮高大的男人死于非命一直想到她一个妇道人家拉上骡子东奔西跑被迫无奈当上了拉运工,什么脏活累活没干过。如今总算咬着牙熬过来了,眼见得娃娃们一天天长大,自己尔格终于又重操旧业做起了凉粉,终于又找回已经逝去多年的那种感觉,那种一个人驾轻就熟的营生终于使自己的日子有了些盼头和寄托,每天卖完凉粉回来数着那些大大小小的票子,她笑得怎么也合不拢嘴,心中就会油然而生一种好日子就要来到的念头,这种期盼了好久好久的念头,使她觉得肩上的担子反倒不怎么沉重了,苦涩单调的生活里又有了些滋味。这种无拘无束轻轻松松兴奋异常的好心情反倒使她无法入眠。以前,在多少个万籁俱寂的漫漫长夜里无法入睡,那多半是在偷偷抹眼泪,可尔格哪还有什么眼泪? 有眼泪也肯定是笑的眼泪。她此时此刻真想唱真想找个人说,说上个三天三夜,说上个口干舌燥眼泪汪汪,也再不想哭了,也再不能哭了。

西川河曾经也有过呜咽,也有过咆哮,尔格的西川河奔流不息分明也是在歌唱。她侧耳倾听着来自西川河欢快的歌唱和建筑工地灯火通明人声鼎沸的响动,这种单调乏味的响动无时无刻不在牵动着她的思绪、她的神经。终于在一种蒙蒙眬眬的状态和似睡非睡的意识中,她不觉不知产生了一个大胆的想法,她恨不得快快起来把这个大胆的想法付诸实施。

次日巧云天不明就起来,她抱柴拢火烧了满满一大锅水,赶天大明学生娃娃们上学起身时,她比平时多一倍的两锅凉粉就盛满了所有的盆盆碗碗,一层摞一层晾得石条石床和锅台上到处都是。

这天中午,巧云担着满满两大桶凉粉挎着篮子出了门,这样的重担对于男人来说倒还不算什么,但对于一个身体娇小的女人来说,她的每一步都迈得不仅沉重而且艰难,巧云担着凉粉下了坡一路颤悠悠地转过枣树林子走到小学校那儿,她老远就瞧见三叔和四娃坐在学校大门外的一堆石头上一边抽着烟一边说着话。他俩见巧云走到跟前,不约而同地站起身拍打屁股上的土,朝巧云担的凉粉桶里瞧。还是村主任四娃先开了口,他说:"巧云啊,你这凉粉这下可出了名了,前天镇上开会镇长还开玩笑说听说你们村谁的那凉粉好,都传到人家外县了。今天我也要亲口尝上一碗,看这里面到底放没放洋烟壳子!"

巧云慢慢放下担子,笑格吟吟用手背擦了擦前额,将一绺头发麻利地弄到脑后,说:"你这个大忙人平时请都请不来,今天能吃碗我的凉粉,是我昨晚上做了好梦了,来来来,看这里面有没有那什么洋烟?"说着她把切好的一大碗凉粉调得红艳艳的递给四娃。然后又俯下身子给三叔切。

四娃狼吞虎咽猛刨了几口,两片厚嘴唇油腻腻地说:"哦,确实好吃,怪不得连镇长都晓得哩!"

还是三叔吃得斯文,等四娃一鼓作气把一碗凉粉吃了个底朝天,三叔才吃下去半碗。

四娃把碗递给巧云,一连说了三个"好":"好好好,再来一碗!今天正饿着肚子哩,赶明儿给镇长也带两碗去,好给咱多弄几个低保指标,给巧云也弄一个。"

周围几个出来闲逛的村里人和不远处工地上的工人，见四娃他们在这儿吃起了凉粉，也一个一个围拢过来争着买得吃。等巧云把这群人打发走了，担到大桥那儿去卖，没用多大工夫，两桶凉粉就卖完了。

在巧云的带动下，村里也有几家做了凉粉、凉面和包子、麻花、绿豆稀饭出来卖，但谁的生意都不如巧云的好。巧云依然是一天能卖两大桶，依然是有的工队吃不上巧云家的凉粉在远处胡乱叫嚷抱怨声四起。

这样可喜的局面咋能躲得过善于精打细算察言观色的三叔的眼睛。当三叔晚上来到巧云家里，听巧云把她这些天白天晚上思谋的打算想法说给他听时，三叔听了后神情与平日判若两人，高兴地拍着大腿高声叫道："嘿嘿，这真是不谋而合，一满相同啊！"

三叔兴奋地说："多亏你是个女人，要是个男人那就更了不得了。凡事要往远处想，咱们日后扩大了生产规模，增加了经营品种，把凉粉、凉面、凉饸饹都做大做好，就完全可以满足这些工地上工人的各种需求，等将来咱这裤裆湾新城建设好了，有了学校、医院、市场和单位上的那么多的上班上学看病和做买卖的人，咱们还可能要把碗饦、煎饼这些也带上，到那个时候，咱这就成了规模经营和品牌效应了。说不定咱们还要对外大量批发，对内也要搞活，再开个农家乐，把咱家乡的风味小吃和土特产深加工的产品都带上，搞个小吃一条街也不是不可能的，你说是啊不是？尔格，咱这裤裆湾还是在建桥筑路的初级阶段，等大桥和河滨公路修好后，那大批盖楼建房的工队就会开过来，县长说要建个新城，要建设个新城，盖学校建医院修机关单位农贸市场，没个三年五载肯定弄不成，你算算，这以后的好买卖还在后头呢。这比你拉着骡子给人家拉水拉菜拉那石炭有今天没明天黑水汗脸挣几个苦命钱强得多啊！"

三叔一席话，不仅使巧云茅塞顿开，更使她感到眼前豁然开朗了许多，眼前仿佛有一条明晃晃的大道从裤裆湾一直延伸到远处一个看不到的地方。

第二天，按照巧云和三叔商量的一套成熟的想法，巧云叫来了二婶和三婶,二婶虽然上了年纪,但手脚还灵便,就帮着做凉粉、凉面、凉饸饹。三婶一直腿脚不好,嫁到裤裆湾就没上过山下过地,平日里只围着锅台操劳个家务,尔格来了就在跟前剥葱捣蒜烧火添炭打个下手。从此,巧云的窑里三个女人两个般辈什么也无所顾忌吵吵嚷嚷叮叮当当轰轰烈烈就闹腾开了。

巧云她们做凉面,说起来其实还是头一回。虽然以前在家里一箩两箩也都学着做过,但如今是要成批量地加工,那面糊糊的软硬就是个难掌握的技术活。她们不厌其烦地摸索试验了一大早才算得了要领,做出来的凉面才软硬适宜、薄厚均匀、生熟正好。几个女人每做一次各自都要细细品尝,赶饭时都胡乱吃得饱心压肚谁还想吃什么饭。比起做凉粉做凉面,做凉饸饹就简单得多了。先是把早已和好醒到的面用饸饹床子轧进锅里煮熟,再捞出用凉水浸过抹上些油晾着就好了,到时候,吃一碗抓一把浇上调料汁子便可。

中午出摊子再也不用担桶提篮子走走停停,而是用三叔家的三轮车推着上路,巧云和二婶一前一后招呼着生意,要吃什么,车里都有,三轮车就是一个可移动的平台。每到一个工地,巧云和二婶都要忙活一阵子,两人切的切调的调,一碗一碗地切好调好递到人家手里,再一碗一碗收回空碗麻利地去掉塑料袋和残羹剩汤倒入垃圾桶,收人家的钱,找给人家的钱,脸要好看,话要好听,用不知疲倦的笑脸和软话打发着一拨又一拨的人。每天的这时候,裤裆湾巧云她们的三轮车就会出现在那些翘首期盼的工人们身边。每天这个时候,在裤裆湾杂乱无章的建筑工地上,巧云她们的三轮车就成了这建筑工地上的一道风景。每当太阳偏西过了西川河,巧云她们就会推着这辆破旧不堪的三轮车一路叮叮当当回到枣树坪,几乎是一听到这响声,光头就会准时出现在大门外,就会笑嘻嘻地帮着把三轮车推进院子,好像他每天等待的就是这个时候,好像每天坚持不懈做这件事是他义不容辞的分内的事情。

当巧云拖着疲惫的身子进到窑里,三婶早已把锅台石条和箱子柜子收拾得有条不紊一尘不染,还把明儿要做的材料预备好了。

立夏的那天早上还是晴空万里艳阳高照,到晌午时分突然乌云密布下起了雨,雨起初下得不大,后来就越下越大。工地上嘈嘈杂杂乱成一团。巧云和二婶慌忙推起三轮车往回跑,半道上碰上来接应她们的光头和另外那个厨师,几个人一口气把三轮车推进院子,然后又手忙脚乱一样一样搬回窑里。这时候,几个人你看看我,我看看你,一个个都像刚从水里捞出来似的冷得瑟瑟发抖。巧云瞅着已经是大雨如注的天空,不知是喜还是忧。喜的是,眼下麦子正在拔节抽穗,豌豆正在开花,这阵正是用雨的时候。忧的是,这半三轮车没卖完的东西可咋办呀!

这场雨一直下到后晌还在下,巧云打着雨伞接回了两个念书的娃娃,他们冷得战战索索,吃了几碗他们平时梦寐以求也求之不得的好东西,然后,窝在炕圪**塄**里一边听着雨声,一边横七竖八写着他们的作业。

巧云立在门口瞅着灰蒙蒙的天,她希望这雨能停下来,等她把这些凉粉、凉面、凉饸饹都出去便宜卖了,你再下上个三天五天也行哩。但是,老天没听她的,天色一会儿明一会儿暗,雨势丝毫不减当初。

天将擦黑的时候,光头后生带着八九个后生闹哄哄地从大门里拥进来直奔边窑,光头把什么地方买来的四五瓶子酒咚地都戳在小炕桌上,然后过来叫巧云把所剩的凉粉凉面和凉饸饹都调在几个大盆子里端过去。巧云瞧着这个愣头愣脑的光头呆呆地站在一旁无动于衷,光头居然挽起袖子自己动起了手,她才仿佛恍然大悟明白了过来。当她把拌好的几大盆子端过那边窑,她瞧见那帮子后生人人拿着大碗已经叮叮当当迫不及待地干上了。这些似曾相识的后生一直吆五喝六地折腾到深夜,才一个个喝得面红耳赤东倒西歪哭哭笑笑拉拉扯扯散了伙。

当光头摇摇晃晃过来把两张百元大票甩在巧云的面前,巧云一跃跳下炕抬起那钱就往光头手里塞,一边塞一边态度坚决地说:"我不可能要你的这钱,这些东西都是已经卖不了的东西,咋能还要你的钱?!"

光头捏着钱愣愣地瞅着巧云,半晌,才含糊不清地说:"能瞧得出来你是个好人,他们这些打工的人就盼望着下雨天能过上个天阴,何况今天发了工资……"

但不管光头说什么,巧云还是坚决拒绝了光头,在巧云和那个师傅的再三劝阻下,光头才犹犹豫豫摇摇晃晃走出了巧云的门。

大桥建成竣工的那天,县长亲自来为大桥剪了彩,瓦窑沟镇上的老年秧歌队也来为大桥建成通车祝贺表演,县长在人山人海锣鼓喧天的欢呼声中讲了话。县长说:"这座大桥是兄弟县支援瓦窑沟新城的历史见证,我们就把这座象征着我们和兄弟县友谊的大桥叫作友谊桥吧!"县长讲到这里,顿时锣鼓喧天鞭炮齐鸣红旗招展,整个大桥工地成了沸腾的海洋……

当巧云怀着无比激动的心情推着三轮车回到家时,站在大门口迎接她的依然是笑容可掬的光头,光头穿了一身从没见穿过的新衣裳,挎了一个大挎包站在大门外,显然是在等她。

巧云一脸疑惑不解地推着三轮车进到院里,她被眼前的一派清新的景象给怔住了,院子被打扫得干干净净,石炭柴草摞得整整齐齐,水井盖上和鸡窝那儿的砖头瓦块也收拾得井井有条,巧云转身瞧着傻愣愣站在一旁的光头,光头这时候却笑得怪模怪样有些尴尬,光头递给巧云一把拴着红绳绳的钥匙,说:"后晌要赶最后一班车回家去,因为明天是他女人去世的三周年……"光头说到这儿再没有继续往下说。

巧云明白光头的意思,光头之所以赶后晌的班车回去,就是为了参加今天的大桥竣工典礼,而那钥匙分明是等那个师傅会餐完回来给他的,可是,这光头的女人的这些事她无论如何是万万没有想到的。作为一个男人平时一副若无其事的样子,而到了伤心处,即使没有掉眼泪,那苦涩的笑里分明也蕴含着丰富的无法表达的感情色彩。等晚上那个师傅回来给巧云说了有关光头的一些事情,巧云才知道这个光头原来是一个杀猪卖肉的屠夫,他也有一个会做凉粉会唱信天游的女人。三年前的一个集上,光头开着三轮车卖完肉拉着赶完集的女人和刚收来的两头猪冒雨回家,天黑路滑,三轮车翻下山崖,他的女人和那两头猪都给摔死了,他却摔伤了腰,所以,光头不能干重活,才跑来大灶上做了个伙夫……

2013 年 1 月 13 日

除夕夜里的小诊所

雪停的时候已是黄昏,村口那儿的人反倒多了起来。瞧样子大多是一些从外面吃完年夜饭往回走的,也有少数是才忙着回去赶过年的饭局的。街巷里已被杂乱的脚印踩出一条细长的路。

一个姑娘一边走着一边打着电话,对于电话那头的连连催促,只是抱歉地连声说:"好好,马上就到,马上就到,正在车上呢,嗯。"说着一双娇小的棕黄色皮靴就咯噔噔欢欢地小跑起来,还不忘忙着扣大衣上的扣子,肩上挎着的包就溜了下来。

前面的面包车里一个男人的光头露出来叱喝道:"小红,你是个老娘们儿呀,磨蹭啥啊!家里都等不及了!"面包车发动了起来,光头男人砰的一声关上了车门。却瞧见茹大爷抱着一大捆纸箱子从村口进来,光头男人又开了车门,探出头与茹大爷打招呼:"茹大爷,这大过年的您才关店呀?"

茹大爷笑答:"人多关得迟,都要这要那,你说过个年啥也不能少,唉,都不容易呀!咋,这才出去?"

光头说:"诊所里也是人多,小红妈才去顶她,吃完再来换班,嘿嘿,这大过年的啥也不能没,可千万不敢有病呀!"等那叫小红的与茹大爷打过招呼上了车,面包车呼的一声就开走了。

茹大爷一条巷子走过来,瞧见人家的大门上都早已贴上了对联,挂上了灯笼,而他家的大门上还是白墙白瓷砖啥也没贴。我知道茹大爷瞧见这幅景象,心里肯定很难受。唉,茹大爷的老伴走了,这屋里院里就显得空荡荡的。他瞧见我冷冷地站在大门外的雪地上,便问:"咋,要出去?"

"茹大爷您可回来啦,瞧院里再没甚人,我正在等着您哩。"我说。

"咋,菲菲和娃还没回来?"茹大爷问。

"没啊。"我答。

"是不是回了娘家,这咋到过年时了还不回来?"茹大爷又问。

"可能是吧。"我说。

"那你这是去哪儿?"茹大爷又问。

"烧还是没退,喉咙也火烧似的疼,身子软得就想睡,吃了药也没顶甚事,想出去再瞧瞧。"我觉得我说话声音有点儿软。

"那就去村口的刘家诊所吧,见小红出去了,可能她妈正在呢,她妈手好态度也好,人家原是 258 厂的厂医,厂子破了产她就在那儿开了诊所。"茹大爷说着朝旁边退了两步。

"那我去了。"我怯生生地说完,就朝村口那儿走去。

村子里高楼林立,街道四通八达。街巷里的店铺都已贴上对联,拉上了防盗门,两旁高悬的灯笼把雪地映照成红黄色。有的门前还铺了一堆鞭炮皮,雪地里也撒了一层碎纸屑。不时还有噼噼啪啪的鞭炮声从巷子深处传出,一只狗可能被鞭炮炸着了,惊叫声由远及近,接着又好像拐了个弯儿向远处遁去。惊叫声引得几个地方的狗们狂吠不止。此时的村子里显得萧条而又冷落。

出了村口,大街上的风反倒刮得更疯狂,人行道上的干树枝互相摇摆碰撞着,干扰得路灯的光亮也晃来晃去摇摆不定。车道上的汽车亮过一道白光又一道白光,在雪地上撒着欢儿疾驶而过,好像开了闸门流出的水,溅起的雪水就毫不客气玷污了近旁的一片洁白。

我把头向羽绒服里缩了缩,迈步向东走去。走到一个丁字路口正好换成了绿灯,我过了马路就径直推开了那家诊所的玻璃门。

小诊所里灯照如昼,暖意融融。一排白色的药柜把房子隔成前后两间,靠右边留有过道,上面吊了块绣有红十字的白门帘。看得出来,诊所的前面稍小,是专门诊断看病的地方;后面稍大,当然是打针输液治疗的所在。

我见前边没人,却听见后面有两个女人在说话。只听一个操着陕西口音的老女人对另一个说着四川话的抽抽搭搭的女人说："凡事要往开里想，得是？你还年轻啊，怎能在一棵树上吊死？又有父母弟妹，按你这样的年龄，至少还有四十几年的活头，得是？四十几年的好日子等着你一天天去过呀！咱不说什么创造呀拼搏呀奋斗的，就说是享受，这四十几年的变头，咱们谁也想象不来会变成个什么样子，有一点是肯定的，那就只能是越来越好，得是？你看社会进步多快呀，房子车子，这些咱们以前连想都不敢想的好事，不都实现了吗？你再看这村子，卖了地，都分了钱盖了楼，农民嘛，没地了不种地了，地里不生长庄稼却长出了高楼，你看看五六层的一点儿也不稀罕，七八层的也多得是，你说说住了多少房客？一两万人呀，一家一个月收的房费，是咱们工资的好几倍呀！农民过得比那城里人都舒坦，早上喝的是牛奶，吃的是面包点心，鸡鸭鱼肉市场上超市里大包小包熟的生的提着回来，饭桌上啥东西没有？吃喝不愁了，闲得就剩下个玩，跳舞健身打牌逛街买东西，钱花都花不了，嫽不嫽！一二十年前谁敢这样想，得是？好日子当然还在后头呢……你等等，好像来病人了，我去看看！"

我呆站在那里，坐不敢坐，走又不能走，喉咙里冒着火却连大气也不敢出，只好静静听着。等老女人那浓重的陕西话停了，只见一位戴着眼镜的白发女人穿了白大褂走了出来，我想这就是刘大夫吧。我故意咳了两声，说："刘大夫，感冒了，您给瞧瞧！"

"坐这儿吧。"刘大夫指着靠墙的椅子示意我坐下。接着就是摸头、看喉咙，又拿听诊器让我撩起衣服挨着腔子听，末了，又拿了体温表让我夹着，就又去了里间，好像又开始续着前面的话题说道："有时坏事也能变成好事，他这一走，离开了你，从此你不就解脱了自由了，得是？就当是做了一场梦，现在醒来了，外头正是阳光灿烂，春光明媚，春回大地，万物复苏，一切都从头开始了，得是？我也说不好，反正就是这么个意思，你再好好想想！"

接着就是一阵沉默。头顶上灯管的电流声在响，后面输液管里的滴答声也在响。我觉得自己耳朵里有个什么东西也在嗡嗡作响。我觉得来这里瞧病可能是一个错误。茹大爷说这大夫手好态度好，可我感觉到这个大夫对病人不闻不问，甚至是漠不关心。不过，茹大爷的话我还是信哩，茹大爷一生的传奇，就连老天爷菩萨老母太阳公公都不得不承认他福大命大造化大。谁说不是？那抗美援朝在朝鲜一打就是三年，五次战役都经过了，枪子林林里死人堆堆里爬来滚去，就是没伤到一块肉皮。最后还是虎头虎脑戴着军功章回来了。你说奇不奇？回国后，就在全国到处修铁路，后来，又去了非洲帮人家修铁路，修大桥挖隧道，多少次冒顶塌方事故不断，茹大爷这活一干就是几十年，几十年就那么平平稳稳安安全全地走了过来。现在，人老了，除了要照看着一个大院子外，还要忙着给儿媳妇看商店，从早到晚忙里忙外，茹大爷一天跟着太阳一起跑，这太阳公公的名儿就是小豆给茹大爷起的外号。小豆说茹大爷的脑袋就像太阳公公。小豆一瞧见大爷那光头就非要叫大爷抱着摸摸不可。摸过还要说："大爷是个大太阳！呵呵。"这些天小豆那可爱的小圆脸一笑两个小酒窝的样儿，时不时在我的眼前晃动，唉，那个可爱的小模样儿，谁见了都说可爱。我一想起我的小豆，我的软绵绵的身体好像立马就有了些精神。

刘大夫出来瞧了体温表，然后，又把体温表甩了甩，说："39.2度，感冒几天了？吃过什么药？"

"四五天了，吃过不少感冒清，伤风胶囊，还有好多其他药。"我答。

"你想吃药，还是打针？光吃药的话，我给你开上几天的药，有消炎的，也有降体温的，也就几块钱，大过年的自己回去吃，好不好？"刘大夫说话慢声细语，但每句都听得清楚。

"吃药好像不顶事，还是打针快些。"我说。

"打吊瓶也有便宜的。"刘大夫说。

"贵贱倒无所谓。"我说。

"现在，大小医院动不动就要用头孢什么的好药贵药，青霉素都没人用了，说是过时了淘汰了，其实还不是嫌那药便宜没利润，哼！"刘大夫愤愤地说。

"没事，就用好的吧！"我毫不在乎地说。

"其实都差不多,你们挣两个钱不容易,何必看病也要像买衣服那样非得要个名牌呢?"刘大夫没有被我那毫不在乎的决心打动,还是拿了青霉素给葡萄糖瓶里加药。一阵乒乒乓乓金属和玻璃的撞击声后,接着又是咕咕咚咚的水流声,两大瓶药就加好了。我跟着进到后面。后面一溜摆了三张床,两张木床,一张包了人造革皮子的诊疗床。靠窗子的那床上就侧身躺着那个蓬头乱发抽抽搭搭的四川妹子,吊瓶里已滴下去一少半药水。

我没有选择靠那个四川妹子的那张床,而是选择了靠药架后面的那张诊疗床上躺下。

刘大夫只在我的胳膊上拍了拍摸了摸,一根针扎进去,那红的血就出来了。刘大夫给我盖好被子,就又走到那四川妹子的床跟前,弯下腰拨拉着那女子蓬乱的头发,然后,又轻轻拍了下那女子的头,声音压得低低地说:"不要胡思乱想了,主意还得由自己拿,得是?'莫愁前路无知己,柳暗花明又一村。'我也不记得这是不是挨着的两句,但可以说明,前面肯定还会有朋友在等着你,后面肯定还有好地方可去呀,怕啥呢!得是?我相信你用不了多长时间,肯定能找到比他更好的,嗯!"

过了一阵,那四川妹先是间间断断地抽泣,接着就是带着四川口音呜咽的低低的说话声,她说:"以前,他对我好,他几乎天天来我们发屋,不是空着手来,常常是带着好多好吃好喝的东西来。呜呜,后来,他就叫我再别干那又脏又累的理发活了,就给我在这儿租了房,每月还给我几千块钱让我花销。呜呜。"

刘大夫轻轻地问:"你住这儿以后,他常来吗?"

"来,他常来。来了就带我出去逛街玩,什么好,吃什么,什么东西贵,就给我买什么,只要是我看上的,他都给买。我这身上穿的戴的都是他买的,这手机也是他买的第三个。呜呜,他骗我把娃一打下来,他这就一走,从此两个电话打死都没人接。呜呜。"四川妹哽咽着说不下去了。

刘大夫又问:"电话联系不上,在办电话卡的地方也查不到他的身份证吗?"

"啥子身份证？办卡用的都是假的，我至今还不晓得他到底是哪儿人啊！呜呜……"四川妹再次泣不成声。

突然，房间里响起熟悉的音乐，音乐响了一遍又开始响第二遍，这么熟悉的音乐，是《月亮之上》，我这才意识到是我的手机在响。"哦，妈，我呀，加班着哩，原来是想算着要回来的，火车票都买好了。可谁晓得，厂里又接到个紧活，老板就好说歹说让我们留下了，工资啊，那是肯定的，一天能挣平时好几天的钱呢，其他都好着哩！……用不了一两个月，干完这批活，保准回来瞧您，好好，准定！嗯，嗯，好，都在哩，小豆跟上菲菲外头耍去了，没事，穿得厚着哩。妈，您也保重！嗯，嗯。"我挂断了电话，心里还咚咚地跳。

我刚挂了电话，诊所的门就被人推开了，一股冷风随着车辆的轰鸣声和噼噼啪啪的鞭炮声就钻进来。接着，门又被闭上了，声响又立刻戛然而止。

"没注意，呀，有这么多的短信。嗨呀，都是好词儿：'活着可真累：上车得排队，爱你又受罪，吃饭没香味，喝酒容易醉，挣钱得交税！就连给你发个短信还得收费！'原来是这小婊子发的，我们同学中就出了这号烂货，放下好好的大医院不干，却给人家有妇之夫做了小，当了人家的二奶，还在同学跟前老夸她老公多能行多有本事呀，呸呸，真不要脸！"小红一进门就捶胸顿足地骂了一通。

"小声点儿，后面还有病人呢！"肯定是那个光头在提醒她。

"少在我跟前守着，春晚开始了，还不去瞧你的偶像？"小红想打发光头走，光头偏不走，却嬉皮笑脸地说："我晓得今年郭子没戏，潘长江、巩汉林，还有咱的郭达都没戏。有啥瞧头？还不如在这儿瞧你。"

"去去去，别让我烦。"小红说着，大拇指在手机上按得更快了。嘟嘟嘟的按键声就像打电报。

刘大夫忙走出去，一阵叽叽喳喳的耳语之后，就是一阵短暂的寂静。接着又是刘大夫的问话。她问："你们咋这么快就吃完了？"

小红说："他弟弟赌钱输了，赶我们回去就喝醉了，一家人吵吵嚷嚷不欢而散。妈，您先回去瞧电视吧！这儿有我呢。"

又是一阵耳语过后，门开了又闭上。

我躺在床上，打着手机游戏，任凭门被开来开去，还是谁来谁去说着什么，我都没在意，我的注意力都集中在那小小的掌握之间。而前边床上的那个四川妹似乎身子翻动了几下，把头埋得更低了。

忽然，门再次被推开，一个瓮声瓮气的声音带着一股风就吹进来了。"这北方的天就是冷，风刮得就像刀片一样飕飕地直往衣服里钻，啊呀呀，冷死人啦！"听得出来，这位打着哆嗦说着鸟语的是个广东人。

"咦，听这话，好像是哪个小品里的台词。你是演小品的？"小红惊喜地问来人。

"我不是演小品的，我是编小品的。哈哈哈。"广东人说话还是用牙齿打着节拍。

"你真是编小品的？！"小红更是惊奇地叫道。

"我咋会是编小品的？ 我是，我是跟你闹着玩的呀！"广东人的那笑叫人听了浑身直发毛。

"哦，原来你不是演小品的，也不是编小品的。那你是来看小品的还是咋？"小红空欢喜一场，那份热情唰地一下就冷却下来。

"我是来瞧感冒的，流鼻涕打喷嚏还咳嗽。"广东人呼风唤雨声音搞得特响。

"这大过年的，哪来的这么多的感冒？ 是想吃药啊，还是想打针啊？"小红这时就显得有些不耐烦了。

"打针，打针，这样好得快啊！ 不过，要便宜一点儿的好啦。"广东人急迫地说。

"好药不便宜，便宜没好药。阿莫西林、头孢随便选，不过，钞票要贵的啦！"小红也学着广东话说。

"不不不，青霉素就好，又便宜又治病啦！"广东人说。

"现在哪儿还有什么青霉素？ 都什么年代了，你们广东人咋这么抠门儿，看病也要与时俱进呀！"小红奚落道。

"好的啦,你说啥子就啥子,不过一定是要快的啦! 我四点钟还要赶火车呢。"广东人说。

"是四点,还是十点?"小红问。

"四点。"广东人怕听不懂,又说,"是一二三四的四,凌晨四点的火车。你们北方人就是四和十不分。"

"这回听懂了,后面躺下等着!"小红说。

我见广东人提了皮箱进来,头上缠绕着大围巾。我闻见广东人身上烟熏火燎的味道,还伴有熏人的酒气。我的喉咙里呛得就想咳嗽。广东人把手里的杯子放在床头柜上,却把皮箱放到中间的床底下,一骨碌躺在床上,一床被子就裹上了身,床板被压得吱吱嘎嘎价响。

工夫不大,小红就把加好的药瓶挂在了我的输液架上。广东人瞪着红赤赤的金鱼眼,摆手示意要扎在左手上。小红又把药瓶换到靠窗子的四川妹那个架子上,拍打了两下广东人那短粗多毛的胳膊,只一下针就扎好了。小红瞧了眼几个药瓶,就转头出去了。

广东人一直瞪着大眼瞧屋顶,呼隆隆有节奏的出气声压住了灯管的嗞嗞声和输液管的滴答声。

就在这时,《月亮之上》又一次响起,我这回没有迟疑,把电话扣到耳朵上就说话。"妈,您咋价又打过来了? 哦,小豆,是刚才? 哦,是他给您打的电话? 嗯,我是在加班着哩,您听我还在干活着哩。"我忙拿起酒精缸子在输液架子上叮叮当当胡碰打了几下,又说,"妈,听见了吧,我不是哄您吧。啊小豆呀,他是跟您闹着要要的。小豆呀,一天可顽皮哩,可逗人哩。下午吃饭那阵还哄我说:他跟太阳公公早就搞好啦,晚上到他家瞧春晚哩。什么? 我们这儿是工棚,是生产车间,哪儿有电视瞧哩? 尔格这里就我们四五个人在加班,过一阵还要换一班哩。不会的,我怎能哄您哩。好好好! 没甚事的话就挂了。"我放下电话,长吁了一口气,然后,用手擦着额头上冒出的汗。我怎么也不相信是小豆给他奶奶打了电话。小豆在哪里打的电话? 又是用谁的电话打的? 难道菲菲这臭婊子不在他跟前? 唉,这个骚货! 又一想,也许是菲菲唆使小豆打的,那么,她这娘们儿这样做是什么用意?是不是想让小豆他奶奶家里知道我们的事情,这样对她有什么好处呢……我沉思片刻又想,莫非这家伙是要给我家里通个信息,然后再提出离婚,到时候,儿子跟她走那就是顺理成章的事了。不行,这样绝对不行。我正在绞尽脑汁想着一个阻止或打压这种卑劣企图的好办法,还没等我想出个子丑寅卯来,就在这时,广东人的手机响了,铃声是刘德华的《恭喜发财》,声音很大很亮,满屋子都是吵吵嚷嚷的歌声。铃声连响了两遍,广东人仿佛听都没听见似的,两只大眼睛连眨都没眨一下,但听得出来,那呼吸却明显加快了。

过了一会儿,《恭喜发财》的铃声又响起,依旧是满屋子热热闹闹的恭喜祝福声,广东人依旧是充耳不闻的样子,黢黑的脸上毫无表情。

广东人的电话刚停,我的《月亮之上》又蹦嚓嚓蹦嚓嚓响了。我一瞧是个生号码,眉头紧蹙了几下没敢接。等第二遍开始响起,我才犹犹豫豫终于拿起了电话。"喂,啊,你是小豆?!你在哪儿?"我一下子坐起来,几乎激动得跳起来。"小豆,不要怕,慢慢说。爸爸问你,你在哪儿?你用谁的电话?不知道。那你们那儿住的是高楼,还是平房?是楼房。在几楼?有好多层。哦,那,你们那儿有大河吗?有。还有大海。哦,尔格你妈妈不在?去哪儿了?你不晓得?那你们是坐什么车去的?火车?不是火车。是小汽车,叔叔开的车?哪个叔叔?不要哭,爸爸也想你呀。不要哭,慢慢说!你说的叔叔,哪个叔叔?戴眼镜的叔叔?是不是以前常来咱家的那个个子高高的戴眼镜的叔叔?哦,就是。嗯,你刚才给奶奶也打电话了?再甭打了,对谁也不要说你和妈妈跟上一个叔叔走了,晓得不?!好,乖娃娃!呀,谁?哦,是你妈妈回来了?好,那就赶紧挂了吧。"电话那头变成了嘟嘟的声音,我还握着电话傻傻地瓷在那里。

我的电话刚讲完,广东人的电话又响了起来。不过,这次《恭喜发财》的铃声换成了《发财发福中国年》。广东人没犹豫,抓起电话就去接:"是我呀老婆,我知道你的电话一来,就说明家里是平安无事喽!怎么样,他们都走了吗?没来?谁也没来?王老板这小子也没来?还有刘老板,刘老板也没来？就在刚才，王老板还打过两次电话，我没接呀，我不敢接呀！我？哦，我现在已经把小旅馆的房间退掉啦，现在，我退了房间，就在车站旅馆对面的小诊所里打着吊瓶，等打完吊瓶，我就去火车站，先离开西安再说，这个鬼地方冷得很厉害呀，不晓得从前的皇帝老东西们怎能过得去这该死的冬天呀！没关系，我早就想好啦，我偷偷地回来，就藏在咱家的地窖里，那里边比这里肯定要暖和得多啦！哦，我不怕，怕啥？来，来要钱没有，要命有一条啊！妈妈的，咱们做生意赔了钱，可这精神不能倒下呀！怕个屌！好，好，你千万不要告诉外人，好，好，等着我呀，我的小宝贝呀！拜拜！"广东人放下电话，脸色活泛着龇着牙朝我傻笑。

我显然是瞧见了，却被这种突如其来的恐怖狰狞的面目吓得故意转过了头。

突然，广东人朝前面喊道："唉，护士，护士小姐。"

小红从药柜那儿露出半个脸，问道："谁是小姐？有啥事？"

广东人朝四川妹的药瓶上指了指，说："那小姐的药完了。"

小红拿了药瓶进来，给药架上换了药瓶，对广东人说："以后不许叫人小姐，这儿哪有什么小姐？小姐叫人听了恶心死啦！"

小红刚走出去。广东人又叫道："唉护士，护士大姐！"

小红大声问道："又咋啦？"这回小红连半个头也没往过露。

广东人梗着脖子说道："能不能让我们瞧瞧电视呀，今年春晚陈佩斯会不会出来呀，他那个光头把人能笑死啦！"

小红说："没有。原先有个电视，看了不到半年就坏了，拿去修，人家说是山寨货，三十块卖给收破烂的啦！哼，都是你们那边人糊弄得把钱赚啦，我们倒成了受害者了。"

广东人又说："好好想想办法，搞一个来瞧瞧嘛！"

小红说："你以为我不想瞧春晚啊，不是有你们，我早就去瞧了。等回到你家地窖里再慢慢瞧吧。"

广东人说："哇噻，我的话，你们西安人也都听得明白啦！"

小红说:"地球人都听明白啦!你以为说两句鸟语我们就听不懂了?我们这儿美国人、英国人、日本人还有那些黑不溜秋的非洲人也常来常往,什么话我们也能听明白!"

屋里又陷入一阵难耐的沉默。窗外偶尔能听见一阵阵此起彼伏的哄堂大笑和零零星星的鞭炮声。

过了一会儿,广东人的电话又响了,还是《恭喜发财》。这次,广东人没拒接,他抓起电话就大声吼道:"我是呀,我现在正在去哈尔滨的火车上,等要回了钱,我马上给你好啦。冷?不冷,一点儿也不冷啊!咋能骗你呀,你听这是不是火车的声音啊?"广东人说着晃动着木床,水杯还在输液架子上哐当哐当地碰撞着。

小红从前边进来笑着对广东人说:"我现在才知道你确实不是演小品的,而是搞拟音的,真像啊,简直是表演得炉火纯青惟妙惟肖啦!不过小心我的床,那可是为救死扶伤做过大贡献的宝贝呀!"

四川妹翻了个身,也朝广东人瞄了一眼,就又在手机上拨弄开了。只听得一个软绵绵的声音:您好,您所拨打的电话久叫无人应答,请稍后再拨!您好,您所拨打的电话久叫无人应答,请稍后再拨!

"你看我刚才的表演像不像个演员?"广东人笑呵呵地问旁边的我。

"像。你就像个演小品的,真像!"我也对广东人那滑稽的表演和表情回了个笑。

"小伙子,你府上是哪儿人?"广东人问。

"陕北。"我答。

"陕北在哪里啊?"广东人又问。

"就是陕西的北边。"我又答。

"喔,晓得的,就是延安,有宝塔山,还有土窑洞,那是毛主席住过的地方,是不是呀?"广东人顿时眉飞色舞。

"还有民歌。《兰花花》《三十里铺》《赶牲灵》《走西口》,还有《山丹丹花开红艳艳》,有好多好多的,一时半会儿给你数也数不完。"我也越说越高兴。

"哇噻,那你能不能给我唱唱那个什么手巾三道道蓝啊!那种忧伤的美啊,叫人忘也忘不掉哇!"广东人说。

"我唱得不好,要是我老婆在……在的话,她唱得可好听哩,可她……"我欲言又止。

"可是她跟别人走了,当然那些好听的民歌也跟她一起走了。是不是呀?"广东人慢条斯理地问。

"这,这些你也都听明白了。我……"我哽咽着说不下去。

"小伙子,这有啥子痛苦啊?男人嘛,男人就是山,女人就是水,山不转,就让她水自己转好啦,她转来转去,还是要转回来的,不管走到哪儿,还是第一碗饭好吃啊!"广东人意味深长地说。

"……"我愕然了。

就在这时,《月亮之上》再次响起,我接了电话。"哦,妈,不要担心,不都是好好的吗?刚下了班,正在聚餐哩。哦,聚餐就是吃饭哩,电视嘛……也都瞧着哩,不信?不是我一个人,这大过年的咋能是我一个人嘛!不信您听我们喝酒碰杯。"我忙拿起酒精缸子在广东人的水杯上碰了两下,又说,"妈,听见了吧。这回您老放心了吧。等小豆他们回来,我们还有可多的好吃喝等着他们回来一起吃哩,还要一起唱那咱家乡的《三十里铺》哩。等那时候再让您好好地听!"我慢慢放下电话,深情地瞅着手机上还没有消失的亮光。

这时,只见广东人把他的水杯打开,一股酒香就立刻弥漫了整个屋子。广东人给杯子盖里倒满了酒,一只手端着递给我。我迟疑着还是接了过来,两人轻轻地碰了一下,但是都没喝。广东人说:"火车上不让带酒瓶,我就把喝剩的酒倒在这杯里,本来是准备拿到火车上喝的,咱这儿就是火车嘛,来来来,咱两个难兄难弟,干!"广东人说罢,又晃动着木床,哈哈哈地大笑着,又与我的杯子咣地碰在一起……

哐当一声,光头抱着一台电视机闯了进来。

小红诧异地问:"你这是哪儿弄的电视呀?"

光头喘着粗气说:"你先让我放下再说呀!"就抱着电视机,眼睛瞪着小红不知该往哪儿放。

小红想了想，就搬了椅子朝里走。小红把椅子放到四川妹脚下的空地上，说："就这儿吧，想瞧就让你们瞧个够。"

光头站在门口，不解地瞅着小红，见小红的眼里是那种不容商量的眼神，就只好走进来，一边往下放，一边说："隔壁老王头夜里又要照看店，又想回去跟从上海回来的女儿女婿拉话瞧电视，我答应帮着给他看店，就把电视拿过来，让他回去了。"

电视的天线抽出来，开了开关，画面就亮了，那电视上面正在变魔术，一个花枝招展的姑娘进到门里，当把门再次打开，出来的却是个大老爷们儿。电视上的观众们鼓掌喝彩，我和广东人也坐在床上笑得前仰后合，那个四川妹也撩起被角瞧得乐呵呵的，小红站在药柜背后，两手反撑在后背，咻咻地笑个不停。接下来的节目一个比一个精彩，一个比一个搞笑。电视画面上那亮丽的色彩和欢乐喜庆的氛围，把我们感染得都忘记了烦恼和病痛，我们一个个都乐得开怀大笑眼泪汪汪，此时此刻的我们，已经完全忘却了周围的一切。

就在这新年的钟声即将敲响的时刻，谁也没听见外面有什么响动，等我瞧见，茹大爷已经站在我的面前。还没等我开口，茹大爷就乐呵呵地笑道："还以为你去哪儿了，这大的工夫不回来，还想叫你回去瞧电视呢。"

我说："没事您先回去，过会儿打完针就回来。"

茹大爷说："我还等你回来吃饺子哩。老伴不在了，我学着包的，知道你一天没吃东西了。"

"饺子来啦！"话音刚落，只见刘大夫端着一盘子裹着塑料袋的热饺子进来了。

就在这时，四川妹突然一下子坐起来，握着手机声音沙哑地吼道："我找陈世海，什么什么？他死啦！……"屋里顿时唰地静了下来，大家听见电话那头一个女人说："以后，再别给他打电话了，他……他他……死了……"

2008 年 11 月 25 日

父亲的寿衣

村里卖地一分钱,父亲的手里就滋润了。他先是给自己配了一口雪白的假牙,逢人便咧开厚嘴唇朝人家笑。说是笑,其实也没有什么内涵,只是那样傻乎乎地朝人家乐,熟悉的人晓得是为了夸那牙,生人还以为他就是个老傻子。

其实,父亲从小到老并不傻,小时上过几天学,识得几个字,曾经也在生产队里负过多年的责,大会小会地参加过不少,读书看报倒看不囵囵,可那大道理讲起来还蛮能服人哩。

村里这次一分钱,他没说个啥,就先给自己换了一口假牙,然后就是进了一回理发馆,舒舒服服让人家年轻女娃娃给剃了一回光头,还刮了个全脸。出得理发馆,逢人便夸,说:"还是人家理发馆的手段比那桥头剃头摊子上剃得好,人家那娃娃不光那手段好,那刀子也快,一点儿也不疼,不信你瞧,哪儿都没刮破,还香喷喷的。"外人立住脚,瞪着眼朝他的白光光的头上瞧,瞧了一阵,鼻子缩了缩闻了闻,便附和着说:"嗯,就是香嘛。"他听了人家夸赞的话,自然是欢喜,便掏出黑卷烟让人家抽,人家瞧他的眼睛又瞪直了,不过,这次人家不是瓷着眼瞧他的光头,而是盯着他递过来的那又粗又长的黑卷烟瞧,半晌,那人才结结巴巴地说:"嘿哟,烟锅子都撂了,都抽起这号雪茄啦,老天爷,这不真是鸟枪换成大炮了!"他说:"以前瞧见电视里有钱人抽这东西,还以为就是为了演戏装装做派,如今一抽,才晓得就是比烟锅子好抽嘛,嘿嘿。"

村上准备卖地的时候,儿子就说,等卖地分了钱,要在窑顶子上新修一层楼房,修一个大客厅,外加三个大卧室,让他们爷孙三代各住一间,还要装暖气、空调，说是冬天不冷，夏天不热，还能天天洗澡……儿子把自己粗胳膊笨手画的图纸让他瞧，他听了儿子眉飞色舞的话，连那张画得乱糟糟的图纸瞅都没瞅一眼，就呸地朝儿子吐了一口，然后说："有两个钱就开始烧包？老子一辈子拼老命挣下的这几孔窑洞，还不够你们住是咋的？还动不动就修这盖那，老子穷了一辈子，还等着分了钱，好好活几年哩。"

儿子从此再没敢提什么修房盖楼的事，儿媳妇也没敢再说什么这家盖房，那家买车的话。

过了些日子，那天吃饭时，儿媳妇一回家，照例给他炒了一盘鸡蛋，让他先喝一壶。顺手把一个小本本搁到饭桌上，怯生生地说，这段时间忙得没照顾好你老，那麻将馆也没顾上多进，倒是去驾校学了开车，考了这个本本。儿媳妇当然是说着想让他知道，甚至想让他瞧瞧放在饭桌上的那个蓝色的小本。

但是叫儿媳妇完全没有料到，父亲连那蓝色的小本本瞄都没瞄一眼，就像什么话都没听见似的，只顾着自己一盅子一盅子喝他的酒。赶儿媳妇把煮好的面给调上旺旺的辣子和旺旺的醋，端到他的面前，他的二两烧酒正好舒舒服服下了肚。

父亲虽然没像那天给儿子发火那样给儿媳妇发火，却也装聋作哑，听见了却装着没听见，甚话没说，也没放脸色，却也像无形地给儿媳妇骂了句：烧包！儿媳妇倒是委屈地哭了一后晌。

儿子儿媳以前在外头打工，后来回来靠贷款办了一家水产门市，平时早出晚归忙着经营门市，很少顾家，孙子蹦蹦也都是靠爷爷奶奶照料。自从去年奶奶去世后，儿子儿媳就更忙了，既要照看门市，又要照顾家里，还要接送孩子，两口子忙得手忙脚乱。儿子早上起来就骑上三轮车去进货，赶儿媳妇把早点给爷孙俩做的吃罢去了店里，一早上就忙得没个消停了。中午倒有了空闲，儿子儿媳都要抢着去隔壁的麻将馆里打两圈麻将，输赢倒不当紧，重要的就是能叼着空儿放松放松。

本来两口子早就谋划好的，等村里分了钱，不光要翻修盖房，还要买辆带后兜子的那车,进货送货都能赶上急紧。当然盖房是儿子的主意,买车就是儿媳的主意了。儿子认为,村上好多人家都盖了房,有的还盖了五六层那么高的楼房。儿子说:"咱们也不跟他们攀比,咱们也不盖那么高,一是没有那么多的钱,二就是有那么多的钱,咱们也不要一把都投到这房产上,叫人一看就是有钱了,才这样显山露水地胡张扬。咱们在旧窑上面加盖一层,图的就是个实惠,自己在楼上住着宽敞舒服,底下的窑洞还能打赁出租收房费。最关键的是,等过几年咱这城中村改造,能顶好几套那带电梯的大楼房哩。"两口子说着说着就激动了,眼眶里有了泪水,手脚就开始不听使唤,终于拧成一股绳了,你的泪水和他的泪水流在了一起,还相互咬着有了喘息,不多时,那拧在一起的绳就松了劲,然后哗的分开了。这时候,两人就不说话了,都瘫软在炕上,都盯着黑黢黢的窑顶子不语,都在心里追思着他们曾经有过的艰辛坎坷和许多许多的不容易,也畅想着刚才共同描绘过的红彤彤的光明未来。

儿子毕竟想得粗糙,只是盖好新房后的粉刷和装潢,甚至也想到了新房盖好后的家具陈设和家电摆放,当然还有典雅的落地窗帘和高雅的立体环绕的高保真音响,里面缓缓流淌出舒曼的小夜曲……这是儿子那些年在外头打工时,曾经拥有的一个梦想。

儿媳却想得更多的不是那带兜子的车,带兜子的那车是个铁疙瘩,人家厂子里早就打造好了,到时候,把钱给人家一付,咱就把车轰隆隆地开回来,就这么简单。儿媳此刻想的就是如何重新打造自己。从头到脚她都早思谋过了,做什么头发,买什么发卡,怎么修眉,怎么漂唇,身上添什么衣服,脚上买什么鞋。当然,还有那些从结婚到现在一直朝思暮想的金银首饰。这些金灿灿的戒指、耳环和项链,更是一件不能少。从要买的衣服鞋袜的颜色款式,再到春夏秋冬四季替换的质地样式,她都反复想了不知多少遍。当然,有的在进一步的想象中,参考每天在大街上欣赏到的新的款式颜色,与时俱进地做着增减或修正。在这种增减和修正中,眼巴巴地等着那激动人心时刻的到来。

至于能分多少钱,是先盖房还是先买车,还是盖房头车一齐来,两个人也有过争议。最后争来争去,两口子就在枕头边拉钩上吊异口同声地说:"房子车子一齐上,这叫双管齐下。"

儿子、儿媳这些巨大宏伟的设想和细致入微的计划,父亲自然全然不知。父亲的想算计划,儿子儿媳当然也全然不晓。直到那天毫不留情地否定和斥骂了儿子儿媳的狂妄设想,并且把他们早已蓄谋已久的狂妄设想,旗帜鲜明打得粉碎。他们心热的期待和梦想了许久许久的美事,就像一块被烧烤得红通通的烙铁,突然被父亲的一泡尿浇灭了,他们这才突然惊醒过来,他们才意识到,他们曾经谋划的宏伟设想和细致入微的计划中,唯独没想到还有一个威严倔强一意孤行的老爸呢。

父亲并没有因为儿子儿媳的任何情绪变化,影响到他的情绪和他的生活。他仍然一如既往地早上要吃他的早点,中午要睡他的午觉,晚饭时照样要喝他的那二两烧酒。情绪没有一点儿变化,日子也就过得像那沟渠里日复一日流淌的那水,没变化。父亲早上一放下饭碗,就去坡下的广场锻炼。说是锻炼,其实也就是在广场里踢腿扬胳膊走动走动,这儿瞧瞧,那儿看看。走到做健身操那里,还是瞧见平时那些半搭子老太婆跟着大音箱跳广场舞;打太极拳那边,还是那几个统统穿了一身白的人,手迟脚慢小心翼翼地做着架势,不知是为了自己瞧,还是让别人瞧,都一脸的旁若无人正儿八经;只有扭大秧歌那头,才锣鼓喧天,威风凛凛,那一帮子不怕死的老家伙,就不怕把那肠子肚子扭出来,不要命地跳呀扭呀的。还有后头小树丛那儿,稀稀拉拉分散坐着一些人,有的拉琴唱歌,有的东拉西扯说着闲话,有的南腔北调谈古论今论说着目下时政。

父亲反操着手走过去,有人跟他打招呼,他也跟人打招呼。就这样这儿听听,那儿看看,唱歌跳舞他不会,说古论今他也说不囫囵。嘴不动了,就光动眼睛、耳朵和鼻子。瞧人家那些退休干部职工,与人谈论说话就是有水平,手腕上戴着明灿灿的手表,说话时,舌头利索,上下两片嘴唇也灵巧,手臂一扬一扬的总不闲着,那话出来,就有了另外的味道。说到反腐败,就说什么老虎苍蝇一起打。这怎么可能呢,老虎是那么好打的? 哪像苍蝇、蚊子、跳蚤这些小东西容易打。还说非洲那里的什么病可怕得很;说欧洲那里的飞机出了甚事;还有日本的那个领导,竟敢胡说八道。熬到饭时,他才随着这些老家伙们一起回家吃饭。饭后依然拿起小板凳去小树林里听人家说聊斋。

广场是他们村里修的,把一个用了几十年的打谷场,修建成了一个广场。原先土囊囊的打谷场,用水泥打了地面,栽上了树,还种上了花草,靠边上还安了许多的健身器材。从此,来这里玩的人就多了。村里人去得并不多,主要是周围新搬来的住户。这些来自天南地北的住户,把天南地北的新鲜事一同带过来。自从打谷场变成了广场,广场就有了新的作用和新的味道。

父亲每天把这种新鲜的味道带回家,身心就愉悦,身心一愉悦,思想就愉悦。他有时也会与儿子和孙子讨论他从外面听来的话题。说到共同感兴趣的话题,他们就信口开河胡乱拉谈上一阵。说到不太感兴趣的话题,他们就不太多说。还有根本拉谈不到一起的话题,爷孙三代就气刚刚地不往下说了。

那天在吃晚饭时,父亲提出要买一个收音机。说是收音机,但又能放歌唱戏,声音还蛮大。父亲说人家广场上好几个老头都拿的是这东西。

孙子蹦蹦嘴快,说那叫 MP3。

儿子说:"MP3 怎能听收音机? 肯定是播放机。"

父亲说:"不是那个什么这个屁那个屁甚的,就是收音机,人家说里头还要放什么内存卡。"

蹦蹦惊奇地说:"爷爷真棒,还能晓得内存卡哩!"

父亲笑道:"爷爷不光晓得什么内存卡,爷爷从广场上学来的东西可多着哩,以后爷爷死了,可别忘记给爷爷的坟上也多烧些这些新玩意儿,什么电脑、手机、小汽车甚都要,到了那里,也离不开这些东西呀!"

儿子忙说:"电脑、手机这些高科技的东西,那里能用得上吗?"

父亲说:"用得上,听广场上的人说,那里有个姓乔的什么博士,他什么都会。"

儿孙们听了都笑了。

没过两天,儿子就托人从批发市场买来了一个可以装内存卡的收音机,还给卡里装进去了陕北民歌、陕北说书等一些好听的段子。

蹦蹦拧开开关,给爷爷教了一阵子,那收音机里就哇哇哇地唱起了秦腔。

父亲拿着那个会说会唱的小家伙,乐得怎么也合不拢嘴,一口齐刷刷的白牙笑得就像小孩。他啪地打开装在怀里的皮夹子,从里头掏出一大把票子让蹦蹦自己拿,蹦蹦只是不假思索从中抽了一张一元票,就想欢喜着离去。却被父亲一把拉住,他从里头抽了一张十元的票子递给蹦蹦,蹦蹦的小口惊讶地张得就像个窑窑。半晌,蹦蹦才说:"爷爷你眼花了,这不是一块,这是十块呀!"

父亲笑呵呵地说:"爷爷今天给的就是十块。"从此,孙子蹦蹦每天去学校时,父亲就把以前给的一块钱,一下子就涨到了十块。可自己每天晚上要喝的一壶烧酒,却从原来的二两减到了一两。

那天,父亲吃饭时,从怀里掏出一个一两的小酒壶,并自言自语地说:"以后每天就喝一两吧,这样既省钱,也对身体好。"

儿子说:"爸,你想喝就多喝点儿,咱们现在又不是没钱,喝不起那二两!"

父亲一听就冒了火,劈头盖脸就骂儿子是个败家子。

晚上睡觉时,儿媳问儿子:"咱爸现在有那么多钱,这也不让做,那也不让弄,到底是想做甚哩?"

儿子思忖了片刻,说:"不让盖房,也不让买车,是不是想出去旅游呀?"

儿媳说:"恐怕不会,咱爸从来就不喜欢外出游玩,是不是咱爸想用这些钱,给自己再闹个老婆?"

儿子一听这话,当即就骂儿媳是女人之见:"咱爸已经快八十岁的人了,还闹什么老婆？况且咱妈的三周年还没过哩！"

第二天吃饭时，儿子和儿媳就试探着问父亲，儿子问："爸，咱们现在有了钱，等你的宝贝孙子放了假，咱们爷孙几个也去那华东五市旅游旅游，听去过的人说，上有天堂，下有苏杭，还有上海的摩天大楼，南京的夫子庙、中山陵和长江大桥……"儿子说着还不住地观察他的反应，见他爸脖颈一扭一扭的，晓得是听得不爽，于是又赶紧转了话题，儿子说："要不，干脆就去那香港、澳门吧，来回双飞，去那老牌的资本主义殖民地瞧一瞧……"

还没等儿子眉飞色舞地说完，父亲就打断了儿子的话。父亲说："快算了吧，再别说他妈的什么香港、澳门。听广场上去过的人说，那香港的导游把你引到商店里，你不买东西，导游就把住门不让你出去，嘴里还嘟嘟囔囔地骂人，脸色难瞧得就像那茅坑里屙屎一样。还有什么那个澳门，听说一个五十来岁的澳门导游在车上胡说八道，还学公狗尿母狗尿，什么东西嘛！咱还去那地方，花钱瞧他的脸色，听他瞎折腾？"

父亲说到这里，气呼呼地抽了几口雪茄，又说："以前也老想着出去看看，但是，一想到那外边人的话听不懂，外边的饭菜也吃不惯，干脆哪儿都不去了，还是老老实实待在家里最自在。"

儿媳见这一招不行，就又来了另一招。儿媳说："爸，我们一天忙得顾不上照顾你，不是往那个什么上说，要不，就瞅着给你找个老伴吧，有个人近距离地守在你的跟前，服服帖帖伺候着你，我们在外头做生意也就放心多了。"

这回，父亲没有打断儿媳妇慢声细语说的话，只是朝坐在一边洗耳恭听的儿子瞪了一眼，仿佛这个歪主意就是儿子唆使着儿媳说出来的。

父亲把儿子狠狠地瞪了一眼，表示对儿媳说的这话不满，但当着儿媳的面，他没有把自己强烈的不满和愤怒发泄出来，只是尽量心平气和地说了句："快八十岁的人啦，还闹甚老婆哩，你们不怕人家笑话，我还怕人家笑话哩！这事以后谁再不要说第二回。"

儿子儿媳看出老人的态度如此坚决，就再不敢说什么了。白天依然忙得做这做那，一到晚上很晚了才关了店铺回到家，把钱匣子里的一堆票子和麻将馆里赢来的钱,反反复复数上几遍,才哈欠连着哈欠上了炕。到了这个时候,他们也没忘记互相之间还要尽那个义务。说是尽义务吧,当然就那么敷衍了事也就算了。可就是往往到了兴头上,谁就管不了谁了,这时候就都大动干戈弄开了真的,事毕,当双双瘫倒在炕上,静静地喘息,这才听见隔壁窑里不时传过来咳咳咳的咳嗽声,他们这才异口同声地小声说:"咱爸还没睡。"说过这话,两个人还都要认真地想一阵,老人到底要那么多的钱弄啥?忽然,儿媳说:"是不是咱爸要给他买寿衣棺材什么的,要不,是不是还想在那麻子山上修一个气派一点儿的坟场?"

等到次日吃饭时,儿媳就拐弯抹角地把话题拉谈到这个问题上。儿媳说:"今年有闰月,听大人们说,要是在有闰月的年头给老人做了寿衣,那老人就会加寿呢。"

儿媳妇这样慢条斯理地一说,父亲那黑黢黢的脸膛上,立马就浮现出一脸的笑来。父亲笑着说,这事他也想过,人迟早要死的,死了以后迟早也是要穿衣服的。不过,他不想用那种传统的寿衣裹着身子上山,他说,人家领导人去世后,身上都穿着新崭崭的衣裳,身上还要盖一面党旗,活着威风,死了也挺威风。至于那党旗咱也就不要盖了,但那衣裳总还要穿得像模像样吧。

儿子一听这话,喜出望外,终于搞清楚老人的真实用意了。于是就说:"咱爸的意思我明白了,咱爸是要新事新办,就是不穿旧时的那种老寿衣,现在就跟那些领导人一样,穿戴平时的衣裳,比如西服呀,中山装呀,皮鞋、领带、外套、毛大衣……"

儿子说到这里,父亲终于笑呵呵地点了点头。

儿子当然知道,一向老实巴交的父亲,为什么在这件事情上要这么讲究这么在意这么认真呢。小时候,父亲逢年过节常要讲,他们祖辈务农,年年月月脸朝黄土背朝天,在山峁沟洼上刨来刨去,还总是吃不饱穿不暖,从没穿过买来的衣裳和鞋袜,直到老来,身上的棉衣棉裤,还是靠母亲一针一线手工缝制。现在,终于有了钱,老人在这个世界上最后离去时穿的衣裳,怎能不买最好最贵的呢?

　　于是，儿子和儿媳妇连着几天，轮换着在各家商场里转悠，等用了几天的工夫，把所有的点都踩了好几遍，价钱也比较过了，质地样式也都论证好了，那天两人一出手，就满满当当提回来几大包子，放到炕头上，一件一件拿出来让老人瞧。

　　父亲把儿子儿媳给他买的这些寿衣寿裤，还有皮带、皮鞋、领带、袜子，一一拿起来放下去细心地看了一遍，有的还穿在身上试了试大小，然后，又让儿媳一件一件包起来，放在了自己住的窑掌子那儿的柜子里，锁上了柜门，对儿子儿媳和蔼地说："这回我就放心了，也不用到时候，你们手忙脚乱地乱抓挖。"

　　父亲这样说，就是对儿子儿媳最高的褒奖。儿子是根独苗，他上头曾经有一个哥哥、一个姐姐，哥哥姐姐都在那个大干农业的年月打土坝淤地时死了。那时他父亲正当着生产队的队长。哥哥姐姐死了以后，父亲就像换了个人似的，变得性格孤僻，沉默寡言，整天吊着一个冷脸，冷峻地面对家人、面对外人、面对工作、面对生活。后来，生产队解散了，可村委会还在，父亲就一如既往仍然被推选当着村主任，直到前些年因年事已高自觉退下。父亲在村上负了几十年的责，就靠端一根长杆烟锅子，进东家走西家，到乡上到县上，把上面的政策传下来，再把底下的呼声传上去，村上平平稳稳，村民安居乐业，在这样安定团结的大好形势下，他光荣地退了下来。晚年的父亲，终于平稳地实现了软着陆，赢得了自上而下有口皆碑的好名声。就这样，才几年的工夫，新上来的年轻人，大刀阔斧搞起了改革，搞起了开发，三改革两开发，村里的百十亩田地没了，盖起了高楼大厦。那些腰缠万贯的开发商，腰包里装得满满当当，开上高级小车走了，接下来，浩浩荡荡进来的就是天南地北的新移民。过完年开了春，常有村上的老伙计向父亲问这问那，他瞧着问他的人忧郁的眼神，苦涩地一笑，摇摇头无话可答。有人悄悄问他，那卖地的钱都到哪儿去了？他依然是苦涩地一笑，摇摇头不做回答。人们见他还会笑，于是就没有绝望。终于等到分钱的方案公诸于世，连同那些花花绿绿的账目也贴在了墙上，村民们的脸上终于多云转晴，他脸上的愁云，自然也烟消云散了。可他日日思、夜夜想的另外一件事，好多天了，就是思来想去想不出个良方妙计。他一想到这事，就唉唉地叹气。他真的不晓得以后的人会咋样骂他呢。

父亲自从买下了一大包新崭崭的寿衣，也就多了一件心事。他每天晚上都要从柜子里把那个大包袱拿出来，放在炕头上，解开包袱，一件一件翻搅出来看上一阵。有时还要戴上老花镜，细心地瞅那衣服上的标签，摩挲上好几遍那些衣服的里里外外，就这样摆弄上好一阵子，才按照原样包好，重新放进柜子，然后锁好柜门，把拴着红绳的钥匙放入写字台的抽屉里，才会安然地睡去。

那天晚上，儿子他们因为外边下雨，便早早地关门打烊回来，儿媳一进大门，老远就瞧见父亲身上穿着白衬衣，衬衣领子上还松松垮垮打着一条领带，坐在炕栏边，戴着老花镜，一件一件翻看着那一包寿衣。回到家，儿媳便悄声说："咱爸还在偷偷瞧那些衣服呢。不信，不信你去瞧瞧！"

儿子由于从小形成对他爸的敬畏，身子没敢动，只是用不解的眼神瞅妻子。可他们的宝贝儿子蹦蹦却停下了写作业，说："让我去瞧！"两个大人生怕打搅了父亲，没有答应孩子前去。去是没去瞧，但他们都仿佛才明白，原来父亲思来想去的就是这事情呢。那么，还有棺材呢，好像那天说起棺材，父亲也没说什么反对呀，看来，这件事也要放在心上，早点儿给他买回来，父亲才会安心。

转眼的工夫天就热起来了，那天，儿子从瓜果批发市场批发了好几个大西瓜，装了两个蛇皮袋子，让一个常送货的三轮车送回来，正好父亲在家睡完午觉起来，见蹬三轮车的是邻村的村民，彼此相互都认识，三扯两拉就拉谈到买棺材这事上。那蹬三轮车的黑脸汉子，吃着父亲给的黑卷烟，溅着唾沫星子说，这事情就包在他身上，他远房的一个亲戚就专门开着一家棺材铺，要上好的四片瓦或八仙货，保证都能挑最好的材料，活路做得细致，尺寸绝对不会偷懒，而且保准没一块补丁。

父亲一听自然高兴，拉着那人进窑抽烟喝茶慢慢叙谈了一阵子，最后还打开柜子,让那人瞧了自己新买的寿衣,才与那人相跟着去了广场。

等父亲后晌听完聊斋提着小板凳回来,他的家已经被盗了。父亲瞧见自家大门开着,他住的窑门也开着,窑里被翻了个七零八落,衣服鞋袜散落了一地,那包新买的寿衣早已不翼而飞……

父亲瞧见这番惨状,差点儿气晕过去。他强忍着头晕目眩,给儿子打了电话,不一会儿儿子就带着派出所的两个民警来了。民警说:"你们村里刚分了钱,有好几家都被偷了,这样的盗窃案子很难破,如果安上防盗门,那小偷就进不去了。"

过了一会儿,两个民警看完现场、做完笔录走了,儿子指着他窑门上的防盗门说:"爸,给你也安一个防盗门吧,花个千儿八百的买个保险。"

父亲歪着脑袋摆了摆手。

儿媳说:"亡羊补牢,为时未晚呀!"

父亲似乎也把儿媳的话听懂了,他依然摆了摆手。

儿子见父亲并不想在被盗贼偷窃之后再安装什么防盗门,于是又说:"要不,咱们院子里安个摄像头吧,这就能把前来偷窃的小偷拍摄下来,能给派出所提供院子里所发生的一切信息。"儿子怕父亲听不明白,还特意把事情说得这么仔细。

没想到父亲一听,这回连手都没摆,却撂出一句:"那小偷还会常来呀?"然后慢吞吞地爬上炕,仰面躺在铺盖卷上,轻轻闭上双眼,不言语了。

父亲病了,连着几天不下炕,饭吃得少了,话也说得少了,早上也不出去锻炼了,中午睡醒后也不再拿上小板凳去听聊斋了。

儿子见父亲就因为家里被小偷偷走了那么一点儿东西,就能被气得病成这个样子,心里横竖想不通。父亲一向坚强开朗,怎能为这点儿小事给打倒呢。为了叫父亲不要老在这点儿小事情上想不通,犯着熬煎,儿子对老爸说:"不就那么几件衣裳嘛,还犯得着为这点儿小事急躁哩,万一急出个什么病病灾灾的,你说划来划不来? 让我们照那回的原样,重给你买一回不就行了? 不就是多花几个钱的事情吗?"

父亲听完儿子说的话，眼皮连抬都没抬一下，只是微微摆了摆手，神情安详得就像睡着一般。

父亲如此耐心地听站在一旁的儿子把话一句句说完，并没有强烈地反对或激烈地发火，甚至是猛烈地斥骂。现在，父亲病倒了，父亲再没有以前那样硬朗的好精神了，父亲整天就那样迷迷瞪瞪躺在炕上，一声不吭，甚至不听收音机不看电视，就那样不分白天黑夜安详地躺着。

儿子儿媳这时就显得束手无策，对父亲的安慰开导，父亲听了置若罔闻，那么，还有什么办法能使老爸高兴呢？儿子这时一下子就想到了酒。烧酒是父亲平时最爱喝的东西，于是儿子端来了斟得满满的一壶酒，还炒了一盘父亲平时最爱吃的韭菜炒鸡蛋，端到炕前，父亲依然是微微摆手拒绝了。

这回儿子儿媳没辙了，两口子回到自家窑里，有气无力地跌坐在沙发上没了主意。不过，往往到了这种地步，还是女人表现得比男人聪明。有人说女人在热恋中，智商等于零；但是，身处困境的女人，一旦到了山穷水尽的地步，马上就会灵机一动爆发出奇思妙想，使人绝处逢生。儿媳说："咱们给咱爸重买一套跟那一套一模一样的寿衣，不就得了？"

儿子顿时也附和着说"对对"，儿子恍然大悟。

到了下午，儿子儿媳提着一大包东西，汗流浃背地进到父亲的窑里，喜出望外地对父亲说："爸，案子破了，东西都找到了，哈哈，我说嘛，'要想人不知，除非己莫为'，那小偷把这些东西拿到集头上卖，一下子就让派出所的民警给抓了个现行，还不得受几天那苦才怪哩！"

父亲静静地听完儿子兴高采烈的讲述，只是微微地抬起眼皮，朝那包衣服瞥了一眼，似乎是看了看那包裹的颜色和大小，心里仿佛就明白了这里头的奥妙，但是没说一句话，也没朝他们摆手，然后又平静地闭上了眼睛。

儿子儿媳两个人面面相觑，吐了吐舌头，似乎是自己精心编造的这个谎言，一下子就被老谋深算的老爸看破戳穿，他们急忙尴尬地溜了出去。

几天来，父亲的病情仍然不见有什么好转。对于父亲突然被气成这个样子，儿子和儿媳事先是没有一点儿思想准备的。他们原以为父亲就是被盗贼偷盗之后,才气成这个样子。现在,被偷窃的东西不管咋说,又失而复得被找回来了,父亲为什么还不高兴呢!

他们站在父亲的炕边,你瞅瞅我,我瞅瞅你,一时手足无措不知如何是好。

就这样静静地过了一阵,父亲半睁着那双昏花的老眼,平静地说:"这些穿戴并不当紧,活着是衣裳,死了也是衣裳,都还不是一样嘛……"

说到这里,父亲突然睁大眼睛,眼光放得亮亮的,朝儿子儿媳平静地扫了一眼,才说:"还有件顶重要的事情,要给你们说,我思谋了好长时间,不晓得能弄成不?就是……就是想请个会写文章的人,趁我还在,我说……他写,给咱……给咱们村上写一本书,不要……不要叫后人忘了咱们村上……曾经有过的光荣历史和那些田和地呀……过去……村前村后,那可都是好水地呀……"

父亲有气无力地说到这里,就再不往下说了,眼眶里噙满了泪水,声音哽咽得再也说不下去了……

到了这时候,儿子儿媳才终于明白,原来父亲把钱攒下来,朝思暮想,就是准备着办这样一件大事的,他们望着老泪纵横的父亲,也不由自主地流下了眼泪。

就在这时,大门外响起了摩托车的声音,大门被推开了,进来的是那两个派出所的民警,他们手里提着那包衣服,大步流星走进父亲的窑洞,激动地说:"案子破了,就是那个蹬三轮车的家伙偷的,昨天他又作案时,被我们当场抓住了。"

父亲听了民警说的话,睁开眼睛,把放在炕上的那两个一模一样的布包看了一眼,想说什么,喉咙里却像被什么东西噎住了,甚话没说出来,却开始了剧烈地咳嗽,咳嗽得一声紧似一声,肩头一耸一耸的,胸脯也在剧烈地起伏着……

儿子儿媳这时才想起了要赶紧送老人去医院……

2014 年 8 月 9 日写于陕北

幸福在天边

一

鞋匠老六朝王成的饭馆里喊了一声："来一碗汤面。"傻子幸福听见了就跑过来嚷着要吃汤面。鞋匠老六说："去,回去吃你妈的奶子。"傻子幸福听了鞋匠老六逗他的话,只是咧开厚嘴唇笑了笑,一股口水就趁势流了下来,没遮没拦流了一下巴。傻子幸福就那样用手背很随便地擦了擦,一屁股坐在小马扎上,手里就开始不停地摆弄起摊子上的那堆碎皮子。

这时,卖肉的屠夫大黄牙蹬着卖肉的三轮车走过来,大黄牙停下三轮车,侧转身子扭头小声问鞋匠老六："哎,老六,有没有货?"

鞋匠老六那双小眼睛,只是朝面前长得五大三粗的大黄牙瞄了一眼,声音很轻地撂出一句："没有。"然后眼皮又快速地闭上,又专心致志地听起了收音机。收音机里正在播放着秦腔,一个花脸正在声嘶力竭地吼叫着,戏文唱得一塌糊涂。

幸福他妈从村里一瘸一拐走出来,见鞋匠老六正端着一大碗面条吃得起劲。幸福还坐在那里,嘴里咿咿呀呀说着什么,手里还在不停地翻动着那堆烂皮子。

幸福他妈走过来,准备拉起幸福回去,又犹豫了一下,还是站住怯生生地问："今天活不多?"

鞋匠老六停住嘴嚼,朝幸福他妈笑了笑,说今天少,明天可就多了。说完,见幸福他妈拉起幸福走了,他又开始狼吞虎咽吃起他的汤面。

幸福他妈的眉眼好,身段也好,就是走起路来腿脚一瘸一拐的,屁股一翘一翘的好像在数数,引得周围配钥匙的、修车子的和骑着摩托车候在村口等客人的那几个师傅,都眼睛直直地目送幸福他妈一直走进村巷深处,才收住眼,眼光里就有了内容,那话就从嘴里说出来。

修车子的秃头老黄手里夹着一根黑卷烟说:"要是能跟这个瘸女人睡了,就是明天死了也值!他妈的王宝这小子,真是日弄女人日弄糊涂了,咋就把人家的腿给打断了,最后还一脚把人家给蹬了,真是造孽呀!"

一个摩的师傅靠在摩托车上说:"啧啧,亏咱没那福分。"

议论女人的话题可能还要添油加醋地继续说下去,幸好王成从饭馆里走过来收空碗,鞋匠老六就干咳了两声,其他人的那话就立刻戛然而止。王成撩起围裙收了钱,又找了钱走了,鞋匠老六抹了把油腻腻的嘴巴,眯着眼睛对秃头老黄说:"别见个女人就把自己当成那癞蛤蟆,只要你腰里有铜,还怕找不到发泄你那点尿水子的地方?哼!"

显然,鞋匠老六在村口的这些人面前说话还是算数的,也是有分量的,否则,刚才王成像个女人似的轻飘飘地走过来,他的一声咳嗽,就像踩了一下刹车,其他人的话立马就给刹住了。王成不像哥哥王宝有本事,村里盖起门面房,就开始在这里开饭馆,放下斯斯文文的老师不当,却起早贪黑卖起了饭。哪像哥哥王宝,长得五大三粗,说话就像从口里向外撂石头一样,瓮声瓮气的,震得地动山摇。村里卖地分了钱,他就买了大型机器到陕北承包工程,一眼就瞧上了房东婆姨巧儿,趁着巧儿的男人外出打工没在家,他就不分白天黑夜有事没事往巧儿住的窑洞里跑,时间不长,两人便天天勾搭在一起弄开了那事。最后工程完工时,他问巧儿:"跟我去那省城不?"

那巧儿瞧着他,半天才吞吞吐吐说:"跟你去了,我家里咋办?"

他说:"跟我去了,咱们就成了一家,还有什么你家?到那儿,你想吃啥就吃啥,想穿啥就穿啥,想去哪儿就去哪儿,家里的几辆小车随你坐,保险柜里的钱随你拿……咋相?"王宝瞧见巧儿动心了,他一把就将巧儿抱上车……从此,王宝就把原来的老婆换成了巧儿,在村前头的一块麦地里,盖起了一栋八层高的大楼,办起了宾馆,手里的那个钱呀,就像往回流的那水,哗哗地流了进来。哪像王成，还死抱着村里分的那间小饭馆，没明没黑地挣那两个皱皱巴巴的辛苦钱。

到了这时候，街上人就少得可怜，鞋匠老六他们手里没活做，就眯起眼睛打着盹听收音机，秦腔正唱到好听处，突然停了，收音机里就播起了广告。鞋匠老六关了收音机，拿起摊子上的一个小塑料瓶，伸到围裙里面，掏出小二哥尿了一泡。刚扣上裤子，卖菜的茹二娃就开着三轮蹦蹦车来了。

茹二娃跳下蹦蹦车，把一捆子蒜薹芹菜撂到摊子上，一屁股就坐在刚才幸福坐过的那个马扎上，耳朵后面的长头发里，变魔术似的取出一根烟，递给鞋匠老六，小声说："明天有货，从四川来了两个川妹子，要在王宝的宾馆里住上一阵子的，到时候上门的人恐怕不少，就是怕价钱少了上不了身。"

鞋匠老六听罢，露出喜色，也小声说："有的是有钱人，只要货好就成。"说完，点上烟，仰面靠在轮椅后背上，就开始了腾云驾雾。

二

第二天，又是个好天气，像立过秋的样子，不冷不热，鞋匠老六早早摇着轮椅来占位子。其实，几年了，他在村口树下的这块风水宝地，是绝对没有旁的什么人与他相争的，就是那些耀武扬威的城管来，高喉咙大嗓门地吆喝一阵，那也是给其他人听的，到时候城管一来，鞋匠老六就眯着眼睛假装睡着，没人敢把他的摊子怎么样。去年有个新来乍到的年轻人，不分青红皂白，耀武扬威把他的摊子没收了，他摇着轮椅去那城管单位里上了几天班，那些城管看他死皮赖脸的没办法，没辙了，最后原封不动还了东西，还给他赔了礼道了歉，才算完事。鞋匠老六回来说："这样挺好，去了有吃有喝，还有人整天陪着伺候。"

鞋匠老六的老婆走的时候，他那年刚好四十岁。一场车祸逃下了一条命，却成了个瘫子。跟他吃香喝辣风光了十几年的老婆，瞧他成了这个样子，从此永远站不起来了，两手一甩，走了。十几岁的女儿休了学，床前喂吃喂喝，端屎端尿，在家照顾伺候了他三年。三年头上，他能支撑着坐起来了，他就说，后半辈子恐怕就要靠给人家修补破鞋过日子了。于是，他就从郊区的一个镇子，来到省城的这个城中村做起了这又脏又累的营生……因为是星期天，来修鞋的人还真不少。到了饭时，那些睡懒觉的年轻房客，才懒懒散散地起来。趿拉着鞋出来买菜买饭，顺手把要修补的鞋撂在他的摊子上，没一个人跟他讨价还价，也没一个人催促他或是坐在马扎上等着，都瞧见摊子上撂的那一堆五颜六色的鞋，该干吗去干吗了。

他接二连三修好了几双鞋，他感到腰酸腿困，两手已经麻木得捉不住针线了，两脚更是麻木得没了知觉。他放下手里的活，点上一根烟，狠劲地抽了两口，嘴里苦涩难耐，他呸地吐掉了烟头，朝王成的饭馆喊道："来碗汤面！"

时候不大，王成就给他端来一大碗汤面，并没有急着走，而是坐在马扎上，撩起围裙反复擦着手，好像是有话要说。过了一阵，王成才慢条斯理低声说："前几天给你说的话，你考虑得怎么样了？"

他故作糊涂地问："啥话？"

王成说："就是与我嫂子的事。"

他又问："与你嫂子的什么事？"

王成说："你好像故意装糊涂，我给你说过三四次了，就是那事，你到底考虑不考虑？"

他说："不是我考虑不考虑的事，问题是我这个样子，人家真的能瞧得上我？"

王成说："我嫂子说，你有手艺，人也不错，至于那腿脚嘛，那谁都能瞧得见，就是害怕你还做那号见不得人的事情，只要……"

他说："这些活都是给人家说好的，不弄，不弄这事，就靠我这摊子，还要供娃娃上学成家，怎么能顾得上哩？"

王成说："你可晓得，你做的这些事，都是犯法的呀！"

他说："有买有卖，我顶多是从中当个中介嘛，谁还能把我咋样？"

王成说："我嫂子说了，只要你不干那事，她每月还有那些房费，两个人和和气气过日子,你做你的营生,她给你做饭洗衣服,把你推进推出的,遇上个好天气,还能推着你进城玩哩。你有个病病灾灾的,跟前也有个人端水递药的……"

他见旁边的秃头,干着活还一直不住地朝他们这边瞅,就说:"还是等以后再说吧!"说完,急忙把碗里的几口面,连喝带倒地扒拉进嘴里,就打发王成走了。

秃头终于给人家把一辆三轮车修好了,脏分分的手用黑乎乎的脏手套擦了擦,就收了人家的钱,然后夹上黑卷烟抽了两口,便凑过来说:"你平时给人家拉皮条,现在,我听见王成又给你和他嫂子拉起了皮条,嘿嘿,咱这村子真的快成了'幸福村'了!"

鞋匠老六使劲地白了秃头一眼,说:"你熬煎自己三百六十五天没肉吃,别眼红人家嘴油不油,有你屁事!"

等后晌茹二娃收了摊子,开着三轮蹦蹦车回来,把一塑料袋子洋葱撂到摊子上,拿出手机让他瞧那两个四川妹的照片,鞋匠老六那眼闭得就像太平房里的死人,半晌,他才有气无力地从嘴里蹦出几个字:"以后,另找别人吧!"

茹二娃疑惑不解地走了。不多时,大黄牙就蹬着三轮车过来了,还没等大黄牙开口,鞋匠老六就先说:"王宝的宾馆里从四川来了两个嫩货,有钱你就上那儿去!"

大黄牙一听这话,就像泄了气的皮球,一屁股跌坐在马扎上,有气无力地说:"那号货咱们还能玩得起?我卖三天的肉,恐怕还不够打一回炮哩,不行,我明天还得早早起来多宰上一头猪,等好好多卖上几天,看能不能上那川妹子的身。"

三

王成的嫂子原先也在村口摆过缝纫机,给人家裁裤边换拉锁缝缝补补做了几年,幸福那时候还小,常在摊子前玩耍嬉闹。那时候王宝已经把巧儿领回来了,他们正在筹备着在村外的麦地里盖宾馆,王宝整天搂着巧儿在村前村后转来转去,就是为了把这种过分亲昵的样子做给幸福他妈瞧的。因为自从王宝把陕北的巧儿领回来,王宝就提出跟幸福他妈离婚,可是幸福他妈坚决不离。幸福他妈在王家忍辱负重伺候二老、照顾弟妹,还给他抚养大了一个儿子,好几年一个人就那样含辛茹苦挺过来了,最后把二老养老送终了,把弟妹一个个也照顾大了,自己的一个儿子也瞧着一天天长大了,可现在,幸福他妈千盼万盼,左等右等,等回来的却是一个忘恩负义的陈世美。所以,王宝不论咋样软硬兼施,还是打发人来连哄带骗带吓唬,幸福他妈就是紧咬着牙关,死活就是不说那个"离"字。王宝不管他们娘儿两个的生活,她就到村口摆缝纫机挣钱养活自己,加上收的那几个房费,日子倒也能过得去。

那时候,鞋匠老六才刚从郊区的一个乡镇来到这里,学做修鞋,他们两个就像结在一根苦蔓上的两个苦瓜,阴差阳错地连接在了一起。平时,鞋匠老六不方便,幸福他妈就帮着提缝补鞋的机子和装皮子、钉子、锤子、钳子的箱子,鞋匠老六吃饭呀喝水呀,还有雨天雪天撑雨伞收雨伞这些活,也都是幸福他妈给帮着做的。幸福他妈若要是跑回去照料家里,也是鞋匠老六帮着给她照看摊子。两个人同病相怜,朝夕相处,就成为这个村口难得的一道不算亮丽的风景。

不料,那天傍晚,王宝从十字街那头的饭馆里吃完饭,跟跟跄跄喷着酒气走过来,没说什么黄黑,就指着幸福他妈破口大骂,骂着骂着就举起修车子的打气筒往幸福他妈的腿上砸,只几下,幸福他妈的腿就被砸断了。

鞋匠老六高声喊叫救人,在旁边玩耍的幸福也哭叫着跑向妈妈,街上的行人闻讯都纷纷跑过来拉架,村口外的大街上,顿时乱作一团。

就在这时,丧心病狂的王宝,见幸福哭叫着跑过来,一把抱住就要走。幸福他妈倒在地上,血肉模糊却还在声嘶力竭喊着幸福的名字,幸福哭叫着乱蹬乱抓。丧尽天良的王宝就举起孩子,然后重重地摔在地上……从此,幸福就成了个傻子。

王宝在监狱里待了几个月,出来后没事人似的,又人模狗样地开起了宾馆。而幸福他妈却拄上了拐,成了个瘸子。最不幸的就是幸福,吃药打针住院治疗,都已无济于事了,从此傻乎乎地拉着他妈的衣角,进入到人们同情可怜的眼中和心中。

最后,法院判了他们离婚,王宝除把村里的那院老屋给了幸福他妈,另外还在经济上给予了一笔不小的补偿,才算完事。

四

这些天,鞋匠老六倒是拒绝了茹二娃和大黄牙这些人的纠缠,却怎么也阻挡不住更多人的好奇和不解。这几年来,像他们这样的地下产业,已经成为一个周而复始的旋转链条,有供货方,也有需求者。但是,随着这个高楼林立城中村的日益壮大,外来人口像这秋后的蚊子,不要命地从四面八方飞奔过来,求大于供的矛盾日益尖锐。所以,就像飞奔的车,要踩脚刹车让它停下来,怎么说,那点儿惯性总还是要跌跌撞撞再往前奔跑几步的。

那些有钱的富人,当然可以去更高档的酒店宾馆去潇洒,稍微还能有些经济支撑的嫖客,也会在小旅店里找到与他们价钱相投的货色,唯独那些没钱的家伙,只好在肮脏不堪的野外和一些建筑工地,去做他们的苟且之事,这样就可以花少数的钱,浇灭他们充盈在心头的欲望之火。

大黄牙来找鞋匠老六的时候,已经快到半夜,鞋匠老六刚把梦中流出的眼泪擦掉,大黄牙就来了。鞋匠老六梦见了自己搂抱了十几年的老婆,当然,这个时候,那娘们儿可能早已成为其他什么人的老婆或情妇,此时此刻也可能正躺在哪个已经谢了顶的络腮胡,或者是一个财大气粗肥胖得满脸横肉的家伙怀里。

大黄牙敲开他的油毛毡木格子门,一只手就递进来一张五十元的票子,然后才伸进来脑袋,笑眯眯地说,他在地铁口那儿拉来一个丢了钱包的乡下女人,年龄不算老,还蛮机灵的。大黄牙说到这里就停住了,等着鞋匠老六的反应。

鞋匠老六当然晓得，这些老家伙从外面捡来便宜货，深更半夜来敲他的门，就是为了既省钱，又安全。当他拉着灯，把那张五十元的票子正面反面瞅了瞅，他已经掂量出这票子的价值绝对不是平平常常的一张纸，而是一条相当不错的烟，或是四五斤香喷喷的五花肉。他从来就不把钱单纯看作钱，而是看作具有立体感且色香味俱全的沉甸甸的东西，诸如香烟或猪肉什么的。

他几乎是没有怎么犹豫，就窸窸窣窣穿好了衣服，拄着两条拐杖，挪动着走了出来。

大黄牙见他出来了，像上几次一样，仍然坐在大门那儿的石礅上。大门的木栅栏早已腐朽，白天外出给它挂上锁，那是告诉路人，这里也是人住的地方。晚上关上它，也只是一个装模作样的摆设，外面的人只要把手伸进来，那扇门就会笑呵呵地为你敞开。

大黄牙麻利地从裤兜里掏出少半盒什么烟，递到鞋匠老六的手里，然后从房侧的黑影里拉起那个女人就进了屋，门就被吱呀一下关上了，随即灯就拉灭了……

鞋匠老六住的是王成的后院子，原来是个养猪场，只因养猪老赔本，王成就把猪全宰杀了，从此就不养猪了，光开饭馆挣钱。鞋匠老六原来住别人的房子，嫌人家房费贵，吃喝拉撒睡和卫生用水都管得严，大门口还不是有台阶就是有坡道，不好出入，就搬到这里来了。王成每个月只收他五十块钱的房费，给他把门口石棉瓦小房里做猪食的大锅拔掉，安了一块旧门板，就让他住下了。王成算账算得仔细，平日里吃一碗汤面就算一碗，今天的账目绝对不能拖到明天。这儿一收就是一年的房费，不交水费，但电费还得自己交。不管便宜还是贵，王成就给自己的养猪场找了一个廉价的看客，免得鸡狗猪猫随便出入，至于那些不规矩的小偷、嫖客，爱来不来。

鞋匠老六静静地抽着烟，烟头上的那一点儿火星子，在夜幕中微弱地闪烁，与远处灯光映照下的天空，形成鲜明的对照。小房里又升腾起猛烈的喘息声，喘息声从房前的木格子门口和房顶上那几块石棉瓦的空隙中毫无保留地传出来,似乎比刚才那阵更猛烈,更有撞击力。鞋匠老六听着听着,情不自禁地咽了几次口水。丢在地上的那个烟头,完全被口水浸湿透了,丢在地上没有了一星半点儿的光亮。过了一根烟的工夫,喘息声才渐渐停息下来,继而,有了低低的说话声。鞋匠老六晓得,他们这是在依依惜别。

五

那个卖肉的屠夫大黄牙就那样敞着衣襟满心欢喜着走了。而那个丢了钱包的乡下女人却没从屋里出来。等鞋匠老六拄着双拐一挪一挪走进黑漆漆的小屋,一眼就瞄见蜷缩在床角那儿的就是那个女人。

鞋匠老六吃力地挪到床铺的边缘处,灯被拉亮了。

"你为什么还不快走?"鞋匠老六把自己已经被冷得起了一层鸡皮疙瘩的身子缩进被子里,才战战索索问那女人。

"我觉得老是这样来打搅你,蛮对不起你!"那女人说。

"怎么是老来打搅,不是说你在地铁口那儿丢了钱包无家可归吗?"鞋匠老六不解地问。

"我根本就没有丢什么钱包,那是为了糊弄那个卖肉的才那样说的。"那女人说。

"那么,你现在等候在这里,是不是也想再糊弄糊弄我?"鞋匠老六又问。

"不是,我上次就被那个卖夜市的老家伙带着来过你这里,那次好像是你感冒了,浑身发着烧,还出去给我们放哨,你病得那么重,肯定记不得我了,但是,我能记得你。别以为我们这号人就不懂得感情,我们也有常人一样的感情啊!今天就让我给你暖暖被窝吧!"那女人说着,就毫不客气地钻进来,一把抱住了他,他想挣脱,但是,他越挣脱,那女人就越把他抱得紧紧的。

那女人仍然不遗余力地做着挑逗和刺激。

鞋匠老六突然从那女人的气息和味道,仿佛感受到了另外一个女人的气息和味道。鞋匠老六说:"你就像一个人。"

那女人问:"是谁?"

他说:"是我的四嫂。"

那女人又问:"你四嫂是谁?"

他说:"原来是我的四嫂,后来就是我的老婆。"

那女人又问:"明明是你的四嫂,怎么后来又成了你的老婆?"

他说:"四嫂原来是我的同学,后来就嫁给了我的四哥。有天夜里,外面下着大雨,赌钱赌得输了个精光的四哥,喝得醉醺醺地被人扛回来,就像扛回来被装得满满当当的粮食桩子,倒在床上就像死猪似的睡去了。四嫂就偷偷溜进我的房间,就像你刚才一样,钻进我的被窝抱住我,又是亲,又是摸,才一阵工夫,我和她就黏糊在一起了。她一声一声呼唤着我的名字,喘息着对我说,把她带走吧,把她带走吧!那天夜里,我就开上大卡车,穿过雨雾蒙蒙的山路,带着她逃出了老家……"

"后来呢?"那女人停住了努力问。

"背井离乡,四处流浪呗。"他说。

"那再后来呢?"那女人还在穷追不舍。

"后来就到处揽活,开上车全国各地跑,大卡车就是我们流动的家。"他说。

"那后来怎么又到了这里?"那女人问。

"再后来,就在这郊县的一个种植苹果、鸭梨、葡萄的镇子上落了户,一年四季,专门给人家送苹果和梨,再后来就出了车祸。"

那女人问:"出了那么大的车祸,你从前的四嫂,后来的老婆,怎能两手一甩,就离你而去呢?"

鞋匠老六骂道:"因为这个臭娘们,本来就是一个水性杨花、见异思迁的烂货。她瞧见我成了这么个样子,我的手术刚做完,还没有等到腰椎上的钢板卸掉,她就头也不回地走了,这个驴日下的!"鞋匠老六气呼呼地连着骂了几声"驴日下的",等神色稍稍平缓了一些,才长长地叹了一口气,然后说:"你应该永远记住,一个能舍弃家庭和男人、孩子的女人,死心塌地地去爱别人,她也会毫不留情地舍弃你和孩子、家庭,去爱另外一个男人,甚至是许多个男人。"

六

幸福他妈来找鞋匠老六的那天,是个雨天,鞋匠老六没出摊子,缩在被窝里听收音机,幸福他妈就牵着幸福的手,打着一把花格子雨伞来敲他的门。他把灯拉着,门被推开,进来的却是梳洗得光眉亮眼的幸福他妈。

鞋匠老六说:"天还在下着?"

幸福他妈说:"还在下。"

鞋匠老六说:"那就进来吧!"

幸福他妈就进来了,幸福不愿意进到黑漆漆的房间里,就一个人站在屋檐下,张着嘴等着接滴下来的雨水玩。

幸福他妈问:"你吃过饭了吗?"

鞋匠老六说:"昨天的吃了,今天的还没有吃。"

幸福他妈说:"快过晌午了,怎么还不吃饭?"

鞋匠老六说:"等着明天一起吃。"

幸福他妈听完这句话就走了,她没管幸福,却跑到门面房那儿,买了一碗油泼面回来,把塑料袋套进碗里,拿了筷子让鞋匠老六吃。傻子幸福看见了也嚷着要吃。

幸福他妈就给另一个碗里夹了几根面,叫幸福坐在门槛上吃。幸福他妈瞧见鞋匠老六和幸福两个都吃得香喷喷的,又是撇嘴又是咂舌,心头涌动的就不再是凄楚的凉意,她嘴唇嚅动了几下,才说:"我并不是图你个啥,孩子能有个爸,我身边有个人能跟我说说话,也就行了,也免得常有人在我的面前和身后说三道四。至于孩子嘛,我的孩子和你的孩子,都是咱们的孩子,钱也一样,你挣的和我挣的,都是咱们的。我就不信,你有手艺,我还有那几个房费,咱们能饿死?"

鞋匠老六听着幸福他妈说话时,故意放慢了吃饭的速度,好像一边在嘴里细嚼慢咽着饭,一边却是在心里细嚼慢咽这些话。

幸福他妈见他光吃,不言传,就又说:"等天晴以后,把你的被褥拆下来洗一洗,把网套也拿出去晒一晒,秋天湿气大,又是这么个烂屋子,亏你晚上还能盖着睡。"

鞋匠老六停住嘴嚼,说:"被褥拆洗了,那我盖什么?"

幸福他妈说:"现在风头高,天晴时,一天就干了,还怕你盖不上? 就是真的盖不上,我家里不是还有嘛。"

鞋匠老六听到这里,好像被什么东西噎住了,嘴不动了,眼珠也瓷瓷地僵在那儿不动了。本来这是个很重要的时刻,幸福他妈可能还要往深入里说,鞋匠老六可能也一直往深入里听,却在这时,卖肉的大黄牙来了,大黄牙没打伞,身上披着平时卖肉时穿的蓝布大褂,脚上却穿了一双高勒雨鞋,一进门,就把湿漉漉的蓝布大褂挂在门上,一屁股坐在床铺上,压得床板咯吱咯吱价响。

幸福他妈见来人与鞋匠老六似乎很熟,怕他们有啥事情要谈,于是收拾完碗筷,就拉着幸福走了。

大黄牙掏出烟让鞋匠老六抽,鞋匠老六接过大黄牙递过来的烟没抽,却问道:"你来做什么? 以后别再带不三不四的女人上我的门,我这里又不是打炮的炮房。"

大黄牙笑着说:"这回不是,我刚才去村口找你,才晓得你今天下雨没出摊子,就跑这儿来了。你知道我今天来是为啥事?"

鞋匠老六问:"你能有个啥事!"

大黄牙诡秘地笑了,说:"我今天是来给你提亲的,那个乡下女人瞧上了你,让我来给说说。"

鞋匠老六说:"我这个样子,她能瞧上我?"

大黄牙说:"人家就是瞧上你了,觉得你可怜,才让我来牵个线,你看咋相?"

鞋匠老六说:"我现在连自己都顾不了,还敢闹什么老婆?!"

大黄牙油腔滑调地说:"这你就说错了,现在这社会,只要有了人,什么人间奇迹都可以创造出来的。你要是能把那女人娶过来,不光能帮你做饭洗衣裳,平时天气好时,还能推着你上街玩。你别说,她推着你,你坐在轮椅上,戴着墨镜看着风景,走在这村前的马路上,你们就绝对是一道好风景。从此,两个人恩恩爱爱,那有多幸福呀!"

鞋匠老六笑道:"还他妈的幸福哩,我连他妈的那个功能都没有了,闹下老婆有啥用? 说不准,老婆闹下了,那绿帽子也戴上了。"

大黄牙说:"这有啥嘛,人尽其才,物尽其用嘛,真有那号事情,那可是绝对的好事情呀! 你想想,你若是在你这儿把房里房外收拾收拾,再把那娘们儿打扮打扮,还怕没人来上你的门? 到时候,你就守在门口当老板收钱吧!"

鞋匠老六听了这话,就呸地朝大黄牙吐了一口,然后把那根烟撂到门外,厉声骂道:"你给老子滚! 你这个驴日下的白眼狼!"

七

那天早饭时,幸福他妈就给鞋匠老六的摊子上端来了一碗热气腾腾的饺子,幸福也跟在屁股后面,嘴里不停地嚷嚷着:"吃饺子吃饺子!"

幸福他妈把饺子递到鞋匠老六的手里,说:"今天天气好,你把钥匙给我,把你的被褥洗一洗。"

鞋匠老六端着那碗热气腾腾的饺子,有点儿哽咽地说:"别别,等过两天,我女儿过来让她洗。"鞋匠老六尽管嘴里这样客气地说着,看着幸福他妈伸出来的手,还是犹犹豫豫把钥匙掏给了她。

到了晌午,秋日的阳光从树的枝叶间照下来,斑斑驳驳洒了一地。几个戴着黑坨子眼镜的老头坐在鞋匠老六摊子的后面,手里不是握着几个钢球转来转去,就是握着收音机听得入迷。

鞋匠老六借着空闲,又把小塑料瓶伸到围裙下面放了点儿水。他每次握着他的小二哥,心里就有些酸楚。要是腿不行了,可以不走;要是眼睛、嘴巴、耳朵不行了,可以不看不说不听,但是,没有了那东西,就等于没有了一切,还谈幸福、爱情有什么意义?他想。他每天坐在村口看着来来往往的各色人等,就在心里想着:他们的幸福是什么?是那身上穿戴着的名衣名表,还是餐桌上飘着香气的美味佳肴?也许是他们的地位身份,也许是他们住的楼房和开的小车,也许就是晚上睡在一起搂搂抱抱,卿卿我我。这所有的一切,他都没有。他的穷酸、痛苦、灾难和不幸遭遇,也许别人也没有。难道,上辈子里自己欺男霸女、作恶多端、丧尽天良做下了什么亏心事,才换来这生多灾多难、背井离乡、寄人篱下吃苦又受罪?他不晓得,他不晓得自己现在是有什么盼头才这样死皮赖脸地活着。唉,当他长长地叹了一口气,他的思维就有了一个一百八十度的转折,唉,权当自己也做了一回那古代宫廷里的太监。

女儿好像早就站在他的身后,他还在抽着烟遐想,当女儿轻轻唤了声:"爸。"他的头就一下转过来了。

女儿为了他荒废了几年学业,后来补习了两年,考上了一个护士专科学校,平时稍有空闲,就在学校的餐厅里打工。这段时间,学校放了假,她就在一个超市里打工挣钱,现在马上就要开学了,她就抽空来看看她爸。

鞋匠老六取下戴着的墨镜,笑得就像一朵后晌里才盛开的南瓜花,亲昵地说:"小妮子,是不是来跟爸要钱?"

鞋匠老六的女儿说:"不是,今年的学费我早就攒下了。"

鞋匠老六说:"别哄你老爸,爸爸早就给你准备好了。"鞋匠老六说着,从皮马甲里面掏出了一沓百元票子,递给女儿。

鞋匠老六的女儿把她爸爸的手推开,怪嗔地说:"不是骗你,我真的攒得足够呀!"

茹二娃开着三轮蹦蹦车来的时候,鞋匠老六的女儿已经满心欢喜地走了。茹二娃跳下蹦蹦车,凑到鞋匠老六的耳朵跟前小声说:"自从王宝的宾馆里来了那两个四川美女,王宝这小子整天坐立不安,他的巧儿晓得了,就跟他大吵大闹了一回,王宝就开上那辆宝马车,带着那两个四川妹不知去向,刚才我去那个宾馆看了看,那个巧儿好像是疯了,把客房里的被子、枕头、水壶、电话都从窗户里扔下来，还把电视电脑这些东西砸得乒乒乓乓价响，很是吓人。

鞋匠老六听了茹二娃的话，异常平静地说："这就叫'以其人之道，还治其人之身'。"

工夫不大，大黄牙就骑着三轮车轰隆隆地跑过来，高声叫喊着："王宝的宾馆里着火了！王宝的宾馆让老婆给点着了！"

2014 年 8 月 20 日写于陕北

女 人 门

一

早上起床刚开门,见小胖正撅着屁股从蜂窝煤炉子里往外夹着还没烧完的煤。她见我出得门来还在系着裤子上的皮带,便扭头诡秘地问我:"晚上没干坏事吧?"我诧异地冲她笑了笑,就赶紧系好裤子下楼钻进了茅房。茅房里光线很暗,头顶上有个黑乎乎的灯泡,拉了几下它就是没亮。门上的插销硬是插不进该进的孔里,摆弄了半天也无济于事,肚子里翻江倒海已经快把持不住了,只好一手顶着门,一手脱下裤子干起活来。

房东嫂子起来没给厕所里倒尿,而是把尿直接倒在下水道里,红塑料尿盆在水管上冲了几下,就搁在那盆早已枯死的石榴上,手在衣襟上擦了擦,就哐当一声开了大门,拔出了厚重的木门槛立在门洞里,发动了踏板摩托车开了出去。

等我斯斯文文干完活冲掉了那些肮脏后出来,弃暗投明的感觉油然而生。我哐当一声又闭上那两扇大门,从门洞里往外瞧,没有门槛的大门就酷似海边人穿的高腿裤。我端详那厚度足有八九寸高的木门槛,原来是安插在大门两边的石槽里。我没有把木门槛放回原处,因为我根本不晓得出没无常的房东嫂子啥时候回来。小胖在楼道那儿梗直脖子瞧我,一脸见多不怪的讪笑。只因为刚才活干得太利索,准备蹲下好好想想那句意味深长的话,却没来得及想。什么是坏事,晚上干好事都干不过来,谁还在晚上干什么坏事?!才认识了几天的邻居,就敢跟人开这样的玩笑,这以后想象不到的尴尬事不定还会有多少。本来准备在水管上洗过手就上楼的那腿,转了个弯儿就走出了大门。

大门外,隔壁老张正坐在门墩上吃黑卷烟,一只毛茸茸的小花狗蹲在他脚下,逗弄着他的脚指头,巷子里弥漫着呛人的烟味。西头开麻将馆的老张锻炼刚回来,正用一把黑漆把儿的蝇刷子拍打着身上,老张老远就张开嘴想跟我打招呼,我走近他了,他还张着嘴说不出话。我冲他点头笑笑,等我走过去了,才听见他说:"啊,你……你啥……时又来了!"据说,这个开麻将馆的老张患过脑血栓,现在天天锻炼,走路已不成问题,就是说话还不利索。

街巷里不少人家在盖楼,沙子砖块楼板堆得到处都是,地上还有一汪汪的积水,天上的浮云就飘在水里。脚手架上有人在干活,叮叮当当的声音显得高远而嘹亮。从小巷子里拐出去就听见商店老张在唱秦腔,老张拉着板胡吼着秦腔,平时嘴唇那儿都是褶子,此时口张得就像个窑窑,琴拉得含糊,那戏文也唱得含糊,面前只有一个张曼坐在商店门前的水泥台阶上听得认真。

等我毫无目的地胡乱转了一圈,提着采购来的一块豆腐和几根蒜苗、芹菜回到院里,房东嫂子不知啥时候回来早已洗刷得光眉亮眼,老远就笑着跟我打招呼:"啊,你咋这长时间没来? 怕是把你老婆忘了不成?"我用跟这类女人才惯用的嘻嘻哈哈的腔调打着哈哈,应付这类女人最好的办法就是脸红着把平时不敢说不能说的话说出来,入乡随俗但绝不能同流合污,否则,对付这类困兽般的女人再没有什么好办法。借着走近她的机会,我才注意到她的眼角和嘴角那儿都明显长出了皱纹,头发根子那儿被染过的地方又长出一茬新的白发来。这时候我才特别注意到她的头发,上次记得染的是葡萄色,这次一看染的就是普通的鹅黄色,才四十来岁的年纪,却背地里都唤人家房东老婆,哪有这么年轻时尚近乎妖艳的老婆! 还没等我上楼梯,大马就开了门出来,站在楼梯栏杆那儿,一边梳头,一边歪着头听我和房东嫂子说笑。这个娘们儿,一次比一次好看。这几天不晓得又到哪儿疯去了,刚听见有男人说话声,就耐不住孤苦和寂寞跑了出来看究竟。我用我特有的职业眼光很敏捷地打量了她一眼,没有什么可说的,真是绝对没有什么可说的,这家伙不但模样好看,条也确实不错,细细的腰身、修长的腿,胸脯不大,也没屁股,朝上仰望,就不由得使人浮想联翩想入非非,即使是个正人君子,也不得不承认她剥去外衣之后的样子肯定是一个活脱脱的美人儿。大马被我瞧得羞答答故意扭肢摆腰不知怎么好,那异常亢奋闪烁的眼神里丝毫没有回避和抗拒的意思流露出来,反而更像一堆枯干的柴火等着你去撩拨燃烧,如果你觉得这火不旺就使劲再吹把气,不信就燃不起个熊熊烈火。房东嫂子反倒低下头只管扫院子不再理睬我,佝偻着腰背对着我,一副任劳任怨、埋头苦干的老实样儿,像一株突然被雷击折了似的什么草蔫蔫地再也直不起腰来,磨磨蹭蹭在一块席大的院子里仿佛不是在描花就是在绣凤。这不是明摆着的事情,女人多了,话里话外谁也不搁醋,就连空气里也有了些醋的味道。我从大马身后走过,大马瀑步般的黑发倒在一边,细长的脖颈暴露在外,雪白的颈项上一根金灿灿的项链光芒闪烁,目光在她的身上停留得稍长,我差点儿走过了我家的门。

回到屋里,才发现我这些在女人面前惯用的雕虫小技,老婆早已在窗子那儿看得清清楚楚明明白白。我从老婆瞧我的眼神里感觉到这炯炯有神的目光是多么锋利和敏锐,并且直接穿透到那些不易被人察觉的角角落落,这种咄咄逼人的目光往往使人不寒而栗,虽然没有说什么,这默默无声却胜过我洋洋洒洒写下的千句话。

我走进里间,走进那些我正在编造得密密麻麻的爱情故事当中。瞧着这些苍白无力的字里行间,我突然发现我已经再无法编写下去。情感不需要亢奋也能激起勃发,即使受到压抑,心底依然蠢蠢欲动。形成反差的是老婆把心中的怒火都凝聚在刀尖勺口上,锅碗瓢盆都在奏着交响。等几个女娃娃背了书包叽叽喳喳回来,然后吃完饭又叽叽喳喳说笑而去,老婆她们才嘀嘀咕咕相伴出去打她们永远也打不完的牌。小胖趁着从我门口经过的机会,撩起门帘对我说:"大作家,好好在家写着,别忘了把院子看好!"小胖嫁了个广东人,这家广东人习惯天天换洗内衣,小胖就天天早上起来洗衣服。我稍一抬头便瞧见外边铁丝上至少晾了一红一白两个胸罩和四五条大小不一的裤衩。据说,小胖和婆婆原先住在一起,因为这个广东婆婆瞧不起小胖这个乡下姑娘,唇枪舌剑持续了好几年,前不久终于剑拔弩张开了战,最后小胖胜利大逃亡就搬了过来。老婆在枕边给我学说这些事时还是抹了几次眼泪的。老婆还说,这个广东婆天天让小胖给瘫痪在床的公公接屎接尿,还让她给公公洗澡擦身子,而且还亲自站在一旁虎视眈眈地指挥督战,两只三角眼要直勾勾地盯着小胖把她公公上上下下里里外外收拾擦洗得干干净净才肯罢休。这个广东婆把多年的怨恨和愤懑统统都凝结在对儿媳妇小胖的打击折磨和精神摧残上。小胖说她就是受不了这个广东婆不把她当人看的野蛮态度和残忍做法。广东婆伤害了她的自尊自爱,甚至玷污了她的人格和尊严。小胖觉得她在这个家里任劳任怨甚至受尽了欺凌,却没换来这家人对她的理解和尊重。老婆说,小胖的老公下岗后就去给人家跑大车,一两个月才回一趟家,手心手背都是肉呀,躲来躲去躲得就是个眼不见心不烦。

二

就在我睡得迷迷糊糊的时候,大门咣当一声开启又闭上,皮鞋的声音上了楼一直持续到窗台那儿,我眯着眼睛向外瞧,玻璃窗上贴着的脸是大马。我犹犹豫豫给她开了门,她倚在门框上,两只脚勾在一起,一手扶在门框上,另一手自然垂落,等我完全正经下来,便有点儿气恼地说:"坐了一会儿冷板凳,瞧着人家输赢太没劲了,不要以为是专为回来瞧你。"

我听了她的话反倒更有些紧张,这不是此地无银三百两还是啥? 我说:"瞧我就坐下瞧吧。"我也豁出去了,我跷腿坐下,摆出一副奉陪到底的样子。

她咯咯地笑了,手脚身子依然无动于衷。她笑了几声,等不笑了才说:"瞧你也没劲,跟个白板似的,除了一身好肉,剩下的不是下水还能是个啥?"

我说:"还有个啥,你说还有个啥? 你还想要个啥?"我故意装出没睡醒的样儿打着哈欠睡眼惺忪地瞧着她。

她站在逆光的门口,但我还是看见她的表情似乎认真了一下,又说:"咱别在这儿光练嘴皮子,出去转转,帮着给娃买个 MP3,咋相?"她的目光中百分之九十九是期待，只有百分之一是试探。

这下我没有犹豫，我起身穿衣服，给了她一个百分之百的满意回答。

我们一前一后走出巷子，在十字路口才并齐，但是在去向上却产生了分歧，我说去国美，她说去苏宁，争来争去我依了她。但又在坐什么车去的问题上有了争议，我说打车去，早去早回。她说坐公交车，车上人多热闹，只有人多的地方才有大都市的氛围。她说小时候瞧见电影上人家吵吵闹闹说说笑笑在大街上坐车兜风羡慕死了，那时候她山里的家乡还没汽车，所以她坐车就想坐大的。

这时，正好来了一辆中巴，我俩对视一下还是跟着上了车。一看后面居然还有座，我们身挨身坐下。虽然在一个院里住了差不多两年，真正身挨着身坐得这么近还是第一次，我们起初好像都有点儿不好意思，过了一会儿也就习惯了。我发觉身边坐着一个年轻貌美的女人，自己心里就有了一种优越感。就像你有个有钱的朋友，你可以在别人面前炫耀你的朋友有钱，也好像炫耀你自己有钱一样。此时用不着我炫耀，前面频频转过那些男人的贪婪的目光就足以说明这一点。车窗外鳞次栉比的高楼齐刷刷地向后退去，路边一闪而过的行人从清晰到模糊再到遥远，大大小小的汽车飞也似的赛跑，各种声响和气息扑面而来。大马显然是陶醉在这车水马龙、光怪陆离的氛围之中，既不说话，也不看我，只是趴在窗口不住地向外瞧。快到苏宁的一个过街天桥下遇上了堵车，大车小车挤成一堆，喇叭轰鸣响成一片。大马站起朝那司机说了声："唉，师傅，我们在这儿下车！"说着就往前走。

中年司机扭头看着她走到了车门那儿，张了张嘴，想说什么，最后什么也没有说就打开了车门。我站到车外，还瞧见那司机眼睛直直地朝这里望着。我不理解，这个司机有可能因此被罚款，但他是否会觉得这样的处罚是有意义的，至少是值得的。

我们相跟着走在人行道上，逆行的人群的面孔在两边匆匆掠过，我总是要跨着大步才能跟她走齐，尽管这样很累，但我觉得这样走反而越走越有精神。大马从小在陕南的大山里长大，不光喜欢人多热闹，还习惯用走山路的脚步走平路。

我们并肩走入金碧辉煌的商场,商场里货物琳琅满目,顾客却寥寥无几。七拐八拐才找到了卖小家电的柜台,问了几遍要买的东西,一个趴在柜台上算账的女孩连头都没抬拿笔指着柜台说这些都是 MP3,自己看吧。仔细浏览一遍,我极力推荐了几款外表精巧的牌子货让大马挑。大马抹着柜台的玻璃来回走着,就是不拿个主意。等那女孩终于抬起头才瞧见这哪是个女孩,纯粹是个半搭子老姑娘,脸上的浓妆艳抹和裁剪精巧的娃娃头迷惑了我们,这样我们倒觉得可信度增加了。那姑娘看着我俩问谁买,要哪个?我也用询问的目光瞧大马,大马一只手插进衣兜里老半天没往出掏。

我瞧着她问:"是不是钱不够?我这儿有。"我说着也把手伸进西服的口袋里,为了表示我真的带着足够买几个的钱,我毫不保留地掏出一沓百元大票让她瞧。

她瞥了眼那些红艳艳的钞票,开玩笑地说:"你给买?"

我也开玩笑地回答:"我给买,这有啥!"

她迟疑了一下,说:"走吧,今天不买了,改天吧。"她说完拉起我就走。她攥着我的胳膊走了几步好像才意识到攥着的是我而不是别的什么人,她慌忙放开我。又说:"我咋好意思要你的钱,咱们平白无故的,又不是……"后面的话没说完,但再也没往下说。下扶梯的时候,由于起步的早晚我先下了一步,她晚下了一步,等她意识到这种步调的差异后,她马上下了个台阶跟我站在了一起。

出了商场,看见路边树下有一排蓝色塑料椅空着没人坐。这是我最喜欢的颜色,不管是在哪儿见到这种颜色的座椅,我几乎都想坐下来歇歇脚。我提议在这儿坐一会儿,她没有反对,也没有赞成,等我坐下了,她还站着。见我不解地瞧她,她才从衣服口袋里掏出手坐在和我相隔的一个座位上。眼前来往的行人穿梭,老老少少,形形色色。我的目光撵着一个老太太推着的一辆小儿车瞧,车里一个戴小凉帽的小儿也咧着嘴流着口水朝我瞧。老太太推着车走远了,我在想,也许用不了几年,那推车的可能就是我。我扭头瞧大马,她正目不转睛地盯着一对搭肩搂腰的时尚男女瞧,眼里充满了渴望和遐想。等那对青年混入了前面的滚滚人流,她才转头瞧我,见我也正在瞧她,她说:"写东西的人都爱静,我领你去一个僻静的地方。"还没等我反应过来,她已经站起来拍打屁股上的土,一看这一动作,就晓得是乡下人的习惯。

我跟上她走回到刚才下车的地方,朝着一个巍峨的大门走去。这是一所著名的大学,想当年,我不知多少次曾对这所大学梦寐以求渴望过,但以为才疏学浅才考了外地的一所普通大学,而这所梦寐以求的大学从未敢涉足过。今天意想不到地走进它的大门,油然而生的不是心潮澎湃,而是作为一个普通的人跟着另一个普通的人走进一个普通地方的那种心态走进它的大门。

初夏的天空一片湛蓝,几抹浮云飘在天边。林间蔽日,芳草如茵,燕子翱翔,百鸟争鸣。我们尽量避开那些三三两两席地而坐看书学习的学生,而是选择了一个林间小道上的长条椅坐下,循着小道往深处瞧,道岔纵横、曲径通幽,不知哪儿是个头。

大马可能瞧见我兴致不错,便问:"谈情说爱是个好地方吧?"

我也好像进入了角色似的,也就假戏真做地说:"那就开始吧!"

她瞧我嬉皮笑脸的样子,说:"我说的是真的。"

我见有辆黑色小车慢悠悠开过来,凝视观瞧,可能是个新手在学着转圈玩,怪不得小心翼翼仿佛怕碾扎了地上的蚂蚁,却没想到会破坏了人家的好兴致。看见那车蜗牛似的爬远了,大马又说:"我心里是这么想的,我想把我的一些不为人知的事情讲给你听,希望你能把这些事写出来,只要不写我的真名,哪怕只写个大马之类的化名,我就什么也不在乎。写出来你可以随便在什么书刊上发表或者是拍成电影电视剧也可以。"

我的期待就变得既迫不及待又诚惶诚恐。

三

眼看夕阳西下,林间穿过来的阳光把我们的影子拉向一边,刚才还是墨绿色的草坪,这阵变成了一片绒黄,稀稀拉拉还瞧见开着几朵小花。

大马终于讲完了那些她认为非常重要的离奇故事。虽然有几次哽咽着泣不成声,但直到讲完,她的眼圈红着也没有一滴眼泪流出来,脸上也没有什么女人说起这些事情所容易显露的不好意思的红晕和害臊的表情。就是说这些她认为鲜为人知的故事可能也从未向其他人讲起过,即使给谁讲过,或男人或女人,或一次或多次,她都没有脸红,她也不会有什么不好意思和脸红非得显现在脸上。

我在她心情稍微平静如释重负地跟着转圈的小汽车瞧的工夫,我把这些故事做了一个简短的归纳总结。用数学上学过的大中小三个括号把它们都罗列进去。我数学学得不好,这已是人所共知的事情。上中学时,我对数学老师特别佩服,怎么能把几个字母翻来覆去地讲上几天甚至讲上几个月还不重复。长大后,看到一些同学考上了大学而且学了数学专业,我反倒纳闷儿学那东西有什么用处。没想到,没好好学捎带着学的一星半点儿这时候也派上了用场。那么,大括号就是故事发生的起因,也就是前提。她说她那年十九岁。这个年龄好多书上都说是最容易出问题、最危险的年龄。这个年龄,她在整个故事的叙述中重复了好多遍。十九岁那年的暑假开学,她提着行李步行去学校,中途遇到一个好心的司机叔叔正好拉货去县城,那叔叔主动让她坐上了车。汽车在蜿蜒曲折的山路上缓慢地爬行,司机叔叔还不断地有话没话问这问那,有几次还在挂挡的时候有意无意地在她的腿上碰了几下,她也没在意,她只顾看着车外的晚霞胡乱做着回答。车外的风景在晚霞的映照下煞是好看,痴痴地迷恋却忘了暮霭沉沉已在身边。汽车终于爬上了一座山梁,就在这时,汽车出了毛病,不会动弹了,他们就坐在司机楼子里等过往的车辆帮忙,直到晚上也没有等来一辆车。周围的大山阴森恐怖而又狰狞,山野被黑夜笼罩,到处漆黑一片,不知名的什么鸟在一些不知名的地方发出怪意的叫,风声鹤唳,此起彼伏。这个司机叔叔就在她又冷又饿昏昏欲睡的时候奸污了她。几个月后的一天早上,她终于挺着个大肚子找到了那个司机叔叔的场子。她这时候只叫他那个司机,而再没有叫他司机叔叔。那个司机在场子门口会见了她。那个司机见到她，跟相马似的在她周围转了几圈，连声说不错不错，那晚上没认真看，还真不错。那个司机夸了她半天，才用狡黠的眼神说了这么三句话："一、你可以把孩子打掉，还继续上你的学，我可以一直供你上完大学；二、你可以去报案，前面向右五百米有个挂铁牌的黑漆大门就是公安局；三、如果不嫌弃的话，那就带着孩子过这儿来，我可以让孩子他妈下岗，给你挪出足够你吃喝享乐的宽敞地方欢迎你的光临！"大马说她没有选择前者，而是毅然决然地选择了后者。就这样，她嫁给一个比她大十九岁的男人。她说她当时是这么想的，事到如今，嫁谁也是个嫁，迟嫁还不如早嫁，说不定上完学考不上大学还找不到个有钱的主。找到个有钱的男人，她就可以让她母亲过上好日子。她的母亲从小被赶马车的卖进了大山，长大后就成了那家人的儿媳妇。在她的记忆里，嗜酒如命、赌博成性的父亲，对母亲和他们姐弟几个唯一的说教就是拳打脚踢。甚至还在兽性大发时，不管周围有没有人就骑在她母亲身上干那事。最让人无法容忍的是他还常常对她老实巴交的姐姐动手动脚。直到姐姐十九岁的那年冬天，恶贯满盈的父亲喝完了姐姐早已给他预备好的最后一壶烧酒上了西天，他们一家人才真正获得了解放，也获得了自由。她也才有可能到城里的学校来上中学。她的母亲含辛茹苦忍屈受辱一辈子还从没过上几天好日子。她的母亲至今还不知道自己姓甚名谁、家在何方，只记得她家的坡下有条土路，土路上走过来一辆马车，那赶马车的问正在路边玩耍的她说想吃糖不？她说想，赶马车的就把她抱上了马车……

接下来应该是中括号，里面所包含的东西就是报复。报复男人，也报复女人。她说报复男人，其实就是报复女人。那些男人把爱把温存幸福和力量都给了他们所爱的人，其实，真正受到伤害的还是他们的女人。她说有个乡长，跟她年龄差不多，那个乡长，靠着他在县委当副书记姐夫的提拔，当上了乡长，但因为他吃喝嫖赌鱼肉乡里，老百姓对他恨之入骨。就因为她母亲没有给他说情送礼，像她母亲这样年纪的老人都享受上了政府发给的养老金，偏就是没有她母亲的份儿，她晓得后就去找那个乡长，还没说上几句话，

那个乡长就色眯眯地给她耍官僚打官腔,推推诿诿就是不想给办,她瞧着那
小子又气恼又恶心,哗啦一下她就脱下裤子,说道:如果不办,她就喊人,那
小子乖乖地给办了。哈哈哈,对待这些混进党里的腐败分子,你不打,他就
不倒,这就和扫地一样。这是上中学时一个政治老师讲的。反正,对待坏
人,也要用对待坏人的手段和策略,不光要有两手,而且还要两手都要硬。
说到这里,大马又哧哧地笑了,她说不过最后手该软的时候还得软。至于怎
么又软了,她只是笑个不停,再没往下说。她瞧见我用疑问的眼神瞧她,她
转了个话题。她说所以她坚决要把娃带来省城上学,就是为了给娃创造一
个好的学习条件,也给自己创造一个好的生活条件,总不能老是在她男人面
前晃来晃去干一些偷偷摸摸的事情。不过,她男人的场子不景气,现在也转
了手,又去了很远的地方承包了个煤矿。从此各自去过各自的自由生活,和
平相处,互不干涉。她说等十九岁的女儿今年考上大学,她也不晓得今后的
归宿在哪里。也许再回到大山里,像老辈那样永远生活在那个狭小封闭的
山沟里直至老死。也许永远再不回那个贫穷落后的土山沟,拉棍寻吃要饭
也做个城里人。

这时候的我显得被动而又多余,既不兴奋,也不厌烦,我尽量装出一副
规规矩矩、洗耳恭听的样子。故事不像是编造的,编造的故事没这么精彩,
只有精彩的故事才叫人听得目瞪口呆津津有味。我不得不偶尔也插一两句
话,就像相声里捧哏的那样嗯啊上几句,但我很少主动提问或是像个采访记
者似的穷追不舍。我尽量让她顺着她自己的思路讲下去。下面的小括号里
自然就是并列着的一些对象。从一到十,甚至可以罗列得更多,百八十个,
甚至无穷无尽,如果条件允许的话。她说这不是她报复的欲望在膨胀,而
是……

这时,有几个打羽毛球的男女学生,追逐打闹着跑过来坐在离我们不远
的长条椅上吃冰棍。前面一幢红砖大楼里好像排练着纪念五四的节目,刚
才是一阵叮叮咚咚的打击乐响动,这会儿又唱起《让我们荡起双桨》,听得出
来参加合唱的人很多,唱得也很雄厚有力,但好像太阳刚了一些,不过,还是

吸引了我们和那几个吃冰棍的大学生,他们口里噙着冰棍也哼哼呀呀跟着唱。

停了一会儿,大马又开始接着前面没说完的话继续叙述,不过,受到周围吵吵嚷嚷的影响,她朝我这边挪了挪,声音也压低了许多。她说跟她好过的人中,有的只做了一两次的露水夫妻。有的已经十来年一直保持着那种所谓的不正当关系。她说她一不为钱,二不为利。她不缺钱,她有的是钱。当然他们如果有情有义给她钱或者是什么东西,首饰、化妆品还有手机、相机、名贵手表,她也要,不要白不要。也难说,有的她还反倒贴着给男人东西,也给钱,也给吃的喝的穿的戴的,只要是高兴,什么都可以给。

大马说到这里,转头瞧我,眼神里似乎包含着渴望和希冀,是不是还有轻蔑嘲讽的意思在里面。如果我没有理解错的话,一个 MP3 怎样说都是微不足道的。那辆蜗牛似的小车又慢吞吞地爬过来,在吃冰棍的那几个学生面前停下,他们嘀嘀咕咕说笑了几句,就一窝蜂地钻进车里走了。

瞧着那些朝气蓬勃的学生娃们喜气洋洋远去的背影,仿佛我的青春时代也被他们带走了,我突然感到有种莫名其妙的失落和惆怅,幸亏还有个大马坐在我身边。大马把视线从远去的小车那儿移到我身上,她说她也会开车,是那个乡长教她学的。她说,她的弟弟要当兵,她又去找那个乡长,这回那个乡长满口答应,并给她说了个地方叫她在那儿等他。那天晚上,她在那个地方真的给那个乡长脱了裤子,她的弟弟当然如愿以偿地参了军,从此他们就成了好朋友。她说现在那个乡长调到县里的一个局里当了局长,隔三岔五地开车来瞧她,她再也不嫌他难看丑陋恶心了,几天不见还真有点儿想他。不过,她说他肯定这两天就会开车来省城瞧她的……

四

这两天真的没见到大马,我老婆和小胖也常常指着大马的窗子窃窃私语,怕我听见,我反倒不愿听。就因为我听得太多了太了解了,每当走到大马家门口,闻到她家的气味就觉得恶心。好像不管闭眼睁眼,眼里都是肮脏下流的镜头,镜头里的画面清晰逼真不堪入目。好像多半回放的还是那个其貌不扬不学无术的乡长,丑陋恶心贪得无厌,几乎每天媒体上都在揭发曝光这样的腐败分子,但是,这样的害群之马每天都还在腐蚀着党的肌体,也在摧残着像大马这样手无寸铁的老百姓的灵魂。说实话,我不是嫉妒,也不是看着别人吃肉自己嘴馋眼红。这样的肉想吃还不容易? 一个MP3就能搞定,也许,不用个什么MP3也能搞定。不过,这号事别说是发生在大马和我之间,就是发生在我和别的任何哪个女人身上,也绝不能让老婆晓得,安定团结的大好局面还要靠我们自己维护啊!

大马的女儿有时放学后买了饭带回来吃,有时也买了方便面火腿肠什么的自己回来做,有时候还带着一个男同学一起回来吃。等他们一回到这院子里,这小院也就不安宁了。屋里不是叮叮当当操着家伙瞎折腾,就是开着录音机唱摇滚,破铜烂铁沙哑嗓子扯破天地吼。有时候静得出奇,谁知是在静静地学习还是做什么。我老婆和小胖只是在背地里嘀嘀咕咕说儿女随大人,瞧那德行就是没教养,吃穿打扮跟大马一个样。平时花钱像泼水似的那么有钱,那么有钱为啥不租个单元房住着潇洒? 却偏偏要住咱这号贫民窟,说是为图个热闹,其实还不是怕花那几个靠脸蛋挣来的血汗钱,哼! 反正这会儿也阴里阳里住在一起了,好不好谁也没把谁染了熏了甚至是臭了,但让谁这时候明抓抓站出来当着面说,谁也不会说这样的话的。咱们都是房客,又不是房东。撑死再熬上两月,就不信她还不走人。

房东嫂子一瞧见这个瘦高个男娃娃进来上了楼,她就有意无意在院子里张望上几回。见到了该去学校的时间,房东嫂子就会迫不及待地扯开嗓子喊上几声大马家的,大马家的。娃们听得出这是在催促着他们走。等着屋门开了,脚步声零乱地下了楼梯,然后大门哐当一声响过之后,房东嫂子也拔开木门槛,骑上踏板摩托车就去了厂里。房东嫂子开着个楼板厂,实际上是她男人开的。男人跟她离了婚,她只是应个名而已,想去便去,不想去也就不去,反正厂子赚了钱,肯定少不了她那一份。

房东嫂子和她男人离婚的事,在村子里有多种说法。大多说房东嫂子的男人那些年在陕北修高速公路包工时认识了一个给工队做饭的米脂婆姨。后来那个米脂婆姨肚子大了就死皮赖脸寻死觅活地跟来了，就住在村子的东头。说是起先还跟房东嫂子在一个锅里搅和着吃了一阵子。后来，村上人的闲话就多了起来。房东嫂子的男人问房东嫂子："你说这事咋弄呀，以后的日子可长着呢。"房东嫂子当下就说："咋弄？你说咋弄？事到如今，那你们就一起过吧！不过，想过来的话，你就过来。"房东嫂子一句大方慷慨的话，就把这个繁荣昌盛好端端的家给解体了，房东嫂子从此就落下了个大义凛然和大义灭亲的糊脑子名声。这个版本听起来好像应该是个原版。至于其他的说法，譬如房东两口子弄了个假离婚，是为了多占一块宅基地呀；还有说房东两夫妻离婚，是为了在承包的楼板厂起高楼呀；还有说是房东嫂子跟男人离婚是为了索要一笔钱给儿子。众说纷纭，莫衷一是。这么些年过去了，人家还不是都相安无事过得好好的嘛。房东嫂子的男人也真的常来常往，想吃就吃，想睡也就睡了。房东嫂子的男人来的时候常常是开着车来，车停在大门外，汽车喇叭嘀嘀一响大门哐当就开了，房东嫂子的男人大大咧咧走进来一边脱着雪白的白手套，一边扯开嗓门喊儿子，其实喊叫儿子的名还不是让房东嫂子知道是他来了。来了也就来了，手里也不拿个啥，只是两个肩膀扛了个吃饭的家伙。可儿子见了也叫爸，爸见了儿子也过问学习的事，一家人坐在客厅里说说笑笑倒也其乐融融。但只要细心地观察，不难发现房东嫂子那说笑的背后总有一种常人难以捉摸和揣测的淡淡的忧伤和惆怅，显现在不易被人发现的心里和早已苍老的面容上。

五

这天午睡起来，我走出院门，把个空落落的院子锁在里面。见隔壁老张依然坐在门口的石碌上吃黑卷烟，小花狗躺在他臂弯里好像眯着眼睛睡着了。他没理我，我也没跟他打招呼。我知道我家房东跟他家之间好像在地界上有些纠纷，好多年互不往来，连话都不说。虽然这两年我住在了他弟弟的房里，反倒我好像也成了他的仇人。我总觉得这个老大，不如开商店唱秦腔的老二和开麻将馆的老三厚实地道。太阳红红地懒散地照在空旷杂乱的巷子里,麻将馆里和盖楼的脚手架上响着一些单调的声音。商店老张没拉板胡,也没唱秦腔,只是坐在屋檐下的阴凉处翻报纸,张曼傻乎乎地坐在水泥台阶上晒太阳,脏兮兮的手里握着一毛钱不住地在嘴唇上扇动着,口中还念念有词说买凉皮买凉皮。村口的那几个垃圾箱前一个戴白帽子的老太太和一只瘦骨嶙峋的黑狗在流淌下来的垃圾堆里争抢着翻垃圾,戴白帽子的老太太不时扬着手里的蛇皮袋子踢踏着两脚撵那狗走,那狗饿得恓惶,躲躲闪闪龇牙咧嘴就是不愿离开这块风水宝地。

村口的树荫底下坐了一群人,钉鞋的、修车子的、配钥匙的、踏着缝纫机做裤边的,还有一张小桌上摆着一副牌局,几个老太太手迟脚慢地说说笑笑打着牌,当然还有一些光着脑袋戴着茶色石头眼镜的老头坐在小凳上聊天喝茶听收音机里破锣似的男人吼秦腔。街巷里的这种嘈杂纷乱的景象几乎在这个城市街面上随处可见。

就在这时,听见有人唤我的尊姓,扭头观瞧,方知是小胖汗浸浸地立在我身后。我问:"咋,今儿没轮上?"

她说:"这两天手气背得像摸了那啥似的一壶都不开,几天就输了成百块,晓得的话还不如早就给自己买件衫子,瞧这天说热就热开了。"

我说:"你们不是在麻将馆打牌,在哪儿打?"

小胖说:"谁在麻将馆打? 那儿哪还是人玩的地方,烟熏火燎的谁在那儿玩?"

我问:"那你们在哪儿玩?"

小胖说:"那儿都是些没地方去的才在那儿混日子哩,我们才不去那地方。这么大的陪读村天南海北的人都有,哪儿不能玩,非得去那号大染缸熏陶?"

我若有所思地哦了声。

小胖见我认真了,便问:"你在这儿体验生活哩还是咋的?"

我说:"没事,瞎逛荡。"

小胖问:"真没事?"

我说:"真没事。"

小胖说:"真没事就劳驾跟我走一趟。"

我问:"去哪儿?"

小胖说:"到了你就知道了。"

我后悔我的真诚常常给我带来许多不必要的麻烦。我还是跟着她在人群里择路前行。到了公交车站,我们毫不客气地加入到等车的人流中。一辆公交车过来了,一群人乱哄哄地挤上了车,公交车摇摇晃晃地开走了。没挤上的还在继续等着下一趟车。我俩终于挤上了第二辆车。车厢里摩肩接踵,我奋力挤到靠窗子跟前,小胖紧贴着我后背站着,她的胸脯软绵绵挺在我背上就像顶着两个热馒头,她呼出的气味中有股酸菜味,我不由得想起了乡下母亲窑里的酸菜缸。人们随着车子的起伏而起伏,就像田野里随波逐流的滚滚麦浪。身边有两个穿戴得很洋气的年轻姑娘在小声说话,好像都是在议论着自己的婆婆,一个说的是她婆婆把更多的情感和经济给了小姑子;另一个说的是她婆婆明明老了老了就是不服老,整天小姑娘似的描眉画唇染头发,还不带孩子不做家务疯了似的老往舞场里跑。两人你一句我一句轮流控诉着她们罪大恶极的婆婆,振振有词痛心疾首同仇敌忾。后边有小孩在嘶声哭喊,还有一个女人被谁踩了脚,却与身边一个小伙子嘟嘟囔囔拌着嘴。车厢里乱哄哄地使人无法听清汽车报站的声音。小胖问我:"到哪儿了?"

我借助着窗外的景象辨别着方位,瞧见了那个过街天桥,我肯定地对小胖说:"下一站应该是苏宁。"

小胖听了这话就拉了下我的袖子,意思叫我下车。后背上的那两个热馒终于离开了,我真的埋怨起这破车今天咋跑得这么快。

我们从肉夹馍的感觉中一下子挣脱出来又重归了自由,海阔天空、无拘无束的感觉使我们走到熙熙攘攘的人行道上真想再把过来过去的行人碰一碰或是撞一撞才好玩。我和小胖并排盲目地往前走着谁也不说话。我瞧见小胖走路时瞧地上的花砖比瞧行人的时间多,好像她在细心地数着砖块走。走到苏宁商场门口,小胖拉我朝商场里走,我犹犹豫豫转身跟上她走了进去,心里却生出不少的疑惑,我真纳闷这不知道又唱的是哪一出?她带着我七拐八拐来到了那个卖MP3的柜台,我一瞧那个留着娃娃头的半搭子姑娘还在,那个姑娘似乎也认出了我。她喜出望外地说:"今天带钱了吗?又来了两种新款。"她过度的热情使我们很容易联想到她今天不是发了奖金,就是刚从老公的热被窝里钻出来。

小胖手把着厚厚的玻璃柜台,挨个儿把所有的款式都仔细瞧了一遍,然后还把那个姑娘推荐的几款摆弄着看了一阵,接着就把眼光移到我的脸上。不用说,她这是在瞧我的表情,那意思再明白不过,是让我给她拿个主意。我的脑海里像个计算机那样快速运转了几秒钟,预先没有输入任何程序,但答案很快出来了。我指着一款比较便宜的黑色机子推到她的面前。我想这款机子瞧上去厚重大气还又便宜。老婆在枕头边抹眼泪说的那些话我怎能忘记?另一方面,推荐这样物美价廉的好商品,谁瞧上去都很人性化,也符合当前党中央提倡的以人为本、建设和谐社会的宗旨和理念。对于像小胖这样的下岗职工来说,我丝毫没有歧视和贬低他们这些社会弱势群体的意思。

小胖把我推荐的那款拿在手里仔细地与柜台里的样机逐一进行了比较,最后,她长长地吁了一口气,像是咬着牙狠着心跟谁赌气似的指着柜台里最贵的一个银白色的机子说:"就是它了!"

我跟上小胖下扶梯,我瞧见她提着新买的MP3和厂家配送的礼品盒笑逐颜开,这一表情我在她从衣服口袋里掏钱的那一刹那就感觉到她这样做是经过深思熟虑和激烈思想斗争才做出的抉择。她根本没在乎我是否跟上了她,就一个人直刚刚地走下了扶梯。

出了商场,我瞧见小胖早已坐在路边梧桐树下的那排蓝塑料椅子上等我,那满面春风的神情不像是在等我这个半老头子,而是好像在等待着一个期盼已久的恋人。

　　我在紧挨着她的位置坐下瞧过往的行人，我没有再瞧见推小儿车的那个老太太，那天小儿车里坐着的那个咧着嘴流口水小儿的样子还历历在目。我真的希望能瞧见小儿车和坐在小儿车里的小孩，因为我喜欢小孩，我爱小孩。就是因为我恋爱太晚，所以结婚也太晚。因为结婚太晚，所以孩子生得就太晚。我一瞧见我的同学里又有谁做了爷爷或外公，我就佩服他们手疾眼快，他们把握政策和把握生活的能力比我强。虽然没瞧见小孩和类似的大孩，但我瞧见一个白发苍苍的老太太搀扶着一个白发苍苍的老头子艰难地往前走，那老头的一条腿几乎是被拖在地上一拉一拉地往前挪。我不敢再有什么浪漫的联想产生，我急忙把自己惊愕的面孔扭向小胖。小胖正低着头专心致志地捧着新买的那摞东西瞧得发呆。小胖猛地抬起头瞧见我一脸的恐怖她也愕然。过了一会儿，她见我惊恐万状的情绪终于趋于平静，便说："咱去前面的马家凉皮店吃碗凉皮，那是我老乡开的，味正量足。"没等我有什么反应，她就起身走了。我瞧见小胖从座位上起来并没有像大马那样拍屁股，我倒下意识地拍了拍。

　　这家凉皮店其实就在大马带我进去诉说衷肠的那所大学的门口。店铺不大却座无虚席。

　　一个端盘抹桌子模样的妇女一溜烟走过来，小声问道："你咋这会儿才来，这阵人最多，都是一些逛街逛累的提着东西来这儿歇脚的，一拨走了又来一拨，城里人有钱，谁把这三五块钱还当个钱?"那妇女说话时不住地盯着里面瞧，见最后面有两个女顾客吃完起身提东西，她麻利地走过去收了钱又找给人家零钱，笑容可掬地用醋熘普通话对人家说："慢走，以后再来!"说完就招呼一个小姑娘来把桌上的残羹剩汤收拾干净，让他们坐下。

　　小胖犹豫着还是把我让到朝出的座位上，她坐在我对面。见那妇女眼巴巴地瞧我，小胖便对那妇女说："来两份皮子，一份醋要多，辣子要旺。你的那份?……"小胖说着瞧我。

　　我说："随便，跟你的一样。"

　　那妇女转身进入里间，不一会儿就端了两大盘子红艳艳的凉皮放到桌子上。

小胖一边拿筷子调着凉皮，一边扭头问那妇女："最近没回去？不晓得今年的麦子怎么样？"

那妇女靠在旁边的桌子上，说："没，过完年就再没回去。"

小胖又问："没回去？家里老公你放心得下？"

那妇女弯腰低声说："管他呢，我在这儿碰到一个，就是年纪大了些，心肠挺好，出手也大方，对我也挺好，临时凑合呗，反正比我那个土不拉唧的强。"

小胖不假思索地说，"给咱也弄一个，年龄无所谓，只要有钱就成。"

那妇女说："拉倒吧，你还要我介绍？这……"说到这里，那妇女凑到小胖的耳朵上诡秘地说："你的这个，看起来有点儿老，不过看上去很有钱吧。"

小胖听了那妇女的话，停下了筷子哈哈大笑，等笑毕了就瞅着我，半天没说话。小胖见我好像什么也没听见似的吃得津津有味，她也若有所思地慢吞吞地吃起来。

过了一会儿，小胖又停了筷子，等嘴里的东西咀嚼得咽了下去，才说："知道我为什么要买个好一点儿的 MP3？就是因为那个大马瞧不起我，我才打肿脸充胖子也非要买个好的不可。"小胖见我疑惑不解地望着她，便又说，"那天晚上打牌时，大马说她今天转了一天想买个 MP3，瞧来瞧去都没瞧上，等今晚上赢了钱，明儿就去买个最好的。我说到时候咱俩一块去，我也想给娃买一个。你听那大马咋说？她说，你就买个便宜一点儿的，那号货商场里多的是。你说气人不？你大马是个啥臭包脚布？你能买，就不许别人买？所以今天我就赌气买个好的，哼！"

我听着这些女人们的牢骚埋怨，最好的办法就是假装糊涂一言不发。见小胖终于气呼呼地吃完了，我们不约而同同时开始掏钱，还是小胖手疾眼快抢着付了钱，我们一前一后地走出了这家小饭馆。外面的天气依然很好，空气也比那里面好，我做了个深呼吸，哦，好容易熬过了这一阵子，长这么大还从没听过女人们竟然在大庭广众面前毫无顾忌不知耻地说着自己那些见不得人的悄悄话,我心里暗暗诅咒的就不仅仅是一个大马了。

六

小胖说要去西郊瞧她的母亲。她说她母亲来省城瞧病一直住在姐姐家,明天她母亲就要回乡下去,不过去瞧瞧总有些不好。

我瞧着小胖挤上了一辆去西郊的公交车,我也上了过街天桥。站在过街天桥上瞧两边川流不息的汽车,就好像小时候大雨过后站在家乡的大桥上瞧汹涌澎湃的洪水,声响都是这样的地动山摇、震耳欲聋,所不同的是一个叫现代文明,另一个是叫洪水猛兽。

突然,一阵熟悉的电话铃声不知从站在桥上观街景人群中的哪个人的衣服口袋里传出,我这才意识到我的手机还在家里充着电呢。我飞快地跑下了天桥。等我一路火烧火燎地跑回了家,我才发现我睡起来时就把钥匙落在了写字台上。我站在黑漆漆的大门外如同无家可归的浪子彳亍着,心里泛着一阵阵的酸,就像车上小胖口里呼出的那种味儿。一条空旷的巷子里洒满阳光,只有一个傻乎乎的张曼甩胳膊踢腿走得精神。我又走到老张的麻将馆,隔着塑料帘子往里瞧,没瞧见老张,瞧见的都是些正赌得吆五喝六面红耳赤的陌生面孔,那种呛人的烟味儿和那些叫人望而生畏凶神恶煞般的样子不得不使我退避三舍。这时我才瞧见这一排停着的车里有辆三菱,好像就是房东嫂子男人的车。我再次来到门口贴着大门仔细听,里面还是我走时锁进去的那种安静。我突然发现大门底下没放门槛的那八九寸的空间完全可以钻得进去,进去以后用我家门上面放的那把备用的钥匙就可以打开门进到屋里。这时候中学时学的一首诗打消了我进去的念头:"为人进出的门紧锁着,为狗爬出的洞敞开着,一个声音高叫着……"我左顾右盼哪有什么声音高叫着,连条狗都没有,只有一个无家可归的人就是我。再不能犹豫了,我脱了上衣就趴在地砖上毫不费力地钻了进去。上楼开锁进门,赶紧拿了笤帚把身上扫了个干净。忽听得隔壁大马房里就是一阵慌乱的响动,然后就听见门开了,一个人咚咚咚地往楼下跑,我凑近窗子一瞧,只瞧见一个后背就能肯定那个人是房东嫂子的男人。还没等我缓过神,大马穿戴得整整齐齐笑嘻嘻地走过来倚在门框上,左手握着一把瓜子,右手的拇指和食指捏着往嘴里嗑。她若无其事地瞧见我惊魂未定的样反倒扑哧一声笑了:"没想到一个大文人也会钻洞进来,瞧见也就瞧见了,他答应给我在村里弄块地皮,我伤点儿肉皮换他一块地皮你说划算不划算?如果他真的弄下了地皮,你要不要?咱们以后住在一起,永远做个好邻居!说不准你还能捎带着尝点儿野味儿。"她说着把手里的瓜子皮一把丢进纸篓里就转身抱住了我……

晚上,女儿在里间闭门学习,我在这边只能听见像蚊子一样咿咿呀呀的细小声音,不知是在念英语还是在背古文。我在打开的笔记本上艰难地寻觅,敲来敲去涂抹了半天不晓得写的是啥。大马的样子一直在我眼前闪来闪去。抬头瞧墙上,墙上挂历上的那女人就酷似大马色眯眯撩拨人的眼睛,不过,不是我在下面瞧她,而是她在上面瞧我。老婆还在接着昨天的电视剧瞧得聚精会神、津津有味,偶尔还一个人哧哧地笑两声,引得我也不由得朝那电视上不住地瞧,那是个什么鸟格格,插科打诨逢场作戏,好像哪个男人都是她的盘中餐囊中物,我从来就不喜欢港台电视剧里被狼撵上似的对白,怪兮兮神叨叨的别扭味儿,瞧得人鸡皮疙瘩都密麻麻地不晓得要竖起多少回。我索性披衣信步走了出去。闻见隔壁谁家在敲打着炒锅做着饭,一股爆炒青椒的味儿辛辣扑鼻,香气四溢。我突然悟出一个道理:从来只吃自己家里一种饭的人,偶尔尝了别人家的另一种味儿,他就会感到别人家的味儿比自己家的味儿好。

出了巷子,见塔楼那儿灯火通明、人声鼎沸,走近观瞧,原来是个露天舞场,一群年龄穿戴打扮参差不齐的男男女女搅成一锅粥。这群人在一曲软绵绵的萨克斯音乐的伴奏下摇摇晃晃跳着慢四。没想到我这个二五眼却一眼就瞧见了大马。大马正跟一个谢了顶的矮胖子跳得起劲。大马穿了件红毛衫牛仔裤,该突的地方突着,不该突的地方也很丰满,线条流畅婀娜多姿,脸蛋红扑扑的,还偶尔与那谢顶矮胖子说着什么,凭感觉可能比房东嫂子的男人给她的地皮承诺还有吸引力。一曲终了,一曲又起,我虽不会跳舞,但这个快三步舞曲还是能听得出来。大马和那个谢顶矮胖子又搂肩搭腰翩翩起舞旋转在闹嚷嚷的人群中。这个大马脱了衣疯狂,不脱衣跳起来更疯狂。毋庸置疑,这号人最适应这样的季节这样的气候,也理所当然地适应像谢顶矮胖子和房东嫂子男人那样的精神需求,当然还有像那个其貌不扬、不学无术的乡长那样的卑鄙无耻小人。一想起这个货,再好听的音乐也成了噪音。我瞧见大马和那个谢顶矮胖子如胶似漆的黏糊劲,就仿佛是瞧见了我老婆和一个陌生的男人在亲昵地搂搂抱抱,心里又泛出那种酸味儿来。我那个老实传统的老婆,才学会打麻将就热乎着不分白天黑夜地往里钻,好像只晓得打麻将就是唯一的精神生活,还能晓得个其他什么歌呀舞呀的。本来是站在外边欣赏着里边人的表演,就像看戏看晚会一样,但是一旦欣赏变成了评头论足地取笑甚至是仇视谩骂,那欣赏也就变得索然无味甚至是难受甚至是痛苦。我忽然想迫不及待离开这个乱哄哄的俗不可耐的是非之地,慌里慌张竟然在过马路时差点儿撞在了一辆没有车灯的黑出租车上。经过雅马哈大鱼港酒楼,我瞧见灯火通明的大厅里只有几张桌子旁零零星星坐着一些顾客,我看见一张桌子上的一男一女两个人竟然点了一盘西红柿炒鸡蛋和一盘土豆丝吃得津津有味。刚扭头却瞧见小胖从马路对面下了车提着那摞东西跑过来,在路灯下我瞧见她新换了件淡绿色上衣,反倒显得光彩照人,仔细审视发现确实穿上去很洋气很耐看也很性感。小胖见我不住地瞧她,丝毫没有表现出什么不好意思和不自在,反而故意挺起胸脯神气地问我:"还有几分姿色吧!我这叫'寻常看不见,偶尔露峥嵘'。"

我瞧着她只是嘿嘿地笑,她也咻咻地笑。我提议在康乐大药房门口的塑料椅子上坐会儿,她没有响应,诡秘地歪头低声笑道:"娃他爸晚上要回来。"说完给我扮了个鬼脸走了。

我望着小胖远去的背影,心想她虽不美丽却也很可爱。不过就凭借一件不知哪儿弄来的新衣裳来迎接远方归来的爱人显然是不够的,是有点儿寒酸有点儿单薄有点儿一厢情愿。那么,信心百倍、归心似箭的小胖除了热情奔放老实善良还能有什么呢?!

就在这时,一位西装革履夹着公文包的中年男性像行走途中突然看见了我似的转身与我握手,表情真挚笑容可掬,言语诚恳彬彬有礼地说:"见到您很高兴,是自己开车来的?"见我表情诧异呆若木鸡,他尴尬地收回了跨在台阶上的腿和那只跟我正握得热乎乎的手,与走过来的一个描眉画唇的窈窕女郎肩并着肩走了过去,走远了我还听见那男的对那女的神吹着说:"他是我仰慕的一位大作家,我看过不少他写的情感小说呢。"

过了好一阵子,我还在云里雾里不可自拔满脑子糊涂,说我是作家,惭愧羞涩哪怕是红着这张老脸还能凑个数,要说开车,谁见过我啥时摆弄过那玩意儿? 真是活见鬼了! 怎么这地方尽是些疯疯癫癫的怪人!

我真想一个人坐在这儿凉快凉快。

七

那天晚上小胖的爱人终于没能回来,听说是开车回到市区时在城北的高速公路上与一辆拉煤的大卡车追尾了。听说人伤得不轻,主要是大脑和腿,已经送到北关的一家医院正在抢救呢。小胖的女儿又回了奶奶家。

我没有见过小胖的爱人,听老婆说那后生长得人高马大慈眉善目,一看就是个老实人。我虽没见过,但能从老婆的话语里听得出小胖的爱人和小胖都是好人老实人。我不明白为什么好人老实人都有这么多的磨难与不幸,是老天爷不公,还是命运不好? 谁都晓得并没有什么老天爷,命运有没有,都说有,但谁也说不清楚。要是有,命运为什么光捉弄好人、欺负好人、欺负老实人,难道它也怕坏人、怕恶人歹人和那些丧尽天良坏事做尽的人吗? 我和老婆尽管连着几天唉声叹气替小胖鸣不平,也想着用什么好办法把我们的同情与关爱表达给小胖。我们认为,即使是给予杯水车薪的一点儿关爱,也许能给这个雪上加霜的家庭送去一份温暖一份安慰。但由于小胖走得匆忙,我们一时无法知道他们现在所在的医院和小胖的电话号码,尽管我们为此显得一筹莫展却也无能为力爱莫能助。

　　老婆这几天没去打牌，一天价窝在家里看电视。我的写作也处于瘫痪状态，不是因为没时间写，而是因为故事中的人物处在微妙的情感纠结中，越陷越深不能自拔，我的讲述也显得苍白无力，不能自圆其说。

　　天已开始热起来，我们似乎还未做好充分的准备。蝉们也不晓得从哪儿钻出来悄悄地爬上了树，开始了无休无止的鼓噪，风却不知跑到哪儿去了，只留了个闷热的空气弥漫在屋子里、院子里和街巷里。我们无所适从，只能像蛇蜕皮那样把衣服一件一件脱下来洗干净再装进纸箱里，然后用穿得很少的架势应对内心的浮躁和外界的燥热。那天，老婆终于连轴转着把那个电视剧看完了，她突然提议要我陪她去一个很远的地方看一个墓。她说这个地方非去不可，她早就想去，就是一直没去，没去的原因可能有很多，但最重要的是没到真正的夏天。现在夏天终于来了，她就一定要去了却她儿时就有的一个心愿。

　　我们选择了一个晴朗的早晨步行向那个我们未知的目的地进发。街边小吃摊那儿有不少学生娃们和准备上班的人群坐着、站着或者蹲着吃早点，到处弥漫着炸油条、炸油饼、炸菜盒的油烟味儿。太阳还在东边，暂时还无法逾越那些水泥铸造的高楼和挺拔的树林，树林中有很多踢腿扭腰舞剑拿扇子扭秧歌的老头老太太，在一片喧哗中尽情地扭呀跳呀玩呀乐呀，把他们那黄昏般的残阳拼着老命也要尽量渲染得绚丽多彩。公交车不断头地搬运着来去匆匆为生活疲于奔命的人们。长时间没跟上老婆一块练腿把子了，我真是气喘吁吁自叹不如撵不上她了，才四十几岁的人咋说老就老了。我之所以叫她老婆，就是因为她叫我老公，我觉得彼此这样称谓才算公平，谁也不吃亏，谁也不沾光。但老婆可能是出于礼貌和谦卑却把比她小的房东叫嫂子，我就觉得吃亏不小。这几天，房东嫂子总有个鬈发小伙子骑着摩托车带着她频频回来取东西。其实也没瞧见每次走时拿去了什么。每次回来也就把这个地方当作掩人耳目的僻静所在，高喉咙大嗓门说说笑笑畅所欲言或者是悄无声息地卿卿我我缠缠绵绵谁也不觉得这有什么不正常，明眼人一瞧就明白这个比她小得多的小伙子已经落入她早已布置好的情网之中，小伙子还整天乐此不疲沾沾自喜老往一搭里凑。

不到七八里的路程我们走了差不多一个小时的时间。来到陵园的门口，我们方知来得不是时候，人家陵园正在进行内部装修。从大门上挂着的一块公告牌子上看得清清楚楚，这次大规模地闭馆装修是从五一黄金周过后才开始的。所以我们看到陵园里到处堆放着沙子砖块什么的建筑材料，陵园后面被松柏掩映的郁郁葱葱的山包只给我们留下一个模糊不清的概念。我们的遗憾就遗憾在刚刚迟来了那么几天。老婆更是急得捶胸顿足直朝我翻白眼。我完全明白是老婆一贯的优柔寡断和做任何事的郑重其事才常常既枉费心机又贻误战机，本来想渴望拜谒的是一个激励和鼓舞了人们几十年的安睡在庄严肃穆的巍峨陵园中的伟大的民族英雄，没想到跑了这么远的路来瞧见的却是这样一个堆满沙子砖块几乎在任何城市都随处可见的建筑工地。老婆本想给我卖的关子，也由于来到了这里感受到了他的伟大、他的久远和他的伟大精神的气贯长虹百世流芳，所以一切悬念都不言而喻化为乌有。哪个在小时候读书时没看过这本书？哪个看过这本书的人不知道这位伟大的民族英雄？哪个看过这本书的人不为他的铮铮铁骨和民族气节感到骄傲和自豪！

我们只好一步三回头悻悻地离去。在一个远离繁华街道的小巷的拐角处意外地发现竟然有一家卖家乡风味的小饭馆，门口菜谱上书写的菜名既熟悉又亲切，我们不约而同地驻足观瞧，最后竟然又不约而同地走了进去。我们坐在靠窗户的一张桌子上，殷勤的小服务员一溜小跑着过来给我们倒了杯黑乎乎的茶水，并且用半生不熟的普通话，跟我们打招呼。我们也尽量说着普通话，不愿意让人家以为我们是故意跑到老乡饭馆来套个近乎吃顿便宜饭。我们点了三份荞麦饸饹炸油糕，两份现吃，一份带走，我们希望把惊喜和温馨也带给女儿分享。在等待上饭的间隙，老婆瞧着我问我："你知道我为什么要选择夏天到这个地方来？"她见我被她问得目瞪口呆一时无言以对，便说："我晓得你不知道，我从来就没告诉过你。上高二的那年夏天，我因为饿得实在无法忍受，就和几个女生去学校后面的山上爬上一丈多高的槐树捋树上的槐花吃，没小心一脚踏空跌下树又摔到了一条深沟里。同学们把我抬下山，因为是偷着出校，所以就没敢对老师讲，小腿肿得比大腿都粗，却还不敢看校医只是偷偷地抹了些红药水给它消肿。星期天我没有回家，一个人在宿舍里抱着那本用一大碗炒高粱玉米花儿换来的书不分白天黑夜看了两天，等星期一同学们来了发现我的小腿肿得厉害了才告诉了老师，才被送到医院做了手术，这腿上的伤疤就是那个年代的苦难记录。那几天多亏那本书，让我看得废寝忘食，也忘记了疼痛和孤独，革命先烈们的英雄气概激励着我奋发学习，第二年终于考上了大学。那个夏天就像现在一样，正是槐花盛开的时节，却给我一生留下了永远难忘的记忆。唉，那个年代！"

"好像你以前说是放忙假给生产队里割麦子跌下了山崖才伤的腿。"我似乎是在提醒她是否把故事讲颠倒了。

"那是唯一的一次对你说了谎。"老婆明显是又认真了。

"还有一次，是你上小学时把自己的一分钱交给了老师，还说是你在马路上捡的。"我一本正经地补充道。

我跟老婆的对话往往夹杂着一些揶揄和嘲弄，为的是增加一些幽默感。我虽然并没怀疑老婆讲的这个故事又有什么杜撰或者是胡乱瞎编的嫌疑，可能是故事最原始的最真实的素材，但是，故事并不精彩，起码没吸引我，也可能由于那时候饥饿现在也饿得人发慌，故事讲得有气无力、平淡无味。幸亏饸饹、油糕没费事就端上来了，满屋子充满浓郁的家乡味儿，瞧颜色、分量和调味都很地道，拿筷子挑了几根慢慢送进口里细细品尝，口感、味道都还不错，于是大口开吃。电视上正播放着男子拳击比赛，好像与这吃相格格不入，拿起遥控器撸了一圈，终于选了个播歌曲的地方台，还没等屏幕上那个围着红兜兜的女娃娃开口，我一听过门就晓得唱的是《兰花花》。一个美丽的传说就靠着一辈一辈口口相传流传至今，到底历史上有没有个美丽动人的兰花花，可能谁也说不清楚，但一十三省的女儿中数上那个兰花花好，好像都承认这是个事实，不然为什么天南地北的人都喜欢听喜欢唱。好好的一曲《兰花花》却被一个刚进来的五六岁的小女孩抢过遥控器换成了动画片,满屋子里又吵吵嚷嚷成了《喜羊羊与灰太狼》奶声奶气的少儿腔。我本来准备对那女孩怒目而视,没想到瞧见那小女孩长得非常漂亮可爱,我绷紧的脸皮呼啦一下就绽开了笑。

小女孩的母亲也冲我们笑着说:"豆豆,别胡闹,让爷爷奶奶瞧。"

虽然听出是一口的家乡话,但我还是给倒了胃口,哪有这么年轻健壮的爷爷奶奶?纯粹是个二五眼!我放下筷子扭头去瞧,身后确实站了个年轻貌美的妈妈,只瞧那一对水汪汪的大眼睛和那俊俏的脸蛋,就晓得是个端端庄庄的陕北女人。我们准备埋单走人,唤那小服务员,里间亮抓抓地传出那女孩的声音:"二姑,你瞧得收了,一共三份饸饹、油糕。"

那个叫二姑的女人笑格盈盈接了钱目送我们出门。我临出门时还不忘把她的俊俏的眉眼又瞧了一眼,好个明眸皓齿,看以后哪还有人敢再把这个词给别人胡用?刚出得门,一辆三菱忽地驶到我们跟前停下,那个小女孩跑出来喜出望外地叫了声:"爸爸!"等车里的人钻出来,我们才大吃一惊,这不正是房东嫂子的男人!

八

早上起来才发现外边下起了小雨,楼梯湿漉漉地映照着楼房上的窗户和灰蒙蒙的天。房东嫂子的踏板摩托不知什么时候也蒙上了塑料布,黑漆漆的大门紧闭着,连厚重的门槛也好好地安插在两边的石槽里。昨晚上我和老婆散完步那么晚回来时还看到院子里的铁丝上晾晒的那么多的衣服,早已被谁收拾得一干二净。好像昨天还是天气晴朗、艳阳高照,今天早上要下雨而且是非下不可的消息院里人都知道,都已经做好了应对的准备唯独我和老婆全然不知,甚至是一点儿预感都没有。我站在走廊里望着远处高高耸立的楼群怅然若失久久伫立。小胖不在,房东不知在不在,大马可能在也可能不在,反正我们是在的。我把楼道里仅挂着我的两件西服挂回了屋里,又把一把红雨伞挂在了铁丝上,这就说明我们还在,也表明我们也做好了应对的准备。

临近饭时,雨突然越下越大,雨声震耳欲聋,几乎压住了外界所有的人造声响。偶尔也听见房子后面的街巷里有人打着雨伞急促地匆匆走过,声音由近及远最后消失在滂沱的雨中。偶尔也听见什么汽车或摩托车三轮车轧着水疾驶而过留下一阵阵哗哗的水声。

流水声从外面出现到屋里只是不一会儿的事情。等我们发现是屋顶漏雨的时候,里间的地板上已是水汪汪的一片,就连床铺和桌子上也被天花板上漫延开了的水珠滴得如同水盆中捞出一般。接下来的一阵惊慌失措的忙乱和躁动不安应该是一般常人所能想象到的。我们搬开了桌子上的笔记本和书稿,拧干床单的水拖了地,最后把所有的盆子放到了滴水的地方接水。我和老婆气喘吁吁忙乱了一阵子把这些事做停当了,才发现电视里的那个太监还在那儿趾高气扬地吆喝着什么,我一把关上了这个惹是生非的罪魁祸首,然后就是一阵喋喋不休的互相埋怨和数落。

女儿放学回家的时候,雨下得明显小了许多,但我还是打着雨伞在小雨中伫立等待了一会儿,才听得学校的电铃声响了,安静沉寂的大楼里一下爆炸似的拥出黑压压的一片人。

我们一家人刚吃完一顿热气腾腾的牢骚饭,房东嫂子就叫来了那个鬈发小伙上楼来勘查现场。我们极力想把这次漏雨的程度和损失以及我们如何抢险抗洪的经过尽量夸大其词地描绘得严重惨烈甚至是惊心动魄轰轰烈烈。房东嫂子和那个鬈发小伙还目睹了被水淋湿的床单、被子、枕头、枕巾、笔记本和堆在前面地板上的一摞摇摇欲坠的书稿。房东嫂子看着我们可怜巴巴的样子当即做了保证,天晴后就由这个鬈发小伙全权负责处理楼顶。

直到中午,大马才起床,她与众不同的开门拉窗帘的大动作和端着尿盆吧嗒吧嗒大踏步地下楼梯的声音我们都听得厌烦恶心。见房东在水池上刷碗,就用那种司空见惯的媚相假模假样地对房东嫂子说:"嫂子,塔楼那儿新开了一家美发店,那老板是我朋友的朋友,哪天我带你去消费消费,肯定不会收你的钱的。"见房东嫂子呵呵笑着应付,就一头钻进厕所里不出来了。

自从那次她抱了我以后我们就成了冤家对头。那次她尽管先是一把抱住了我，继而又恬不知耻地脱下裤子仰面躺在了床上色眯眯地望着我。我瑟瑟发抖地瞧着她这一串动作麻利娴熟，也瞧见她并不洁白的身子，我怒不可遏地大喝了一声："你给我滚，你这个烂货！"

大马当时惊诧地望着我瓷了一下，然后起身灰溜溜地从膝盖那儿提上了裤子悻悻地走了出去，临出门时还嘟嘟囔囔说了句："没想到，你还算个男人！"

还没等大马从厕所上来，她的手机就开始响了。大马慌忙上了楼闭门接起了电话。这两天大马接起电话总是偷偷摸摸怕人听似的，说话的声音也是压得低低的。昨晚上她就躲在里间不知跟谁说了半天悄悄话，现在又回到屋里关上门进了里间接电话，其中的奥妙我们一时无法知晓。但断断续续似乎感觉到是那个原先的乡长现在的什么局长出了事。

听说小胖的爱人已经做过了手术，手术很成功，病情比事先预想的要好得多。恰好小胖的女儿过来取东西，我们就趁着这个机会跟上小胖的女儿一起去医院探望。雨过天晴，空气清新，天空就像刚刚被重新洗刷过一样湛蓝如水、明亮如镜，太阳也像换了个新的刺得人睁不开眼，我们一路上说东扯西聊一些学校的事情，尽量很少说有关她爸爸的病情，免得小胖的女儿幼小脆弱的心灵因此而受到伤害。到了医院，正好遇上护士给小胖的爱人换药，我们就和小胖在医院的过道里小声说了一会儿话。瞧着小胖憔悴消瘦的面容，我们只能说一些保重身体、不要着急、遇事多往开里想之类的宽心话。看见小胖几次跑进去帮着做这做那心神不宁心不在焉的样子，还有外科病房里令人恐怖的牵引床和病人痛苦的呻吟，我们待了一会儿就放下了二百块钱借故离开了医院。对于我们这么远来看望病情还给了这么些钱，小胖和小胖的女儿感激得几次泣不成声，小胖的女儿也噙满泪水连声感谢。小胖和小胖的女儿一直把我们送进了电梯。电梯的门开启又缓缓地闭上，我们就被无情地隔在了两边。

出了电梯，我看见老婆一言不发情绪低落，我也感到怅然若失。我瞧见小胖依然穿着那件为迎接爱人才新换的淡绿色上衣,但神情倦怠目光呆滞,与那日判若两人。我非常遗憾地还是没瞧见头上裹着纱布的小胖的爱人是个什么样子,而小胖欢欢喜喜等来的这个头上裹着纱布的爱人以后的旅程哪儿才是个歇脚的站啊!

偌大的医院里树木参天,花团锦簇,不时看见有女人挽着拄着双拐的男人艰难地前行,也有男人推着轮椅里的女人缓步走过。丽日下的万物生机勃发,就连患难的人也步履艰难地沐浴着浩荡的天恩。如果这个世界上没有病痛和灾难,那该有多好啊!那么这个美丽的地方就可以变成一个儿童的乐园,也能成为一个老年人安享幸福晚年的天堂。

傍晚,天边出现了火烧云,晚霞映照着我们一路疲惫不堪地回了家。商店老张又拉起了板胡唱起了秦腔,观众里除了张曼又多了一个捡垃圾的戴白帽子的老太太,老太太的旁边还立着一个装得满满当当的垃圾袋子。我们依然没跟坐在大门外石磴上吃黑卷烟的老张打招呼就径直进门上楼。进到屋里,我就把快散了架的身子平躺在床上歇息,突然,老婆的一声惊叫差点儿叫我魂飞魄散。忙起身观瞧,发现走时放在桌子上的笔记本不见了。检查门锁和其他物品都完好如初,唯独笔记本不翼而飞。忙与女儿联系,得到女儿怨声载道地回答说,她从早到晚一直在参加模拟考试,哪还有什么时间回家呀!我和老婆思忖再三还是报了警。丢一个笔记本并不重要,重要的是笔记本里有我辛辛苦苦写下的全部文稿,你说这事弄的。工夫不大,风驰电掣来了两个年轻民警,听了介绍,看了现场,又做了谈话记录便坐上车又匆匆离去。

这一夜,我着急我郁闷我悔恨不已。从早上漏雨到晚上的失窃,这可能与我昨晚上梦见的一个光屁股女人有关。我梦见的那个光屁股女人在水池那儿光着身子洗衣服。那个女人好像是大马,又好像不是大马而是小胖,过了一会儿又好像换成了房东嫂子,最后却真真切切地变成了那个明眸皓齿的谁谁的二姑。梦中我似乎还这样想,她们无论洗什么怎样洗,都永远也洗刷不掉她们的烦恼、她们的痛苦、她们的七情六欲和她们的酸甜苦辣。我觉得这一天里遇到的这两桩烦心事肯定与那个不吉利、不吉祥、不健康的噩梦有关。这样的事我自然不必对老婆说，也不便对外人说，就是对谁也不说，窝在我心里也感到一阵阵地虚，内心也在自责自嘲愧疚难当。无耻肮脏龌龊猥亵亵渎这些不好的词像蚊子苍蝇似的直往我身上撞，我真想把这个漫长的夜晚掐断揉碎然后再丢进黑漆漆的风中……如果，笔记本还在，我便会把那些纠结缠绕在一团的故事就这样酣畅淋漓荡气回肠地写下去。

第二天的早上，等老婆醒来，我给她说的第一句话就是"我们必须搬家"。

2011 年 3 月 10 日

俺们村里的春晚

邓小虎回到村里已是深夜,在凹凸不平、陡峭曲折的山坡上使劲踩着油门,三轮车一路吼叫着终于爬上村前的庙坡,在村里的小学校那儿停下了。三轮车熄了火,车灯的光亮蓦地就从后沟里的崖畔上缩进了黑黢黢的夜里。前崄畔上二郎家的那狗听见声音就撵着疯叫,后庄子里谁家的那狗也跟着狂吠不止。几只狗叫了一阵终于疲倦地停住了。忽然,一道手电光从前庄子那儿晃晃悠悠地射过来,接着一个男人的声音好像从很高很远的地方突然撂下来似的,声音瓮声瓮气像从喉咙眼儿里往出蹦,"啊,那回来……的……是不是小……虎……"

邓小虎从三轮车上下来,冻得不是连连哈气搓手就是一个劲地跺脚,听见二郎问他,他搓着手朝高处回了句:"是哩,咋,这会儿还没睡?"

二郎从鼻孔里冷冷地哼出两声:"嘿嘿,一听就……晓得是……你小子,嘿,明儿……见!"二郎从小是个结巴,说话不利索还总爱说话。二郎的这一嗓子叫嚷,给这万籁俱寂的数九寒天的深夜增添了几分寒意。这声音虽然使人毛骨悚然,然而,这声音也无疑给整个村子通报了个不大不小的消息——邓小虎回来了。

在邓家圪**塄**这个小村子里,邓小虎可算是个很有些名气的大好人。老年人说他好,是因为他嘴甜、心善、腿脚勤快;年轻人说他好,则是因为他豪爽仗义、不怕吃亏、够哥们儿义气。所以,在这就连老鹰也嫌山高路陡的邓家圪**塄**,邓小虎就是个人见人爱的好后生。邓小虎的娘、老子都死得早,他初中毕业就再没有上学。前些年,谁家箍窑、盖房或泥窑、盘炕、垒锅台、打家具,他就帮人家搬砖、和泥、提泥包,脏活累活都抢着干,为的是能混顿热饭吃。每年收夏，龙口夺食，他今天帮这家割麦子，明天又帮那家拔豌豆，黑水汗脸地忙得没个消停。到了秋天，收秋打枣摘苹果，哪个山圪梁梁上都能瞭见他的身影。大叔叫他在山洼洼上背几回洋芋，他挎上绳子就上了山；大娘叫他到河坝上扛几包红枣，他揣上几个冷红薯就跑下了坡；还有谁家打谷场上忙了也叫他，谁家要杀猪宰羊也喊他来帮忙，谁家驴跑了羊丢了也叫他帮忙去找。谁叫他，他都乐意，谁喊他，他都应声。就是谁也不叫，只要他瞭见谁家有甚事，也会不声不响跑去相帮的。村里谁家有了红白事，你不用叫，他保准就能在第一时间到场，推碾子推磨，担水劈柴，甚至是打坟抬棺材这些事也离不了他。那年秋天，招财老汉砍树跌伤了腿。他瞭见了，二话没说，背上就往镇子上的医院跑，还在病床前照料伺候了好几天，并偷偷给垫付了好几百块钱的医药费。等招财的儿女们赶回来，拿出钱物来酬谢他，他推来推去，最后只要了人家带回来的一把花雨伞。那年开春，宽田大叔家在庙坡下面井子湾那儿箍窑，他开着蹦蹦车给工地上拉水，蹦蹦车下坡刹车失灵翻进沟里，他的腿也给跌折了，从此，他就成了个瘸子。邓小虎腿脚走起路来是一瘸一拐不利索，可那脑瓜子和心却正正经经没甚麻达。他那几亩山地，种黑豆、花生、向日葵，也种过西瓜、烤烟。到秋后卖了钱，往炕洞子里藏着的一个小木箱里一锁，铜钥匙套在皮带上可从没松过手。自己不抽烟，不喝酒，挣一分是一分，挣十分就是一毛。村里老辈的见他都逗他说："小虎，给你说个婆姨！"他瞧着人家光嘿嘿地笑就是不言传。后来，还真有人给介绍过几个，人家女子在远处瞭见那一拖一拖的腿，没说个二话就转身走了。再后来，村里出去跑生意还有胡逛荡的人多了，外面那些光怪陆离的事传回来的也就多了。听得多了，就把还窝在村子里操劳那几亩薄地的邓小虎的心也给勾走了。那年开春，邓小虎就相跟上村里的乡党坐上火车出了远门。起初的几年，他给饭馆里洗过盘子，也给人家剧团里看过大门，还给一个单位里烧过锅炉，后来看见人家倒贩水果能挣钱，也学着从南方拉了香蕉、桃子、西瓜到城里卖，几趟下来，连老本都给赔了个精光。最后是一个好心的老乡的一辆旧三轮车救了他，从此他就骑上三轮车开始了走街串巷收破烂。几年下来,他靠着自己起早贪黑风吹日晒的奔波辛劳,不光有了自己的地盘,也有了自己的一笔不小的存款。可是,谁能料想到,去年秋里听说他收了人家的一堆废铜烂铁,竟然不明不白地进了局子,吃了官司。人说"好事不出门,坏事传千里",他的这桩子瞎瞎事,被人们添油加醋地一个传一个竟很快传回到村里。村里晓得的人都一满价解不开,一向老实本分的邓小虎咋就摊上了这号瞎瞎事?真是钱眼儿里有火啊,连从小看大的邓小虎也走火入魔犯了这号案,唉,谁晓得无依无靠的邓小虎没个三年五载的能出得来?尔格,谁知这个邓小虎竟然人模狗样地开着三轮车回来了,这咋不是村里的一大新闻?

第二天,太阳才灰塌塌地从东阳山探出个头,邓小虎家的垴畔崖上的老椿树,才刚被日头闪上个树梢子,两个穿戴得厚囊囊的后生就爬上了邓小虎家的垴畔,咚咚咚的敲门声,把邓小虎从睡梦中惊醒,邓小虎迷迷糊糊隔着窗子往外瞧,瞅了半天才认出这两个来敲门的家伙是瑞生和冬娃。他刚下地把瑞生和冬娃这两个不速之客让进窑,接着就听见垴畔上又传来了二郎和胜利五毛这两个小子调侃叫骂的声音。

一帮子后生欢天喜地地拥进了窑,都是从小打娃娃耍大的好伙伴,平时难得一见,如今猛地遇到一搭里,都兴奋地你捅我一下,我捶你一拳,就这样打打闹闹骂骂咧咧闹腾了好一阵子,才纷纷安安稳稳坐在炕栏上勾着腿吃着邓小虎递给的纸烟,却都互相扑闪着眼睛,你瞧瞧我,我瞅瞅你,好像都好几年不见了,尔格突然聚在一起都不晓得应该从何说起。

还是二郎这小子口吃反倒话多,比起他们来数他年龄大辈分也大。小时候,不论是拦羊、砍柴,还是凫水、滑冰,都得听他的,那时候如果不听他的,他就仗着人高马大,不是拧你的耳朵,就是猫着腰抓挠你的卵子。尔格,他哧哧地好像要开口说话了,却哧哧了半天没哧出个子丑寅卯来。等他又憋着气把烟把子吃完呸地吐到地上,才指着脚地上摞得比炕栏还高的几个纸箱子问道:"你……买了这……这么多的……东西,是……"

众人还以为二郎憋了老半天能憋出个什么好词儿,没想到却憋出了这号臭屁话。噢,都几年不见了,如今瞧见人家有钱了,买回来这么多的好东西你眼热,倒问起这号话!可等几个人听了二郎的问话,才瞧着脚地上撂得一摞一摞的纸箱子,也才觉得二郎问的也是个问题。

邓小虎站在脚地上拍打着这些花花绿绿的纸箱子说:"嘿嘿,都是好东西,虽算不得是什么名烟名酒,可也档次不低呀!不瞒弟兄们,我买这么多的烟酒回来,就是要为我那早死的娘老子敬敬孝心,给他们立个碑,免得以后咱们搬下了咱这邓家圪垯,孤魂野鬼们见了面一个还不认识一个。"

众人眼睁得牛眼似的瞧着邓小虎像个解说员,手舞足蹈地在地上走来走去,心里却在翻江倒海搜寻那句老话:"士别三日当刮目相看啊!"等把邓小虎那慢条斯理的话听完,都哑巴开会似的不言语了。

这时候大家的心里恐怕都七上八下在想一个问题,你邓小虎这么有孝心,那为什么你的娘老子死了这么些年不给立碑,偏偏在这快要过年的十冬腊月跑回来立什么碑哩!你火急火燎跑回来给全庄的人来这么一手,恐怕给老人立碑是假,给自己树碑立传才是真啊!

可又一想,咱邓家老坟里立上石碑的能有几家?那弟兄多的人家也不少,也没几家立上碑的,还有的弟兄们分家时,为了一个旧箱子一个烂水瓮争来抢去大打出手。你邓小虎孤家寡人光棍一个,至今闹不下个婆姨成不了个家,却非要一瘸一拐开着个三轮车回来摆什么阔绰?哼!咱村里开着好车回来过年的不是没有,不信你瞧瞧那庙坡下面,旧砖窑那儿的井子湾,就一溜停着几辆小车哩!

也许,谁都可能没有往这事上想,你有没有孝心是你的事,你想怎么价夸富摆阔也是你的事,你哪怕把整沓真票子烧了也没人管你,倒是邓小虎刚才说的那些话,叫人听了心里都有了些酸楚,有了些感伤。咱这样的穷村子,山高路险吃水困难,猴娃娃念不上个书,后生们闹不下个婆姨,上面紧锣密鼓地吵嚷叫喊了好几年的移民搬迁,尔格那吵吵嚷嚷了好几年的口号终于有了个样样。全村老少明里盼、黑夜里想的好日子,马上就要变成现实了。那镇子前头川道上修建了几年的平展展的新窑洞一排连着一排,尔格

— 259 —

谁都瞧见那新窑洞正一个个敞着黑洞洞的窑口子等着你来住哩。等开春后,安上门窗粉刷好窑,垒好锅台盘好炕,一个崭新的邓家圪崂就从山圪梁梁上搬到那儿的平川里,那才叫旧貌换新颜啊!

几乎所有的人都这么等呀盼呀的,都希望早日搬下山,住进新崭崭的村落里,成为一个地地道道的川道上的人。可也有那么几家,怕下了山,离开了老祖宗,离开了祖祖辈辈劳作的土地,特别是离开了他们自己亲手箍的窑,盖的房,打的驴圈、羊圈、鸡窝、狗窝,那些熟悉温馨的家园,还有那些绿油油红当当的果园、枣林……

半晌,几个人都吃着邓小虎给的硬纸盒子翻盖盖纸烟不吱声,都还仿佛沉浸在一种对美好生活的憧憬和对即将到来的新生活的向往之中。还是五毛脑瓜子灵,他老子一连生了四个毛丫头,最后才换了品种生了个他。四个姐姐供奉小皇帝似的把他带大,从小娇生惯养的五毛书没念成个书,长大后哭天喊地要开个车,没办法,娘老子在县城的大街上摆了几年凉粉摊子,加上四个嫁出去的姐姐们的襄助,五毛终于如愿以偿地开上了出租车。到如今,他已经换了两个婆姨,换了三次车。

五毛说:"好歹小虎也回来了,我瞧咱们还是应该好好闹腾闹腾。"

邓小虎腿脚慢,可那脑子一点儿不比别人慢,他站起来,扯开纸箱子上的胶带,咚咚就把几瓶烧酒立在炕桌上,又把一个箱子扯开,几瓶罐头和火腿肠、麻辣干就翻搅出一大堆。

几个人惊诧地瞧着邓小虎,一个个木桩似的立着不动。

五毛挨个瞧着大家疑惑不解的样子,便说:"谁是这意思?我是说……"

邓小虎忙说:"不管是甚意思,酒席上再说也不迟嘛!"

眼看着酒摊场摆开了,哪还有不笑纳的理儿?于是,几个人都脱鞋上炕围坐在小炕桌周围,端起了酒盅子就叮叮当当地干上了。

几盅酒下肚,又是空腹,从不喝酒的邓小虎脸红得就像那关老爷。他将了把滚烫灼烧的脸,转头问五毛:"哎,五毛,你说的不是喝这辣东西,是做甚?是不是想……"邓小虎说到这里,故意诡秘地斜着眼瞅五毛和其他人的反应。

五毛见邓小虎用这样的眼神瞧自己,嘴里甚也没说,心里却在瞎盘算,小虎这家伙收破烂收成了精,明明心里明镜似的心领神会了却故意装聋作哑不往出说,自己如果把这话再要往明里挑,不仅仅是显示个耍小聪明那号小儿科的小花招,再说下去恐怕是要付出代价的。

偏偏在这个时候,一直没说话的胜利却愣头愣脑地蹦出一句,他说:"五毛的意思肯定说的不是喝酒,要我想肯定是大大地玩几把。"

大家听了胜利的话都哄地笑了。尔格快要过年了,谁还把打麻将赌博看得那么重要,如今满世界都是麻将馆,哪儿玩不上个麻将,还非用跑回来土里土气在家里整那事。胜利后来一直在镇子上杀猪卖肉,一有工夫,就跑进麻将馆里打麻将,常常赌得昏天黑地,在他看来,所谓要热闹热闹,除过打麻将还能有个啥?

那么,这好像阿庆嫂智斗刁德一,咱们弟兄家还用来那一套?捣蛋鬼瑞生观察了下这场面,就信口开河地说:"说喝酒不是,打麻将也不是,这也不是,那也不对,那是不是今黑里,咱们相跟上开个车,去乌镇的舞厅里唱歌串小姐玩?嘻,嘻嘻,是啊不是?"

一向老实巴交的冬娃一听这话就给了瑞生一巴掌,说:"你就晓得耍女人,一年到头明里黑里风里雨里,蹬三轮车挣的那两个钱,都送给女人了,弄那事,还不如买上二斤猪头肉,夹在县城老马家的油旋里,狮子大张口吃上几个过瘾。"冬娃见瑞生听了脸色不悦,于是又说,"不过瑞生你小子歌唱得确实不错,听说你骑着三轮车还唱《赶牲灵》哩,是不是有这事?"

瑞生反手就把冬娃的手腕拧住,骂道:"我骑着三轮车唱什么《赶牲灵》,我是个傻子呀!看我敢不敢把你这猪蹄子拧下来呢,尿小子!"

一直只顾吃喝的二郎,这时也被逗得嘿嘿地傻笑。

五毛见大家都七嘴八舌嚷嚷了一阵,不知是真的解不开,还是故意打马虎眼儿,他把每个人都瞧了一眼,然后,端起酒杯一饮而尽,抹了把嘴,说:"我是说,要过年了,而且是咱们邓家圪**塝**这个村子里过的最后一个年,能不能想办法,咋让咱们邓家圪塄这最后一个年过得热闹一些,就是这么个意思。"

邓小虎忽地从炕上一跃而起,说:"好,说得好,跟我不谋而合。昨天晚上回到家,村子里黑咕隆咚静悄悄的,一种冷冷清清、凄凄凉凉的感觉叫我一夜都睡不着觉,我一个人思谋了大半夜,咱们邓家圪塄这最后一个年,是应该好好热闹一下的。你们说,怎么个热闹法?都说说想法,钱、物,你们不用担心,原来想给二老立个碑,现在,我想通了,与其给自家老人立碑,还不如给咱们整个村子立块碑,让子孙后代永远别忘了咱这祖祖辈辈生活过的邓家圪塄,也就算是我邓小虎给咱们邓家圪塄赔罪道歉了。"

邓小虎这番发自肺腑的话让大家听了心情虽然有点儿沉重,但同时更使大家感到群情振奋,在场的每个人都为邓小虎的这番话拍手叫好。

二郎好像总是忘不了自己还会说话似的,急忙竖起大拇指,连连说:"高……高,实在是啊……高!"

邓小虎又豪爽地与每个人都碰了杯,然后,一仰脖子喝了个精光,还故意把酒盅子朝下倒了倒,真的一滴酒也没有滴下来。这时候邓小虎重新坐下,摆开一个开怀畅饮的架势,重给每个酒盅里倒满了酒。

窑里的气氛从刚才的高亢雄壮又渐渐地松弛下来,人们那激动的心情也趋于冷静和理智。从小谨小慎微的冬娃,到这把年纪还不敢骑摩托车、三轮车那些机械东西上山下沟,外出赶集跟会还总是骑一辆半新不旧的自行车推上推下的,冬娃说骑着这烂东西心里觉得踏实。这时候冬娃用手在自己那花白的头发林林里挠了挠,然后说:"好是好,可就靠咱们这些人,能弄成个事情吗?"

瑞生和胜利听了冬娃的这话,才仿佛恍然大悟,觉得还是人家冬娃心细认真能说到点子上,于是,他们也用同样怀疑的眼光瞧着邓小虎,那意思分明是说,你今天是不是真的喝多了,才口出狂言逗猴娃娃耍哩不是? 要闹这么大的事情,信口开河说风就是雨,哪有这么简单。人常说:"宁率千军兵,不领一班戏。"那闹红火热闹可不那么简单!

邓小虎瞧出大家对他不是像从前那么信任了,于是,他扫了大家一眼,说:"不是我酒后张狂,我邓小虎从来说一不二,不就是几个钱嘛,不就是花几个钱买个热闹吧?如果这回我邓小虎说了软话、下了软蛋,你们拿上打枣棍子把我打死,再叫二郎家的那老花狗把我啃得吃了也行!"

众人听了邓小虎这赌咒发誓的硬话,谁也不敢再说什么了。

就在这时,门外响起扑踏扑踏的脚步声,等沉重的脚步声走到门口,人们才发现来的是宽田大叔。宽田进了窑,把手里提的一篮子鸡蛋、豆腐、油糕、黄馍馍和一笼子白菜、洋芋放到地上,喘着粗气说:"嘿,我晓得你们都在这里,小虎一回来,这里就成了村委会了。嘿嘿,瞧你们这些尿样子,大清早的,一个个倒被酒精武装得面红耳赤的,刚才还吵吵嚷嚷的,咋,这会儿都哑巴了,还是怕我听见?"

众人听了宽田的话没恼,反而都咧着嘴笑了。这不仅是因为宽田尔格当着村主任,还因为宽田早年教过书,有文化,有威望,村里人都尊重他,也怕他。

二郎见大哥宽田突然来了,他就像老鼠见了猫似的,只顾低着头不说话。二郎和宽田是同父异母的兄弟,但老人离世后就很少往来。

其他人见宽田来了都抢着让座敬酒,唯有胜利这个糊脑子真是憨憨不怕狼,胜利咧着两片厚嘴唇,说:"大叔,你来得正好,刚才我们正拉大事哩!"

宽田绷紧脸问:"有甚大事?还不晓得你们这些年轻人,不是想嘴上的,就是想手上的,要不就是想裤裆里的那号尿事情,哼,还能有个甚!"

胜利忙说:"不是不是,这回说的是正儿八经的正事,邓小虎这次回来,想给咱这邓家圪崂过最后一个年,出钱办一台晚会……"

宽田一听就直摇头,宽田说:"咱村上尔格就这几个人能办个什么晚会?有钱从外村请上几班秧歌来闹一闹,那李家崖、南山里一直都是有名的好秧歌,何必自己弄哩!村里本来就没几个人了,又加上没有钱,谁还敢要那号洋辣子。"

邓小虎见村主任宽田不但不支持,反倒净说些泄气话,于是,他一本正经地说:"宽田大叔,你说得也对也不对。咱们邓家圪塄尔格是没有多少人,而且还尽是些老人和娃娃,村里也没多少钱办这些事,这些我都知道。我尔格是想,在咱们邓家圪塄的最后一个除夕之夜,花点儿钱举办一个真正意义上的大联欢,把村里的男女老幼全都请回来,让大家伙说说笑笑、唱唱扭扭、热热闹闹过个年。至于说钱嘛不用村里出,也不要村里哪个人掏一分钱,全由我一个人负担,你说这样能行不?"

胜利、瑞生也叫嚷着我们也掏,二郎也急得干瞪眼就是说不出话,生怕没了他的份儿,冬娃却瞧着大家争先恐后地叫喊,没有吱声。等其他人不争了,才慢条斯理地说:"其实,宽田大叔说的我瞧着也行哩,咱们为什么不能从外村那儿请一班子秧歌队来咱村上闹腾上一阵子,不也是一样红火热闹吗?"

邓小虎见大家好像都赞成宽田和冬娃的意见,虽然其他人没往明里说,可从眼神就能看得出,都沉默不语,其实就是默认。这时,邓小虎又给每个人散了一圈纸烟,好像要用这冒烟的东西先把各位的臭嘴堵上,然后说:"请别的村里的秧歌队来咱这山峁圪梁,一是大过年的恐怕请不来;二就是真的请来我也不赞成。为什么咱们自己就能搞热闹的事情非要叫外村人来参与来搅和,吃喝拉撒敬奉他们,还不如咱们自己折腾、自己享用。咱们不是没人,而是没通知村里人,大伙晓得村里要闹红火,谁会不喜欢?谁会不高兴呢?何况,咱们有瞎子二愣子会弹、会拉、会吹,二胡、三弦、琵琶什么乐器捉上就能敲打。还有邓永和老师,听说尔格并了学校到外村教书去了,他唱歌、跳舞、闹秧歌都是把好手,他还会拉板胡、手风琴,要是晓得了他准会跑回来的。还有咱们书记的三女儿邓丽,音乐学院学的就是唱歌跳舞,村里有这样热闹的事情她能不回来参与?还有在座的不也都是从小爱红火吗?宽田大叔和二郎不也是吹拉弹唱还都会那么一点儿嘛,到时候,瞧见人家唱呀跳的怎能不眼热心动呢?等咱们把村里的乡亲们都叫回来,组织起来,把镇上文化站的锣鼓家什借回来一敲打,拜祖坟,拜祖庙,拜水井,拜石碾子、石磨,然后再挨着转院子转灯,到了晚上,把原来小学校那儿收拾收拾,戏台子就搭在那儿的操场上,大红灯笼一挂,音响扩音一拧,道情、秦腔、眉户、陕北说书什么戏不能演?通俗、民歌、摇滚什么样样的歌不能唱?男女老幼扭成一溜跟着伞头扭动起来。男人价穿上黑棉袄、棉裤,白羊肚子手巾头上一围,一瞧就是实打实的原生态。那女人可能就不一样了,花红袄子牛仔裤,黑皮靴子烫发头,半洋半土有味道,到那时,啊,哈哈,你们就等着瞧好戏吧!”

大家听着邓小虎眉飞色舞说得一套一套的,一个个听得目瞪口呆。很明显,众人又被邓小虎这成熟的宏伟设想给迷住了。半晌的工夫都傻愣愣没人吭气,最后还是胜利冷不防叫了一声:“好,我一百个赞成,一百个拥护!”接着,冬娃、瑞生也都笑着说能弄成这样当然好。

二郎总是比人迟半拍,这时候才说:“我……我看这样好……着哩。”

到这个节骨眼儿上,宽田也不得不乐呵呵地表了个态,他说:“嘿嘿,能弄成个事当然好,反正弄烂包了或是出了什么乱子我可不负责任。但我给你们当个伞头子,唱几句秧歌,那没一点儿麻达。”

众人齐声叫道:“好!”

邓小虎高兴地说:“有你大叔的这句话我就放心了。哈哈,我晓得大叔也是个爱热闹的人,这回你可要大显身手了。”

就在这时,五毛提着裤子从外边跑回来,一边系着裤带,一边急忙说:“你们的话我在厕所里听得真真的,你们这下解开我当初说的闹腾是甚意思了吧!嘿,这下就弄对了。可是,咱们尔格要成立个邓家圪垯春节晚会筹备小组,还要写一个像模像样的倡议书,把咱们举办这个春晚的目的、意义给乡亲们告诉清楚。我看这个春晚筹备小组的组长理应是让小虎当,大家说咋相?”

众人又起哄似的叫喊道:“行,好!”

邓小虎瞧着大家真心拥护、热切期待的目光,于是就理直气壮地说:“好好好,这个头我邓小虎承担上,不过,你们都得听我的。”

大家又都说:“好!”

邓小虎于是就正儿八经地开始发号施令道:"那么,咱们事情既然这样定下来了,接下来就要开始紧锣密鼓地张罗准备,下来我把有关的事情给大伙分分工,完了如果没甚意见,就赶快照此去办吧!咱春晚筹备组具体分成三个小组,第一组叫联络组,主要是想方设法联系咱们村里的乡亲们,不管是发短信、打电话,还是上网查找或者是派人去镇上县上哪怕是去市上找,电话费、车费、油钱一切费用都由我来掏。这个组我看就让五毛和胜利两个人负责,他俩嘴巧、腿快、心眼多,还都有车嘛,这样跑起来也方便;第二组是会务组,主要是安排组织所有这次春晚的演出活动。就由我和瑞生两个具体办吧,这里头事无巨细,事情可多着哩;第三组是后勤组,当然主要是负责所有后勤上的事情,吃喝拉撒睡这些琐碎的事情都得你们管,一定要叫回来的乡亲们吃好喝好玩好睡好,把小学校的教室打扫打扫,把大灶办起来,桌椅板凳都是现成的,吃饭演出都能用得上。弄这号后勤上的事情,我看就由冬娃和二郎两个具体去办最合适,我也是最放心的。如果大家再没甚的话,咱们先就这样分工着手去准备吧!最后,请大家端起酒杯,为咱们邓家圪崂春晚办得圆满成功干杯!"

听到村里要闹红火,第一个回来的是邓永和。邓永和原是村里的老教师,那时候村里学生少,可班级并不少,从一年级到六年级,他语文、数学、常识、音乐、美术、体育什么都教,吹拉弹唱什么也都会。尔格并了校,到外村里去教书,每月四五千块的工资,听说还在县城买了一套大房子,日子过得有滋有味。这次听说村里要办春晚,他头一个跑了回来,又是打扫窑,又是糊窗子。村里人听说邓永和回来了都跑去瞧,见他正趴在梯子上糊着窗子。二郎就问:"啊,邓老师……啊明年就……要住新……啊新窑啦…你咋……还……糊窗子?"

邓永和也学着二郎那结巴样说:"我这是最……最后糊一次……啊窗子,怕以后再也糊……糊不成啦!"

围观的人听了都哈哈地笑了。

邓永和回来就常与邓小虎钻到一搭里商讨办春晚的事,有时一闹腾就是大半夜。

　　宽田没事时也经常与他们搅和在一起。村子前头庙坡那儿的土路今年夏秋叫雨水冲坏了,坑坑洼洼不好走,三轮车、小汽车根本爬不上来,宽田听了就打发人把庙坡上的沟沟渠渠填平修好,还把坡道两边和村子周围的杂草垃圾都打扫清除掉了,村庄内外面貌焕然一新。于是,停在沟底井子湾那儿的几辆小车,都轰隆隆开上了山,都停在小学校的操场那儿。邓家圪垯村子上第一次停下一溜睁着眼睛亮光光的小汽车,引来一群猴娃娃挤在跟前瞧热闹。

　　其实,说到红火热闹,最心热的还数瞎子二愣子。二愣子三岁时因为发高烧眼睛给烧瞎了,后来就什么也看不见了,从此他就与漫漫黑夜为伴,白天晚上在他来说瞧着一个样。家里人、村里人,父母、弟兄、婆姨、娃娃,谁也不晓得长什么样,可只要一出声,他就能辨别得出谁是谁来。从小到老,尔格快七十的人啦,二愣子摸着黑,两手筒在袖口里走哪家是哪家,全村二三十个院子,不论是阳畔上还是背洼上,哪家也错走不了半步远。

　　二愣子一听说村里要闹红火,他高兴得一夜没睡着觉。第二天,他就收拾出了他的那些吃饭的家伙,什么三弦、二胡、琵琶、笛子、铜镲、碰铃、梆子,从早到晚天天往小学校那儿跑。他清苦孤寂的日子里有了一群人不分白天黑夜的陪伴,那张老树皮似的脸上时时洋溢着苍老而又稚嫩的笑容。

　　几天内闻讯赶回来的乡亲们,把平日冷清的村子吵吵嚷嚷闹腾得就像以前过年一般热闹。往日一个个冷冷清清的院落里又有了说笑声;好多年不住人的窑洞都擦亮了玻璃,糊上了新窗纸,有的人家还贴上了红窗花;以前好多年不冒烟的烟囱里又升腾起一股股袅袅炊烟。一个生气勃勃的老村子又仿佛焕发了青春,一个往日死气沉沉的破败村落又仿佛注入了新的活力,一个久违了的欢乐祥和、热闹嘈杂的景象又仿佛重新展现在乡亲们的面前……

　　腊月二十三是送灶马爷的日子,传说这一天值了一年班的灶马爷要到天上给老天爷汇报这一年的工作,所以为了填补灶马爷不在时的空缺,于是,家家户户都蒸了枣山放到门上头,同时还要立一个高粱秸纳成的小圆盖子,其寓意是为了弥补劳苦功高的灶马爷放假不在时,从外头看就好像有个人头在那里,驱鬼又辟邪。迷信是迷信,祖祖辈辈都这么虔诚地信奉心中那个虚无的爷,祖祖辈辈为了避嫌采用这种自欺欺人的所谓崇拜,完全是为了求得心理上的一种安慰和解脱。劳作了一年的受苦人,这一天是要吃一顿好吃的,于是,这一天的后响,家家户户都不约而同要擀长长的杂面煮着吃,晚上还要吊一个灯笼在窗前,似乎要照亮灶马爷远去的归程。从这一天起,年的脚步一天天逼近,年的样子和年的味道也渐渐显现出来。扫窑、糊窗、蒸馍、压糕、煮萝卜、做黄馍馍,还要杀猪、宰羊、炖鸡、做丸子,不胜枚举。忙活了好多天,把预备做好的各种吃喝,放到院子寒窑里的大瓮里,或者是放到用石头做成的石柜里上了锁冻着,一家人对年的等待和期盼就是个时间问题了,起码那熬煎的心里算是踏实了。当然,那都是以前过年的旧风俗。现如今,方便和快捷取代了一切烦琐的陈规陋习,现买现做,现做现吃,超市里常有,那冰箱里就会常有。

这几天,小学校的几孔窑洞里香气四溢,几头猪和几只羊做成的各种好吃喝,装满了从山下镇子上借来的两个大冰柜。进进出出的那些厨子和帮灶的吃得容光焕发。到处都能听到二郎那结结巴巴的吆喝声,这个总后勤部长的头衔,使他如鱼得水、风头出尽,平时很难满足的肠胃终于可以饱食终日、不思他味。就连他老婆桂英也跑来大灶上帮忙,二郎这个能说会道的婆娘,她说她命不好才闭着眼寻了个二郎瞎过光景哩,不然她半睁着眼也能找个乡长县长什么的。明眼人一听这话就晓得是桂英瞧不起二郎,可二郎就偏偏对桂英好,有口热饭好饭也紧让着叫桂英吃,起早贪黑给那砖窑里背砖,熬苦挣来的那几个钱,都分文不少塞进桂英的小皮夹子里,还堆着笑让桂英快去麻将馆打麻将,生怕去得迟了,那麻将馆没了他老婆的位置。听到村里有人说桂英和许多男人眉来眼去,甚至听说他的老婆桂英跟他的大哥宽田相好的传闻,不管说话的人是什么用意,二郎却根本不相信,他们正经规矩的老邓家会有这号事?

冬娃则是终日在埋头做账，一笔一笔进出物品，都造册登记得清清楚楚。虽然小虎反复交代，要叫回来的乡亲们都吃好喝好，可谁都晓得，邓小虎要用一向抠门的冬娃来把这个关口，就是为了从源头上坚决杜绝不必要的浪费和铺张。由此可见邓小虎的知人善任。

从这天下午开始，全村所有的大人小孩就都上了灶。

后晌里，邓小虎开着三轮车，拉回了锣鼓家什还有音箱、灯笼、彩扇和一些演出服装。邓小虎还从镇子上买来了墨笔纸张，让邓永和老师和其他几个毛笔字写得好的给全村写对联。邓小虎交代道："要给所有的窑洞房屋，不管是有人住，还是没人住的空房寒窑上都要写上对联，还要给猪圈、羊圈、鸡窝、狗窝、厕所、柴窑、石碾子、石磨、庙门、水井和土地神那儿也都要写上神帖。"

有人便问："那鸡窝、水井、厕所上不晓得应该怎么写？"

邓永和笑答："鸡窝上就写天天有蛋；水井上就写细水长流；厕所嘛……"邓永和想了想说，"就写个出入平安或者是有事常来！"

瑞生抢着说："还不如写个常来常往或想来就来。"

众人都哗地笑了，人群中有人叫喊道："不是想来不想来，你有了是不想来也得来啊。要写就写个如厕大吉吧！"

大家伙又哄的一声说："好！"

几个后生把三轮车上的大鼓抬下来，放在了邓小虎特意设计的一个钢筋架子上，架子下面安着轮子，可以前后左右随意旋转。胜利捉起鼓槌就咚咚地敲打起来，几个年轻人也拿起铜钹铜锣跟着敲打，一帮子年轻人亮抓抓的敲打声，惊得垴畔上的几只山鸡特儿特儿在山崖上飞上飞下，不一会儿又都飞到对面的山洼上追逐嬉闹，在没消退的雪地里瞧着很是醒目。

村支书邓宝宝和几个女子回到邓家圪塄，是村人回庄最露脸最光彩也是最亮丽的一个镜头。邓宝宝的三女儿邓丽开着一辆崭新的奥迪，一脚油门就爬上了庙坡，当车子停在小学校那儿，车门子打开，完全是干部模样的村支书邓宝宝挺着个大肚子下了车，围观的人群众星捧月似的把他迎回学校的窑里,递烟敬茶叙谈拉话。外边的人都围着那小汽车看稀罕。

邓宝宝原来是个木匠,20世纪80年代后期靠做沙发起家,后来又进入建筑行业当了个小包工头,是村里公认的首富,光那房产县城和省城就有好几套,小车也是换了一辆又一辆。邓宝宝与乡镇领导和县上的头头脑脑,经常吃吃喝喝、称兄道弟,很有门路。前年他为村上争取到这个难得的全村移民搬迁的指标后,村里人就敬奉他,把他推选为支书。他这个支书可以说甚事不管,村上的大小事都由宽田一个人说了算。

邓宝宝听了宽田和邓小虎的简单汇报并请他提提意见或做做指示,他那肥头大耳摇得拨浪鼓似的连连说:"没有没有,这样挺好这样挺好!"这样一句话就把邓小虎的这大举动给了一个完全彻底的肯定。众人留他一起喝酒吃晚饭,他又连连推辞说,下面的镇子上有饭局,好多人还等着他呢。临上车时,还不忘拍了拍邓小虎的肩膀,说钱不够就言传,不管亏多少都记在他的账上。

每天早上,邓家圪堎就响起咚咚嚓嚓的锣鼓声,一群婆姨们和一些老大不小的男人们,挥着扇子舞动着彩绸在操场上踩着鼓点扭着秧歌排练。基本上秧歌队里的事情由二郎的婆姨桂英领着。桂英模样俊俏,身段也不赖,扭起秧歌,那腰身软得就像垂柳摆、丝绸飘,婆姨们都跟在她的身后东施效颦似的一招一式跟上学。桂英转圈,她们也跟着转圈;桂英舞扇扭腰踢场子,她们也手迟脚慢跟上瞎扭捏。桂英给她们手把手地教,可那些握惯了锄头扫把的手,就是僵硬得不听使唤,操场上锣鼓声叫骂声嬉闹声不绝于耳。一直折腾到饭时,几个窑里就黑压压夯满了前来吃饭的村里人。虽说是邓小虎出资村里办灶,让大伙吃便宜,可是,还是有这个大婶端来了鸡蛋豆腐;那个三婶子又提来了刚蒸得热气腾腾的黄馍馍和刚炸好的油糕;还有二愣子叫人扛来了一捆子粉条;还有胜利他大背了一扇子猪肉,好说歹说硬是给邓小虎放在厨房的案板上。几天来,就是这样,这家端点儿面,那家又提点儿米,这家送些菜,那家又送来些做好的扣肉。拿来东西的村人满心欢喜,接受东西的村人更是笑逐颜开。凡是来到小学校的人,有事没事都能给凑上一手,旁边看热闹的人不声不响也就入了伙,剥葱捣蒜,劈柴捣炭,提水择菜,洗碗刷盘子,搬桌子板凳,收拾收拾摊场,仿佛都是帮手,又好像都是主人。整个小学校里到处都洋溢着欢乐祥和团结友爱的社会主义大家庭的温馨和睦的气氛。

瑞生、胜利、五毛和冬娃他们每人凑了份子钱,拉回来一三轮车啤酒饮料,那孔临时当作库房的边窑里,吃的、喝的、生的、熟的堆得像座小山。

五毛把一挂五千响的鞭炮挂在操场边上的旧旗杆上,几个年轻人争抢着跑去点火,鞭炮点着了,几个人又四下里仓皇逃窜。

五毛兴奋地给邓小虎汇报说:"全村能通知捎上话的都给说到了,就是有几家在新疆、湖南和哈尔滨做红枣粉条生意和在广州胡遢的三雄没法联系,大多数不是已经回来了,就是正在路上往回赶,还有的不是打回了电话,就是发来了短信,意思是只要能把手头的事情办完或者能请好假,就一定要赶回来瞧这个热闹。有的还说,只要有一线希望,哪怕昼夜兼程,就是爬也要爬回来,说得情真意切泪水汪汪,嗨,听了叫人心里热乎乎的。可也有那号糊脑尻,听说村里要闹红火就不回来,说穷乡僻壤的还闹什么红火,人家那中央电视台的春晚还比不上你们那两刷子,还是安安稳稳过你们的光景日月吧!这号糊脑尻,我美美给了几句好听的才不言传了,挣了两个臭钱就忘了祖宗爷了!王八蛋!噢,还有那个……"五毛在人群中搜寻了一阵,才压低声音诡秘地说:"那个招财家的二女子巧云,后来改名叫玉倩,她在北京给一个演艺界名角家里当保姆,她说:'就是叫她回来当主持人她也不回来,邓家圪塄最好把她从地球上抹掉才好哩!'把你自己当成个谁?狗日的,吃里爬外的东西!就是这么些情况。"五毛气喘吁吁连说带喝,一口气说完了,一瓶啤酒也就酒瓶倒栽着吹起了喇叭。

大年除夕的前一天,又有几家扛着大包小包风尘仆仆地赶了回来。到了后响,一辆很有派头的广州本田轰隆隆开上了庙坡,在小学校那儿停下,从车上下来的竟然是三雄和一个打扮得洋里洋气的外地姑娘。人们听见是三雄回来了,还带回来个洋娘们儿,都跑出来瞧稀罕。三雄掏出了大中华见人就给散纸烟，还颇有派头地给每个人点烟问好。那姑娘则端起照相机咔咔咔地照。一碗饸饹捞上来只吃了几根就像个疯子似的满山遍洼价胡跑。三雄逢人便说她是他的老婆，从没见过山，这次带她回来就是让她开开眼界的。

三雄也是宽田同父异母的弟兄，与二郎是亲弟兄。三雄从小调皮捣蛋不好好上学，长大后就满世界胡跑，卖过明信片，倒贩过黄色光盘，后来专门给舞厅和歌厅里介绍小姐，所以，村上人毫不客气都叫他皮条客。前几年突然音信全无，尔格却神奇般地从天而降。这又叫村里人都像前头瞧小汽车那样的稀罕劲又围着三雄瞧稀罕。

还是二杆子胜利哪壶不开提哪壶，胜利吃着三雄的中华烟问三雄："唉，三雄，前些年见你小子引回来的好像是个四川妹，咋尔格又换成了个广东妹？你小子还把全国的娘们儿都尝遍不成？你小子咋晓得还有个老家要闹红火哩，才狼撺上似的跑回来，是不是专门为了夸老婆才回来的，是啊不是？"

三雄说："夸个屎，都跟我好几年了，有甚夸头？在这个世界上，咱邓三雄不是吹哩，没我不知道的事情，何况一个小小的邓家圪塔？哼，我上网一搜，就晓得家里有事。家里有事咋能少得了我邓三雄呢？啊哈哈！"

胜利说："没你倒好，有了你这号龟孙子，谁晓得能弄成个什么糊擦豆腐哩？"

胜利和三雄的插科打诨逗得周围的人嘻嘻哈哈笑上一阵又一阵。

大年除夕早上起来，人们才发现这大过年的天气竟然是个阴天。呼呼的南风从东阳山的环沟里拐过来直朝阳畔上的院子里吹，烟囱里的那烟也胡乱瞎冒，不时还直往院子里灌。

按照事先众人谋划、最后定下来的规程，早饭后要先祭奠祖坟，然后是祭庙，其他的演出都安排在晚上进行。

到了饭时，小学校里已经聚集了不少人。面锅上，几个大后生使劲把一床子饸饹白刷刷地轧到端冒热气的大锅里，等着端盆子的后生就排了好几个;炸油糕的油锅上,几个人手忙脚乱地忙活着,有人从一边给油锅里放生糕,另一边的人拿上筷子给盘子里夹炸好的油糕;窑里的几张桌子上早已坐满了人,一盆子饸饹端上来,捞的捞,吃的吃,有说有笑,还不忘就上点黄澄澄的萝卜酸菜,眼睛却直往那臊子盆里的肉疙瘩上瞅;最闹心的还数那些猴娃娃们,不吃不喝,光在大人林林里乱跑嬉闹,不管大人们扯开嗓子大声叫骂,就是听见了装没听见,反倒越叫越远。

细心的人只要你慢慢观察,就会发现今天来的不论大人还是小孩,都穿上了平时很少穿的好衣裳新衣裳。邓小虎今天也特意穿上了一套崭新的西服,还扎了一条枣红色的领带,不过好像是衬衣领子大,领带又打得松,所以领带老往下垂,远处瞧就像小时候戴的红领巾。邓小虎掏出手机瞧了瞧时间,见大伙基本上都吃过了,就给胜利使了个眼色,胜利领会了精神就走到大鼓跟前,拿起鼓槌在大鼓的边缘上敲打了几下,咚咚咚就是三声礼炮,接着锣鼓家什齐声敲响,一行男女年轻人组成的方队抬着几个大花圈和几个花篮,端着猪头羊头鸡鱼和花花绿绿的面馍枣山油糕饺子和红白扣肉丸子肉菜凉菜跟在吹吹打打的响手后面,沿着庄后的土路向庄子后山的环梁山进发。村里的男女老少,冒着凛冽寒风敲锣打鼓爬上了环梁山。在邓家老坟场前,举行了庄严而又隆重的祭奠仪式。先是向邓家祖先敬献花圈、花篮,然后由宽田宣读祭文。可是当宽田走到人群中间,却翻遍全身找不到事先写好的祭文,众人都挤眉弄眼悄悄价笑,宽田露出窘相却故作镇定,他干咳了两声,清了清嗓子,然后高声朗诵道:"惟,任成年祭奠邓家祖先,时值岁末年终大年除夕,我等村人,乃邓家后辈,不忘列祖列宗恩德,集体祭奠你们的丰功伟绩,你们祖辈务农,辛勤劳作,春播秋收,汗流浃背,面黄肌瘦,治山治水,发展农桑,箍窑盖房,重整村落,鞠躬尽瘁,含辛茹苦,养儿育女,繁衍生息,操劳家务,光耀门庭。现逢盛世,国运昌盛,民强国富,政令畅通,移民搬迁,举村迁徙,平川为家,造福后人,祖宗恩德,后辈不忘,永世铭记,万古流芳!伏惟尚飨!"宽田的这一番即兴诵读,口若悬河,人们对他惊人的口才和非凡的记忆力报以热烈的掌声,人群中竟然还有人轻轻地叫了一声:

"好!"

　　然后由村里的长者从上到下给每个坟包的供桌上敬献祭品,全村男人按照辈分依次奠酒烧纸跪拜,最后燃放鞭炮。环梁山上顿时鞭炮齐鸣,锣鼓喧天。这次全村敲锣打鼓集体祭奠祖坟,在人们的记忆里还是开天辟地头一回,虽说不是哭天号地悲痛欲绝,却也显得庄严肃穆。人们下山时,说说笑笑,打打闹闹,就像跟集赶完会一样愉快。

　　回到小学校,年轻人又你争我夺着喝啤酒饮料,把多年很少爬山的疲劳困倦,都用这种酣畅淋漓的痛饮豪喝来释放掉,人们用近似相同的表情和举动,发泄着他们深藏心灵深处的些许不同。

　　时间已近正午,当锣鼓家什再次敲响,由三辆小汽车开道,邓小虎的三轮车上载着大鼓,胜利人高马大站在三轮车上,威风凛凛像个将军似的指挥着队伍,二愣子吹着唢呐,胳肢窝夹着一根棍儿被人牵着,也跟在锣鼓家什的队伍里。然后是宽田举着披上花红彩绸的伞头,领着秧歌队扭着秧歌,浩浩荡荡向村前的庙场走去。车队开到庙场,依然是在庙门口的供桌上摆放了丰盛的祭品,还敬献了花圈花篮。接着,在伞头的带领下,全村的男男女女老老少少扭着秧歌转着圈儿跳开了场子,闹腾了一阵子,然后,伞头一点,锣鼓家什戛然而止,于是宽田唱道:"佛家庙门朝南开,如来坐在莲宝台,胸怀大度笑口开,人间常乐不生灾。"

　　宽田唱罢众人都哈哈地笑。此庙为甚人所修甚时所修,村里已没人能记得。在人们的记忆里,庙场周围就一直圈着烂石片子围墙,围墙多处坍塌,所谓的庙,只是一孔摇摇欲坠的老旧窑而已,墙体破旧,门窗破损,窑顶黢黑,但泥皮脱落处,当年彩绘的图案还隐约可见。庙里供奉的神像,早已荡然无存。就是这么一座破败不堪的庙宇,多少年来,村里谁家有个病病灾灾的,还都偷偷地愿往这儿来,焚香烧纸,跪拜祷告,竟然还真的灵验。小病小灾的慢慢好了,得大病的居然也有所缓解,就是有几个奄奄一息的老人,最后也竟然起死回生地活了下来。于是,这座破败不堪的小庙上,经常瞧见有人给挂上写着"有求必应"或"普度众生"的红布。因此,人们对这庙的敬仰和对心中那个神的崇拜,根本无须用什么多余的言语来表达,如今祭奠它,完全是为了求得心理上的真正安慰……

宽田最后又唱道:"黄黄土地庙在上,神是菩萨好心肠。此后虽是他乡人,不忘回村烧炷香……"

从庙场祭庙回来,天色阴沉,浓云密布,似乎有即将下雪的阵势。在晚上转院子和演出的问题上大伙有了争议。有人说,既然晚上小学校里有演出,就不需要再去挨着院子瞎转了,一是人熬累得不行,二是也没那个必要。有的则认为,演出是演出,转院子是转院子,既然为的是红火,那么就都得要闹。还有的说,既然都得要闹,那么先是转院子,还是先搞演出? 有的说先演,演出完了,再开始转院子;有的说,还是在没有下雪前先把院子转了,然后再演出就什么也耽搁不了。这样就有了争议,争来争去,最后,都把眼光投向邓小虎,这次村里闹红火,他是主角,不听他的听谁的?

邓小虎瞧出人们对他的信赖和尊重,于是,他拍了下桌子,说:"这次闹红火,是咱们邓家圪塄最后的一次,在这最后一个年里,能敲锣打鼓地去每家每户走一走,也可能是每个乡亲们的梦想和愿望。我们告别过去,迎接未来,祈求老少平安、五谷丰登、六畜兴旺,就先去我们生活居住了祖祖辈辈的每个院落,给他们送去祝福、送去欢乐吧! 那么,咱们先吃饭,饭后就开始。"

邓小虎的拍板定夺,却忙坏了那些厨子们,一阵叮叮当当的煎炒烹炸,几孔窑洞里的十来张桌子上,碟子盘子就端上了桌,凉菜热菜,鸡鸭鱼肉,扣肉丸子,白酒啤酒,红酒饮料,桌子上摆得满满当当。人们自发地围坐在桌子周围喜气洋洋地入了席。

院子里一挂车轮似的鞭炮燃响,噼噼啪啪火光四溅震耳欲聋。有人提议让宽田和邓小虎讲几句话,宽田见支书一家催了几次还没来,宽田执意不讲。邓小虎一边为每个桌子倒酒一边笑呵呵地说:"没甚讲的,一句话,请大家吃好喝好,喝好吃好,但不要喝醉! 等咱们晚上的红火闹毕了,再喝酒吃饺子守岁,喝他个一醉方休,大家说好不好?"

大家齐声说:"好!"于是,人们在欢乐祥和的气氛中,开始享用这丰盛的年夜饭。

也就过了一顿饭的工夫,当人们一个个酒足饭饱走出院子,天已完全黑了下来,远处的村子里早已亮起星星点点的灯火,不时还隐隐约约传来鞭炮声。转院子的队伍按照事先邓小虎的安排,从村前向村后转。于是人们抬着鼓,敲着锣,敲锣打鼓扭着秧歌就进了院。

每个院子里都吊上了灯笼,把院子照得分外亮堂。每家院子的主人早已在家等候,门前的小石床上也早已摆放好了瓜果梨枣和烟酒茶水准备招待。

秧歌队每到一个院子,都要敲敲打打转上几圈,扭上几段秧歌。到了住户多的那号大院子,还要踢上两个场子或是演上几个小节目,跟主人们说上几句暖心窝的好话,然后就狼攒上似的起身去另一家。主人端上吃的喝的,挨着给秧歌队的人和瞧热闹的人手里塞东西,尽量表达主人的热情和好门户。

打伞的宽田毕竟是老三届的高中生,读书多,脑瓜子灵,能随机应变,见啥唱啥,现编现唱,张口就来。到了村前最高的一个院落,宽田见他二大娘拄着拐杖颤巍巍地站在窑门口,宽田就唱道:"新门新窗新气象,门口站着二大娘,七老八十身体好,明年过年到镇上。"

一句唱得二大娘笑得口张得像个窑窑,拉着宽田就让窑里坐,还一个劲地说:"好好,今年这年过得好!"

又转了几个院子,到了阳崾畔上的招财家的院子里。宽田和招财是同辈人,宽田听说招财的二女儿巧云在北京给人家当保姆,村里还有人说招财家的巧云好像给人家做了小,有人见招财家的巧云开着一辆宝马经常满世界胡跑,可这话谁也不敢当真。尔格,秧歌到了招财家,宽田见招财就调侃地唱道:"北有新窑南有房,招财家的门户好,红枣瓜子和烧酒,纸烟嗊得口唇疼。叫声招财用心听,北京城里有亲戚,女儿嫁给(那)北京人,皇亲国戚老丈人。"

院子里哄的一声大家都笑了……

　　秧歌队从背沟里转完最后一家,每个人的口袋里都塞得鼓鼓囊囊的,这才欢声笑语回到小学校。小学校里的窑洞上面已挂起一个写着:"邓家圪崂春节晚会"的红色大条幅。条幅左右各挂了几个大红灯笼。条幅下面吊了一领大席子当作幕布,把前台和后台明显分隔开来。幕布后面的一孔窑洞里的门关着,一群猴娃娃趴在窗子外面叽叽喳喳争着抢着往里窥瞧;幕布的前面,摆放了一圈桌子,围成一个正方形的空间,后一排桌子上放着一台大屏幕电视机和两个大音箱,其他桌子上摆满了瓜子、花生、红枣、糖果和酒水饮料。正前方和左右两边,用枣木和椿树枝子各搭了个火堆,此刻正熊熊燃烧噼啪作响。两个大音箱里有人正在"喂喂"地调试着音响。村支书邓宝宝站在场地中央,指手画脚地指挥着人们往外搬凳子,他的三女儿邓丽身着一身红色套裙黑皮靴子像个新娘,在人群中分外耀眼夺目。

　　三雄喝得醉醺醺地坐在桌子上眯着眼睛打着盹儿,三雄引回来的那个广东妹,跑前跑后举着照相机不停地闪动,闪光灯扑闪扑闪,照得人眼花缭乱。

　　周围的桌子后面放了几排凳子,邓宝宝又让人把几个凳子放在幕布下面的电视机前,就先安顿让早已背着一身乐器的二愣子坐下,然后,用两手握成喇叭状大声叫喊着,让大家伙入座。邓小虎过来递给他一个话筒,音箱里立刻传出一个放大了的沙哑声音:"乡亲们都坐下都坐下,把猴娃娃照看好,演出马上就要开始,演出马上就要开始!"

　　人们听到村支书的叫喊声,纷纷扶老携幼往座位上坐,一会儿的工夫,桌子周围就密匝匝地围坐了几圈人。顿时,人声鼎沸的院子里立马安静了下来。

　　就在这时,音箱里传出《春节序曲》的音乐,在悠扬动听的音乐声中,邓永和与桂英手持话筒从后台走出来,人群中立刻哄堂大笑起来,只见桂英穿了一身红色的演出服,胖乎乎的腰身上还围了个小围裙,脸蛋上涂了油彩,眼睛抹得就像熊猫眼;邓永和则是穿了一身白色演出服,头上还围了个羊肚子手巾,只是一截红裤带从裤腰下露出来,才引得人们发笑。"东风浩荡红旗飘,神州处处传捷报,邓家圪塄真热闹,男女老少乐陶陶。"

两个主持人站着丁字步,一人一句,用半生不熟的普通话朗诵完,桂英又道:"邓家圪塄春节联欢晚会——"然后两人合:"尔格开始。"桂英又道:"第一个节目:欢庆锣鼓。"

锣鼓家什顿时敲响,邓永和、瑞生、五娃从幕布一侧举着小花伞跳出来;另一边桂英和两个中年女人也挥着扇子出来,几个人男女各站一边,舞动手里的小花伞和扇子翩翩起舞。二愣子吹起了唢呐,腮帮子鼓得就像两个大拳头,在胜利等人的敲锣打鼓声中,众人齐唱:"正月里来正月正,欢声笑语闹新春,男女老少齐欢唱,歌唱党的好领导,唉么一呀嗨,歌唱党的好领导。"

然后,其他人退下,只留下桂英和邓永和两个人踢起了二人场子,邓永和踢,桂英包,一个似威猛后生腰身矫健,一个像垂柳摆枝婀娜多姿,一招一式,旗鼓相当,等胜利的鼓声一停,二人款款谢幕退下,掌声顿起。

接下来是庄稼人打扮的宽田手执蝇刷子上场。邓永和二郎和二愣子都操起了家伙,吹拉弹唱拉起了道情的曲子,邓小虎也穿着西服戴着那条红领带,也坐在一边敲起了梆子。

宽田的歌词基本上是现唱现编,唱词都能听懂,曲调也都很熟悉,所以,好多人都跟着哼哼。

就在这时,一声"哎嗨",人们瞧见招财老汉也晃晃悠悠走上场,扯开嗓子就唱开了,老汉唱得如泣如诉。继而,桂英也相跟着几个婆姨上了场,男声女腔搅和在了一搭里,唱得地动山摇震天价响。观众听得如醉如痴,很是过瘾……

谁也没想到,等众人在笑声和掌声中下了场,邓宝宝的三女儿邓丽扎了根假辫子就穿着套裙靴子走上场。二愣子拉起了板胡,宽田则拉起了二胡,邓永和弹起了三弦,在悠扬悦耳的《北风吹》的曲调中,一个半洋半土的喜儿就开了腔:"北风那个吹,雪花那个飘……"

一曲优美动听的歌声从音箱里传出来,字正腔圆,声惊四座,周围鸦雀无声,一片静谧。可当村支书邓宝宝被谁打扮得像个穷要饭的杨白劳披着一块白门帘走上场,人群中立马又像触了电似的,爆发出雷鸣般的掌声和欢呼声。

邓宝宝扯着沙哑的喉咙唱了几句:"卖豆腐挣下了几个钱,到集上称回了二斤面,怕叫东家看见了,揣在怀里四五天。……"

邓宝宝唱着唱着,从怀里掏出一根红头绳,给喜儿头上扎着,扎着扎着,邓宝宝那粗大的手指就是不听使唤,众人使劲地笑呀乐呀,等那红头绳终于扎好,还有半截吊在那假辫子上,邓宝宝解下白门帘对大家伙说:"过年了嘛,都乐和乐和,把心里的高兴劲都唱出来跳出来,为我们来年有个好盼头,鼓劲助威!"

众人又齐声叫好!

这时候,厨房里的几个人,把几块案板以及和好的面和调好的肉馅拿来,放到周围的桌子上,让大家边看边包饺子。演出到此,一个高潮连着一个高潮,这时候稍微松弛下来,女人们开始叮叮当当包起了饺子,男人们却趁着这当儿抽起了烟喝起了酒。几个猴娃娃也离开座位跑到火堆旁,给火堆里撂花生撂瓜子想爆出个什么花儿,还有一个捡起还没燃放掉的鞭炮,掰成两截,玩起了老婆打老汉的游戏……

突然,电视屏幕里出现了《母亲》的字样,然后,画面出现了一位年迈的老人,音箱里传出一个男人浑厚的声音:"现在,我给大家唱一首《母亲》,愿天下所有的母亲父亲健康长寿,愿所有的家庭幸福平安,愿所有的老乡新年快乐!"

随着歌声,走出来的是邓小虎。邓小虎手握话筒,如醉如痴地唱到高潮,人们瞧见他眼里满含热泪,泣不成声。一曲终了,须臾的静谧之后,然后是雷鸣般的掌声。

接着,点歌登场的是瑞生,他用一首陕北民歌《赶牲灵》也赢得了一阵叫好声。

邓宝宝的三女儿邓丽,也卸了妆,俊模俊样歌声嘹亮唱了一首《好日子》,赢得了满院子观众的长时间的掌声。掌声终于稀里哗啦停了,胜利却扯着嗓子叫喊道:"唱得好不好?"

底下观众齐声说:"好!"

胜利又问:"再来一个要不要?"

观众们又齐声叫道:"要。"

在人们的邀请下,邓丽又笑容可掬地给大家奉献了一首《父老乡亲》,歌声旋律悠扬,唱得声情并茂。

随后,五毛走上台,拿着话筒说:"接下来,我就给村里的乡亲们奉献一首《2002年的第一场雪》,希望大家喜欢!"五毛普通话说得不错,嗓音也好,可那画面上出现了一个穿着泳装的貌美女郎,人们就咪咪地笑。当五毛那沧桑有力的歌声停止了,人们才从那亮丽的画面上移开目光,给他使劲地鼓掌。

三雄和他的那个广东妹,好像也被人们的歌声所感染,也跑到点歌台那儿抢着按点歌的触摸屏。最后,还是三雄抢先点上了歌,握着话筒走上台,三雄先模仿摇滚歌星那样,眯着眼睛如醉如痴做陶醉状,扯开嗓子吼了一首《一无所有》。然后,一段蹦嚓嚓蹦嚓嚓的摇滚音乐响起,三雄又和他的广东妹上场跳了一段街舞,大家伙在震耳欲聋的声响中,领略到了三雄他们时尚活泼的豪放性格和这动感音乐给人们带来的动感享受。音乐停了好半天,三雄的那个广东妹握着话筒,既不说话,也不唱歌,只是那么握着话筒呆呆地站在场地中央一动不动,半晌,她才用广东味的普通话满含深情地说道:"各位老乡,各位好朋友,自从我来到这里,我就好喜欢这里,好喜欢你们。说句老实话,我并不是邓三雄的爱人,就是你们说的婆姨,我是他……我是他花钱雇来的,还租了辆小车,就是为了回来给他撑个门面的。你们大家都知道,他三雄原来是个社会上的混混儿,好吃懒做,不务正业,还抽上了大烟,这两年还被强行戒了两年的大烟瘾。这些都是他在路上给我说的。通过这些天的观察了解,我能看得出,其实,他是个不错的小伙子,脑子精明,人也勤快,就是没往正道上走。现在他追悔莫及,愿意痛改前非,所以,现在,我有一个小小的要求,也是一个小小的愿望,我愿意成为邓三雄的新娘,啊哦,就是你们说的婆姨,请你们大家给我们做个证婚人吧!在这美好的夜晚,让《婚礼曲》为我们奏响吧!等明年大家都搬到镇子上,这里就是我们的家,我们就是村里的守望者,我们要把这里的果园枣林管理好,还要从事养殖业,这都是我在大学里学的专业,让咱们邓家圪塂从此变成一个瓜果飘香、牛羊成群的新家园,大家说好不好?"

大家静静地听着这满含深情的话语,持续的掌声给了她最好的回答。

新年的钟声即将敲响,天开始下起了雪,热饺子端上来了,在爆竹声中,人们欢呼雀跃,礼花绽放,鞭炮齐鸣,小学校里顿时成了一片欢乐的海洋……

2013 年 3 月 13 日

后　记

惠世强

　　说到家乡，外地人也并非人皆知晓，老词里虽有吟诵，但人家说是米脂的婆姨绥德的汉，说的不是帅男就是美女，都是些吸引眼球的货色，哪像我们清涧，虽安于旺旺的水旁，却与石头捆绑了个结实，地也实诚，人也实诚，缺了眉宇间的秀气俊美，少了人文底蕴的支撑和人杰地灵的包容，不是一捧黄土，就是一堆石头，除此之外还能有个甚？故而，乡民们不是在山峁峁上抓挖，就是在山沟沟里拨揽，亮抓抓地吼喊了一辈又一辈，太阳还是那个太阳，月亮还是那个月亮，荒山涧石依然苍茫如故，乡俗民风依然淳朴厚重，却丝毫激不起对家乡的任何好感，好像家乡山也美、水也美夸奖之词，都在儿时那个狂热动荡年代的作文中夸赞殆尽，如今咋还有什么新鲜的东西能使我奇思妙想再能写出什么好词来。

　　在外头偶遇旅伴问到家乡，毫不掩饰直率相告，那人不是眨巴着眼睛摇头，就是说晓得晓得，那里出产枣子和石头。虽听得不甚响亮体面，倒也是个看得见摸得着的物件。看来外人把家乡人看得那么实诚，完全是缘于此吧！

　　当然，这块贫瘠的土地上不光生产贫瘠和愚昧，也生产文明和富有，这便有了一辈又一辈的垦荒者，有的在田间劳作，有的则是用笔触耕耘。劳作者起早贪黑春种秋收，年景好时谷物满囤连年有余，便繁衍生息其乐融融；作文者虽不靠天吃饭，但废寝忘食、笔耕不辍写的文章七八斗，种多收少到头来也觉得硕果累累乐哉悠哉。翻阅陈旧的老县志，前有古人，后有来者，尔格更不乏其人。但大多不是做了昙花，就是做了芍药、牡丹，还没与天地争到霎时的姹紫嫣红或鲜艳夺目,等到秋风再起,弥漫眼睛的不只是瑟瑟秋风,还有风中的烟尘和那飘浮的云。后来就终于出了个路遥,有了路遥便有了旗帜,有了旗帜,便有了前进的方向。20世纪80年代起,一批年轻的后生们,便在这块土地上摩拳擦掌开始舞文弄墨做起了文章,他们循着路遥的足迹,捧着路遥的大作开始蹒跚着上路了。只几个回合下来,五光十色的斑斓世界弥漫了前进的方向,荆棘坎坷的羊肠小道阻挡住了前进的脚步,不少人便纷纷败下阵来,呻吟者有之,喘息者有之,弃文从政、弃医从政、弃教从政者有之,文章真的成了不值钱的廉价的东西(更不用说我们这些还不能算作文章的文章)!当然,还有几个仍然不甘寂寞坐着冷板凳的家伙,还在清心寡欲惨淡经营着这块似乎根本不可能有什么收获的精神家园。土地荒了,学业废了,时光也蹉跎了,到头来,玩耍了老半天的文字游戏,只不过是行将老矣的一场空谈。那些经营了多年官道的同辈们,原本连遣词造句和四则运算也说不囫囵讲不清楚的哥们儿,最终也只能混到个小小的正九品,还动辄打着官腔俨然就是个官人模样。许多年后便才恍然大悟,这段已经气喘吁吁走到头的路,竟然与年轻时朝气蓬勃所选择的理想之路大相径庭。正如黎巴嫩文坛骄子纪伯伦所说的那样:"因为我们已经走得太远,以至于忘了当初为什么而出发。"

就在那年,好不容易罗列了些文章出来,铅印成了个书的样子,虽然步了一帮子不分青红皂白赤膊上阵的愣头青们的后尘,却也沾沾自喜爱不释手,便也恬不知耻沿街叫卖,笼络了些人心,把自己装扮成了个文人的模样,说话时就有了几分成就感,便滥竽充数直往文人圈里钻,还三番五次人模人样去参加省作协组织的各种活动,终于有机会见到仰慕已久的列位大作家,便一路狂喜与各位尊师挨个儿频频握手合影。这接二连三的顶礼膜拜,终于化成了永远含笑的梦境和心潮起伏思绪万千的动力。一部蓄谋已久的大作也就是在那个时候开的篇。然而,这篇蓄谋已久的大作才紧锣密鼓地草写了几章,还没有越过十万大字的短命期,就在几个文友的善意规劝下夭折了。就像在硝烟弥漫的战场上掩埋掉自己心爱的武器那样,便也掩埋了关于这部小说的所有思绪和难以割舍的全部记忆，揩干净身上的血迹又开始了新的战斗。第二部长篇的仓促启动，本身就是头脑发热的产物，最后只能是难产出一个畸形儿，其结果是不言而喻的。与其说那第一部长篇费劲巴列一年多的时间给夭折了算是短命，这第二部长篇更短命，才几万字就偃旗息鼓。但是，不管怎么说，这第一部长篇原本构思写几个时下官场上司空见惯的腐败分子，是个主题鲜明、货真价实的反腐题材。书中原本要写几个侵害腐蚀党和政府机关的害群之马，其中头号人物就是腐败分子翟光军，翟光军贪污受贿祸国殃民，地方百姓怨声载道诅咒四起。话说翟的祖上几代为木匠，家境殷实，门风谨严，口碑甚好。翟的父亲翟木匠娶了贺氏人家的女子凤英为妻，谁知这个身段窈窕、眉清目秀的凤英，婚后见异思迁，与公社革委会主任刘德权打得火热，便生下这个身长腿短的野种翟光军，翟光军长大后一步步溜须拍马苦心钻营做大了官，却巧取豪夺鱼肉乡里，老百姓对他恨之入骨，背后都骂他是野种王八蛋。书中另一个人物便是不学无术、善弄权术的文盲校长巩薪前，巩靠着四下筹措的几两银子当上了一个中学的校长，却历经笼络人心、欺男霸女（长期霸占某军人的妻子）、误人子弟、玷污教育之能事，打乱一个好端端的教育格局，使本已岌岌可危的教学局面至少退步了十多年。这样的腐败分子时常蚕食着党和国家的肌体，咋不令人痛心啊！就这样的作品虽说在媒体上比比皆是，也充斥着报端荧屏和国人的眼球，不是写不下去，而是不能再写下去了，写下去的结果只能是枉费心机。当然，第二部可能就是写不下去才被迫辍笔。因为时空跨越半个多世纪，人物故事纷繁众多，把握不好，驾驭就出了问题。写作不像做衣盖房，如果是衣服做得不好还可以拆开重做；房子盖得不好还可以拆下来重盖，砖块、木料都还能用得上。可是，文章写得不好，拆开来也只能是一堆杂乱无章的文字。随手翻开，也都叫人心烦意乱、不堪回首。教训也算沉痛，割舍起来犹如剜肉。所以在很长很长的时间里，总是萎靡不振、茫然失措，真不知自己是不是已经江郎才尽，还是朽木真的不可再雕出什么花花草草或鱼虫鸟禽了。有时坐在电脑前发呆，望着这个满腹经纶的家伙，它沉默不语，我对它似乎也无言以对。一缕阳光从窗子里射进来，端端地照在排列整齐的键盘上，背上觉得一阵阵燥热，心里却感到温暖。有时独自坐在阳台上默默抽烟，整个落地窗上洒满阳光，自己沐浴其中，却不晓得在这逆光的剪影里的烟雾是白还是黑。远处一个建筑工地上的塔吊起落无常，天空正在降落着的飞机的引擎声好像就在我的耳旁轰响，一只麻雀却在窗外的防护网上上蹿下跳，打乱了我的思绪、我的恬静和对遥远记忆深处的窥探迷恋。也许，它是只来自家乡的鸟，才能读懂笼中的我，我的无奈、我的忍耐、我的等待。

　　接着就是读书，这是我在迷茫彷徨中，最终找到的一个排遣心中之愤懑的好办法。读古今中外的名著，读当下热炒的文学范本，读儿时曾经心潮澎湃的故事，也读浩如烟海的名人传记和历史文献。有的浏览，有的研读，有的玩味，有的消遣。有的作品百读不厌，常常作为工具书放在桌面上随时翻阅，甚至装进小本里随我四处颠沛流离。对于一些著名的长篇文学作品，如：姚雪垠的长篇小说《李自成》、路遥的长篇小说《平凡的世界》、长篇纪实文学《远东朝鲜战争》《诺曼底登陆》和《永远的邓丽君》……在长达几天、十几天甚至是几个月的时间里，我便要随着作品的跌宕起伏而起伏，随着作品的高潮延伸而延伸，沉静投入进去，悲欢离合、酸甜苦辣也仿佛尽在其中，在很长很长的时间里，难以醒悟，不能自拔。

　　于是乎，那年有幸见到仰慕已久的大作家贾平凹，竟然大言不惭地对他说：您的《秦腔》写得真好，我已经读了三遍。听了我发自内心的话，他笑了，我也笑了，我俩的手紧紧地握在一起，目光却长时间转向前面的照相机等着它闪光。现在，《秦腔》我已经读了五遍，他的六十多万字的《古炉》正在读第二遍。诚然，对于好的文学作品，读几遍只是个数字上的概念，不能说明什么任何意义，重要的是要学会咀嚼品味，解读其放射灿烂光芒的真谛。我感到读他的作品，不仅能领悟到他作为大师级的作家的人格魅力和勤勤恳恳、兢兢业业、笔耕不辍、奋斗不止的可贵精神，更能学习到他作为大师级作家的精湛的艺术造诣和得心应手的写作手法。贾平凹说：厨房里就那些菜，怎么会七碟子八碗摆出一桌……他的一席话，使我茅塞顿开，朦胧的世界里就有了另一种别样的图景。

前不久，去上海、杭州等地游玩，便顺道去浙江乌镇拜谒大文豪茅盾先生的故居，这和我去年赴陕西韩城采风并参加省作协组织的一个与当地文学爱好者的座谈会一样，其间也是专程去拜谒司马迁祠和杜鹏程老先生的故居，崇敬与爱戴之感便油然而生。文学的巨大魅力和感染力也许就在于此吧！它使我们把古代和当代、把东部和西部紧紧地联系在了一起，时空和地域只是一个概念，就像虔诚的穆斯林去仰慕已久的麦加朝拜那样，跋山涉水，不远千里，千辛万苦脚下踩，满腔热血胸中揣。为了追寻一个或许是虚无缥缈的梦想，心都开始飞了，还在乎什么起程的模样和行囊。

于是，便有了再次出书的欲望，捧着一叠打印好的厚厚的书稿，心都在荡漾。这是几年里苦心经营出来的全部家当。二十几万字，就是二十多万个会说会笑的模样。它是我几年里精神积蓄的全部，白天黑夜，梦中醒来，吃喝玩味，哭哭笑笑，都在里头。其中短篇小说《让鸡蛋飞》《除夕夜里的小诊所》和中篇小说《女人门》都是前年春节期间献给那个卯兔之年的礼物。在长达一个多月的红火日子里，自己则是关在书房里与孤苦为伴。爱人做好饭来叩门，狼吞虎咽扒拉上几口，嘴里噙着饭便把自己再次关进那个叫"文轩"的书房，关进一个与世隔绝的孤独空间。饭菜皆有酒肉，亲朋却离多聚少，思念仿佛在梦乡，回味却是永久的绵长。虽是一段清心寡欲的苦熬，却换来几家杂志社的一审再审争论不休，虽败犹荣，可仍是我的最爱。好在后来一家地方刊物登载了一篇，几百块钱稿费买了两条好烟，好歹也是一种安慰。

另外还有其他几篇小说，有的已经在《陕北》《陕北文学》《红石峡》等文学刊物上发表，有的也即将在省内外的一些文学刊物上发表。还有一些最近创作的作品，均还没有走出小家碧玉的闺房，给它们找婆家，是我的事，也不一定是我的事，就这样先把它们都放进这本书中，好歹也是个遮风挡雨的容身之地，让它们就这样静静地孕育吧、萌发吧！

这部小说集里的作品题材广泛，有历史题材，有农村题材，有都市题材，有校园题材,当然也有一些描写爱情和描写市井百态的诸多题材。这些方方面面的题材我似乎都有一些经历和体验,有些方面甚至还很了解很熟悉,真正地投入进去,好像里面都是似曾相识的熟面孔,这样驾驭把握起来就得心应手,所以写起来一个个人物就会活生生地跑进我的小说。不论是个什么样子的人物,我都给予他们思想灵魂和作为人的一切尊严和特征。当然也随心所欲地给他们安排工作、委任职务,甚至给他们饭吃、给他们酒喝、给他们坐高级轿车、给他们娶漂亮媳妇、给他们出国访问或旅游的机会……似乎,世界上所有的一切,我都能给他们。如果是在一种欢愉或亢奋的状态下,我甚至还会尽可能地把该给的小官诸如副乡级副科级的给成正乡级正科级甚至给成副县团或正县团级别那样的大官;把该给你吃的饭菜可由普通的诸如稀饭、馒头、面条、麻食之类的饭菜,改善成鱿鱼、海参、燕窝、龙虾这样上好的吃喝。其实,虚构起来就是这么简单容易和慷慨大方,只是一句话和几个字的事情,只是动动嘴、动动笔的事情,海阔天空,这个世界就是你的世界。在这个虚拟世界里,你就是皇帝,你就是主宰,一切的正义与邪恶、伟大与渺小、永生与短命、幸福与灾难、白天与黑夜、富有与贫穷,都由你一个人说了算,不用开会讨论,不须殊死搏斗,只是皱着眉头稍稍思忖一下,笔下就那么随便一点,就是圣旨,就是命令,就是阴晴圆缺的任何一种完美或悲惨的结局,写作的乐趣也许就在于此吧!那些大官小官、作家记者、男人女人、老板小姐、强盗小偷、地痞流氓、食客嫖客和一些街道边上的做小买卖的、开三轮的、贩菜的、钉鞋的、磨刀的、剃头的、裁裤边的、送水的、送快递的、修车子的、配钥匙的,什么大大小小的人物,都是可以创造出来的,他们是我赖以生存的朋友。没有他们,我的小说就无法写下去;没有他们,我的小说便是一个毫无生机的行尸走肉。我在每一篇小说里,都赋予他们家乡的味道和特征,思想行为都离不开陕北这个大环境,吃穿住行规程路数,也都离不开陕北这个让我魂牵梦绕的影子,山峁沟洼猪羊狗猫,也都是梦中的那些模样。我便知道,那些梦的根在陕北,我的根则是依然在梦里!

　　此次所选进这部中、短篇小说集里的一些作品,曾请当代著名作家刘庆邦和我省的著名作家周瑄璞、寇辉、高涛等老师看后做过点评和推荐,选入本书时,又做了一些修改和删减,在此,向几位作家老师诚恳致谢!

书稿终于编辑好了,找了几家出版社,文绉绉地与他们切磋交谈甚至是讨价还价,看着馒头铺里的热馒头和烤白薯烤箱里烤得焦黄的白薯,疯长的物价使人不得不望而却步。最后,还是省作协的原秘书长、现任省文学基金会副理事长的王芳闻女士,在关键时刻向我伸出了援手,使本书才得以顺利出版。在此,向关心、关爱我的陕西省作协、陕西省文学基金会以及陕西省慈善协会的领导同志,以及所有关心关爱我的朋友们和我的爱人女儿,一并表示感谢!

本书中所收录的这二十篇不成器的东西,不敢妄自尊大编辑出来想得到个什么上乘的评价,只是在兴头上想没事找事玩玩而已,插科打诨,欲混个摊场,也为头一部小说集《道情》的仓促出版打个圆场。不论是老鸹鼓噪还是麻雀鼓噪,还是虫虫雀雀怎么叫嚷不止,终究还是甚嚣尘上终究又尘埃落定过了一把瘾。还有一些更不成器的东西,尽管改来删去,也无法跻身进来,只好让它们躺在电脑的文件夹里冬眠吧!好像是身心要轻松一些了吧,可是,如今心里激起的那点儿浮躁和虚荣,咋容得下本已收住了手脚的那点儿惯性,那早已驰骋不羁的张狂,隔着山峁望起了大海,才蹒跚了几步,便扭头嗤笑树上之燕雀安知鸿鹄之志,好像自己便是鸿鹄,已经不是什么凡鸟了,而是沾了几分仙气的什么鸟。好在自己尔格思路还算清晰,键盘也还敲得足劲。于是,在一个个阳光明媚、歌舞升平的好日子里,又急忙马不停蹄情不自禁地打开了电脑,粗胳膊硬手就胡乱敲打了一阵子,嘿,电脑上就又有了一行行密匝匝的文字出现,又一篇篇奇模怪样的文章就这样洋洋洒洒地写了出来。就像春天万物复苏,峰峦叠嶂的山涧小溪涌出的潺潺的细流,犹如秋日绿树掩映着的小村庄里升腾起的袅袅炊烟,山好,水好,风景也好,胸无点墨可心里勾勒出的却都是好图画。至于将来的命运如何,过日子有熬煎,搞创作也常有不如意,人生苦短,命运或喜或悲,或多彩或多舛,好活歹活都是叫一个活!铆足劲再踢踏扬打上一阵子,自由自在地想唱就唱个酣畅淋漓，要说就说个口若悬河。看吧，夕阳烧红天边的那一抹绚丽的云彩，不正是我们久违的注目和迷恋的回眸！

现在，不管走到哪儿，不管写什么东西，明里黑里，脑瓜子里光闪动着家乡山水人文的图腾，花草树木狗猫猪羊都很亲切，刮风下雨鸡鸣狗叫也都入耳，我这才便知，这便是对家乡的爱。因为爱，才便如此废寝忘食伏案讴歌；因为爱，也便有了写不尽的人物，讲不完的故事。

2013 年 12 月 22 日写于西安